L'Agent Zéro

L'Agent Zéro

(THRILLER D'ESPIONNAGE L'AGENT ZÉRO—
VOLUME 1)

Jack Mars

Jack Mars

Jack Mars est actuellement l'auteur best-seller aux USA de la série de thrillers LUKE STONE, qui contient sept volumes. Il a également écrit la nouvelle série préquel FORGING OF LUKE STONE, ainsi que la série de thrillers d'espionnage L'AGENT ZÉRO.

Jack adore avoir vos avis, donc n'hésitez pas à vous rendre sur www.Jackmarsauthor.com afin d'ajouter votre mail à la liste pour recevoir un livre offert, ainsi que des invitations à des concours gratuits. Suivez l'auteur sur Facebook et Twitter pour rester en contact !

LIVRES DE JACK MARS

SÉRIE DE THRILLERS LUKE STONE

TOUS LES MOYENS NÉCESSAIRES (Volume #1)

SÉRIE D'ESPIONNAGE L'AGENT ZÉRO

L'AGENT ZÉRO (Volume #1)

LA CIBLE ZÉRO (Volume #2)

LA TRAQUE ZÉRO (Volume #3)

LE PIÈGE ZÉRO (Volume #4)

LE FICHIER ZÉRO (Volume #5)

LE SOUVENIR ZÉRO (Volume #6)

"La vie des morts consiste à survivre dans l'esprit des vivants."
—Cicéron

Contenu

Chapitre Un

Le premier cours de la journée était toujours le plus difficile. Les étudiants s'amassaient dans l'amphithéâtre de l'Université de Columbia comme des zombies désœuvrés aux yeux mornes, leurs sens alanguis par leurs sessions de révisions nocturnes, leur gueule de bois, voire même un mélange des deux. Ils portaient des pantalons de survêtement et les tee-shirts de la veille. En main, ils tenaient des tasses en polystyrène contenant du moka au soja, du café blond artisanal ou toute autre boisson à la mode que buvaient les jeunes actuellement.

Le boulot du professeur Reid Lawson était d'enseigner, bien sûr, mais on lui reconnaissait également la capacité de stimulant matinal : un bon complément à la caféine. Lawson leur laissa un moment pour prendre place et s'installer confortablement sur leurs sièges, pendant qu'il enlevait son blouson en tweed et le passait par-dessus sa chaise.

"Bonjour à tous," dit-il bruyamment. Cette annonce prit de court plusieurs étudiants qui levèrent soudain les yeux, comme s'ils n'avaient pas réalisé qu'ils avaient atterri dans une salle de cours. "Aujourd'hui, nous allons parler des pirates."

Cette phrase lui valut d'attirer l'attention. Les yeux se tournèrent vers lui, clignant à cause du manque de sommeil, essayant de déterminer s'il avait bien dit "pirates" ou pas.

"Des Caraïbes ?" plaisanta un étudiant au premier rang.

"De la Méditerranée en fait," corrigea Lawson. Il se mit à marcher lentement, mains jointes derrière son dos. "Combien d'entre vous ont assisté aux cours du professeur Truitt sur les anciens empires ?" Environ un tiers de la classe leva la main. "Bien. Alors vous savez que l'Empire Ottoman fut une puissance mondiale majeure pendant, oh, disons près de six cents ans. Ce que vous ne savez peut-être pas, c'est que les corsaires ottomans, plus familièrement appelés les pirates barbares, ont sillonné presque toute la Méditerranée pendant quasiment toute cette période, en partant des côtes du Portugal et en passant par le détroit de Gibraltar. Que pensez-vous qu'ils cherchaient ? Quelqu'un ? Je sais que vous êtes vivants dans le fond."

"De l'argent ?" demanda une fille au troisième rang.

"Un trésor," surenchérit l'étudiant du premier rang.

"Du rhum !" cria un étudiant dans le fond, récoltant un rire général. Reid esquissa également un sourire. Finalement, il y avait de la vie dans cette masse d'étudiants.

"Que de bonnes déductions," dit-il. "La réponse est 'Tout ça à la fois.' Vous voyez, les pirates barbares prenaient principalement pour cibles les navires de marchandises européens pour les piller totalement. Je dis bien *totalement* : chaussures, ceintures, argent, chapeaux, marchandises, le bateau lui-même… et son équipage. On pense qu'en l'espace de deux siècles, de 1580 à 1780, les pirates barbares ont capturé et asservi plus de deux *millions* de personnes. Ils ramenaient tout ça dans leur royaume d'Afrique du Nord. Cela a duré des siècles. Et que croyez-vous que les nations européennes aient fait en retour ?"

"La guerre !" cria l'étudiant du fond.

Une fille souriante à lunettes leva légèrement la main pour poser sa question, "Est-ce qu'ils ont négocié un pacte ou un traité ?"

"On pourrait dire ça comme ça," répondit Lawson. "Les puissances d'Europe ont accepté de payer un tribut aux nations barbares, sous forme de grosses quantités d'argent et de marchandises. Je parle là du Portugal, de l'Espagne, de la France, de l'Allemagne, de l'Angleterre, de la Suède, des Pays-Bas… Ils payaient tous les pirates pour les tenir à distance de leurs bateaux. Les riches se sont encore enrichis et les pirates sont partis pour la plupart. Mais ensuite, entre la fin du dix-huitième et le début du dix-neuvième siècle, il s'est produit une chose. Un événement a entraîné la fin des pirates barbare. Quelqu'un à une idée de ce qui s'est produit ?"

Personne n'ouvrit la bouche. À sa droite, Lawson aperçut un jeune pianoter sur son téléphone.

"M. Lowell," dit-il. L'étudiant releva la tête. "Une idée ?"

"Euh… la création des États-Unis ?"

Lawson sourit. "Est-ce que vous me posez la question ou est-ce que c'est une affirmation de votre part ? Ayez confiance en vos réponses et le reste de la classe sera au moins en mesure de *penser* que vous savez ce dont vous parlez."

"La création des États-Unis," dit-il de nouveau, d'un ton plus énergique cette fois.

"Tout à fait ! Les États-Unis furent créés. Mais, comme vous le savez, notre nation n'en était alors qu'à ses balbutiements Les États-Unis étaient plus jeunes que la plupart d'entre vous aujourd'hui. Nous devions établir des routes commerciales avec l'Europe pour booster notre économie, mais les pirates barbares commencèrent à prendre nos bateaux. Et quand nous leur avons demandé 'C'est quoi ce bazar, les gars ?', ils nous ont répondu de payer un tribut. Nous venions à peine d'établir une trésorerie, si tant est qu'il y ait quelque chose dedans. Notre tirelire était vide. Alors quel choix avions-nous ? Que pouvions-nous faire ?"

"Déclarer la guerre !" cria une voix familière dans le fond de la salle.

"Exactement ! Nous n'avions pas d'autre choix que de déclarer la guerre. À l'époque, cela faisait déjà un an que la Suède se battait contre les pirates et, ensemble, entre 1801 et 1805, nous prîmes le port de Tripoli et envahirent la ville de Derne, mettant enfin un terme au conflit." Lawson se pencha en avant et replia ses mains face à lui, sur le rebord de son bureau. "Bien sûr, je vous passe tout un tas de détails, mais il s'agit d'un cours sur l'histoire de l'Europe, pas sur celle des États-Unis. Si vous en avez l'occasion, faites un brin de lecture à propos du Lieutenant Stephen Decatur et de l'USS *Philadelphia.* Mais je m'égare. Pourquoi parlions-nous des pirates au fait ?"

"Parce que les pirates sont cool ?" dit Lowell, qui avait décidé pour de bon de délaisser son téléphone.

Lawson rigola. "J'avoue que ce n'est pas faux. Mais non, il ne s'agit pas de ça. Nous parlons des pirates parce qu'il y a, dans la Guerre de Tripoli, quelque chose que l'on a rarement vu dans les annales de l'histoire." Il se redressa d'un coup en parcourant des yeux la salle, croisant au passage le regard de plusieurs étudiants. Au mois, à présent, Lawson pouvait voir leurs yeux s'éclairer, preuve que la plupart des étudiants étaient vivants ce matin, si ce n'est attentifs. "Pendant plusieurs siècles, aucune puissance européenne ne s'était aventurée à s'opposer aux nations barbares. Il était plus facile de se contenter de payer. Et ce furent les États-Unis, alors considérés comme une simple blague pour la plupart du monde développé, qui initièrent le changement. Il fallut un acte de désespoir émanant d'une nation à l'armée ridicule et mal armée pour instaurer une transition dans la dynamique de puissance de la route commerciale qui avait le plus de valeur à l'époque. Et quelle leçon pouvons-nous en tirer ?"

"On ne rigole pas avec les États-Unis ?" proposa quelqu'un.

Lawson sourit. "Voilà, c'est ça." Il leva un doigt en l'air pour ponctuer sa phrase. "Et au-delà de ça, ce désespoir et ce cruel manque d'autre choix possibles peut, et a déjà dans l'histoire, conduit à certaines des plus grandes victoires que le monde ait pu connaître. L'histoire nous a enseigné à maintes reprises qu'il n'existe pas de régime trop puissant qui ne puisse être renversé, pas de pays trop petit ou trop faible pour faire réellement la différence." Il décocha un clin d'œil à l'assemblée. "Pensez-y la prochaine fois que vous aurez l'impression de n'être rien de plus qu'un minuscule grain de poussière dans ce monde."

À la fin du cours, on pouvait remarquer la différence notable entre les étudiants fatigués et à la traîne qui étaient entrés dans la classe et ce même groupe de jeunes en train de quitter la salle en rigolant et papotant. Une fille aux cheveux roses s'arrêta devant son bureau avec un sourire pour commenter le cours, "Chouette discours, Professeur. Pouvez-vous me rappeler le nom du lieutenant américain que vous avez mentionné ?"

"Oh, il s'agit de Stephen Decatur."

"Merci." Elle le nota avant de presser le pas pour sortir de l'amphi.

"Professeur ?"

Lawson leva les yeux. C'était l'étudiant du premier rang. "Oui, M. Garner ? Que puis-je faire pour vous ?"

"Je me disais, est-ce que je peux vous demander un service ? Je suis candidat pour un stage au Musée d'Histoire Naturelle et, euh, ce serait bien si je pouvais avoir une lettre de recommandation."

"Bien sûr, aucun souci. Mais votre spécialité n'est-elle pas l'anthropologie ?"

"Si. Mais, euh, je me disais qu'une lettre de votre part pourrait avoir un peu plus d'impact, vous voyez ? Et, euh…" Le jeune homme regarda ses pieds. "Ce cours est celui que je préfère."

"Pour l'instant, en tout cas." dit Lawson avec un sourire. "Je serai ravis de vous aider. Je vous la prépare pour demain… Oh, en fait, j'ai un rendez-vous important que je ne peux pas rater ce soir. Pour vendredi, ça vous va ?"

"Pas d'urgence. Vendredi, ce sera très bien. Merci, Professeur. À très vite !" Garner se dépêcha de quitter la salle, laissant Lawson seul.

Il parcourut du regard l'amphithéâtre désormais vide. C'était son moment favori de la journée, entre les cours… Cette satisfaction provenant du cours précédant se mêlait à l'anticipation du suivant.

Une sonnerie de téléphone retentit soudain. C'était un SMS de Maya. *RDV à la maison à 17h30 ?*

OK, répondit-il. *J'y serai.* Le "rendez-vous important" de ce soir-là était de passer une soirée à jouer chez Lawson. Il savourait ces bons moments passés avec ses deux filles.

Cool, répondit sa fille. *J'ai des trucs à te dire.*

Quels trucs ?

Tout à l'heure fut sa seule réponse. Il fronça les sourcils en lisant ce vague message. Soudain, il sentit que la journée allait lui paraître très longue.

⚜ ⚜ ⚜

Une fois sa journée de cours achevée, Lawson rangea ses affaires dans sa sacoche, enfila son chaud manteau d'hiver et pressa le pas vers le parking. En février, à New York, le froid était généralement mordant et, récemment, cela n'avait fait qu'empirer. Le moindre petit coup de vent était littéralement glaçant.

Il démarra sa voiture et la laissa chauffer quelques minutes, portant ses mains à sa bouche pour souffler de l'air chaud sur ses doigts gelés. C'était le deuxième hiver qu'il passait à New York, et il ne semblait pas s'accoutumer à ce climat plus froid. En Virginie, il trouvait que quarante degrés, c'était glacial en février. *Au moins, il ne neige pas*, se dit-il. *Un manteau d'argent.*

La distance entre le campus de Columbia et son domicile n'était que de onze kilomètres, mais le trafic était dense à cette heure de la journée, et les autres usagers de la route étaient généralement énervants. Reid passait le temps grâce à des livres audio, astuce que lui avait récemment conseillée sa fille ainée. En ce moment, il écoutait *Le Nom de la Rose* d'Umberto Eco, bien qu'aujourd'hui, il entendait à peine les paroles. Il pensait au mystérieux message de Maya.

La maison de Lawson était en brique brune. C'était un petit pavillon à deux étages, typique de Riverdale, à l'extrémité nord du Bronx. Il adorait ce quartier suburbain bucolique, proche de la ville et de l'université, avec ses rues venteuses qui laissaient place au sud à un grand boulevard. Les filles l'aimaient beaucoup aussi et, si Maya était acceptée à Columbia, ou même à son école de repli à NYU, elle n'aurait pas besoin de quitter la maison.

Reid se rendit tout de suite compte que quelque chose avait changé quand il entra chez lui. Il le sentait dans l'air et, depuis le couloir, il entendit des voix chuchoter dans la cuisine. Il posa sa sacoche et retira en silence son manteau avant de se glisser sur la pointe des pieds en direction des voix.

"Mais qu'est-ce que vous trafiquez ici ?" demanda-t-il en guise de bonjour.

"Salut, Papa !" Sara, sa fille de quatorze ans, se hissait sur la pointe des pieds pour observer sa sœur ainée, Maya, en train de procéder à un rituel étrange sur un plat de cuisson en Pyrex. "On prépare le dîner !"

"*Je* prépare le dîner," murmura Maya sans lever la tête. "*Elle* n'est que spectatrice."

Les yeux de Reid clignèrent de surprise. "OK. J'ai quelques questions." Il jeta un coup d'œil par-dessus l'épaule de Maya, alors qu'elle s'affairait à appliquer une sorte de laquage violacé sur une série de côtelette de porc en rang serré. "À commencer par… *euh ?*"

Maya n'avait toujours pas levé les yeux. "Ne me regarde pas comme ça," dit-elle. "S'ils comptent faire de l'éducation domestique un cours obligatoire, il faut bien que ça me serve à quelque chose." Elle finit par regarder son père avec un léger sourire. "Mais *ne* t'y habitue pas."

Reid leva les mains en signe de défense. "Cela va de soi."

Maya avait seize ans et elle était dangereusement intelligente. Elle avait clairement hérité de l'intellect de sa mère et serait déjà bachelière cette année, ayant sauté le huitième cycle. Elle possédait les cheveux noirs de Reid, un sourire pensif et un talent inné pour le dramatique. Sara, de son côté, ressemblait en tous points à Kate. Maintenant qu'elle devenait adolescente, Reid avait parfois de la peine en regardant son visage, même s'il ne le montrait jamais. Elle possédait également le tempérament fougueux de Kate. Alors que, la plupart du temps, Sara était un véritable amour, elle explosait parfois et les retombées pouvaient s'avérer dévastatrices.

Reid observa avec étonnement les filles mettre la table et servir le dîner. "Ce repas a l'air délicieux, Maya," dit-il.

"Oh, attends. Il manque un truc." Elle sortit quelque chose du frigo : une bouteille brune. "La belge est ta préférée, pas vrai ?"

Les yeux de Reid devinrent suspicieux. "Comment as-tu … ?"

"Ne t'en fais pas, c'est Tatie Linda qui l'a achetée." Elle fit sauter la capsule et versa la bière dans un verre. "C'est bon. On peut manger maintenant."

Reid avait de la veine que Linda, la sœur de Kate, ne vive qu'à quelques minutes de là. Gagner sa vie en tant que professeur, tout en élevant deux adolescentes, aurait été tout bonnement impossible sans elle. Sa présence avait été l'une des principales motivations pour venir s'installer à New York, afin que les filles aient un modèle féminin positif auprès d'elles. (Même s'il devait bien admettre ne pas être fan de l'idée que Linda puisse acheter de la bière à son adolescente, peu importe pour qui elle était destinée.)

"Maya, c'est vraiment très bon," s'exclama-t-il dès la première bouchée.

"Merci. C'est un laquage mexicain chipotle."

Il s'essuya la bouche, posa sa serviette et demanda, "Bon, c'est trop beau pour être honnête. Qu'est-ce que tu as fait ?"

"Quoi ? Mais rien du tout !" s'écria-t-elle.

"Alors, qu'est-ce que tu as cassé ?"

"Je n'ai rien …"

"Tu as été renvoyée ?"

"Papa, enfin…"

Reid saisit la table à deux mains de façon totalement mélodramatique. "Oh mon Dieu, ne me dis pas que tu es enceinte. Je n'ai même pas de fusil."

Sara explosa de rire.

"Mais tu vas arrêter à la fin ?" souffla Maya. "J'ai le droit d'être gentille, tu sais." Ils mangèrent en silence pendant environ une minute avant qu'elle ajoute innocemment, "Mais, maintenant que tu le dis…"

"Oh, bon sang. Nous y voilà."

Elle se râcla la gorge et dit, "J'ai une sorte de rendez-vous. Pour la Saint Valentin."

Reid faillit s'étouffer avec sa côtelette.

Sara fit la grimace. "Je te l'avais bien dit qu'il allait devenir bizarre."

Une fois remis de ses émotions, il leva la main. "Attends, attends, je ne suis pas bizarre. C'est juste que je ne m'attendais pas… Je ne pensais pas que tu, euh… Tu as un petit copain ?"

"Non," s'empressa de dire Maya. Puis, elle haussa les épaules et baissa les yeux vers son assiette. "Enfin peut-être. Je ne sais pas encore. Mais, c'est un mec sympa et il veut m'emmener dîner en ville…"

"En ville," répéta Reid.

"Oui, Papa, en ville. Et il me faut une robe. C'est un endroit chic. Je n'ai pas grand-chose à me mettre."

Maintes fois, Reid aurait désespérément eu besoin que Kate soit là, mais elle se serait peut-être sentie aussi dépassée que lui dans le cas présent. Il avait bien conscience que ses filles auraient des petits copains à un moment ou un autre, mais il espérait que ce ne serait pas le cas avant leurs vingt-cinq ans. C'était dans des moments pareils qu'il ressortait son acronyme parental fétiche, QDK : que dirait Kate ? En tant qu'artiste à l'esprit totalement libéré, elle gérerait certainement la situation bien différemment de lui, et il tâcha de garder ça à l'esprit.

Il devait avoir l'air particulièrement perturbé, car Maya eut un léger rire, et posa la main sur la sienne. "Tu es d'accord, Papa ? C'est juste un rencart. Il ne va rien se passer. Ce n'est pas la fin du monde."

"Mouais," dit-il doucement. "Tu as raison. C'est clair que ce n'est pas la fin du monde. Nous allons demander à Tante Linda si elle peut t'emmener au centre commercial ce week-end et..."

"Je préférerais que tu m'accompagnes."

"Vraiment ?"

Elle haussa les épaules. "En fait, je ne veux pas porter quoi que ce soit que tu désapprouverais."

Une robe, un dîner en ville et un certain garçon... ce n'était pas un truc qu'il aurait pensé devoir gérer de sitôt.

"Très bien," dit-il. "Dans ce cas, nous irons ensemble samedi. Mais à une condition : c'est moi qui choisis le jeu ce soir."

"Hum," dit Maya. "Ce n'est pas rien comme contrepartie. Laisse-moi consulter mon associée d'abord." Maya se retourna vers sa sœur.

Sara acquiesça. "OK, c'est d'accord, tant que tu ne choisis pas Risk."

Reid prit un air moqueur. "Tu ne sais pas de quoi tu parles. Risk est le meilleur jeu qui existe."

Après le dîner, Sara lava la vaisselle, pendant que Maya préparait du chocolat chaud. Reid opta pour l'un de ses jeux préférés, Ticket to Ride, un jeu classique consistant à construire des rails de train dans tous les États-Unis. Alors qu'il préparait les cartes et les wagons en plastique, il ne put s'empêcher de penser à comment il en était arrivé là. Comment Maya avait-elle pu grandir si vite ? Ces deux dernières années, depuis le décès de Kate, il avait joué le rôle des deux parents (avec l'aide précieuse de Tante Linda). Elles avaient encore besoin de lui toutes les deux, du moins le pensait-il, mais elles iraient dans peu de temps à l'université, puis elles auraient leurs carrières à mener, et ensuite...

"Papa ?" Sara entra dans la salle à manger et s'assit en face de lui. Comme si elle pouvait lire dans son esprit, elle lui dit, "N'oublie pas que j'ai une expo d'art à l'école mercredi soir prochain. Tu seras là, pas vrai ?"

Il sourit. "Bien sûr, ma chérie. Je ne voudrais pas rater ça." Soudain, il tapa dans ses mains. "Bon ! Qui est prête à prendre sa râclée... Je veux dire, qui est prête à jouer à un jeu sympa en famille ?"

"Amène-toi, mon vieux," cria Maya depuis la cuisine.

"Mon vieux ?" répéta Reid indigné. "J'ai trente-huit ans !"

"Je tâcherai de m'en rappeler." Elle éclata de rire en pénétrant dans la pièce. "Oh, le jeu du train." Son rire se transforma en léger sourire. "C'était le préféré de Maman, non ?"

"Oh… si." Reid fronça les sourcils. "En effet."

"Je prends les bleus !" annonça Sara en récupérant ses pièces.

"Orange," dit Maya. "Papa, quelle couleur ? Allô, Papa ?"

"Oh." Reid sortit de sa torpeur. "Désolé. Euh, vert."

Maya poussa les pièces vertes vers lui. Reid s'efforça de sourire, même si son esprit était troublé.

⚜ ⚜ ⚜

Au bout de deux parties, toutes gagnées par Maya, les filles s'en allèrent au lit et Reid se retira dans son bureau, une petite pièce au premier étage, juste au-dessus de l'entrée.

Riverdale n'était pas un quartier bon marché, mais il avait semblé important pour Reid de s'assurer que ses filles soient dans un environnement sûr et agréable. Étant donné qu'il n'y avait que deux chambres, il avait revendiqué comme bureau la piaule du premier étage. Tous ses livres et ses souvenirs s'entassaient sur presque chaque centimètre carré disponible de cette pièce de $9m^2$. Outre son bureau et un fauteuil en cuir, la seule chose encore visible était un petit tapis usé.

Il s'endormait souvent sur son fauteuil après de longues soirées à prendre des notes, préparer ses cours et relire des biographies. Il commençait d'ailleurs à avoir des problèmes de dos. Et, pour être tout à fait honnête, il ne dormait pas mieux dans son propre lit. Même s'il avait emménagé à New York avec les filles peu après la mort de Kate, il avait toujours le lit et le matelas King Size qui avait été le *leur*, à lui et à Kate.

Il aurait pu penser que la douleur d'avoir perdu Kate se serait estompée à présent, du moins légèrement. Parfois, c'était temporairement le cas mais, en passant devant sa chaîne de restaurants préférée ou en tombant sur l'un de ses films favoris à la télé, cette douleur revenait au galop, aussi vive que si ça s'était passé la veille.

Si les filles ressentaient la même chose, elles ne l'exprimaient jamais en tout cas. En fait, elles parlaient souvent d'elle ouvertement, chose que Reid était encore incapable de faire.

Il y avait une photo d'elle sur l'une de ses étagères, prise au mariage d'un ami une décennie plus tôt. Quasiment tous les soirs, il retournait le cadre, sans quoi il pourrait passer la nuit entière à le regarder.

Comme le monde pouvait être incroyablement injuste. Avant, ils avaient tout : une jolie maison, des filles géniales, de belles carrières. Ils vivaient à McLean, en Virginie. Il travaillait en tant que professeur adjoint à l'université voisine George Washington. Il voyageait beaucoup pour son travail, entre les séminaires et les congrès, en tant que lecteur invité sur l'histoire de l'Europe dans des écoles du pays entier. Kate faisait partie du département restauration du Musée d'Art Américain Smithsonian. Leurs filles étaient épanouies. La vie était parfaite

Mais, comme Robert Frost l'a si bien dit, l'or n'est en rien éternel. Un après-midi d'hiver, Kate s'était évanouie au travail, du moins c'est ce qu'avaient cru ses collèges quand elle s'était sentie faible et qu'elle était tombée de sa chaise. Ils avaient appelé une ambulance, mais il était déjà trop tard. Son décès avait été constaté en arrivant à l'hôpital. Une embolie, avaient-ils dit. Un caillot sanguin avait atteint son cerveau, provoquant un accident vasculaire cérébral ischémique. Les médecins utilisent souvent des termes médicaux à peine compréhensibles dans leurs explications, comme si cela pourrait altérer le choc de la douleur.

Et le pire, c'était que Reid était en voyage quand cela s'était produit. Il était à un séminaire pour étudiants de premier cycle, à Houston au Texas, en train de faire des discours sur le Moyen Âge, quand il avait reçu le coup de fil.

C'est comme ça qu'il avait appris la mort de sa femme. Un coup de téléphone, juste devant la porte d'une salle de conférence. Puis était venu le vol de retour, les tentatives de consoler ses filles au beau milieu de sa propre douleur dévastatrice et, enfin, le déménagement à New York.

Il se leva de son fauteuil et retourna la photo. Il n'aimait pas penser à tout ça, à la fin et à l'après. Il voulait se rappeler d'elle ainsi, sur la photo, Kate dans toute sa splendeur. C'est pourquoi il avait choisi de se souvenir.

Il y avait autre chose, une chose dont il avait à peine conscience, une sorte de souvenir brumeux qui tentait de refaire surface alors qu'il regardait la photo. C'était presque comme une sensation de déjà vu, mais pas du moment présent. C'était comme si son subconscient essayait de lui dire quelque chose.

Il revint soudain à la réalité en entendant frapper à la porte. Reid resta interdit, se demandant bien qui cela pouvait être. Il était presque minuit et les filles étaient au lit depuis deux heures déjà. On frappa de nouveau. Craignant que les filles ne se réveillent, il se hâta d'aller répondre. Après tout, il vivait dans un quartier sûr et n'avait aucune raison d'avoir peur d'ouvrir la porte, qu'il soit minuit ou non.

Ce ne fut pas le cinglant vent d'hiver qui lui glaça le sang. Il observa avec surprise les trois hommes sur le pas de sa porte. Ils étaient certainement du Moyen Orient, chacun d'entre eux ayant la peau sombre, une barbe noire et des yeux à l'intensité profonde. Ils portaient des vestes noires épaisses et des bottes. Les deux hommes flanqués de chaque côté de la porte étaient grands et maigres. Derrière eux, le troisième était large d'épaules et massif, avec un air renfrogné qui semblait ne jamais le quitter.

"Reid Lawson," prononça le grand homme de droite. "C'est bien vous ?" Son accent paraissait iranien, mais il était léger, suggérant que cela faisait déjà quelques temps qu'il était aux États-Unis.

Reid eut la gorge sèche en remarquant, par-dessus leurs épaules, une camionnette grise stationnée au bord du trottoir, phares éteints. "Hum, je suis navré," leur dit-il. "Vous devez faire erreur."

Sans quitter Reid des yeux, le grand homme de droite montra quelque chose à ses deux acolytes sur son téléphone mobile. L'homme de gauche, celui qui avait posé la question, acquiesça.

Tout à coup, l'homme massif fit un bond en avant étonnement rapide pour sa taille. Sa main charnue saisit Reid à la gorge. Reid pivota hors d'atteinte par pur réflexe, tituba en arrière et tomba presque à plat au sol. Il parvint à parer la chute de justesse, touchant le sol carrelé du bout des doigts.

Alors qu'il se redressait pour retrouver son équilibre, les trois hommes entrèrent dans la maison. Il paniqua en pensant à ses deux filles, endormies dans leurs lits, à l'étage.

Il se retourna et se mit à courir dans le couloir, déboulant dans la cuisine et contournant l'îlot central. En jetant un coup d'œil derrière lui, il vit les hommes à ses trousses. *Téléphone portable*, pensa-t-il, désespéré. Il était sur son bureau, à l'étage, et ses assaillants bloquaient le passage.

Il fallait qu'il les éloigne de la maison et de ses filles. À sa droite, se trouvait la porte qui donnait sur la cour. Il l'ouvrit et se remit à courir sur la passerelle. L'un des hommes l'insulta dans une langue étrangère, de l'arabe pensa-t-il, courant derrière lui. Reid sauta par-dessus la rampe de la passerelle et atterrit dans la petite cour. Une décharge douloureuse traversa sa cheville au moment où il toucha le sol, mais il l'ignora. Il contourna l'angle de la maison et s'aplatit contre la façade en brique, essayant désespérément de faire taire sa respiration haletante.

La brique était glaciale au toucher et le léger vent hivernal était coupant comme un couteau. Ses orteils étaient déjà en compote, étant donné qu'il s'était rué hors de la maison en chaussettes. Il avait la chair de poule partout sur ses membres.

Il pouvait entendre les hommes discuter en chuchotant, leurs voix rauques et précipitées. Il compta les voix qu'il distinguait : une, deux et enfin trois. Ils étaient tous sortis de la maison. Parfait, ils n'en avaient qu'après lui, et non après les filles.

Il fallait qu'il trouve un téléphone. Mais il ne pouvait pas retourner chez lui sans mettre en danger ses filles. Il ne se voyait pas non plus aller tambouriner à la porte d'un voisin. Il se souvint qu'il y avait une borne jaune d'appel d'urgence fixée à une cabine téléphonique en bas du pâté de maisons. S'il parvenait jusqu'ici…

Il prit une profonde inspiration et sprinta pour traverser la cour sombre, osant passer ensuite dans le faisceau lumineux projeté par les lampadaires de la rue au-dessus de lui. Sa cheville le lançait en guise de protestation et le choc causé par le froid était comme des piquants s'enfonçant dans ses pieds, mais il s'efforça d'avancer aussi vite que possible.

Reid jeta un œil par-dessus son épaule. L'un des deux grands l'avait repéré. Il cria pour appeler les autres, mais il ne se mit pas à sa poursuite. Bizarre, pensa Reid, mais il n'avait pas le temps de réfléchir à la question.

Il arriva bientôt à la borne d'appel d'urgence, l'ouvrit d'un coup sec et enfonça son pouce contre le bouton rouge censé alerter les services de police locaux. Il regarda de nouveau derrière lui. Il ne voyait aucun des trois hommes.

"Allô ?" chuchota-t-il dans le combiné. "Est-ce que quelqu'un m'entend ?" Où était la lumière ? Normalement, il devait y avoir une lumière qui s'allume quand on appuie sur le bouton rouge. Est-ce que ce truc marchait au moins ? "Je m'appelle Reid Lawson, je suis poursuivi par trois hommes, j'habite à…"

Une main puissante attrapa une poignée des cheveux courts et bruns de Reid, puis le tira en arrière. Ses mots restèrent coincés dans sa gorge, se transformant en une pauvre respiration sifflante et enrouée.

La dernière chose dont il eut conscience fut un tissu rugueux et aveuglant contre son visage : un sac sur sa tête. En même temps, on lui passa les mains derrière le dos et on le menotta. Il tenta de lutter, mais les mains puissantes le tenaient fermement, tordant presque ses poignets jusqu'à la rupture.

"Attendez !" parvint-il à crier. "S'il vous plait…" Un impact atteint si violemment son abdomen que l'air s'échappa totalement de ses poumons. Il n'arrivait plus à respirer, et encore moins à parler. Des couleurs étourdissantes se mirent à danser devant ses yeux et il fut au bord de l'évanouissement.

Puis, il fut traîné, ses chaussettes râclant contre le pavé du trottoir. Il fut hissé dans la camionnette et la portière se referma derrière lui. Les trois hommes échangèrent quelques mots entre eux dans une langue gutturale dont le ton semblait accusateur.

"Pourquoi… ?" finit par dire Reid dans un souffle.

Il sentit la pointe d'une aiguille dans le haut de son bras, puis tout son monde s'écroula.

Chapitre Deux

Aveugle. Froid. Grondant, assourdissant, bousculant, douloureux.

La première chose que Reid constata en se réveillant, c'est que tout était noir : il ne pouvait rien voir. Une odeur âcre de carburant emplissait ses narines. Il essaya de bouger ses membres lancinants, mais il avait les mains liées dans le dos. Il gelait, mais il n'y avait pas de vent, juste de l'air froid, comme s'il était assis dans un frigo.

Lentement, comme si le brouillard se dissipait, les souvenirs de ce qui s'était produit affluaient dans sa mémoire. Les trois hommes du Moyen Orient. Un sac sur sa tête. Une aiguille plantée dans son bras.

Il fut pris de panique, tirant sur ses liens et agitant les jambes. La douleur lui brûlait les poignets et le métal des menottes s'enfonçait dans sa peau. Sa cheville le lançait, envoyant des ondes de choc dans sa jambe gauche. Il ressentait une pression intense au niveau des oreilles et il n'entendait rien d'autre qu'un moteur vrombissant.

Pendant une fraction de seconde, il ressentit une sensation de chute dans son estomac, conséquence d'une accélération verticale désagréable. Il se trouvait dans un avion. Et à en croire le bruit qu'il faisait, ce n'était pas un simple avion de ligne. Ce vrombissement, ce moteur extrêmement bruyant, l'odeur de carburant… Il réalisa qu'il était certainement à bord d'un avion de marchandises.

Combien de temps était-il resté inconscient ? Qu'est-ce qu'ils lui avaient injecté ? Est-ce que les filles allaient bien ? *Les filles*. Des larmes embuèrent ses yeux alors qu'il espérait coûte que coûte qu'elles étaient en sécurité, que la police en avait entendu assez et que les autorités s'étaient rendues chez lui…

Il se tortilla sur son siège métallique. Malgré la douleur et l'enrouement de sa gorge, il s'aventura à ouvrir la bouche.

“B-bonjour ?” Les mots sortirent en un murmure inaudible. Il se râcla la gorge et essaya de nouveau. “Bonjour ? Il y a quelqu’un… ?” Puis, il réalisa que le bruit du moteur devait couvrir sa voix, à moins que quelqu’un soit assis juste à côté de lui. “Ohé !” tenta-t-il de crier. “S’il vous plait… quelqu’un peut me dire ce qui…”

Une dure voix masculine lui chuchota quelque chose en arabe. Reid tressaillit. L’homme était proche, pas plus de quelques mètres.

“S’il vous plait, dites-moi ce qui se passe,” supplia-t-il. “C’est quoi ce cirque ? Pourquoi faites-vous ça ?”

Une autre voix cria de façon menaçante en arabe, à sa droite cette fois. Reid grimaça à cette vive réprimande. Il espérait que le vrombissement de l’avion parvenait à cacher le tremblement de ses membres.

“Vous faites erreur sur la personne,” dit-il. “Qu’est-ce que vous voulez ? De l’argent ? Je n’en ai pas beaucoup, mais je peux… Attendez !” Une grosse main se referma sur son avant-bras comme un étau et, l’instant d’après, il fut arraché à son siège. Il chancela, essayant de se mettre debout, mais les secousses de l’avion et la douleur dans sa cheville l’en empêchèrent. Ses genoux se dérobèrent et il tomba sur le flanc.

Quelque chose de dur et lourd le frappa au beau milieu de sa chute. Une douleur aux multiples ramifications envahit son torse. Il essaya de protester, mais sa voix se perdit dans un sanglot inintelligible.

Un autre coup de pied l’atteint dans le dos, puis encore un, au menton cette fois.

Malgré l’horreur de la situation, une pensée bizarre saisit Reid. Ces hommes, leurs voix, les coups : tout suggérait une vengeance personnelle. Il ne se sentait pas seulement attaqué, il se sentait carrément *haï*. Ces hommes étaient en colère, et cette colère était dirigée contre lui comme le faisceau d’un laser.

La douleur s’apaisa, lentement, laissant place à un engourdissement froid qui le submergeait alors qu’il était en train de s’évanouir.

⚜ ⚜ ⚜

Douleur. Desséchante, palpitante, insupportable, brûlante.

Reid se réveilla de nouveau. Les souvenirs du passé… Il ne savait même pas combien de temps cela avait duré. Il ne pouvait pas dire si c'était le jour ou la nuit, ni où il était, qu'il fasse jour ou nuit d'ailleurs. Mais les souvenirs affluèrent de nouveau, décousus comme des images uniques coupées dans une bande de film et abandonnées ainsi, sur le sol.

Trois hommes.

La borne d'urgence.

La camionnette.

L'avion.

Et maintenant…

Reid s'efforça d'ouvrir les yeux. C'était difficile. On aurait dit que ses paupières avaient été scellées avec de la colle. Mais à travers la peau fine, il pouvait percevoir qu'une lumière vive et crue l'attendait de l'autre côté. Il en sentait la chaleur sur son visage et parvenait à voir le réseau de minuscules vaisseaux sanguins à travers ses paupières.

Il plissa les yeux. Tout ce qu'il pouvait voir, c'était la lumière impitoyable, brillante et blanche, lui brûlant la tête. Mon dieu, qu'il avait mal à la tête. Il essaya de gémir et constata, par le biais d'une dose électrique de douleur nouvelle, que sa mâchoire le faisait également souffrir. Sa langue était pâteuse et sèche, comme s'il avait la bouche pleine de pièces. Le goût du sang.

Il réalisa que ses yeux avaient eu du mal à s'ouvrir parce qu'ils étaient réellement collés. Un côté de son visage lui semblait chaud et poisseux. Le sang avait couru depuis son front jusque dans ses yeux, certainement à cause de tous les coups qu'il avait reçus jusqu'à s'évanouir dans l'avion.

En tout cas, il pouvait voir la lumière. On avait donc retiré le sac de sa tête. Qu'il s'agisse ou non d'une bonne chose restait à voir.

Alors que ses yeux tentaient de s'adapter, il essaya de nouveau de bouger les mains, en vain. Elles étaient toujours liées mais, cette fois, il ne s'agissait pas de menottes. Des cordes épaisses et rugueuses les maintenaient en place. Ses chevilles étaient également attachées aux pieds d'une chaise en bois.

Ses yeux finirent par s'habituer à la dureté de la lumière et des contours flous commencèrent à se former. Il se trouvait dans une petite pièce sans fenêtre, aux murs en béton irréguliers. Il faisait chaud et humide là-dedans, assez pour sentir de la sueur lui picoter la nuque, malgré la sensation de froid et d'engourdissement partiel de son corps.

Il ne parvenait pas à ouvrir totalement son œil droit et c'était douloureux d'essayer. Soit il avait pris un coup ici avant, soit ses ravisseurs avaient continué de le frapper alors qu'il était inconscient.

La lumière vive provenait d'une fine lampe d'examen, reposant sur un long pied à roulettes, réglée à sa hauteur et éclairant son visage. L'ampoule halogène brillait violemment. S'il y avait quoi que ce soit au-delà de cette lampe, il ne pouvait pas le voir.

Il tressaillit quand un *tintement* puissant résonna dans toute la petite pièce : le bruit d'un verrou métallique que l'on fait sauter. Les charnières couinèrent, mais Reid ne voyait pas la porte. Elle se ferma de nouveau dans un bruit dissonant.

Une silhouette barra la lumière, le baignant d'ombre, alors qu'elle se trouvait debout devant lui. Il tremblait, n'osant pas lever les yeux.

"Qui êtes-vous ?" La voix était masculine, légèrement plus aiguë que celle des précédents ravisseurs, mais toujours fortement marquée par un accent du Moyen Orient.

Reid ouvrit la bouche pour parler, pour leur dire qu'il n'était rien de plus qu'un professeur d'histoire, qu'ils faisaient erreur sur la personne, mais il lui revint rapidement en tête que, la dernière fois qu'il avait essayé de le faire, il avait reçu des coups de pied en retour. À la place, un petit gémissement s'échappa de ses lèvres.

L'homme soupira et s'éloigna de la lumière. Quelque chose crissa contre le sol en béton : les pieds d'une chaise. L'homme ajusta la lampe afin que son faisceau s'éloigne légèrement du visage de Reid, puis il s'assit sur la chaise, face à lui, si près que leurs genoux pouvaient presque se toucher.

Reid leva lentement les yeux. L'homme était jeune, trente ans tout au plus, avec la peau foncée et une barbe noire proprement rasée. Il portait des lunettes rondes en métal et un *kufi* blanc, sorte de casquette ronde sans visière.

L'espoir envahit Reid. Ce jeune homme semblait être un intellectuel, totalement différent des sauvages qui l'avaient attaqué et enlevé. Peut-être pourrait-il négocier avec cet homme. Peut-être que c'était lui le chef…

"On va commencer par quelque chose de simple," dit l'homme. Sa voix était douce et posée, typiquement le ton qu'un psychologue pourrait employer avec un patient. "Comment vous appelez-vous ?"

"L ... Lawson." Sa voix bégaya dès la première tentative. Il toussa, et fut un peu alarmé en voyant des taches de sang au sol. L'homme qui lui faisait face lui essuya le nez avec dégout. "Je m'appelle ... Reid Lawson." Pourquoi est-ce qu'ils lui demandaient encore son nom ? Il le leur avait déjà dit. Avait-il fait involontairement du tort à quelqu'un ?

L'homme soupira lentement et il sentit son souffle sur son nez. Il posa ses coudes contre ses genoux et se pencha en avant, baissant un peu plus le ton de sa voix. "Il y a beaucoup de gens qui voudraient être dans cette pièce à l'heure actuelle. Heureusement pour vous, il n'y a que vous et moi. Toutefois, si vous n'êtes pas honnête avec moi, je n'aurai pas d'autre choix que d'inviter ... d'autres personnes. Et elles ne sont pas aussi compréhensives que moi." Il se redressa sur sa chaise. "Donc, je vous le demande à nouveau. Quel ... est ... votre ... nom ?"

Comment pouvait-il le convaincre qu'il était bien qui il disait être ? Le cœur de Reid s'emballa quand la dure réalité le frappa comme un coup porté à la tête. Il allait certainement mourir dans cette pièce. "Je vous dis la vérité !" insista-t-il. Soudain, un flot de paroles sortit de sa bouche, comme si un barrage venait de rompre. "Je m'appelle Reid Lawson. S'il vous plait, dites-moi pourquoi je suis ici. Je ne sais pas ce qui se passe et je n'ai rien fait du tout ..."

L'homme frappa violemment Reid à la bouche d'un revers de la main. Sa tête en fut fortement secouée. Il émit un gémissement alors que la douleur rayonnait à travers sa lèvre fraîchement fendue.

"Votre nom." L'homme essuya le sang sur la chevalière en or qu'il portait à la main.

"Je ... Je vous l'ai dit," balbutia-t-il. "M-mon nom est Lawson." Il étouffa un sanglot. "Je vous en prie."

Il osa lever les yeux. Son interrogateur l'observait, impassible et froid. "Votre nom."

"Reid Lawson !" Reid sentit la chaleur envahir son visage alors que la douleur se changeait en colère. Il ne savait pas ce qu'il pouvait dire d'autre, ni ce qu'il voulait qu'il dise. "Lawson ! C'est Lawson ! Vous pouvez vérifier mon… mon…" Non, ils ne pouvaient pas vérifier son identité. Il n'avait même pas son porte-monnaie sur lui quand le trio de musulmans l'avait embarqué.

Son interrogateur fit non de la tête, avant d'enfoncer son poing osseux dans le plexus de Reid. Une nouvelle fois, l'air sortit complètement de ses poumons. Pendant une longue minute, Reid fut incapable de respirer, avant d'y parvenir enfin dans un souffle haletant. Sa poitrine le brûlait vivement. De la sueur perla sur ses joues, brûlant au passage sa lèvre fendue. Sa tête pendait mollement, le menton entre les clavicules, alors qu'il tentait de combattre une vague de nausée.

"Votre nom," répéta calmement l'interrogateur.

"Je… Je ne sais pas ce que vous voulez me faire dire," soupira Reid. "Je ne sais pas qui vous cherchez. Mais ce n'est pas moi." Est-ce qu'il perdait la tête ? Il était pourtant sûr de n'avoir rien fait pour mériter un tel traitement.

L'homme au *kufi* se pencha de nouveau en avant, relevant cette fois gentiment le menton de Reid avec ses deux doigts. Il lui tourna la tête, forçant Reid à le regarder dans les yeux. Ses fines lèvres s'étiraient en un sourire à moitié grimaçant.

"Mon ami," dit-il, "la situation va beaucoup, beaucoup empirer avant de s'améliorer."

Reid déglutit et sentit un goût de cuivre au fond de sa gorge. Il savait que le sang est un vomitif. L'équivalent de deux tasses le ferait vomir, et il se sentait déjà nauséeux et étourdi. "Écoutez-moi," implora-t-il. Sa voix était tremblante et apeurée. "Les hommes qui m'ont capturé, ils sont venus au 22 Ivy Lane, chez moi. Je m'appelle Reid Lawson. Je suis professeur d'histoire européenne à l'Université de Columbia. Je suis veuf et j'ai deux filles…" Il s'arrêta net. Jusqu'ici, ses ravisseurs n'avaient donné aucun indice de leur connaissance ou non de l'existence des filles. "Si ce n'est pas ça que vous cherchez, alors je ne peux rien pour vous. Je vous en prie. C'est la vérité."

L'interrogateur le fixa du regard un long moment, sans cligner des yeux. Puis il aboya brusquement quelque chose en arabe. Reid tressaillit en entendant le bruit soudain.

Le verrou venait de s'ouvrir à nouveau. Par-dessus l'épaule de l'homme, Reid entrevoyait à peine les contours de l'épaisse porte en train de s'ouvrir. Elle semblait faite en une sorte de métal, du fer ou de l'acier certainement.

Il réalisa que cette pièce était conçue comme une cellule de prison.

Une silhouette apparut dans l'embrasure de la porte. L'interrogateur cria quelque chose d'autre dans sa langue natale et la silhouette s'évanouit. Il décocha à Reid un sourire grimaçant. "Nous verrons bien," dit-il simplement.

Il y eut un grincement de roues, puis la silhouette réapparut, poussant cette fois un chariot en acier sur le sol bétonné de la pièce. Reid reconnut son convoyeur comme étant la brute silencieuse et puissante qui était venue chez lui, avec son éternel air renfrogné.

Sur le chariot, se trouvait une machine archaïque, un boîtier marron avec une douzaine de boutons et de cadrans, ainsi que d'épais fils noirs branchés sur un côté. De l'autre côté, s'étirait un rouleau de papier blanc avec quatre fines aiguilles appuyées dessus.

C'était un polygraphe, probablement aussi vieux que Reid lui-même. En tout cas, il s'agissait d'un détecteur de mensonges. Il poussa un soupir, à moitié soulagé. Au moins, ils allaient voir qu'il disait la vérité.

Ce qu'ils feraient de lui ensuite... Il ne voulait même pas y penser.

L'interrogateur se mit à enrouler les capteurs Velcro autour de deux des doigts de Reid, posant un brassard sur son biceps gauche et deux cordons autour de sa poitrine. Il se rassit, sortant un crayon de sa poche et se collant la gomme rose dans la bouche.

"Vous savez ce que c'est," dit-il simplement. "Vous savez comment ça marche. Si vous dites quoi que ce soit qui ne répond pas honnêtement à mes questions, nous vous frapperons. C'est bien compris ?"

Reid acquiesça. "Oui."

L'interrogateur enclencha le commutateur et régla les boutons de la machine. La brute renfrognée se tenait derrière son épaule, camouflant la lumière qui venait de la lampe d'examen, et regardant en direction de Reid.

Les fines aiguilles dansèrent légèrement sur le rouleau de papier blanc, laissant quatre tracés noirs. L'interrogateur gribouilla quelque chose sur la feuille avant de tourner de nouveau son regard froid vers Reid. “De quelle couleur est mon chapeau ?”

“Blanc,” répondit calmement Reid.

“De quelle espèce êtes-vous ?”

“Humaine.” L’interrogateur établissait des bases pour les questions à venir : en général, quatre ou cinq vérités connues afin de pouvoir détecter les mensonges potentiels.

“Dans quelle ville vivez-vous ?”

“New York.”

“Où êtes-vous maintenant ?”

Reid prit un ton presque moqueur. “Sur une… sur une chaise. Je ne sais pas.”

L’interrogateur inscrivait par intermittence des marques sur le papier. “Quel est votre nom ?”

Reid fit de son mieux pour garder une voix posée. “Reid Lawson.”

Les trois hommes observaient la machine. Les aiguilles continuaient de bouger, imperturbables. Il n’y avait pas de pics ou de creux significatifs dans les lignes qui se dessinaient.

“Quel est votre emploi ?” demanda l’interrogateur.

“Je suis professeur d’Histoire de l’Europe à l’Université de Columbia.”

“Depuis combien de temps êtes-vous professeur à l’université ?”

“Treize ans,” répondit Reid avec franchise. “J’ai été professeur assistant pendant cinq ans, puis professeur adjoint en Virginie pendant six années de plus. Je suis désormais professeur associé à New York depuis deux ans.”

“Êtes-vous déjà allé à Téhéran ?”

“Non.”

“ Êtes-vous déjà allé à Zagreb ?”

“Non !”

“ Êtes-vous déjà allé à Madrid ?”

“N—oui. Une fois, il y a quatre ans à peu près. C’était pour un congrès, je représentais l’université.”

Les aiguilles restaient stables.

"Vous voyez ?" Reid avait tellement envie de hurler qu'il luttait pour garder son calme. "Vous vous êtes trompés de personne. Je ne sais pas qui vous cherchez, mais ce n'est pas moi."

L'interrogateur souffla par les narines, mais ce fut sa seule réaction. La brute serra ses mains devant lui, faisant ressortir ses veines sur sa peau.

"Avez-vous déjà rencontré un homme du nom de Cheikh Mustafar ?" demanda l'interrogateur.

Reid secoua la tête. "Non."

"Il ment !" Un homme grand et maigre entra dans la pièce : l'un des deux autres hommes qui l'avaient assailli chez lui, le même qui lui avait demandé son nom en premier. Il avança à grandes enjambées, son regard hostile dirigé sur Reid. "On peut tromper cette machine. Nous le savons bien."

"Il y aurait des signes," répondit calmement l'interrogateur. "Un langage corporel, de la sueur, des signes vitaux… Tout laisse ici à penser qu'il dit la vérité." Reid ne put s'empêcher de penser qu'ils parlaient en anglais pour qu'il puisse comprendre.

Le grand homme tourna les talons et commença à faire les cent pas le long de la pièce nue, murmurant de colère en arabe. "Demande-lui pour Téhéran."

"C'est déjà fait," répondit l'interrogateur.

Le grand homme se tourna de nouveau vers Reid, furieux. Reid retint son souffle, s'attendant de nouveau à recevoir des coups.

Au lieu de ça, l'homme reprit sa marche. Il prononça quelques mots rapides en arabe. L'interrogateur lui répondit, et la brute observa Reid avec attention.

"S'il vous plait !" dit-il assez fort pour couvrir leur bavardage. "Je ne suis pas la personne que vous croyez. Je n'ai aucun souvenir de ce que vous me demandez…"

Le grand homme s'arrêta de parler et ses yeux s'écarquillèrent. Il se tapa le front, avant de se remettre à parler à l'interrogateur d'un ton excité. L'homme impassible au *kufi* se caressait le menton.

"Possible," dit-il en anglais. Il se leva et prit le visage de Reid à deux mains.

“Qu’est-ce qui se passe ? Que faites-vous ?” demanda Reid. Les doigts de l’homme tâtaient méticuleusement le contour de son visage à la naissance des cheveux.

“Du calme,” dit posément l’homme. Il sonda le cuir chevelu de Reid, sa nuque, ses oreilles… “Ah !” dit-il brusquement. Il appela sa cohorte qui déboula d’un coup, penchant violemment la tête de Reid d’un côté.

L’interrogateur fit courir un doigt le long de l’os mastoïdien de Reid, cette petite section d’os temporal juste derrière l’oreille. Il y avait une masse oblongue sous la peau, à peine plus grande qu’un grain de riz.

L’interrogateur aboya des ordres au grand homme, et ce dernier quitta précipitamment la pièce. Le cou de Reid le faisait souffrir à cause de l’angle peu confortable auquel sa tête était maintenue.

“Quoi ? Qu’est-ce qui se passe ?” demanda-t-il.

“Cette boule, ici,” dit l’interrogateur en passant de nouveau son doigt dessus. “C’est quoi ?”

“C’est… C’est juste un éperon osseux,” dit Reid. “Je l’ai depuis un accident de voiture, quand j’avais la vingtaine.”

Le grand homme ne tarda pas à revenir, cette fois avec un plateau en plastique. Il le posa sur le chariot, juste à côté du détecteur de mensonges. Malgré la faible luminosité et l’angle inconfortable de sa tête, Reid put clairement voir ce qui se trouvait sur le plateau. Un nœud d’effroi lui serra l’estomac.

Sur le chariot, se trouvaient un grand nombre d’instrument métalliques acérés.

“Pourquoi tout ceci ?” On sentait la panique dans sa voix. Il se tortilla contre ses liens. “Mais, qu’est-ce que vous faites ?”

L’interrogateur donna un ordre bref à la brute. Il s’avança, et la luminosité soudaine de la lampe d’examen aveugla presque Reid.

“Attendez… Attendez !” cria-t-il. “Dites-moi au moins ce que vous voulez savoir !”

La brute s’empara de la tête de Reid avec ses grandes mains et l’agrippa fermement, le forçant à rester immobile. L’interrogateur saisit un outil : un scalpel à fine lame.

“S’il vous plait, non… Je vous en prie…” La respiration de Reid était saccadée. Il était presque en train d’hyperventiler.

"Chut," répondit calmement l'interrogateur. "Vous allez rester tranquille. Je ne voudrais pas vous couper l'oreille. Du moins, pas par accident."

Reid hurla alors que la lame s'enfonçait dans la peau derrière son oreille, mais la brute le maintenait immobile. Chaque muscle de ses membres se crispa.

Un étrange bruit parvint à ses oreilles : une douce mélodie. L'interrogateur chantait tranquillement en arabe, alors qu'il découpait quelque chose derrière la tête de Reid.

Il laissa tomber le scalpel sanglant sur le plateau, alors que Reid essayait péniblement de souffler entre ses dents. Puis, l'interrogateur s'empara d'une paire de pinces effilées.

"Je suis navré, mais ce n'est que le début," murmura-t-il à l'oreille de Reid. "L'étape suivante va vraiment faire mal."

Les pinces attrapèrent quelque chose sous la peau de Reid : était-ce son os ? Puis l'interrogateur tira dessus. Reid hurla, à l'agonie, alors qu'une douleur vive envahissait son cerveau, atteignant ses terminaisons nerveuses. Ses bras tremblaient et ses pieds cognaient contre le sol.

La douleur ne cessa d'augmenter jusqu'à ce que Reid se dise qu'il ne pourrait plus la supporter. Du sang coulait dans son oreille et ses propres cris lui semblaient être des sons lointains. Puis, la lumière de la lampe s'estompa et sa vision s'assombrit, alors qu'il glissait vers l'inconscience.

Chapitre Trois

À l'âge de vingt-trois ans, Reid avait eu un accident de voiture. Le feu était passé au vert et il s'était engagé sur le croisement. Un camion pick-up avait grillé le feu et avait percuté le côté passager à l'avant. Sa tête avait heurté la vitre et il était resté inconscient quelques minutes.

Sa seule blessure avait été une fracture de l'os temporal crânien. Il s'en sortait bien : la seule preuve de l'accident était une petite excroissance derrière l'oreille. Le médecin lui avait expliqué qu'il s'agissait d'un éperon osseux.

Le truc bizarre concernant cet accident, c'était que bien qu'il se souvienne de l'événement, il ne se rappelait aucunement la douleur ressentie, ni sur le moment, ni même après d'ailleurs.

Mais il la sentait bien à présent. Alors qu'il reprenait connaissance, le petit morceau d'os derrière son oreille lui faisait souffrir le martyre. La lampe d'examen brillait de nouveau dans ses yeux. Il les plissa, puis poussa un léger gémissement. Le moindre petit mouvement de tête provoquait une nouvelle piqûre dans son cou.

Soudain, son esprit fut saisi par une constatation. La lumière vive dans ses yeux n'était pas du tout celle de la lampe.

Le soleil de l'après-midi étincelle sous un ciel bleu sans nuages. Un A-10 Warthog survole la zone, virant à droite, puis plongeant en altitude sur les toits tristes et plats de Kandahar.

La vision n'était pas claire. Elle arrivait par flashs, comme plusieurs photos fixes dans une séquence, comme regarder quelqu'un qui danse sous un stroboscope.

Tu te trouves sur le toit beige d'un immeuble à moitié détruit, un tiers du bâtiment ayant explosé. Tu cales le manche contre ton épaule, regarde dans le viseur, puis aperçois un homme en-dessous ...

Reid secoua la tête et gémit une nouvelle fois. Il était dans la salle bétonnée, sous l'œil inquisiteur de la lampe d'examen. Ses doigts tremblaient et ses membres étaient froids. De la sueur coulait sur son front. Il était probablement encore sous le choc. À sa gauche, il pouvait voir que sa chemise était trempée de sang au niveau de l'épaule.

"Éperon osseux," prononça la voix placide de l'interrogateur. Puis, il partit d'un rire sardonique. Une main fine apparut dans le champ de vision de Reid, tenant la paire de pinces effilées. Calée entre ses lames, se trouvait quelque chose de minuscule et d'argenté, mais Reid ne distinguait pas ses contours. Sa vision était floue et la pièce lui semblait tournoyer légèrement. "Savez-vous ce que c'est ?"

Reid secoua lentement la tête.

"J'avoue que je n'ai vu ça qu'une fois auparavant," dit l'interrogateur. "Une puce de suppression de mémoire. C'est très utile pour les gens dans votre cas unique." Il laissa tomber les pinces et le petit grain argenté sur le plateau en plastique.

"Non," grommela Reid. "Impossible." Le dernier mot sortit à peine plus fort qu'un murmure. Suppression de mémoire ? On nageait en pleine science-fiction. Pour que ça puisse marcher, il faudrait que la totalité du système limbique du cerveau soit affectée.

Le cinquième étage du Ritz à Madrid. Tu ajustes ta cravate noire avant de mettre un grand coup de talon dans la porte, juste au-dessus de la poignée. L'homme à l'intérieur est pris par surprise. Il bondit sur ses pieds et s'empare d'un pistolet sur le bureau. Mais avant qu'il puisse le lever sur toi, tu saisis son arme et la retourne vers lui. La force fait facilement rompre son poignet ...

Reid chassa cette séquence confuse de son cerveau, alors que son interrogateur prenait place dans la chaise en face de lui.

"Vous m'avez fait quelque chose," murmura-t-il.

"Oui," acquiesça l'interrogateur. "Nous venons de vous libérer de votre prison mentale." Il se pencha en avant avec un petit sourire narquois, cherchant quelque chose dans les yeux de Reid. "Vous vous souvenez. C'est fascinant à observer. Vous êtes perdu. Vos pupilles sont anormalement dilatées, malgré la lumière. Qu'est-ce qui est réel, 'Professor Lawson' ?"

Le Cheikh. Par tous les moyens nécessaires.

"Quand notre mémoire nous fait défaut ..."

Dernière cachette connue : une maison sécurisée de Téhéran.

"Qui sommes-nous ?"

Une balle fait le même bruit dans toutes les langues ... Qui a dit ça ?

"Qui devenons-nous ?"

C'est toi qui as dit ça.

Reid se sentit de nouveau glisser dans le vide. L'interrogateur lui mit deux gifles, afin qu'il revienne à ce qui se passait dans la pièce. "À présent, nous pouvons nous y remettre sérieusement. Alors, je vous pose de nouveau la question. Quel ... est ... votre ... nom ?"

Tu entres seul dans la salle d'interrogatoire. Le suspect est menotté à un anneau fixé à la table. Tu cherches dans la poche intérieure de ton veston et en sort un badge d'identification en cuir ...

"Reid. Lawson." Sa voix était hésitante. "Je suis professeur ... d'histoire de l'Europe ..."

L'interrogateur soupira de déception. Il fit un signe de la main à la brute renfrognée. Un lourd poing s'abattit alors contre la joue de Reid. Une de ses molaires ricocha sur le sol dans une giclée de sang frais.

Pendant un moment, il n'y eut même pas de douleur. Son visage était engourdi, palpitant sous l'impact. Puis une nouvelle agonie nébuleuse prit le dessus.

"Arggh ..." Il essayait de former des mots, mais ses lèvres refusaient de bouger.

"Je vous le demande encore," continua l'interrogateur. "Téhéran ?"

Le cheikh se terrait dans une maison sécurisée, camouflée par une usine textile abandonnée.

"Zagreb ?"

Deux iraniens, sur le point de monter dans un avion charter pour Paris, sont appréhendés sur une piste privée.

"Madrid ?"

Le cinquième étage du Ritz : une cellule dormante activée avec une bombe dans une valise. Destination présumée : la Plaza de Cibeles.

"Cheikh Mustafar ?"

Il a négocié pour garder la vie sauve. Il nous a dit tout ce qu'il savait : les noms, les lieux, les plans. Mais il en savait tellement ...

"Je sais que vous vous souvenez," reprit l'interrogateur. "Vos yeux vous trahissent ... Zéro."

Zéro. Un flash lui vint en tête : *Un homme portant des lunettes de soleil aviateur et une veste de motard noire. Il est debout, à l'angle d'une rue, dans une ville européenne. Il avance parmi la foule. Personne n'en a conscience. Personne ne sait qu'il est là.*

Reid tenta de nouveau de chasser les visions de son esprit. Qu'est-ce qui lui arrivait ? Les images dansaient dans sa tête comme des séquences en stop-motion, mais il refusait de reconnaître qu'il s'agisse de souvenirs. Elles étaient fausses. Implantées, en quelque sorte. Il était professeur à l'université, père de deux adolescentes, vivant dans une humble maison du Bronx ...

"Dites-nous ce que vous savez de nos plans," demanda posément l'interrogateur.

Nous ne parlons pas. Jamais.

Les mots firent écho dans la caverne de son esprit, encore et encore. *Nous ne parlons pas. Jamais.*

"C'est trop long !" cria le grand iranien. "Force-le."

L'interrogateur soupira. Il tira à lui le chariot métallique, mais pas pour se tourner vers le détecteur de mensonge. Au lieu de ça, ses doigts s'attardèrent sur le plateau en plastique. "Je suis un homme patient en général," dit-il à Reid. "Mais je dois admettre que la frustration de mes associés est assez contagieuse." Il s'empara du scalpel sanglant, l'outil utilisé pour libérer le petit grain d'argent de sa tête, et il appuya doucement la pointe de la lame contre le jean de Reid, environ dix centimètres au-dessus du genou. "Nous voulons simplement savoir ce que vous savez. Les noms. Les dates. À qui vous avez dit ce que vous savez. L'identité des autres agents de votre camp sur le secteur."

Morris. Reidigger. Johansson. Les noms lui traversèrent l'esprit et, avec eux, des visages qu'il n'avait jamais vus auparavant. Un homme plus jeune aux cheveux noirs et au sourire arrogant. Un gars au visage rond et à l'air sympa, vêtu d'une chemise blanche. Une femme aux cheveux blonds ondulés et aux yeux gris comme l'acier.

"Et qu'est devenu le cheikh ?"

Bizarrement, Reid savait tout à coup que le cheikh en question avait été arrêté et emmené dans un endroit tenu secret, au Maroc. Ce n'était pas une vision. Il le savait, un point c'est tout.

Nous ne parlons pas. Jamais.

Un frisson glacé traversa le dos de Reid, alors qu'il luttait pour ne pas devenir fou.

"Dites-moi," insista l'interrogateur.

"Je ne sais pas." Les mots furent étranges, roulant dans sa bouche enflée. Il leva les yeux, alarmé, et vit l'autre homme lui sourire dans un rictus.

Il avait compris la demande prononcée en langue étrangère… et venait d'y répondre dans un arabe parfait.

L'interrogateur enfonça la pointe du scalpel dans la jambe de Reid. Il hurla, alors que la lame atteignait le muscle de sa cuisse. Il tenta instinctivement de retirer sa jambe, mais ses chevilles étaient attachées aux pieds de la chaise.

Il serra fort les dents, faisant presque délibérément souffrir sa mâchoire en guise de protestation. La blessure dans sa jambe lui faisait terriblement mal.

L'interrogateur sourit et inclina légèrement la tête. "Je dois admettre que vous êtes plus résistant que beaucoup d'autres, Zéro," dit-il en anglais. "Malheureusement pour vous, je suis un professionnel." Il tendit la main et retira lentement l'un des chaussettes crasseuses de Reid. "Je n'ai pas souvent recours à cette tactique." Il se redressa et regarda Reid droit dans les yeux. "Voici ce qui va se passer maintenant : Je vais découper des petits morceaux de vous, puis vous les montrer un par un. Nous allons commencer par vos orteils. Ensuite, les doigts. Et après… Nous verrons où nous en sommes." L'interrogateur se mit à genoux et appuya la lame contre le plus petit orteil de son pied droit.

"Attendez," supplia Reid. "Attendez, je vous en prie."

Les deux autres hommes présents dans la pièce se rapprochèrent avec intérêt pour regarder, un de chaque côté.

Désespéré, Reid toucha des doigts les cordes qui maintenaient ses poignets en place. C'était un nœud droit avec deux boucles opposées, serrées par un demi-nœud…

Un frisson énorme partit du bas de son dos jusqu'à ses épaules. Il savait. Peu importe comment, il *savait*, c'est tout. Il eut une intense sensation de déjà vu, comme s'il s'était déjà retrouvé dans cette situation… ou plutôt, ces visions démentes, implantées dieu sait comment dans sa tête, lui disaient que c'était le cas.

Mais, le plus important est qu'il savait quoi faire.

"Je vais tout vous dire !" haleta Reid. "Je vais vous dire ce que vous voulez savoir."

L'interrogateur leva les yeux. "Ah oui ? Parfait. Toutefois, je vais d'abord vous retirer cet orteil. Je ne voudrais pas que vous pensiez que je bluffe."

Derrière la chaise, Reid attrapa son pouce gauche de la main droite. Il retint son souffle et le secoua vivement. Il sentit le craquement alors que son pouce se disloquait. Il s'attendait à subir une douleur vive et intense, mais il ne ressentit rien de plus qu'une palpitation sourde.

Il réalisa de nouveau quelque chose : ce n'était pas la première fois que ça lui arrivait.

Il hurla, alors que l'interrogateur était en train de trancher la peau de son orteil. Avec son pouce désormais à l'opposé de son angle normal, il fit glisser sa main pour la libérer de ses liens. Une fois cette boucle ouverte, l'autre céda aussi.

Il avait les mains libres, mais ne savait pas quoi en faire.

L'interrogateur leva les yeux et son front se plissa de confusion. "Qu'est-ce… ?"

Mais il ne put prononcer un mot de plus. La main droite de Reid avait surgi pour attraper le premier instrument à sa portée sur le plateau : un couteau chirurgical à manche noir. Alors que l'interrogateur tentait de se relever, Reid lui planta son couteau dans le cou, la lame lui tranchant la carotide.

L'homme porta ses deux mains à sa gorge. Le sang s'insinuait entre ses doigts alors qu'il s'écroulait au sol, les yeux écarquillés.

La grosse brute rugit de fureur en se jetant en avant. Il enroula ses mains massives autour de la gorge de Reid et serra fort. Reid essayait de trouver une solution, mais la peur le paralysait.

Ce dont il se souvint ensuite, c'est d'avoir levé de nouveau le couteau et de l'avoir enfoncé à l'intérieur du poignet de la brute. Il fit pivoter ses épaules en poussant, et tailla un boulevard dans toute la longueur de l'avant-bras de l'homme. La brute poussa un cri avant de s'effondrer au sol, serrant sa grave blessure.

L'homme grand et maigre observait la scène, incrédule. Tout comme avant, dans la rue face à la maison de Reid, il semblait hésiter à s'approcher de lui. Au lieu de ça, il se rua sur le plateau en plastique pour s'emparer d'une arme. Il attrapa une lame courbe pour l'enfoncer directement dans la poitrine de Reid.

Reid se jeta en arrière de tout son poids, emportant la chaise et évitant de justesse le couteau. Il tira en même temps sur ses pieds de toutes ses forces pour les écarter. Quand la chaise heurta le sol en béton, ses pieds cédèrent de l'assise, libérant les liens. Reid se releva en tremblant, les jambes fébriles.

Le grand homme appela à l'aide en arabe, puis se mit à fendre l'air avec son couteau dans de larges mouvements de part et d'autre pour maintenir Reid éloigné. Reid garda ses distances, regardant la lame osciller de façon hypnotique. L'homme balança son bras à droite, et Reid bondit, emprisonnant le bras et le couteau entre ses mains. Ce mouvement les poussa en avant et, alors que l'iranien basculait, Reid pivota et trancha net dans l'artère fémorale à l'arrière de sa cuisse. Il planta un pied et fit balancer le couteau dans l'autre sens, transperçant la jugulaire.

Il n'aurait su dire comment, mais il savait qu'il ne restait que quarante-sept secondes à vivre pour l'homme atteint.

On entendait des bruits de pas marteler un escalier non loin de là. Les doigts tremblants, Reid se précipita vers la porte ouverte et se plaqua contre un côté. La première chose qu'il vit à travers fut un pistolet, qu'il identifia immédiatement comme un Beretta 92 FS, puis un bras suivi d'un torse. Reid pivota, attrapa l'arme dans le creux de son coude et enfonça le couteau chirurgical sur le côté, entre deux côtes. La lame transperça le cœur de l'homme. Un cri d'agonie sortit de sa bouche, alors qu'il glissait sur le sol.

Ensuite, ce fut le silence complet.

Reid recula d'un pas. Il avait beaucoup de mal à respirer.

"Oh mon dieu," souffla-t-il. "Oh mon dieu."

Il venait juste de tuer, ou plutôt *assassiner* quatre hommes en l'espace de quelques secondes. Et le pire, c'est qu'il avait agi par pur réflexe, comme on se rappelle comment faire du vélo. Ou de se mettre soudain à parler en arabe. Ou encore de connaître le destin du cheikh.

Il était professeur. Il avait des souvenirs. Il avait des enfants. Une carrière. Mais son corps savait clairement comment se battre, même si lui n'en avait pas conscience. Il avait su comment se défaire de ses liens. Il avait su où porter un coup fatal.

"Qu'est-ce qui m'arrive ?" dit-il dans un soupir.

Il se cacha les yeux un instant, alors qu'une vague de nausée déferlait sur lui. Il avait du sang sur les mains, littéralement. Du sang sur sa chemise. Alors que l'adrénaline s'estompait un peu, les courbatures gagnèrent ses membres restés immobiles trop longtemps. Sa cheville le lançait encore pour avoir sauté de la passerelle. On lui avait poignardé la jambe. Il avait une blessure ouverte derrière l'oreille.

Il n'osait même pas *penser* de quoi son visage avait l'air.

Va-t'en, lui hurla son cerveau. *D'autres pourraient venir.*

"OK," prononça Reid à haute voix, comme s'il répondait à quelqu'un d'autre dans la pièce. Il essaya de calmer au mieux sa respiration et balaya les alentours du regard. Ses yeux tombèrent sur certains détails comme le Beretta, un bloc rectangulaire dans la poche de l'interrogateur, ou encore une marque étrange dans le cou de la brute.

Il s'agenouilla près de ce dernier pour observer la cicatrice. Elle se trouvait près de la ligne de sa mâchoire, particllement camouflée par sa barbe, pas plus grosse qu'une pièce de dix centimes. On aurait dit une sorte de brûlure, marquée au fer sur la peau, similaire à un hiéroglyphe ou à une lettre dans un alphabet différent. Mais il ne la reconnut pas. Reid l'examina pendant plusieurs secondes pour la fixer dans sa mémoire.

Puis il se mit à fouiller dans la poche de l'interrogateur mort et en sortit un vieux téléphone portable. *Sûrement un mobile prépayé,* lui indiqua son cerveau. Dans la poche arrière du grand homme, il trouva un bout de papier froissé, dont un coin était recouvert de sang. Griffonnée dans une écriture presque illisible, se trouvait une longue série de chiffres commençant par 963 : le code pays pour passer un appel international en Syrie.

Aucun des hommes n'avait de papiers d'identité sur lui, mais celui qui avait voulu lui tirer dessus possédait un portefeuille rempli de billets en euros dont le montant s'élevait facilement à quelques milliers. Reid s'en empara également, avant de finir par prendre le Beretta. Le poids du pistolet dans ses mains lui parut naturel. *Calibre neuf millimètres. Chargeur 15 coups. Canon cent-vingt-cinq millimètres.*

Ses mains expertes éjectèrent le chargeur dans un mouvement fluide, comme si quelqu'un d'autre les contrôlait. Treize coups. Il le remit en place et enclencha le cran de sûreté.

Puis, il s'éloigna de cet enfer.

Au-delà de la porte épaisse en acier, se trouvait un couloir sombre s'achevant par un escalier qui montait. En haut de celui-ci, on pouvait voir qu'il faisait jour. Reid grimpa les marches avec précaution, pistolet en avant, mais il n'entendit aucun bruit. L'air devenait plus frais au fur et à mesure de son ascension.

Il se retrouva dans une petite cuisine miteuse, la peinture s'écaillant sur les murs et les plats sales formant une haute pile dans l'évier. Les vitres étaient translucides, elles avaient été enduites de graisse. Dans l'angle, le radiateur était froid au toucher.

Reid visita le reste de la petite maison. Il n'y avait personne d'autre que les quatre hommes morts dans la cellule. La seule salle de bains était dans un état encore pire que la cuisine, mais Reid y dénicha un vieux kit de premiers secours. Il n'osa même pas se regarder dans le miroir, alors qu'il tentait de laver autant de sang que possible sur son visage et son cou. De la tête aux pieds, tout lui faisait mal, ou le brûlait. Le minuscule tube d'antiseptique était périmé depuis trois ans déjà, mais il l'utilisa quand même, grimaçant en collant les pansements sur ses plaies ouvertes.

Puis, il s'assit sur les toilettes et prit sa tête dans ses mains, s'accordant un court moment de répit pour se remettre de ses émotions. *Tu pourrais partir*, se dit-il. *Tu as de l'argent. Va à l'aéroport. Non, tu n'as pas de passeport. Va à l'ambassade. Ou trouve un consulat. Mais ...*

Mais il venait juste de tuer quatre hommes, et son propre sang se trouvait partout dans la pièce. En outre, il y avait un autre problème encore plus évident.

"Je ne sais pas qui je suis," dit-il à haute voix.

Ces flashs, ces visions qui assaillaient son esprit, venaient de sa propre perspective. De son point de vue. Mais il n'avait jamais, *n'aurait* jamais rien fait de tel. Suppression de mémoire, avait dit l'interrogateur. Est-ce que c'était possible au moins ? Il repensa à ses filles. Est-ce qu'elles allaient bien ? Avaient-elles peur ? Étaient-elles… ses ?

Cette idée l'angoissa au plus profond de son être. Et si, en quelque sorte, ce qu'il croyait être réel ne l'était pas du tout ?

Non, se dit-il catégoriquement. Elles étaient ses filles. Il avait assisté à leur naissance. Il les avait élevées. Aucune de ces visions bizarres et intrusives ne pourraient le contredire. Et il fallait qu'il trouve un moyen de les contacter, de s'assurer qu'elles allaient bien C'était sa première priorité. Il ne pouvait en aucun cas utiliser le téléphone prépayé pour contacter sa famille : il ne savait pas s'il était tracé ou si quelqu'un pourrait écouter la conversation.

Il se rappela tout à coup le bout de papier avec le numéro de téléphone dessus. Il se leva pour le sortir de sa poche. Le papier taché de sang lui sauta aux yeux. Il ne savait pas ce dont il retournait, ni pourquoi ils croyaient qu'il était quelqu'un d'autre que celui qu'il leur disait être, mais une lueur d'urgence affluait à la surface de son subconscient, lui disant qu'il était à présent totalement impliqué dans quelque chose de bien plus important que lui.

D'une main tremblante, il composa le numéro sur le téléphone prépayé.

Une voix masculine bourrue répondit à la deuxième sonnerie. "C'est fait ?" demanda-t-il en arabe.

"Oui," répondit Reid. Il essayait du mieux possible de masquer sa voix et de simuler un accent.

"Vous avez l'information ?"

"Mmm."

La voix garda le silence un long moment. Le cœur de Reid battait à tout rompre. Avaient-ils compris qu'il n'était pas l'interrogateur ?

"187 Rue de Stalingrad," finit par dire l'homme. "Vingt heure." Puis, il raccrocha.

Reid raccrocha à son tour et prit une profonde inspiration. *Rue de Stalingrad ?* pensa-t-il. *En France ?*

Il ne savait pas encore ce qu'il allait faire. C'était comme si son esprit venait de briser un mur pour découvrir une toute autre pièce de l'autre côté. Il ne pouvait pas rentrer chez lui sans savoir ce qui était en train de lui arriver. Et quand bien même, combien de temps mettraient-ils pour les retrouver, les filles et lui ? Il n'avait qu'une seule piste. Il devait la suivre.

Il sortit de la petite maison et se retrouva dans une allée étroite qui s'ouvrait sur une voie du nom de Rue Marceau. Il sut immédiatement où il était : un faubourg de Paris, à quelques mètres de la Seine. Il eut presque envie de rie. Il aurait cru s'aventurer dans les rues d'une ville du Moyen Orient, dévastée par la guerre. Au lieu de ça, il s'avançait vers un boulevard bordé de boutiques et d'une rangée de maisons, avec des passants qui vaquaient paisiblement à leurs occupations, sous la fraîche brise de ce mois de février.

Il fourra le pistolet dans la ceinture de son jean et s'engagea sur le boulevard, se fondant dans la masse en essayant de ne pas attirer l'attention sur sa chemise tachée de sang, sur ses pansements, ni sur ses contusions voyantes. Il serra ses bras le long de son corps : il allait avoir besoin de nouveaux habits, d'une veste et de quelque chose de plus chaud qu'une simple chemise.

Il devait s'assurer que ses filles allaient bien.

Ensuite, il obtiendrait des réponses.

Chapitre Quatre

Marcher dans les rues de Paris donnait l'impression d'être dans un rêve, mais pas dans le sens d'une attente ou d'un désir comblé. Reid arriva à l'intersection entre la Rue de Berri et l'Avenue des Champs-Élysées, toujours très touristique malgré le temps frais. On apercevait l'Arc de Triomphe plus loin, au nord-ouest, épicentre de la Place Charles de Gaulle, mais sa grandeur se perdait pour Reid. Une nouvelle vision était en train de traverser son esprit.

Je suis déjà venu ici. Je me suis tenu pile à cet endroit et j'ai levé les yeux vers ce panneau de signalisation. Je portais un jean et un blouson de motard noir, les couleurs du paysage étaient altérées par mes verres solaires polarisés ...

Il tourna à droite. Il n'était pas sûr de ce qu'il allait trouver ainsi, mais il avait l'intime conviction qu'il le saurait en le voyant. C'était une sensation incroyablement bizarre de me pas savoir où il allait jusqu'à ce qu'il y soit.

C'était comme si chaque nouvelle vision apportait des vignettes de souvenirs vagues, chacune étant déconnectée de la suivante, tout en étant pourtant congruentes. Il savait que le café du coin servait le meilleur pastis qu'il ait jamais goûté. La douce odeur des palmiers provenant de la pâtisserie de l'autre côté de la rue lui donnait l'eau à la bouche. Il n'avait jamais goûté aux palmiers auparavant, si ?

Même les sons l'ébranlaient. Les passants discutaient innocemment entre eux en se promenant sur le boulevard, jetant par moment des coups d'œil à son visage meurtri et bandé.

"Je n'aimerais pas tomber sur l'autre gars," murmura un jeune français à sa petite amie. Ils se mirent à rire tous les deux.

OK, pas de panique, pensa Reid. *Apparemment, tu connais l'arabe et le français.* La seule autre langue que parlait le Professeur Lawson, c'était l'allemand, même s'il avait aussi quelques notions d'espagnol.

Il y avait également autre chose, quelque chose de difficile à définir. Cachée sous ses nerfs agités et son envie de fuir, de rentrer chez lui et de se cacher quelque part, se trouvait une réserve froide comme l'acier. C'était comme si la main puissante d'un frère ainé était posée sur son épaule et qu'une voix au fond de sa tête lui disait, *Du calme. Tu connais tout ça.*

Tandis que cette voix lointaine lui murmurait doucement à l'esprit, sa principale pensée était pour ses filles et leur sécurité. Où étaient-elles ? Qu'est-ce qu'elles étaient en train de penser ? Est-ce qu'elles croyaient maintenant avoir perdu leurs deux parents ?

Il n'avait jamais cessé de penser à elle. Alors même qu'il était tabassé dans la sordide cellule du sous-sol, même quand ses visions flash s'insinuaient dans son esprit, il avait pensé aux filles, et en particulier à cette dernière question. Qu'est-ce qui allait leur arriver s'il mourrait dans ce sous-sol ? Ou s'il mourrait à cause des choses très imprudentes qu'il était sur le point de faire ?

Mais, il devait savoir. Il devait y aller quoi qu'il en coûte.

Toutefois, il lui fallait d'abord acheter une veste, et pas seulement pour couvrir sa chemise maculée de sang. Les températures approchaient des quinze degrés en ce mois de février, mais il faisait encore trop frais pour ne porter qu'une chemise. Le boulevard agissait comme un tunnel venteux et la brise était vive. Il entra dans la première boutique de vêtements et choisit le premier blouson qui lui tapa dans l'œil, un bomber en cuir marron foncé avec une doublure polaire. Bizarre, se dit-il. Il n'aurait jamais choisi une telle veste auparavant, avec son amour pour le tweed et le tissu écossais, mais il était attiré par celle-ci.

Le bomber coûtait deux-cent-quarante euros. Peu importe, il avait plein d'argent. Il choisit également une nouvelle chemise, un tee-shirt gris ardoise, un jean et des bottines marron de bonne qualité. Il amena ses emplettes au comptoir et paya cash.

Il y avait une empreinte de sang laissée par un pouce sur l'un des billets. Le vendeur aux lèvres fines fit semblant de ne pas le voir. Un flash stroboscopique passa dans son esprit…

"Un mec entre dans une station-service, couvert de sang. Il paie son carburant et tourne les talons pour s'en aller. Le caissier, perplexe, le rappelle, 'Hé, mec, tout va bien ?' Le gars sourit. 'Oh ... ouais, je vais bien. Ce n'est pas mon sang.'"

Je n'avais jamais entendu cette blague avant.

"Est-ce que je peux utiliser la cabine d'essayage ?" demanda Reid en français.

Le vendeur pointa du doigt l'arrière du magasin. Il n'avait pas prononcé un seul mot de toute la transaction.

Avant de se changer, Reid s'examina pour la première fois dans un miroir propre. Bon sang, il avait une sale gueule. Son œil droit était fortement gonflé et du sang tachait les bandages. Il fallait qu'il trouve une pharmacie pour acheter un kit de premier secours digne de ce nom. Il fit glisser son jean, crasseux et légèrement ensanglanté au niveau de sa cuisse blessée, en grimaçant de douleur. Quelque chose le surprit en tombant au sol. C'était le Beretta. Il avait presque oublié qu'il l'avait.

Le pistolet était plus lourd qu'il ne l'aurait imaginé. *Neuf-cent-quarante-cinq grammes, non chargé*, savait-il. Le tenir en main était comme embrasser une ancienne maîtresse, familier et étranger à la fois. Il le posa pour finir de se changer, fourra ses anciens vêtements dans le sac de shopping, et remit le pistolet dans la ceinture de son nouveau jean, au creux de son dos.

Une fois de retour sur le boulevard, Reid garda la tête basse et marcha d'un pas rapide, ne quittant pas des yeux le trottoir. Il n'avait pas besoin que d'autres visions viennent le distraire pour le moment. Il jeta le sac contenant ses anciens vêtements dans une poubelle à l'angle d'une rue, sans même cesser de marcher.

"Oh ! *Excusez-moi*," dit-il alors que son épaule venait de heurter violemment une passante vêtue d'un tailleur. Elle le fusilla du regard. "C'est ça, désolé." Elle soupira dans un souffle avant de s'éloigner. Il fourra ses mains dans les poches de son blouson, ainsi que le téléphone mobile qu'il venait de dérober dans le sac de la femme.

C'était facile. Trop facile.

Deux croisements plus loin, il s'arrêta sous l'auvent d'un grand magasin et sortit le téléphone de sa poche. Il poussa un soupir de soulagement : il avait choisi la femme d'affaires pour une raison précise, et son instinct s'avérait payant. Skype était installé sur son téléphone et son compte était associé à un numéro américain.

Il ouvrit le navigateur internet du téléphone, chercha le numéro du Pap's Deli dans le Bronx, et lança l'appel.

Une jeune voix masculine ne tarda pas à répondre. "Pap's, que puis-je faire pour vous ?"

"Ronnie ?" L'un de ses étudiants de l'année passée travaillait à mi-temps chez le traiteur préféré de Reid. "C'est le Professeur Lawson."

"Salut, Professeur !" répondit le jeune homme avec entrain. "Comment allez-vous ? Vous voulez passer commande à emporter ?"

"Non. Enfin, oui… on peut dire ça. Écoutez, j'ai vraiment besoin que vous me rendiez un gros service, Ronnie." Pap's Deli n'était qu'à six pâtés de maisons de chez lui. Quand il faisait beau, il n'hésitait pas à s'y rendre à pied pour aller chercher des sandwiches. "Vous avez Skype sur votre téléphone ?"

"Ouais ?" dit Ronnie d'une voix étonnée.

"Bien. Voici ce que j'aimerais que vous fassiez. Écrivez ce numéro …" Il demanda à son ancien étudiant de faire un saut chez lui en vitesse, de voir qui était là, si toutefois il y avait quelqu'un, puis de rappeler le numéro américain sur le téléphone.

"Professeur, est-ce que vous avez des ennuis ?"

"Non, Ronnie, je vais bien," mentit-il. "J'ai perdu mon téléphone et une gentille dame me laisse utiliser le sien pour faire savoir à mes filles que je vais bien. Mais je n'ai que quelques minutes. Donc si vous pouviez, s'il vous plait…"

"C'est bon, Professeur. C'est un plaisir. Je vous rappelle très vite." Ronnie raccrocha.

En attendant, Reid fit les cent pas sous l'auvent du magasin, regardant le téléphone sans cesse pour ne pas manquer l'appel. Quand le téléphone sonna, il eut l'impression d'avoir attendu une heure, alors que seulement six minutes s'étaient écoulées.

"Allô ?" Il répondit à l'appel Skype dès la première sonnerie. "Ronnie ?"

"Reid, c'est toi ?" prononça une voix féminine agitée.

"Linda !" dit Reid dans un souffle. "Je suis content que tu sois là. Écoute, j'ai besoin de savoir…"

"Reid, qu'est-ce qui s'est passé ? Où es-tu ?" demanda-t-elle.

"Les filles, elles sont à…"

"Qu'est-ce qui s'est passé ?" insista Linda. "Les filles se sont levées ce matin, paniquées parce que tu étais parti, donc elles m'ont appelée et je suis venue immédiatement…"

"Linda, s'il te plait," tenta-t-il de l'interrompre, "Où sont-elles ?"

Elle parlait sans l'écouter, clairement affolée. Linda avait beaucoup de qualités, mais gérer une situation de crise n'en faisait pas partie. "Maya a dit que tu partais parfois te promener le matin, mais que les deux portes étaient ouvertes à l'avant et à l'arrière de la maison. Du coup, elle voulait appeler la police et elle a dit que tu ne pars jamais en laissant ton téléphone à la maison. Et maintenant, voici cet employé du traiteur qui me tend ce téléphone…"

"Linda !" cria Reid brusquement. Deux hommes d'un certain âge qui passaient par là se retournèrent d'étonnement. "Où sont les filles ?"

"Elles sont ici," dit-elle, haletante. "Elles sont toutes les deux à la maison, avec moi."

"Elles n'ont rien ?"

"Non, rien du tout. Reid, qu'est-ce qui se passe ?"

"As-tu appelé la police ?"

"Pas encore, non… À la télé, ils disent toujours qu'il faut attendre vingt-quatre heures avant de signaler une disparition… Est-ce que tu as des ennuis ? D'où est-ce que tu m'appelle ? C'est le compte Skype de qui ?"

"Je ne peux pas te le dire. Contente-toi de m'écouter. Demande aux filles de faire leur valise et amène-les à l'hôtel. Pas quelque chose de proche, sors de la ville. Peut-être à Jersey…"

"Reid, *de quoi* ?"

"Mon portefeuille est sur mon bureau, à l'étage. N'utilise pas directement la carte de crédit. Retire des sous avec n'importe quelle carte qu'il y a dedans et utilise cet argent pour payer le séjour. Ne donne pas de date de départ."

“Reid ! Je ne ferai rien du tout tant que tu ne me diras pas… attends une seconde.” La voix de Linda devint étouffée et distante. “Oui, c’est lui. Il va bien, je crois. Attends, Maya !”

“Papa ? Papa, c’est toi ?” Une voix différente avait pris l’appareil. “Qu’est-ce qui s’est passé ? Où es-tu ?”

“Maya ! Je, euh, j’ai eu une urgence, à la toute dernière minute. Je ne voulais pas vous réveiller…”

“Tu te moques de moi ?” Sa voix était aiguë, agitée et inquiète en même temps. “Je ne suis pas stupide, Papa. Dis-moi la vérité.”

Il soupira. “Tu as raison. Je suis désolé. Je ne peux pas te dire où je suis, Maya. Et je ne dois pas rester au téléphone trop longtemps. Fais seulement ce que ta tante te demande, OK ? Tu vas quitter la maison pour un petit moment. Ne va pas à l’école. Ne va nulle part. Ne parle pas de moi que ce soit au téléphone ou sur l’ordinateur. Tu comprends ?”

“Non, je ne comprends pas ! Est-ce que tu as des ennuis ? Doit-on appeler la police ?”

“Non, ne fais pas ça”, dit-il. “Pas encore. Laisse-moi… juste du temps pour résoudre un truc.”

Elle garda le silence un long moment. Puis, elle finit par dire, “Jure-moi que tu vas bien.”

Il grimaça.

“Papa ?”

“Ouais,” dit-il un peu trop fort. “Je vais bien. S’il te plait, fait juste ce que je te demande et va avec ta Tante Linda. Je vous aime toutes les deux. Dis-le à Sara et fais-lui un câlin de ma part. Je vous contacte aussi vite que possible…”

“Attends, attends !” dit Maya. “Comment vas-tu nous contacter si tu ne sais pas où nous sommes ?”

Il prit le temps d’y réfléchir. Il ne pouvait pas demander à Ronnie de s’impliquer encore plus là-dedans. Il ne pouvait pas non plus appeler les filles directement. Et, enfin, il ne pouvait pas risquer de savoir où elles étaient, car cela pourrait se retourner contre lui…

“Je créerai un faux compte,” dit Maya, “sous un autre nom. Tu le sauras. Je le consulterai uniquement depuis les ordinateurs de l’hôtel. Si tu as besoin de nous contacter, envoie un message.”

Reid comprit immédiatement. Il se sentit soudain très fier : elle était si intelligente et bien plus cool face à la pression qu'il ne l'aurait cru.

"Papa ?"

"Ouais," dit-il. "C'est parfait. Prend soin de ta sœur. Je dois y aller…"

"Je t'aime," dit Maya.

Il mit un terme à l'appel. Puis, il renifla. Elle revenait de nouveau, cette folle envie de se précipiter chez lui pour les retrouver, les garder en sécurité, emporter tout ce qu'ils pourraient et tout quitter, partir quelque part…

Il ne pouvait pas faire ça. Peu importe ce dont il s'agissait, ceux qui en avaient après lui l'avaient déjà trouvé une fois. Il avait été extrêmement chanceux qu'ils ne s'en soient pas pris à ses filles. Peut-être ne connaissaient-ils pas leur existence. La prochaine fois, s'il y en avait une, il n'aurait probablement pas autant de chance.

Reid ouvrit le téléphone, en retira la carte SIM et la cassa en deux. Il laissa tomber les morceaux dans une grille d'égout. Reprenant sa marche dans la rue, il déposa la batterie dans une poubelle, et les deux parties du téléphone dans d'autres.

Il savait qu'il avançait en direction de la Rue de Stalingrad, même s'il n'avait aucune idée de ce qu'il ferait une fois qu'il y serait. Son cerveau lui hurlait de changer de direction, d'ailler n'importe où ailleurs. Pourtant, le sang-froid dans son subconscient l'exhortait à continuer.

Ses ravisseurs lui avaient demandé ce qu'il savait de leurs "plans." Les lieux à propos desquels ils l'avaient questionné (Zagreb, Madrid et Téhéran), il devait y avoir un lien entre eux et ils étaient clairement liés aussi aux hommes qui l'avaient enlevé. Quelles que soient ses visions (il refusait toujours de les reconnaître comme étant autre chose), elles étaient au courant de quelque chose qui s'était soit déjà passé, soit qui allait se produire. Mais cette connaissance, il ne la possédait pas. Plus il y réfléchissait et plus il sentait dans son esprit qu'il y avait urgence.

Non, c'était même plus fort que ça. Il lui semblait que c'était une obligation.

Ses ravisseurs lui avaient paru résolus à le tuer à petit feu pour obtenir des réponses. Et il avait la sensation que, s'il ne découvrait pas ce dont il s'agissait et ce qu'il était censé savoir, beaucoup de gens allaient mourir.

"Monsieur." Les réflexions de Reid furent stoppées par une femme emmitouflée dans un manteau et une écharpe, lui touchant gentiment le bras. "Vous saignez," dit-elle en anglais, montrant son propre sourcil.

"Oh. *Merci*." Il toucha son sourcil droit du bout des doigts. Une petite coupure avait imbibé le pansement et une goutte de sang était en train de couler sur son visage. "Il faut que je trouve une pharmacie," murmura-t-il.

Puis, il eut le souffle coupé en réalisant quelque chose : il y avait une pharmacie pas loin et il fallait juste descendre deux rues et en remonter une autre. Il n'était jamais rentré dedans, du moins pas à sa connaissance, à laquelle on ne pouvait pas se fier d'ailleurs. Pourtant, il le savait, tout simplement, aussi bien qu'il connaissait la route pour se rendre au Pap's Deli.

Un frisson parcourut son dos de bas en haut. Les autres visions avaient été viscérales et s'étaient toutes manifestées par des stimuli externes : des visions, des bruits et même des odeurs. Cette fois, aucune vision n'était venue accompagner ça. Il s'agissait véritablement d'un souvenir, de la même manière qu'il avait su où tourner à chaque panneau de rue, de la même manière qu'il savait comment charger le Beretta.

Il prit une décision avant que le feu piéton ne passe au vert. Il irait au rendez-vous dans l'idée d'obtenir toutes les informations possibles. Ensuite, il déciderait quoi en faire : peut-être les donner aux autorités et laver son nom en échange pour le meurtre des quatre hommes dans le sous-sol. Les laisser procéder aux arrestations pendant qu'il rentrerait chez lui retrouver ses filles.

Une fois à la pharmacie, il acheta un petit tube de super glue, une boîte de pansements papillon, des cotons-tiges et un fond de teint correspondant le plus possible à sa carnation de peau. Il emporta ses achats dans les toilettes et en verrouilla la porte.

Il décolla les pansements qu'il s'était mis n'importe comment sur le visage, dans l'appartement, et lava les croûtes de sang de ses blessures. Sur les coupures les plus petites, il appliqua les pansements papillon. Pour les blessures plus profondes qui auraient normalement nécessité des points de suture, il rapprocha les bords de la peau et y colla une bande de super glue, sifflant entre ses dents en même temps. Puis, il retint son souffle environ trente secondes. La glue le brûlait vivement, mais la douleur diminuait au séchage. Pour finir, il étala le fond de teint sur les contours de son visage, en particulier aux endroits que ses anciens ravisseurs sadiques avaient arrangés à leur sauce. Il n'était pas possible de camoufler totalement son œil enflé et sa mâchoire tuméfiée. Mais ainsi, au moins, il y aurait moins de gens pour le regarder bizarrement dans la rue.

La totalité des opérations prit environ une demi-heure et, deux fois dans cet intervalle de temps, des clients frappèrent à la porte des toilettes (la deuxième fois, une femme hurla en français que son enfant était sur le point de se pisser dessus). Par deux fois, Reid se contenta de crier, "*Occupé !*"

Enfin, une fois sa tâche achevée, il s'examina de nouveau dans le miroir. Il était loin d'être parfait mais, au moins, il n'avait plus l'air d'avoir été battu dans une cellule de torture souterraine. Il se demandait s'il aurait dû choisir un fond de teint plus sombre, quelque chose qui lui aurait donné l'air plus étranger. Est-ce que l'homme au bout du fil savait qui il allait rencontrer ? Allaient-ils le reconnaître ou reconnaître la personne qu'ils le croyaient être ? Les trois hommes qui étaient venus chez lui avaient semblé hésitants et avaient vérifié sur une photographie.

"Qu'est-ce que je fous ?" se demanda-t-il. *Tu te prépares à rencontrer un dangereux criminel qui est certainement un terroriste notoire*, dit une voix dans sa tête, pas cette nouvelle voix intrusive, mais sa propre voix, celle de Reid Lawson. C'était son propre bon sens qui se moquait de lui.

Puis cette personnalité sûre et affirmée, celle qui se trouvait juste en-dessous de la surface, reprit la parole. *Tout ira bien*, lui dit-elle. *Rien que tu n'aies déjà fait avant.* Sa main saisit instinctivement le manche du Beretta enfoncé à l'arrière de son jean, caché par son nouveau blouson. *Tu connais tout ça.*

Avant de quitter la pharmacie, il acheta quelques articles supplémentaires : une montre pas chère, une bouteille d'eau et deux barres de chocolat. Une fois de retour sur le trottoir, il dévora les deux barres chocolatées. Il ne savait pas combien de sang il avait perdu, et il voulait être sûr de faire remonter son taux de sucre. Il vida la totalité de la bouteille d'eau d'un trait, puis demanda l'heure à un passant. Il mit sa montre à l'heure et la glissa autour de son poignet.

Il était dix-huit heures trente. Il avait du temps devant lui pour se rendre en avance au rendez-vous et pour s'y préparer.

⚜ ⚜ ⚜

Il faisait presque nuit quand il arriva à l'adresse qu'on lui avait donnée au téléphone. Le coucher de soleil sur Paris projetait de longues ombres sur le boulevard. Le 187 Rue de Stalingrad était un bar du 10ème arrondissement portant le nom de Féline, un tripot de boîte de nuit aux vitres recouvertes de peinture et à la façade fissurée. Il était situé dans une rue autrement remplie de studios d'art, de restaurants indiens et de cafés bohèmes.

Reid s'arrêta, la main sur la porte. S'il entrait, il ne pourrait pas faire machine arrière. Il pouvait encore passer son chemin. Non, décida-t-il, il ne le pouvait pas. Où irait-il ? Chez lui pour qu'ils viennent de nouveau le chercher ? Et pour vivre avec ces étranges visions dans sa tête ?

Il entra à l'intérieur.

Les murs du bar étaient peints en noir et rouge, recouverts de posters des années 50 à l'effigie de silhouettes, de pin-up souriantes et de publicités pour des cigarettes. Il était trop tôt, ou peut-être trop tard, pour que l'endroit soit fréquenté. Les rares clients autour de lui parlaient à voix basse, repliés sur leur boisson en guise de protection. Un air de blues mélancolique émanait doucement d'un poste stéréo derrière le comptoir.

Reid balaya de nouveau la pièce du regard, de gauche à droite. Personne ne regardait dans sa direction et il n'y avait apparemment personne qui ressemblait aux types qui l'avaient pris en otage. Il s'installa à une petite table dans le fond de la pièce et s'assit face à la porte d'entrée. Il commanda un café, qui arriva encore fumant presque immédiatement devant lui.

Un cinquantenaire au dos courbé se glissa au bas de son tabouret et se dirigea en boîtant vers les toilettes. Le regard de Reid fut rapidement attiré par ce mouvement, détaillant l'homme de la tête aux pieds. *Né à la fin des années soixante. Dysplasie à la hanche. Doigts jaunis, respiration difficile : un fumeur de cigares.* Ses yeux se tournèrent vers l'autre côté du bar, sans bouger sa tête, où deux hommes à l'allure bourrue, vêtus de bleus de travail, avaient une conversation animée à voix basse à propos de sport. *Des ouvriers d'usine. Celui de gauche ne dort pas assez, certainement un jeune père de famille. L'homme de droite s'est battu récemment ou, du moins, a donné un coup de poing : les jointures de ses doigts sont meurtries.* Sans même s'en rendre compte, il se retrouva en train d'examiner les ourlets de leurs pantalons, leurs manches et la façon dont ils posaient leurs coudes sur la table. *Quelqu'un avec une arme se protégerait, essayerait de la dissimuler, même inconsciemment.*

Reid secoua la tête. Il devenait paranoïaque et ces pensées étrangères constantes ne l'aidaient pas. Mais il se souvint de la scène étrange à propos de la pharmacie, du souvenir de son emplacement rien qu'en pensant au besoin d'en trouver une au plus vite. L'académicien qui se trouvait en lui prit le dessus. *Peut-être y a-t-il une leçon à tirer de tout ça ? Peut-être qu'au lieu de lutter contre ça, il faudrait accepter la chose ?*

La serveuse était une jeune femme à l'air fatigué et à la crinière brune emmêlée. "*Vous auriez un stylo ?*" demanda-t-il alors qu'elle passait près de lui. "*Ou un crayon ?*" Elle chercha dans l'enchevêtrement de ses cheveux et en sortit un stylo. "*Merci.*"

Il étendit une serviette en papier devant lui et posa la pointe du stylo dessus. Cette fois, il ne s'agissait pas d'une nouvelle compétence qu'il n'avait jamais apprise. C'était la tactique du Professeur Lawson, mise en pratique à maintes reprises par le passé pour se souvenir des choses et faire travailler sa mémoire.

Il repensa à sa conversation, s'il pouvait appeler ça ainsi, avec les trois ravisseurs arabes. Il essaya de ne pas penser à leurs yeux mornes, au sang sur le sol, ni aux instruments acérés du plateau, conçus pour découper n'importe quelle vérité qu'ils pensaient que Reid détenait en lui. Au lieu de ça, il se concentra sur les données qui avaient été exprimées et il nota le premier nom qui lui vint en tête.

Puis, il le prononça doucement à voix haute. "Cheikh Mustafar."

Un site secret au Maroc. Un homme qui a passé sa vie entière dans la richesse et l'opulence, piétinant les moins chanceux que lui, les écrasant sous ses chaussures. À présent, il est apeuré car il sait que tu peux l'enterrer dans le sable jusqu'au cou et que personne ne trouvera jamais ses os.

"Je vous ai dit tout ce que je sais !" insiste-t-il.

Non, non. "Mon intuition me souffle le contraire. Quelque chose me dit que vous en savez bien plus, mais que vous avez peut-être peur des mauvaises personnes. Je vais vous dire, Cheikh ... Mon ami, dans l'autre pièce, il commence à s'impatienter. Et il a ce marteau, vous savez ? C'est juste un petit outil pour briser de la roche, un truc utile aux géologues par exemple. Mais ça fait des merveilles sur les petits os, les jointures des doigts ..."

"Je le jure !" Le cheikh se tord nerveusement les mains. Tu sais que c'est un signe qui ne trompe pas. "Il y a eu d'autres conversations au sujet des plans, mais elles étaient en allemand, en russe ... Je n'ai rien compris !"

"Vous savez, Cheikh ... une balle fait le même bruit dans toutes les langues."

Reid se retrouva de nouveau dans le tripot. Il avait la gorge sèche. Ce souvenir était intense, tellement vivace et précis qu'il sut qu'il l'avait véritablement vécu. Et c'était bien *sa* voix dans sa tête, proférant des menaces, disant des choses qu'il n'aurait jamais pensé dire à qui que ce soit.

Des plans. Le cheikh avait bien dit quelque chose à propos des plans. Quelle que soit la chose terrible qui harcelait son subconscient, il avait la sensation claire que ça ne s'était pas encore produit.

Il avala une gorgée du café, à présent tiède, pour se calmer les nerfs. "OK," se dit-il. "OK." Durant son interrogatoire dans le sous-sol, ils lui avaient posé des questions à propos des autres agents de son camp et trois noms lui étaient venus en tête. Il en nota un, puis le lut à haute voix. "Morris."

Un visage lui revint immédiatement à l'esprit, un homme d'une petite trentaine d'années, charmant et conscient de l'être. Un demi-sourire arrogant sur un coin de la bouche. Des cheveux bruns, coiffés pour le faire paraître plus jeune.

Une piste privée de décollage à Zagreb. Morris court à côté de toi. Vous avez tous les deux vos flingues en main, pointés devant vous. Vous ne pouvez pas laisser les deux iraniens atteindre l'avion. Morris vise entre les pas et tire deux coups. L'un atteint le mollet et le premier homme tombe. Tu touches l'autre qui s'écroule brutalement sur le sol ...

Un autre nom. "Reidigger."

Un sourire d'enfant, des cheveux coupés courts. Un peu de bide. Son poids serait mieux réparti s'il mesurait quelques centimètres de plus. Ce n'est pas un apollon, mais il le prend avec bonhommie.

Le Ritz de Madrid. Reidigger surveille le couloir pendant que tu balance un coup de pied dans la porte et prend le terroriste par surprise. L'homme veut saisir l'arme sur le bureau, mais tu es plus rapide. Tu lui tords le poignet ... Plus tard, Reidigger te dira qu'il a entendu le bruit depuis le couloir. Que ça lui a retourné l'estomac. Vous éclatez de rire tous les deux.

Le café était froid désormais, mais Reid s'en aperçut à peine. Ses doigts tremblaient. Il n'y avait plus aucun doute : peu importe ce qui était en train de lui arriver, il s'agissait de souvenirs ... *ses* souvenirs. Ou ceux de quelqu'un. Les ravisseurs avaient sorti quelque chose de son cou et avaient parlé de suppresseur de mémoire. Cela ne pouvait pas être vrai, ce n'était pas lui. C'était quelqu'un d'autre. Les souvenirs de quelqu'un d'autre se mêlaient aux siens.

Reid posa de nouveau le stylo sur la serviette en papier et inscrivit le troisième nom. Il le prononça à haute voix : "Johansson." Une silhouette se forma dans son esprit. De longs cheveux blonds et brillants. Des pommettes lisses et rebondies. Des lèvres pulpeuses. Des yeux gris, couleur ardoise. Une vision le submergea ...

Milan. De nuit. Un hôtel. Du vin. Maria est assise sur le lit, jambes repliées sous elle. Les trois premiers boutons de sa chemise sont ouverts. Ses cheveux sont ébouriffés. Tu n'avais jamais remarqué avant à quel point ses cils sont longs. Deux heures plus tôt, tu l'as vue tuer deux hommes dans une fusillade. Mais, maintenant, il n'y a plus que le Sangiovese et le Pecorino Toscano. Vos genoux se touchent presque. Son regard croise le tien. Aucun de vous deux ne parle. Tu peux lire du désir dans ses yeux, mais elle sait bien que tu ne peux pas. Elle demande des nouvelles de Kate ...

Reid grimaça à la venue d'un mal de tête, se répandant dans son crâne comme un nuage de fumée. En même temps, la vision s'estompa et s'effaça. Il ferma les yeux, serra fortement ses paupières et posa ses mains sur ses tempes une minute entière, jusqu'à ce que le mal de tête s'atténue.

C'était quoi ce bordel ?

Pour dieu sait quelle raison, il semblait que le souvenir de cette femme, Johansson, avait déclenché chez lui une légère migraine. Toutefois, une sensation encore plus gênante que le mal de tête s'était emparée de lui. Il ressentait du… désir. Non, c'était bien plus que ça : il ressentait de la passion, renforcée par de l'excitation et même par un brin de danger.

Il ne pouvait s'empêcher de se demander qui était cette femme, mais il chassa ces pensées. Il ne voulait pas qu'elles déclenchent un autre mal de tête. De nouveau, il dirigea le stylo sur la serviette en papier, sur le point d'écrire le dernier nom : Zéro. C'était ainsi que l'avait appelé l'interrogateur iranien. Mais, avant qu'il n'ait pu l'écrire ou le prononcer, une sensation bizarre le saisit. Les poils se dressèrent sur sa nuque.

Quelqu'un l'observait.

En relevant les yeux, il vit un homme, debout sur le pas de porte sombre du Féline, son regard tourné vers Reid, tel un faucon épiant une souris. Reid en eut le sang glacé. Quelqu'un l'observait.

C'était l'homme qu'il était venu rencontrer ici, il en était certain. Est-ce qu'il le reconnaissait ? Il n'avait pas eu cette impression avec les trois arabes. Est-ce que cet homme-là attendait quelqu'un d'autre ?

Il reposa le stylo. Lentement et subrepticement, il froissa la serviette en boule et la laissa tomber dans sa tasse de café à moitié vide.

L'homme lui fit un signe de tête. Et Reid fit de même.

Puis, l'homme chercha quelque chose derrière lui, quelque chose de calé à l'arrière de son pantalon.

Chapitre Cinq

Reid se leva avec une force telle qu'il reversa presque sa chaise. Sa main enveloppa immédiatement le manche texturé du Beretta, chaud contre le bas de son dos. Son esprit lui hurlait frénétiquement dessus. *C'est un lieu public. Il y a des gens ici. Je n'ai jamais tiré au pistolet avant.*

Avant même que Reid ait pu dégainer, l'étranger sortit un portefeuille de sa poche arrière. Il décocha un sourire à Reid, manifestement amusé par sa nature nerveuse. Personne d'autre dans le bar ne semblait y avoir prêté attention, sauf la serveuse avec sa queue de rat en guise de cheveux, qui se contenta de lever un sourcil.

L'étranger approcha du bar, posa un billet sur le comptoir, et murmura quelque chose à la barmaid. Puis, il se dirigea vers la table de Reid. Il resta debout un long moment devant la chaise vide, un léger sourire sur les lèvres.

Il était jeune, trente ans tout au plus, avec des cheveux coupés courts et une barbe naissante. Il était plutôt maigre et son visage était très fin, rendant presque caricaturaux ses pommettes et son menton saillants. Le plus étonnant était la paire de lunette à monture en corne noire qu'il portait. On aurait vraiment dit un Buddy Holly né dans les années 80 qui aurait découvert la cocaïne.

Reid remarqua qu'il était droitier, tenant son coude gauche près de son corps, ce qui signifiait certainement qu'il avait un pistolet accroché à un étui d'épaule, sous l'aisselle, afin de pouvoir le dégainer de la main droite en cas de besoin. Son bras gauche épousait sa veste en daim noire pour cacher son arme.

"*Mogu sjediti ?*" finit par demander l'homme.

Mogu ... ? Reid ne comprit pas immédiatement, comme cela avait été le cas en arabe et en français. Cette langue n'était pas le russe, mais assez proche tout de même pour qu'il puisse déduire le sens de ses mots. L'homme demandait s'il pouvait s'asseoir.

Reid montra d'un geste la chaise vide face à lui et l'homme s'assit, gardant toujours son coude gauche collé à lui.

Dès qu'il fut assis, la serveuse apporta un verre de bière brune ambrée et le posa devant lui. "*Merci,*" dit-il. Il fit un sourire à Reid. "Votre serbe n'est pas très bon ?"

Reid secoua la tête. "Non." Serbe ? Il aurait parié que l'homme qu'il allait rencontrer serait arabe comme ses ravisseurs et l'interrogateur.

"En anglais, alors ? *Ou en français ?*"

"C'est le dealer qui donne." Reid fut surpris par le ton calme et posé de sa voix. Son cœur le brûlait presque de peur dans sa poitrine et... s'il devait être honnête, au moins d'une once d'excitation anxieuse.

Le sourire du serbe s'élargit. "J'aime bien cet endroit. C'est sombre. C'est tranquille. C'est le seul bar que je connaisse dans cet arrondissement qui serve de la Franziskaner. C'est ma préférée." Il but une longue gorgée de son verre, les yeux fermés et un râle de plaisir s'échappa de sa bouche. "*Que delicioso.*" Il rouvrit les yeux et ajouta, "Ce n'est pas vous que j'attendais."

Une vague de panique enfla dans le ventre de Reid. *Il sait,* lui cria son esprit. *Il sait que ce n'est pas toi qu'il était censé rencontrer et il est armé.*

Du calme, lui dit l'autre voix, la nouvelle part de lui. *Tu peux gérer la situation.*

Reid déglutit, mais parvint toutefois à conserver son attitude cool. "Moi non plus," répondit-il.

Le serbe rigola. "Très juste. Mais nous sommes nombreux, n'est-ce pas ? Et vous, vous êtes américain ?"

"Expatrié," répondit Reid.

"Ne le sommes-nous pas tous ?" Un nouveau rire. "Avant vous, je n'avais rencontré qu'un seul autre américain dans notre, euh... quel est le terme... conglomérat ? Oui. Donc, pour moi, ce n'est pas si bizarre." L'homme lui fit un clin d'œil.

Reid se raidit. Il n'aurait su dire si c'était une blague ou pas. S'il était au courant que Reid était un imposteur et qu'il faisait semblant ou cherchait à gagner du temps ? Il posa les mains sur ses genoux pour cacher le tremblement de ses doigts.

"Vous pouvez m'appeler Yuri. Comment puis-je vous appeler ?"

"Ben." Ce fut le premier nom qui lui vint en tête, le nom de l'un de ses mentors à l'époque où il était professeur assistant.

"Ben. Comment en êtes-vous venu à travailler pour les iraniens ?"

"Avec," corrigea Reid. Il plissa les yeux pour se donner un genre. "Je travaille *avec* eux."

L'homme, ce Yuri, but une autre gorgée de bière. "Bien sûr. Avec. Comment est-ce arrivé ? Malgré nos intérêts mutuels, le groupe a tendance à être, euh ... plutôt fermé."

"Je suis fiable," dit Reid sans un seul clignement d'œil. Il n'avait aucune idée d'où ces mots avaient pu venir, tout comme la conviction avec laquelle il les avait prononcés. Il les avait sortis aussi aisément que s'il avait répété la scène.

"Et où est Amad ?" demanda tout à coup Yuri.

"Il ne pouvait pas s'en occuper," répondit Reid d'un ton neutre. "Il vous salue."

"Très bien, Ben. Vous avez dit que le contrat est rempli."

"Oui."

Yuri se pencha en avant en plissant les yeux. Reid pouvait sentir le malt dans son haleine. "J'ai besoin de vous l'entendre dire, Ben. Dites-moi que l'agent de la CIA est mort."

Reid resta interdit un léger moment. CIA ? Genre, *la* CIA ? Tout à coup, tout le discours à propos des agents sur le terrain, les visions en train d'arrêter des terroristes sur des pistes de décollage et dans les hôtels prenaient plus de sens, même s'il ne saisissait pas tout. Puis il se rappela la gravité de situation et espéra n'avoir donné aucun indice pouvant compromettre sa couverture.

Il se pencha lui aussi en avant et prononça doucement, "Oui, Yuri. L'agent de la CIA est mort."

Yuri se pencha tranquillement en arrière et sourit de nouveau. "Parfait." Il attrapa son verre de bière. "Et les informations ? Vous les avez ?"

"Il nous a dit tout ce qu'il savait," lui indiqua Reid. Il ne put s'empêcher de remarquer que se doigts ne tremblaient plus sous la table. C'était comme si quelqu'un d'autre avait pris le contrôle à présent, comme si Reid Lawson avait été relégué à l'arrière de son propre cerveau. Il décida de ne pas lutter contre ça.

"L'emplacement de Mustafar ?" demanda Yuri. "Et tout ce qu'il leur a dit ?"

Reid acquiesça.

Yuri cligna plusieurs fois des yeux, impatient. "J'attends."

Une prise de conscience frappa Reid comme un lourd poids, alors que son esprit rassemblait le peu de connaissances qu'il possédait. La CIA était impliquée. Il y avait une sorte de plan qui ferait un grand nombre de morts. Le cheikh était au courant et leur avait dit, *lui* avait dit, tout ce qu'il savait. Ces hommes avaient besoin de savoir ce que le cheikh savait. C'est pourquoi Yuri voulait savoir. Quoi qu'il en soit, ce devait être énorme, et Reid se retrouvait au beau milieu de tout ça… même s'il avait la certitude que ce n'était pas la première fois.

Il garda le silence un long moment, assez long pour que le sourire disparaisse des lèvres de Yuri et se transforme en regard impatient, ses lèvres désormais closes. "Je ne vous connais pas," dit Reid. "Je ne sais pas qui vous représentez. Vous espérez que je vais vous dire tout ce que je sais avant de m'en aller avec la confiance que les informations seront transmises au bon endroit ?"

"Oui," dit Yuri, "c'est exactement ce que j'espère et c'est précisément le but de ce rendez-vous."

Reid secoua la tête. "Non. Vous voyez, Yuri, je pense que ces informations sont trop importantes pour des confidences sur un coin de table, en espérant qu'elles tombent dans les bonnes oreilles et dans le bon ordre. Et plus important encore, il faut que vous sachiez qu'elles ne sont détenues que dans un seul endroit : juste ici." Il désigna sa propre tempe gauche. C'était la vérité. Les informations qu'ils attendaient était probablement quelque part au fin fond de son esprit, attendant d'être déverrouillées. "Je me dis aussi," poursuivit-il, "que maintenant qu'ils ont ces informations, nous allons devoir changer nos plans. J'en ai assez d'être le messager. Je veux en être. Je veux un vrai rôle à jouer."

Yuri se contenta de l'observer. Puis il laissa échapper un bruyant rire acerbe, frappant en même temps la table de ses mains si fort que cela fit sursauter plusieurs des clients dans la salle. "Vous !" s'exclama-t-il en le montrant du doigt. "Vous êtes peut-être un expatrié, mais vous avez toujours cette ambition typiquement américaine !" Il se mit à rire de nouveau, avec un bruit semblable à celui d'un singe. "Que voulez-vous savoir, Ben ?"

"Commençons par qui vous représentez dans tout ça."

"Comment savez-vous que je représente quelqu'un ? Sans que vous le sachiez, je pourrais tout aussi bien être le boss. La tête pensante derrière la conception du plan !" Il leva ses deux mains dans un grand geste et se remit à rire.

Reid esquissa un sourire. "Je ne pense pas. Je pense que vous êtes dans la même position que moi, à chercher des informations, échanger des secrets et avoir des rendez-vous dans des bars miteux." *Tactique d'interrogation : leur rappeler l'infériorité de leur niveau.* Yuri était clairement polyglotte et ne semblait pas avoir le même comportement endurci que ses ravisseurs. Toutefois, même à son petit niveau, il en savait toujours plus que Reid. "Et si nous faisions un marché ? Vous me dites ce que vous savez, et je vous dirai ce que je sais." Il baissa d'un ton, presque jusqu'au murmure. "Et croyez-moi. Vous voulez savoir ce que je sais."

Yuri caressa les poils de son menton, d'un air pensif. "Je vous aime bien, Ben. Ce qui est, comment dites-vous ça, euh... perturbant, parce que les américains me donnent la gerbe en général." Il sourit énigmatiquement. "Malheureusement pour vous, je ne peux pas vous dire ce que je ne sais pas."

"Alors dirigez-moi vers quelqu'un qui le peut." Les mots sortirent de sa bouche comme s'ils avaient outrepassé son cerveau et venaient directement de sa gorge. La part logique en lui (ou plutôt la part Lawson) poussa un cri de protestation. *Qu'est-ce que tu fous ? Prend ce que tu peux et barre-toi d'ici !*

"Voudriez-vous faire un tour en voiture avec moi ?" Les yeux de Yuri brillaient. "Je vous emmènerai voir mon boss. Vous pourrez ainsi lui dire ce que vous savez."

Reid hésita. Il savait qu'il ne devrait pas. Il savait qu'il n'en avait pas envie. Mais il avait un sentiment bizarre d'obligation, et il y avait cette réserve aux nerfs d'acier au fond de son esprit qui s'adressait de nouveau à lui, *Du calme.* Il avait une arme. Il possédait une sorte de panel de compétences. Il était déjà allé si loin et, à en juger par ce qu'il savait à présent, cela allait bien au-delà de quelques iraniens dans un sous-sol de Paris. Il y avait un plan, la CIA était impliquée et il savait que, d'une façon ou d'une autre, il en résulterait de nombreux blessés ou même pire.

Il fit un signe affirmatif de la tête, mâchoires serrées.

"Parfait." Yuri vida son verre et se leva, gardant encore et toujours son coude gauche contre lui. "*Au revoir.*" Il fit un signe de la main à la barmaid. Puis, le serbe se dirigea vers l'arrière du Féline, passant par une petite cuisine sale, puis par une porte en acier donnant sur une allée pavée.

Reid le suivit dans la nuit, surpris de voir que l'obscurité était tombée si rapidement pendant qu'il était dans le bar. Au bout de l'allée, se trouvait un SUV noir, attendant gentiment, avec des vitres teintées presque aussi noires que la peinture de la carrosserie. Une porte arrière s'ouvrit avant que Yuri ne l'ait atteinte, et deux gorilles en sortirent. Reid ne leur trouva pas d'autre qualificatif : ils étaient tous deux larges d'épaules, imposants et ne faisaient rien pour cacher les pistolets automatiques TEC-9 qui se balançaient à des harnais sous leurs aisselles.

"Du calme, les amis," dit Yuri. "Voici Ben. Nous allons l'emmener voir *Otets.*"

Otets. Mot russe signifiant "père." Ou, à un niveau plus technique, "créateur."

"Venez," dit Yuri d'un ton plaisant. Il mit une tape amicale sur l'épaule de Reid. "Le trajet sera très agréable. Nous allons boire du champagne en chemin. Venez."

Les jambes de Reid ne voulaient plus avancer. C'était risqué … trop risqué. S'il entrait dans cette voiture avec ces hommes et qu'ils découvraient qui il était, ou même qu'il n'était pas celui qu'il prétendait, il pourrait très bien être un homme mort. Ses filles seraient orphelines et elles pourraient tout aussi bien ne jamais savoir ce qui lui était arrivé.

Mais quel autre choix avait-il ? Il ne pouvait pas vraiment agir comme s'il avait soudainement changé d'avis. Ce serait bien trop suspect. C'était comme s'il avait déjà dépassé le point de non-retour en suivant tout simplement Yuri dehors. Et s'il parvenait à garder sa couverture assez longtemps, il pourrait remonter à la source et découvrir aussi ce qui était en train de se passer dans sa propre tête.

Il avança vers le SUV.

"Ah ! *Un momento, por favor.*" Yuri fit un signe du doigt à l'attention de son escorte musclée. L'un d'entre eux souleva les bras de Reid sur les côtés, pendant que l'autre le tâtait de haut en bas. En premier lieu, il trouva le Beretta, toujours enfoncé à l'arrière de son jean. Puis, il fouilla dans les poches de Reid en en sortit la liasse d'euros et le téléphone prépayé, remettant le tout à Yuri.

"Vous pouvez garder ça." Le serbe lui rendit son argent. "Cependant, nous allons conserver le reste par sécurité, vous comprenez." Yuri fourra le téléphone et le pistolet dans la poche intérieure de sa veste en daim et, l'espace d'un court instant, Reid entrevit la crosse brune d'un pistolet.

"Je comprends," dit Reid. À présent, il se retrouvait désarmé et sans aucun moyen d'appeler à l'aide en cas de besoin. *Je devrais m'enfuir*, pensa-t-il. *Me mettre à courir sans regarder en arrière ...*

L'un des gorilles lui baissa la tête et le poussa à l'arrière du SUV. Ils grimpèrent tous deux à bord ensuite, suivis de Yuri qui referma la portière derrière lui. Il s'assit à côté de Reid, alors que les deux gorilles se collèrent presque épaule contre épaule, assis sur une banquette face à eux, juste derrière le siège conducteur. Une sombre cloison teintée les séparait de l'avant du véhicule.

L'un des deux acolytes frappa de ses doigts contre la cloison du conducteur. "*Otets*," dit-il d'un air bourru.

Un fort bruit de clic verrouilla les portes à l'arrière et, à ce moment-là, Reid réalisa amèrement ce qu'il venait de faire. Il était entré dans une voiture avec trois hommes armés sans aucune idée d'où il se rendait et une très vague idée que qui il était censé être. Duper Yuri n'avait pas été très difficile mais, maintenant, il l'emmenait rencontrer son boss… Allaient-ils découvrir qu'il n'était pas celui qu'il avait prétendu être ? Il refoula son envie de bondir en avant, d'ouvrir la portière et de sauter hors de la voiture. Il n'y avait aucune issue possible, du moins pas pour le moment. Il devrait attendre qu'ils arrivent à destination, et il espérait être encore en un seul morceau à ce moment-là.

Le SUV se mit à rouler dans les rues de Paris.

Chapitre Six

Yuri, qui avait été si causant et si enjoué dans le bar, resta anormalement silencieux durant tout le trajet. Il ouvrit un compartiment à côté de son siège et en sortit un vieux livre usé à la couverture déchirée : *Le Prince* de Machiavel. Le professeur qui sommeillait en Reid faillit se moquer à haute voix.

Les deux gorilles restaient assis en silence, face à lui, leurs yeux dirigés droit devant eux, comme s'ils voulaient percer des trous à travers Reid. Il mémorisa rapidement leurs caractéristiques : l'homme de gauche était blanc, chauve, avec une moustache brune et des yeux ronds. Il portait un TEC-9 sous l'épaule et un Glock 27 niché dans un étui à sa cheville. Une pâle cicatrice irrégulière sur son sourcil gauche suggérait un vilain rafistolage (assez similaire certainement à celle que Reid aurait après son intervention de fortune à la super glue). Il n'aurait pas su dire quelle était sa nationalité.

Le second avait le teint un peu plus sombre, avec une grosse barbe négligée et un embonpoint de taille. Son épaule gauche semblait légèrement affaissée, comme s'il favorisait sa hanche opposée. Lui aussi avait un pistolet automatique caché sous un bras, mais pas d'autre arme que Reid puisse distinguer.

Il pouvait néanmoins voir une marque sur son cou. La peau était rose et plissée, légèrement boursouflée d'avoir été brûlée. C'était la même marque qu'il avait vue sur la brute arabe dans le sous-sol de Paris. C'était une sorte de lettre, il en était certain, mais pas une qu'il puisse reconnaître. Le moustachu ne semblait pas avoir de marque, bien que la plupart de son cou soit caché sous sa chemise.

Yuri ne l'avait pas non plus, du moins pas à la connaissance de Reid. Le col de la veste en daim du serbe remontait haut. *C'est peut-être le symbole d'un statut*, pensa-t-il. *Quelque chose qui doit être gagné.*

Le conducteur engagea le véhicule sur l'A4, quittant Paris et se dirigeant au nord-est en direction de Reims. Les vitres teintées rendaient la nuit encore plus noire. Une fois quittée la Ville des Lumières, il fut difficile pour Reid de trouver des repères. Il devait se fier aux panneaux routiers pour savoir vers où ils se rendaient. Le paysage s'était peu à peu transformé, passant des zones urbaines lumineuses à une topographie paresseuse et bucolique, l'autoroute s'étendant lentement avec les terres et les fermes de chaque côté.

Au bout d'une heure de route dans le silence le plus complet, Reid se râcla la gorge. "C'est encore loin ?" demanda-t-il.

Yuri posa un doigt sur ses lèvres, puis esquissa un sourire. "*Oui*."

Reid laissa échapper un souffle par les narines, mais ne dit rien de plus. Il aurait dû demander jusqu'où ils comptaient l'emmener. Pour autant qu'il sache, il paraissait clair qu'ils allaient en Belgique.

La route A4 devint l'A34, puis l'A304 alors qu'ils grimpaient de plus en plus au nord. Les arbres qui parsemaient la campagne pastorale devenaient de plus en plus épais et de plus en plus proches, des épicéas en forme de parapluie qui engloutissaient les terres agricoles et se transformaient en forêts indiscernables. Les pentes de la route augmentaient, alors que les collines se transformaient en petites montagnes.

Il connaissait cet endroit, ou plutôt cette région, et ce n'était pas à cause d'un flash de vision ou d'une mémoire implantée. Il n'était jamais venu ici, mais il savait grâce à ses études qu'il avait atteint les Ardennes, une bande de forêt montagneuse partagée entre le nord-est de la France, le sud de la Belgique et le nord du Luxembourg. C'était dans les Ardennes qu'en 1944, l'armée allemande avait lancé ses divisions armées dans cette région très forestière, dans le but de s'emparer de la ville d'Anvers. Elles avaient été contrecarrées par les forces américaines et britanniques près de la rivière de la Meuse. Le conflit qui s'en était suivi fut appelé la Bataille des Ardennes et ce fut la dernière offensive majeure des allemands durant la Seconde Guerre Mondiale.

Pour dieu sait quelle raison, en dépit de la gravité de sa situation actuelle ou à venir, il trouvait un peu de réconfort en pensant à l'histoire, à sa vie précédente et à ses étudiants. Mais il pensa de nouveau à ses filles, seules et apeurées, ne sachant aucunement où il se trouvait, ni dans quoi il s'était fourré.

Comme il l'avait prédit, Reid vit rapidement un panneau les avertissant qu'ils approchaient de la frontière. *Belgique*, disait le panneau et, en dessous, *Belgien, België*, *Belgium*. Environ trois kilomètres plus loin, le SUV ralentit pour s'arrêter devant une petite cabine unique avec un auvent en béton par-dessus. Un homme vêtu d'un manteau épais et d'un képi en laine scruta le véhicule. La sécurité à la frontière entre la France et la Belgique était bien différente de ce à quoi la plupart des américains étaient habitués. Le conducteur baissa la vitre et parla à l'homme, mais les mots étaient étouffés par la cloison fermée et la vitre. Reid observa la scène par la vitre teintée et vit le bras du conducteur passer quelque chose au douanier : un billet. Un pot-de-vin.

L'homme au képi leur fit signe d'avancer.

Quelques kilomètres plus loin, sur la N5, le SUV quitta l'autoroute et s'engagea sur une route étroite, parallèle à la route principale. Il n'y avait aucun signe de sortie et la route elle-même était à peine goudronnée. C'était une route d'accès, certainement créée pour les véhicules d'exploitation forestière. La voiture était secouée par les ornières profondes de la route. Les deux gorilles cognaient l'un contre l'autre en face de Reid, mais continuaient tout de même à le regarder sans relâche.

Il jeta un œil à la montre bon marché qu'il avait achetée à la pharmacie. Cela faisait deux heures et quarante-six minutes qu'ils étaient partis. La nuit d'avant, il était aux États-Unis, puis il s'était réveillé à Paris, et il était à présent en Belgique. *Calme-toi*, l'exhortait son subconscient. *Tu as déjà connu ça. Fais juste attention et tais-toi.*

Des deux côtés de la route, il n'y avait rien d'autre que des arbres épais. Le SUV poursuivait son chemin, grimpant à flanc de montagne, avec des virages qui montaient, pour finir par redescendre. Pendant tout ce temps, Reid regardait par la fenêtre, l'air de rien, mais cherchant des repères de toute sorte ou un signe qui pourrait lui indiquer où ils se trouvaient : idéalement quelque chose qu'il pourrait rapporter par la suite aux autorités si besoin.

Il voyait des lumières devant lui mais, à cet angle, il ne pouvait pas en voir la source. Le SUV ralentit de nouveau avant de s'arrêter en douceur. Reid vit une clôture noire en fer forgé, chacun de ses poteaux étant surmonté d'une pointe dangereuse, s'étendant de chaque côté et disparaissant dans l'obscurité. À côté du véhicule, se trouvait un petit poste de garde vitré en brique sombre, avec une lumière fluorescente illuminant l'intérieur. Un homme en sortit. Il portait un pantalon et un caban relevé sur son cou, ainsi qu'une écharpe en laine grise autour de la gorge. Il ne fit aucun geste pour tenter de cacher le silencieux MP7 qui pendait dans un étui en bandoulière à son épaule droite. En fait, alors qu'il s'approchait de la voiture, il prit l'arme en main sans toutefois la pointer vers l'avant.

Heckler & Koch, modèle MP7A1, dit la voix dans la tête de Reid. *Cran d'arrêt 7 points, un pouce. Viseur réflexe Elcan. Chargeur trente coups.*

Le conducteur fit descendre sa vitre et parla quelques secondes avec l'homme. Puis, le garde fit le tour du SUV et ouvrit la porte du côté de Yuri. Il se pencha et apparût dans l'habitacle. Reid sentit une odeur de whisky et une bouffée d'air glacial qui l'accompagnait. L'homme regarda chacun d'entre eux tour à tour, ses yeux s'arrêtant sur Reid.

"Kommunikator," dit Yuri. *"Chtoby uvidet' nachal'nika."* Du russe. *Messager, pour voir le boss.*

Le garde ne prononça pas un mot. Il referma la porte et retourna à son poste, appuyant sur le bouton d'une petite console. Le portail en fer noir crissa en se rabattant sur le côté, et le SUV s'engagea dans l'allée.

La gorge de Reid se serra, alors qu'il saisissait toute la gravité de la situation. Il s'était rendu au rendez-vous avec la ferme intention d'obtenir des informations sur ce qui se passait, non seulement pour lui, mais aussi par rapport aux dires du cheikh à propos d'un plan et concernant les villes étrangères. Il était monté dans la voiture avec Yuri et les deux gorilles dans l'espoir de trouver une source. Il les avait laissés l'emmener hors du pays, au beau milieu d'une dense région forestière. Et, à présent, ils se trouvaient derrière une clôture haute et pointue, dont le portail était gardé. Il n'avait aucune idée de comment sortir de là si quelque chose tournait mal.

Du calme. Tu y es déjà arrivé avant.

Non, ce n'est pas le cas ! pensa-t-il désespérément. *Je suis professeur à l'université de New York. Je ne sais plus ce que je fais. Pourquoi est-ce que j'ai fait ça ? Mes filles…*

Ne t'en fais pas. Tu sauras quoi faire le moment venu.

Reid prit une profonde inspiration, mais ne parvint pas à calmer ses nerfs. Il regarda par la vitre. Dans l'obscurité, il parvenait à peine à distinguer les environs. Il n'y avait pas d'arbres derrière le portail, mais plutôt des rangs de pieds de vigne à perte de vue, grimpant et ondulant en treillis à hauteur de la taille…Il se trouvait donc dans un vignoble. Qu'il s'agisse réellement d'un vignoble exploité ou d'une simple couverture était incertain, mais c'était en tout cas quelque chose de reconnaissable, qui serait visible depuis un hélicoptère ou un drone avec caméra.

Bien. Ce sera une indication utile pour la suite.

S'il y a une suite.

Le SUV roula lentement sur l'allée en gravier pendant environ un kilomètre de plus, avant que la vigne ne s'arrête. Devant lui, se trouvait un domaine somptueux, presque un château, construit en pierre grise avec des fenêtres en arc et du lierre grimpant sur la façade sud. Pendant un bref instant, Reid admira cette magnifique architecture. La bâtisse avait probablement deux-cents ans, peut-être plus. Mais ils ne s'arrêtèrent pas là. La voiture fit le tour de la grande maison pour la laisser derrière elle. Un demi-kilomètre plus loin, elle s'arrêta devant un petit terrain et le conducteur stoppa le moteur.

Ils étaient arrivés. Mais où, il n'en avait aucune idée.

Les gorilles descendirent en premier, puis Reid, suivi de Yuri. Le froid intense lui coupa le souffle. Il serra les mâchoires pour empêcher ses dents de claquer. Leurs deux grandes escortes ne semblaient pas en être incommodés le moins du monde.

À environ quarante mètres de là, se trouvait une grande structure massive à deux étages, très large, sans fenêtres, en tôle ondulée peinte en beige. Une sorte de chai, peut-être pour faire le vin. Mais il en doutait.

Yuri grogna en étirant ses membres. Puis, il regarda Reid en souriant. "Ben, je sais que nous sommes maintenant de très bons amis, mais tout de même…" Il tira de la poche de sa veste une étroite bande de tissu noir. "Je dois insister."

Reid acquiesça légèrement. Quel choix avait-il ? Il se retourna afin que Yuri puisse attacher le tissu pour lui bander les yeux. Une forte main trapue le saisit par l'avant-bras, celle de l'un des gorilles, sans aucun doute.

"À présent," dit Yuri. "Allons voir Otets." La main puissante le tira vers l'avant et le guida, alors qu'ils marchaient en direction de la structure en tôle. Il sentit une autre épaule frôler la sienne de l'autre côté : il était encadré par les deux grands gorilles.

Reid respirait calmement par le nez, faisant son maximum pour rester calme. *Écoute*, lui dit son esprit.

J'écoute.

Non, écouter. *Écouter et lâcher prise.*

Quelqu'un frappa trois fois contre une porte. Le bruit sembla terne et creux comme une grosse caisse. Même s'il ne pouvait rien voir, Reid imaginait Yuri en train de taper du poing contre la lourde porte en acier.

Ca-chunk. Un verrou que l'on fait sauter. Un *whoosh*, une ruée d'air chaud à l'ouverture de la porte. Soudain, un mélange de bruit : du verre qui tinte, un liquide versé dedans et des cliquetis de courroie. Un équipement de viticulteur, on dirait. Bizarre, il n'avait rien entendu depuis l'extérieur. *Les murs extérieurs de la structure sont insonorisés.*

La main puissante le guida à l'intérieur. La porte se ferma de nouveau et le verrou fut remis en place. Sous lui, le sol semblait être du béton lisse. Ses chaussures marchèrent dans une petite flaque. L'odeur acéteuse de la fermentation était la plus forte, suivie de près par l'arôme plus doux et familier du jus de raisin. *Ils font vraiment du vin ici.*

Reid comptait ses pas sur le sol du chai. Ils passèrent plusieurs autres portes et, à chaque fois, il percevait de nouveaux bruits. *Machines : une presse hydraulique, une perceuse pneumatique, un cliquetis de chaîne d'embouteillage.* L'odeur de fermentation avait laissé la place à une odeur graisseuse d'huile moteur et de…*Poudre. Ils fabriquent quelque chose ici, certainement des munitions.* Il y avait quelque chose d'autre, de familier, derrière l'huile et la poudre. C'était plutôt doux, comme des amandes…*Dinitrotoluène. Ils fabriquent des explosifs.*

"Escalier," dit la voix de Yuri près de son oreille, alors que le tibia de Reid heurtait la première marche. La lourde main continuait de le guider alors que quatre paires de pieds grimpaient les marches d'acier. *Treize marches. Celui qui a construit cet endroit n'est pas superstitieux.*

En haut, se trouvait une autre porte en acier. Une fois refermée derrière eux, les bruits des machines s'évanouirent : une autre pièce insonorisée. On entendait de la musique classique jouée au piano. *Brahms. Variations sur un Thème de Paganini.* La mélodie n'était pas assez puissante pour vraiment venir d'un piano. Il s'agissait sûrement d'une chaîne hifi.

"Yuri." La nouvelle voix était un fort baryton, légèrement éraillé d'avoir crié trop souvent ou d'avoir fumé trop de cigares. À en juger par l'odeur des lieux, la bonne réponse était la dernière. Ou alors, les deux.

"Otets," dit Yuri obséquieusement. Il se mit à parler rapidement en russe. Reid faisait de son mieux pour suivre et déchiffre l'accent de Yuri. "Je vous apporte de bonnes nouvelles de France…"

"Qui est cet homme ?" demanda le baryton. À sa façon de parler, le russe semblait être sa langue natale. Reid ne put s'empêcher de se demander quel était le lien entre les iraniens et ce Russe, ou quel était le rôle des deux gorilles du SUV, et même du serbe, Yuri. *Un échange d'armes peut-être,* dit la voix dans sa tête. *Ou même pire.*

"Voici le messager des iraniens," répondit Yuri. "Il dispose des informations que nous recherchons…"

"Tu l'as amené ici ?" l'interrompit l'homme. Sa voix grave se mit à rugir. "Tu étais censé aller en France pour rencontrer les iraniens, pas pour ramener des mecs chez moi ! Tu pourrais tout compromettre par ta stupidité !" Il y eut un claquement vif, un revers de la main sur un visage, puis un soupir de Yuri. "Est-ce que je dois inscrire la description de ton travail sur une balle pour te la faire rentrer dans le crâne ?"

"Otets, s'il vous plait…" balbutia Yuri.

"Ne m'appelle pas comme ça !" cria l'homme de plus belle. Un pistolet que l'on charge, une arme lourde à en croire par le son. "Ne m'appelle par aucun nom en présence de cet étranger !"

"Ce n'est pas un étranger !" glapit Yuri. "C'est Agent Zéro ! Je vous ai amené Kent Steele !"

Chapitre Sept

Kent Steele.

Le silence régna pendant plusieurs secondes qui parurent être des minutes. Une centaine de visions se succéda dans la tête de Reid, comme générées par une machine. *La CIA. Service National des Clandestins, Département des Activités Spéciales, Groupe des Opérations Spéciales. Opérations Psychologiques.*

Agent Zéro.

Si tu es exposé, tu es mort.

Nous ne parlons pas. Jamais.

Impossible.

Ses doigts tremblaient de nouveau.

C'était tout bonnement impossible. Des effaceurs, des implants ou des suppresseurs de mémoire étaient des trucs de théories conspiratoires ou de films d'Hollywood.

En tout cas, ça n'avait plus aucune importance maintenant. Ils avaient su qui il était pendant tout ce temps. Depuis le bar et pendant tout le trajet en voiture pour venir en Belgique, Yuri était au courant que Reid n'était pas qui il prétendait être. À présent, il avait les yeux bandés et il était emprisonné derrière une porte en acier avec au moins quatre hommes armés. Personne d'autre ne savait où il était et qui il était. Un lourd nœud d'effroi se forma au fond de son estomac et manqua le faire vomir.

"Non," dit lentement la voix de baryton. "Non, tu te trompes. Stupide Yuri. Ce n'est pas l'agent de la CIA. Si c'était le cas, tu ne serais plus en vie !"

"Sauf s'il est venu ici pour te trouver !" contesta Yuri.

Il sentit des doigts sur le bandeau qui fut soudain retiré. Reid plissa les yeux à cause de l'aveuglement causé soudainement par les lampes fluorescentes suspendues. Il cligna des yeux et discerna un homme d'une cinquantaine d'années, cheveux poivre-et-sel, avec une barbe rasée de près sur les joues et des yeux vifs et inquisiteurs. Cet homme, vraisemblablement Otets, portait un costume gris anthracite avec les deux boutons supérieurs de sa chemise ouverts sur des poils gris bouclés en dessous. Ils se trouvaient dans un bureau dont les murs étaient peints en rouge sombre et décorés de peintures criardes.

"Vous," dit l'homme dans un anglais avec un fort accent. "Qui êtes-vous ?"

Reid respirait de façon saccadée et refoula son envie de dire à cet homme qu'il ne savait tout simplement plus qui il était. Au lieu de ça, il prononça d'une voix tremblante, "Je m'appelle Ben. Je suis un messager. Je travaille avec les iraniens."

Yuri, qui était à genoux derrière Otets, bondit sur ses pieds. "Il ment !" hurla le serbe. "Je sais qu'il ment ! Il dit que les iraniens l'envoient, mais ils ne feraient jamais confiance à un américain !" Yuri le regarda. Un mince filait de sang s'échappait du coin de sa bouche, là où Otets l'avait frappé.

"Mais ce n'est pas tout. Tu vois, je t'ai parlé d'Amad." Il secoua la tête en montrant les dents. "Il n'y a aucun Amad parmi eux."

Reid trouvait ça bizarre que ces hommes semblent connaître les iraniens, mais qu'ils ne sachent pas avec qui ils travaillaient ou qui ils pourraient envoyer. Ils étaient sûrement liés d'une façon ou d'une autre, mais il ne savait vraiment pas quelle était cette connexion entre eux.

Otets murmura des injures en russe sous sa barbe. Puis, il dit en anglais, "Tu as dit à Yuri être le messager. Yuri me dit que tu es l'agent de la CIA. Qui dois-je croire ? Tu ne ressembles vraiment pas à la vision que je me faisais de Zéro. Pourtant, mon idiot de coursier a dit quelque chose de vrai : les iraniens méprisent les américains. Cela ne sent pas bon pour toi. Dis-moi la vérité ou je te tire dans la rotule." Il brandit un lourd pistolet : un TIG Desert Eagle.

Reid eut le souffle coupé un instant. C'était une très grosse arme.

Capitule, lui disait son esprit.

Il ne savait pas trop comment faire. Il n'était pas sûr de ce qui se passerait s'il le faisait. La dernière fois que ses nouveaux instincts avaient pris le dessus, quatre hommes s'étaient retrouvés morts et il avait leur sang sur les mains, au sens propre comme au sens figuré. Mais il ne voyait aucune issue, en tout cas pour le Professeur Reid Lawson. Mais Kent Steele, qui que cela puisse être, pouvait trouver une solution. Il ne savait peut-être pas qui il était, mais cela n'aurait aucune importance s'il ne survivait pas assez longtemps pour le découvrir.

Reid ferma les yeux. Il acquiesça une fois, comme une approbation silencieuse à la voix qui parlait dans sa tête. Ses épaules se relâchèrent et ses doigts cessèrent de trembler.

"J'attends," dit platement Otets.

"Vous n'auriez aucun intérêt à me tirer dessus," dit Reid. Il fut surpris d'entendre sa propre voix aussi calme et posée. "Un seul tir de ce pistolet ne ferait pas que m'exploser le genou. Il couperait ma jambe et je me viderais de mon sang sur le sol de ce bureau en quelques secondes."

Otets haussa les épaules. "Comment vous dites, les américains ? On ne fait pas d'omelette sans…"

"Je possède les informations dont vous avez besoin," le coupa Reid. "L'emplacement du cheikh. Ce qu'il m'a dit. À qui je l'ai dit. Je connais votre complot et je ne suis pas le seul."

Les coins de la bouche d'Otets se transformèrent en sourire grimaçant. "Agent Zéro."

"Je vous l'ai dit !" dit Yuri. "Je disais vrai, n'est-ce pas ?"

"Ta gueule," aboya Otets. Yuri se ratatina comme un chien battu. "Amène-le en bas et obtiens tout ce qu'il sait. Commence par lui couper les doigts. Je n'ai pas envie de perdre du temps."

Un jour ordinaire, la menace de se faire couper les doigts aurait envoyé une onde de peur à travers le corps de Reid. Ses muscles se raidirent un moment, les petits poils de sa nuque se hérissèrent un peu, mais ses nouveaux instincts prirent le dessus et le forcèrent à se calmer. *Attends*, lui dirent-ils. *Attends une occasion…*

Le gorille chauve acquiesça sèchement et saisit de nouveau Reid par le bras.

"Idiot !" gueula Otets. "Attache-le d'abord ! Yuri, va chercher dans le bureau. Tu y trouveras ce qu'il faut."

Yuri se précipita vers le bureau en chêne à trois tiroirs dans l'angle et fouilla dedans jusqu'à en sortir une longue corde épaisse. "Voilà," dit-il en la jetant à la brute chauve.

Tous les yeux se levèrent instinctivement vers le paquet de corde qui tournoyait en l'air : les deux gorilles, Yuri et Otets.

Mais pas ceux de Reid. Il avait un coup à jouer, et il s'en empara.

Il recourba sa main gauche et leva le bras en l'air dans un angle qui lui permit de frapper la trachée du chauve du côté charnu de sa paume. Il sentit sa gorge casser sous sa main.

Une fois ce premier coup porté, il balança un coup de pied du gauche en arrière qui atteint le gorille barbu à la hanche, la même sur laquelle il s'était appuyé tout le long du trajet pour venir en Belgique.

Un halètement humide et suffocant s'échappa des lèvres du chauve, alors que ses mains se portaient à sa gorge. La brute barbue grogna au moment où son corps pivota avant de s'effondrer.

À terre !

La corde claqua au sol, tout comme Reid. D'un seul geste, il s'accroupit et arracha le Glock de l'étui que portait le chauve à la cheville. Sans relever les yeux, il bondit en avant et fit une roulade.

Dès qu'il eut sauté, un bruit tonitruant retentit dans le petit bureau, horriblement fort. Le tir du Desert Eagle avant laissé un trou impressionnant dans la porte en acier de la pièce.

La roulade de Reid l'avait amené à quelque pas d'Otets et il se jeta en avant vers lui. Avant qu'Otets n'ait pu pivoter pour tirer, Reid saisit par en-dessous l'arme dans sa main : *ne jamais la prendre par le côté supérieur, c'est le meilleur moyen de perdre un doigt.* Puis il la repoussa et s'éloigna. Un nouveau coup partit, un boum strident à seulement quelques centimètres de la tête de Reid. Ses oreilles bourdonnaient, mais il resta concentré. Il fit pivoter l'arme vers le bas et sur le côté, gardant le canon pointé loin de lui, alors qu'il le portait à sa hanche avec la main d'Otets.

Le cinquantenaire rejeta la tête en arrière et hurla, son doigt coincé dans la gâchette. Le son donna la nausée à Reid, alors que le Desert Eagle claquait au sol.

Il se tourna et enroula son bras autour du cou d'Otets, l'utilisant comme bouclier pour viser les deux hommes de main. Le chauve était hors-jeu, essayant en vain de respirer par sa gorge cassée, mais le barbu avait dégainé son TEC-9. Sans hésiter, Reid tira trois coups à la suite, deux dans la poitrine et un dans le front. Un quatrième coup mit fin à l'agonie du chauve.

La conscience de Reid hurlait dans un coin de sa tête. *Tu viens de tuer deux hommes. Deux hommes* de plus. Mais sa nouvelle conscience était plus forte, repoussant sa nausée et son sens de la mesure.

Tu auras tout le loisir de paniquer plus tard. Tu n'en as pas encore fini ici.

Reid se retourna totalement, avec Otets face à lui comme s'ils étaient en train de danser, puis il visa Yuri avec le Glock. Le malheureux messager peinait à sortir un Sig Sauer du harnais sous son épaule.

"Stop," commanda Reid. Yuri ne bougea plus. "Haut les mains." Le messager serbe leva lentement les mains, paumes bien en évidence. Il arborait un large sourire.

"Kent," dit-il en anglais, "nous sommes de très bons amis maintenant, n'est-ce pas ?"

"Sors mon Beretta de la poche gauche de ta veste et pose-le au sol," ordonna Reid.

Yuri lécha le sang au coin de sa bouche et secoua les doigts de sa main gauche. Lentement, il fouilla dans sa poche et en sortit le petit pistolet noir. Mais il ne le posa pas au sol. Il le garda en main, le canon pointé vers le bas.

"Tu sais," dit-il, "je me dis que si tu veux des informations, il te faut au moins garder l'un de nous en vie. Pas vrai ?"

"Yuri !" grogna Otets. "Fais ce qu'il demande !"

"Au sol," répéta Reid. Il ne quittait pas Yuri des yeux, mais il était inquiet que d'autres ait pu entendre le rugissement du Desert Eagle. Il n'avait aucune idée du nombre de personnes qui se trouvaient en bas, mais le bureau était insonorisé et il y avait des machines en marche dans toutes les autres pièces. Il était possible que personne n'ait rien entendu…ou peut-être que les gens étaient habitués à ce bruit et qu'ils s'en fichaient pas mal.

"J'hésite," dit Yuri, "Je prends ce flingue et je tue Otets. Ensuite, tu auras besoin de *moi*."

"Yuri, *nyet* !" cria Otets, cette fois plus abasourdi qu'en colère.

"Tu vois, Kent," dit Yuri, "ce n'est pas *La Cosa Nostra*. Je suis plus comme, euh…un employé mécontent. Tu as vu comment il me traite. Alors je vais peut-être le tuer. Et, toi et moi, on règlera les choses ensemble…"

Otets serra les dents et susurra un flot d'injures à l'attention de Yuri, mais cela ne fit qu'agrandir le sourire du messager.

Reid commençait à perdre patience. "Yuri, si tu ne poses pas ce pistolet maintenant, je serai obligé de…"

Yuri bougea à peine le bras comme s'il allait lever son arme. L'instinct de Reid s'enclencha comme un moteur qui passe à la vitesse supérieure. Sans réfléchir, il visa et tira, une seule fois. Ce fut si rapide qu'il fut surpris par le coup du pistolet.

Pendant une demi-seconde, Reid pensa l'avoir manqué. Puis, il y eut une éruption de sang sombre au niveau du cou de Yuri. Il tomba d'abord à genoux, une main tentant faiblement d'arrêter le flux de sang, mais il était bien trop tard pour ça.

Cela peut prendre jusqu'à deux minutes pour que le sang s'écoule de l'artère carotide. Il ne voulait pas savoir d'où il tenait cette information. *Mais, il peut mettre seulement sept à dix secondes pour mourir à cause de la perte de sang.*

Yuri s'effondra en avant. Reid se retourna immédiatement vers la porte en acier, avec le Glock dirigé en son centre. Il attendit. Sa respiration était stable et calme. Il n'avait même pas perdu une goutte de sueur. Otets essayait de respirer profondément, par saccades, frottant son doigt fracturé de l'autre main.

Mais personne ne vint.

Je viens de tuer trois hommes.

Pas le temps de t'apitoyer. Sors de cet enfer.

"Ne bouge pas," grogna Reid à l'attention d'Otets en relâchant son emprise sur lui. Il balança un coup de pied pour éloigner le Desert Eagle dans un coin. Il glissa sous le bureau. Il n'aurait aucune utilité d'une arme comme celle-là. Il abandonna également les pistolets automatiques TEC-9 des malfaiteurs. Ils étaient bien trop imprécis, bons à rien d'autre que de balancer des balles sur une large zone. Au lieu de ça, il repoussa le corps de Yuri du pied et s'empara du Beretta. Il garda aussi le Glock, glissant les deux pistolets dans chacune des poches de son blouson.

"Sortons d'ici," dit Reid à Otets, "vous et moi. Vous allez passer en premier et direz que tout va bien. Vous allez me conduire dehors et me trouver une bonne voiture. Et vous savez pourquoi ?" Il montra ses mains, chacune enfouie dans une poche et enroulées autour de la crosse d'un pistolet. "Ils seront tous les deux pointés dans votre dos. Faites un seul faux pas ou dites un seul mot de travers et je vous plante une balle entre les vertèbres lombaires 2 et 3. Si vous avez assez de chance pour rester en vie, vous serez paralysé pour le reste de votre existence Compris ?"

Otets le regarda fixement, mais il fut assez intelligent pour acquiescer.

"Bien. Dans ce cas, passez devant."

Le russe s'arrêta devant la porte en acier du bureau. "Tu ne sortiras pas d'ici vivant," dit-il en anglais.

"Il vaudrait mieux pour vous que je survive," grommela Reid. "Sans quoi, je m'assurerai que vous y passiez aussi."

Otets poussa la porte et s'engagea sur le palier. Le bruit des machines revint instantanément rugir à leurs oreilles. Reid le suivit hors du bureau, sur la petite plateforme en acier. Il jeta un coup d'œil par-dessus la rambarde, regardant le sol de l'atelier en dessous. Ses pensées (*les pensées de Kent ?*) étaient exactes : il y avait deux hommes qui travaillaient sur une presse hydraulique et un autre à la perceuse pneumatique. Un autre encore se tenait debout une chaîne roulante, inspectant des composants électroniques, alors qu'ils roulaient lentement vers une surface en acier au bout. Deux autres portant des lunettes et des gants en latex étaient assis devant une table en mélaminé, mesurant soigneusement une espèce de produit chimique. Il constata qu'ils composaient un étrange assortiment de nationalités : trois d'entre eux étaient blancs aux cheveux sombres, sûrement des russes, mais deux autres venaient clairement du Moyen Orient. L'homme à la perceuse était africain.

L'odeur d'amande du dinitrotoluène flotta vers lui. Ils fabriquaient des explosifs, comme il l'avait pressenti plus tôt grâce aux odeurs et au bruit.

Six en tout. Probablement armés. Pour autant, aucun d'entre eux ne leva les yeux vers le bureau. *Ils ne tireront pas ici, pas avec Otets devant moi et les produits chimiques volatiles dans l'air.*

Moi non plus d'ailleurs, pensa Reid.

"Impressionnant, non ?" dit Otets avec un sourire. Il avait remarqué que Reid regardait en bas.

"Avancez," commanda-t-il.

Otets commença à descendre les marches, ses chaussures claquant contre le métal de la première marche. "Tu sais," dit-il tout à coup, "Yuri avait raison."

Sors de là. Monte dans le SUV. Enfonce le portail et enfuis-toi comme un voleur.

"Tu as besoin de l'un de nous."

Retourne sur l'autoroute. Trouve un poste de police. Demande l'intervention d'Interpol.

"Et ce pauvre Yuri est mort…"

Donne-leur Otets. Force-le à parler. Lave ton nom du meurtre de sept hommes.

"Donc, je me dis que tu ne peux pas me tuer."

J'ai assassiné sept hommes.

Mais il s'agissait de légitime défense.

Otets venait d'atteindre la dernière marche, Reid derrière lui, avec les deux mains enfouies dans les poches de son blouson. Ses paumes étaient moites contre les pistolets. Le russe s'arrêta et jeta brièvement un œil par-dessus son épaule, sans vraiment regarder Reid. "Les iraniens. Ils sont morts ?"

"Quatre d'entre eux," dit Reid. Le vacarme des machines couvrit presque sa voix.

Otets fit claquer sa langue. "Dommage. Mais, encore une fois…cela prouve que j'ai raison. Tu n'as aucune piste, personne d'autre vers qui te tourner. Tu as besoin de moi."

Cette pensée interpella Reid. La panique monta dans sa poitrine. L'autre part en lui, celle de Kent, la refoula comme on avale une pilule à sec. "Je possède déjà tout ce que le cheikh nous a donné…"

Otets ricana doucement. "Le cheikh, oui. Mais tu sais déjà que Mustafar ne savait pas grand-chose. C'était un financier, Agent. Il était faible. Pense-tu que nous lui faisions confiance par rapport à notre plan ? Si oui, pourquoi es-tu venu ici ?"

De la sueur perla sur les sourcils de Reid. Il était venu ici dans l'espoir de trouver des réponses, non seulement sur ce supposé plan, mais aussi sur qui il était vraiment. Il en avait découvert beaucoup plus que prévu. "Avancez," demanda-t-il de nouveau. "vers la porte, lentement."

Otets descendit totalement de l'escalier, avec lenteur, mais il ne se dirigea pas vers la porte. Il avança dans la pièce, vers ses hommes.

"Qu'est-ce que vous faites ?" demanda Reid.

"Je réponds à ton bluff, Agent Zéro. Si je me trompe, tu me tueras." Il sourit et fit un autre pas en avant.

Deux des travailleurs levèrent les yeux. De leur perspective, c'était comme si Otets discutait simplement avec un inconnu, peut être un associé en affaire ou un représentant d'une autre faction. Aucune raison de s'alarmer.

La panique remonta soudain dans la poitrine de Reid. Il pouvait lâcher les armes. Otets n'était qu'à deux pas devant lui, mais Reid ne pouvait pas vraiment l'empoigner et le forcer à se diriger vers la porte sans alerter les six hommes. Il ne pouvait pas non plus risquer de tirer dans une pièce remplie d'explosifs.

"*Allez-y svidaniya*, Agent." Otets sourit. Sans détourner les yeux de Reid, il cria en anglais, "Tuez cet homme !"

Deux autres travailleurs levèrent la tête, échangeant des regards entre eux et avec Otets, confus. Reid eut l'impression qu'il s'agissait d'ouvriers, pas de soldats ou de gardes du corps comme la paire de gorilles refroidis à l'étage.

"Idiots !" hurla Otets pour couvrir le bruit des machines. "Cet homme fait partie de la CIA ! Abattez-le !"

Cette phrase attira leur attention. Les deux hommes à la table en mélaminé se levèrent rapidement pour saisir les flingues sous leurs aisselles. L'africain à la perceuse pneumatique se baissa vers sa cheville et en sortit un AK-47 qu'il posta contre son épaule.

À peine avaient-ils bougé que Reid bondit en avant, tirant ses deux mains de ses poches avec les deux pistolets en même temps. Il fit pivoter Otets par l'épaule et posa le Beretta contre la tempe gauche du russe, puis visa l'homme au AK avec son Glock, le bras posé sur l'épaule d'Otets.

"Ce ne serait pas très malin," dit-il en criant. "Vous savez bien ce qui pourrait arriver si nous commençons à tirer ici."

La vue d'un pistolet sur la tête de leur patron poussa le reste des hommes à réagir. Il avait raison : ils étaient tous armés. À présent, il avait six armes pointées sur lui avec seulement Otets pour les parer. L'homme au AK regarda nerveusement ses collègues. Une fine coulée de sueur descendait d'un côté de son front.

Reid fit un petit pas en arrière, entraînant Otets avec lui d'un simple coup de pouce sur le Beretta. "Gentiment et tranquillement," dit-il avec calme. "S'ils se mettent à tirer ici, le bâtiment entier pourrait voler en éclats. Et je ne pense pas que vous ayez envie de mourir aujourd'hui."

Otets serra les dents et murmura des injures en russe.

Ils reculèrent peu à peu, petits pas par petits pas, vers les portes du chai. Le cœur de Reid menaçait de sortir de sa poitrine. Ses muscles se raidissaient nerveusement, puis ils se relâchèrent alors que l'autre part en lui l'exhortait à se calmer. *Évacue la tension de tes membres. Tendre tes muscles ne fera que ralentir tes réactions.*

Pour chaque minuscule pas en arrière qu'il faisait avec Otets, les six hommes en faisaient un en avant, maintenant une courte distance entre eux. Ils attendaient une occasion, et plus ils s'éloignaient des machines, moins le risque d'une explosion accidentelle était important. Reid savait que seule la peur de tuer Otets par accident les empêchait de tirer. Personne ne parlait, mais les machines ronronnaient derrière eux. La tension dans l'air était palpable et électrique. Il savait qu'à tout moment, l'un d'entre eux pourrait perdre son calme et ouvrir le feu.

Puis, son dos toucha les doubles portes. Un pas de plus et il les ouvrit en poussant, entraînant Otets avec lui d'un coup de coude, avec la menace du Beretta sur lui.

Avant que les portes ne se referment, Otets hurla sur ses hommes. "Il ne doit pas sortir d'ici vivant !"

Puis, une fois refermées, ils se retrouvèrent tous deux dans une autre salle, celle d'embouteillage, avec le tintement des bouteilles et la douce odeur des grappes. Dès qu'ils furent dedans, Reid se retourna en pointant le Glock au niveau de la poitrine, gardant toujours le Beretta sur la tempe d'Otets.

Des machines d'embouteillage et de bouchonnage tournaient, mais elles étaient presque entièrement automatiques. La seule personne présente dans cette immense pièce était une femme russe à l'air fatigué, portant un foulard vert sur la tête. À la vue de l'arme, de Reid et d'Otets, ses yeux hagards s'écarquillèrent de terreur et elle leva les deux mains.

"Éteignez ça," dit Reid en russe. "Vous entendez ?"

Elle acquiesça vigoureusement et abaissa deux leviers sur le panneau de commande. Les machines sifflèrent en s'arrêtant tout net.

"Sortez d'ici," lui dit-il. Elle déglutit, puis se mit à reculer lentement vers la porte de sortie. "Plus vite !" cria-t-il violemment. "Partez !"

"*Da*," murmura-t-elle. La femme se précipita vers la lourde porte en acier, l'ouvrit et déguerpit dans la nuit. La porte se referma dans un bruit résonnant.

"Et maintenant, Agent ?" grommela Otets en anglais. "Quel est votre plan de sortie ?"

"Fermez-la." Reid pointa son arme vers les doubles portes menant à l'autre pièce. Pourquoi est-ce qu'ils n'ont pas encore débarqué ? Il ne pouvait pas vraiment continuer d'avancer sans savoir exactement où ils étaient. S'il y avait une issue de secours dans ce bâtiment, ils pouvaient très bien l'attendre à l'extérieur. S'ils étaient suivis, il n'aurait aucun moyen de faire monter Otets dans le SUV et de s'enfuir à bord sans se faire tirer dessus. Dehors, il n'y aurait aucune menace d'explosifs. Ils pourraient tenter de tirer. Est-ce qu'ils risqueraient de tuer Otets pour l'intercepter ? Des nerfs en pelote et une arme à feu ne composaient pas un mélange idéal pour quiconque, même pour leur boss.

Avant qu'il ne puisse décider de la suite des événements, les puissantes lumières fluorescentes s'éteignirent d'un coup au-dessus d'eux. En un instant, ils furent plongés dans l'obscurité.

Chapitre Huit

Reid n'y voyait plus rien du tout. Il n'y avait pas de fenêtre dans le chai. Les ouvriers avaient dû faire sauter des fusibles dans la pièce voisine, car même le son des machines avait laissé place au silence.

Il chercha rapidement à attraper Otets et parvint à saisir le russe par le col avant qu'il ne puisse s'enfuir. Otets émit un léger bruit d'étouffement au moment où Reid le chopa par derrière. Au même moment, une lumière d'urgence rouge s'alluma, une simple ampoule sur le mur, juste au-dessus de la porte. Elle baigna la pièce d'un éclat doux et étrange.

“Ces hommes ne sont pas stupides,” dit tranquillement Otets. “Tu ne t'en tireras pas vivant.”

Son esprit tournait à cent à l'heure. Il fallait qu'il sache où ils se trouvaient, et il avait surtout besoin qu'ils viennent jusqu'à lui.

Mais comment ?

C'est simple. Tu sais quoi faire. Arrête de lutter contre ça.

Reid prit une profonde inspiration par le nez, puis il fit la seule chose qui lui semblait censée à ce moment-là.

Il tira sur Otets.

Le coup net du Beretta fit écho dans la pièce silencieuse. Otets hurla de douleur. Ses deux mains vinrent encercler sa cuisse gauche. La balle l'avait seulement effleuré, mais il saignait abondamment. De colère, il proféra un long flot d'injures en russe.

Reid attrapa de nouveau Otets par le col et le traîna en arrière, le soulevant presque entièrement du sol. Puis, il le força à se baisser derrière la machine d'embouteillage. Il attendit. Si les hommes étaient toujours à l'intérieur, ils avaient forcément entendu le tir et allaient accourir. Si personne ne venait, c'est qu'ils étaient postés dehors, quelque part, cachés en train de l'attendre.

La réponse lui parvint quelques instants plus tard. Quelqu'un balança un coup de pied pour ouvrir les portes battantes, assez fort pour qu'elles claquent sur le mur derrière elles. Le premier à entrer fut l'homme au AK, balayant le canon de l'arme de gauche à droite dans un large mouvement. Deux autres hommes le suivaient de près, également armés de pistolets.

Otets gémissait de douleur et serrait fort sa cuisse. Ses hommes l'entendirent et approchèrent du bord de la machine d'embouteillage, armes pointées en avant. Ils trouvèrent Otets assis par terre, sifflant entre ses dents, prostré à cause de sa jambe blessée.

Cependant, Reid n'était plus là.

Il avait rapidement foncé de l'autre côté de la machine, se tenant accroupi. Il mit le Beretta dans sa poche et attrapa une bouteille vide sur la machine. Avant même qu'ils n'aient pu se retourner, il cassa la bouteille sur la tête de l'ouvrier le plus proche, un moyen-oriental, puis enfonça le col cassé de la bouteille dans la gorge du second. Du sang chaud gicla sur sa main quand l'homme bégaya avant de s'effondrer.

Un.

L'africain au AK-47 se retourna, mais pas assez vite. Reid utilisa son avant-bras pour repousser le canon, alors qu'une salve de coups fusait dans les airs. Il s'avança avec le Glock en main, l'appuya sous le menton de l'homme et pressa la détente.

Deux.

Un tir de plus acheva le premier terroriste qui, de toute évidence, était toujours allongé au sol, inconscient.

Trois.

Reid respirait fort, essayant de calmer l'emballement de son cœur. Il n'avait pas le temps d'être horrifié par ce qu'il venait de faire et il ne voulait même pas y songer. C'était comme si le Professeur Lawson avait déserté les lieux, choqué, et que l'autre partie de lui avait pris totalement le dessus.

Mouvement. À droite.

Otets rampait derrière la machine pour récupérer le AK. Reid se retourna rapidement et lui balança un coup de pied dans l'estomac. La force du coup fit rouler le russe en arrière et celui-ci resta sur le flanc à gémir.

Reid s'empara du AK. *Combien de coups avaient été tirés ? Cinq ? Six.* C'était un chargeur trente-deux coups. S'il était plein, il disposait encore de vingt-six coups.

"Pas un geste," dit-il à Otets. Puis, à la grande surprise du russe, Reid l'abandonna sur place et repartit de l'autre côté du chai par les portes battantes.

La salle de préparation des bombes était baignée de la même lueur rouge provenant de l'ampoule d'urgence. Reid mit un coup de pied pour ouvrir la porte et se posa immédiatement au sol sur un genou, au cas où quelqu'un aurait une arme pointée sur l'entrée. Ensuite, il se déplaça de gauche à droite. Il n'y avait personne ici, ce qui voulait dire qu'il y avait une autre porte de sortie à l'arrière. Il la trouva rapidement, une porte de sécurité en acier entre l'escalier et le mur au sud. Elle ne s'ouvrait apparemment que de l'intérieur.

Les trois autres étaient donc quelque part dehors. Le pari était risqué : il n'avait aucun moyen de savoir s'ils l'attendaient de l'autre côté de la porte, ou s'ils avaient essayé de faire le tour pour rejoindre l'entrée du bâtiment. Il fallait qu'il trouve un moyen de le vérifier.

Après tout, on fabrique des bombes ici ...

Dans l'angle opposé de la pièce, derrière la machine roulante, il trouva une longue caisse en bois, à peu près de la taille d'un cercueil, remplie de paquets de cacahuètes. Il fouilla dedans jusqu'à sentir quelque chose de solide, puis il tira dessus. C'était un boîtier noir mat en plastique, et il savait déjà ce qui se trouvait dedans.

Il le posa précautionneusement sur la table en mélaminé, puis l'ouvrit. À sa grande tristesse et non à sa grande surprise, il reconnût immédiatement qu'il s'agissait d'une mallette de bombe, réglée avec un minuteur doté d'une commande à distance, mais capable d'être enclenchée manuellement par un bouton, comme une sécurité en cas d'échec.

De la sueur coula sur son front. *Vais-je vraiment faire un truc pareil ?*

De nouvelles visions traversèrent son esprit : des fabricants de bombes afghans ayant perdu des doigts, voire même des membres entiers, à cause d'explosifs mal paramétrés. Des immeubles entiers pouvant partir en fumée à cause d'un seul faux mouvement, d'un seul câble mal connecté.

Est-ce que j'ai le choix ? C'est soit ça, soit me faire tirer dessus.

Le bouton de commande était un petit rectangle vert, à peu près de la taille d'un couteau suisse, avec un levier sur un côté. Il le prit dans sa main gauche et retint son souffle.

Puis il l'enclencha.

Il ne se passa rien. C'était bon signe.

Il s'assura de garder le levier serré dans son poing (le lâcher ferait immédiatement exploser la bombe) puis il paramétra le minuteur sur vingt minutes, même s'il aurait besoin de moins de temps. Puis, il prit le AK de la main droite et dégagea de cet enfer.

Il grimaça : la porte d'issue arrière grinça au niveau des charnières quand il l'ouvrit. Il sortit dans l'obscurité avec le AK pointé en avant. Il n'y avait personne ici, derrière le bâtiment, mais ils avaient certainement entendu le grincement sans équivoque de la porte.

Sa gorge était sèche et son cœur battait toujours la chamade, mais il conserva ses nerfs d'acier et avança avec précaution jusqu'à l'angle du bâtiment. Sa main était moite, serrant le levier dans une étreinte mortelle. S'il lâchait maintenant, il mourrait probablement en un instant. La quantité de C4 dans la bombe ferait exploser le bâtiment et l'aplatirait au sol, s'il ne tombait pas en cendres avant.

Hier encore, mon principal souci était de conserver l'attention de mes étudiants pendant quatre-vingt-dix minutes. Aujourd'hui, il tenait en main le levier d'une bombe en essayant d'échapper à des terroristes russes.

Concentration. Une fois l'angle du bâtiment atteint, il scruta au-delà, essayant autant que possible de discerner des ombres éventuelles. Il aperçut la silhouette d'un homme, pistolet à la main, posté telle une sentinelle sur la façade est.

Reid s'assura de tenir fermement le levier. *Tu peux le faire.* Puis, il avança à découvert. L'homme se retourna rapidement et leva son arme.

"Hé," dit Reid. Il leva sa propre main, pas celle qui tenait le pistolet, mais l'autre. "Tu sais ce que c'est ?"

L'homme s'immobilisa et pencha légèrement la tête. Puis, ses yeux s'agrandirent tellement de peur que Reid pouvait en voir le blanc au clair de lune. “Détonateur,” murmura l'homme. Son regard allait et venait entre le boîtier et le bâtiment, et il semblait arriver à la même conclusion que Reid, à savoir que s'il lâchait le levier, ils seraient morts tous les deux en un instant.

Le terroriste abandonna l'idée de tirer sur Reid, et tapa un sprint vers l'avant du bâtiment. Reid s'empressa de le suivre. Il entendit des cris en arabe : “Détonateur ! Il a le détonateur de la bombe !”

Il tourna pour rejoindre l'avant du chai, le AK pointé devant lui, la crosse au creux de son coude, son autre main arborant le levier en l'air, au-dessus de sa tête. Le terroriste n'avait pas abandonné l'idée de fuir, et il continuait de courir sur la route en gravier qui s'éloignait du bâtiment en hurlant d'une voix rauque. Les deux autres terroristes se trouvaient tous deux devant la porte avant, apparemment prêts à entrer et à en finir avec Reid. Ils l'observèrent avec stupéfaction arriver vers eux.

Reid examina brièvement la scène. Les deux autres hommes avaient des pistolets : *Sig Sauer P365, treize cartouches avec manche allongé.* Mais aucun d'entre eux ne les pointa sur lui. Comme il l'avait supposé, Otets avait réussi à sortir par la porte de devant et était, à l'heure actuelle, à mi-chemin entre le chai et le SUV, boitillant en tenant sa jambe blessée, soutenu au niveau de l'épaule par un petit homme corpulent avec un képi noir. Le chauffeur, pensa Reid.

“Flingues à terre,” ordonna Reid, “ou je fais tout sauter.”

Les terroristes posèrent précautionneusement leurs armes à terre. Reid pouvait entendre d'autres voix crier plus loin. D'autres hommes arrivaient depuis l'ancien manoir. La femme russe les avait sûrement avertis.

“Courez,” leur dit-il. “Allez leur expliquer ce qui se passe.”

Il n'eut pas besoin de leur dire deux fois. Ils se mirent à courir en direction de la cohorte.

Reid se tourna alors vers le chauffeur en train d'aider cet estropié d'Otets. “Stop !” rugit-il.

“Ne t'arrête pas !” hurla Otets en russe.

Le chauffeur hésita. Reid laissa tomber le AK et sortit le Glock de la poche de son blouson. Ils n'avaient fait que la moitié du chemin jusqu'à la voiture : *même pas vingt-cinq mètres. Facile.*

Il fit quelques pas en avant et cria, "Jusqu'à aujourd'hui, je ne pensais pas avoir déjà tiré avec une arme à feu. Mais, en fait, je suis un très bon tireur."

Le chauffeur était un homme sensible, peut-être un lâche, ou les deux à la fois. Il lâcha Otets, laissant tomber son boss sans aucune cérémonie sur le gravier.

"Les clés," demanda Reid. "Lâche-les."

Les mains du chauffeur tremblaient alors qu'il cherchait les clés du SUV dans la poche interne de sa veste. Il les laissa tomber à ses pieds.

Reid fit un geste avec le canon de son pistolet. "Va-t'en."

Le chauffeur s'enfuit en courant. Le képi vola de sa tête, mais il ne s'arrêta même pas pour le ramasser.

"Espèce de lâche !" pesta Otets en russe.

Reid commença par récupérer les clés, puis se posta debout au-dessus d'Otets. Les voix distantes se rapprochaient. Le manoir se trouvait à 500 m de là. La russe avait dû mettre environ quatre minutes pour l'atteindre à pied, donc il ne fallait que quelques minutes aux hommes pour revenir ici. Il se dit qu'il lui restait moins de deux minutes.

"Lève-toi."

Otets cracha sur ses chaussures en guise de réponse.

"Comme tu voudras." Reid rangea le Glock dans sa poche, attrapa Otets par le dos de sa veste de costume et le traîna vers le SUV. Le russe hurla de douleur, alors que sa jambe blessée râclait contre le gravier.

"Monte," ordonna Reid, "ou je te tire dans l'autre jambe."

Otets grommela dans un souffle, couinant de douleur, mais il monta à bord du véhicule. Reid claqua la portière, fit rapidement le tour, et se posta au volant. Sa main gauche tenait toujours le levier de la bombe.

Il démarra le SUV et appuya sur la pédale. Les roues patinèrent, projetant du gravier et de la poussière derrière elles, puis le véhicule partit en avant dans une grosse secousse. Dès qu'il se retrouva sur l'étroit chemin d'accès, les tirs fusèrent. Des balles ricochèrent du côté passager dans une série de bruits sourds. La vitre, juste à droite de la tête d'Otets, se fissura en toile d'araignée, mais ne céda pas.

"Idiots !" hurla Otets. "Arrêtez de tirer !"

Résistance aux balles, pensa Reid. *J'en étais sûr.* Mais il savait aussi que ça ne durerait pas longtemps. Il appuya à fond sur la pédale d'accélération et le SUV fit une nouvelle embardée rugissante devant les trois hommes, postés sur les côtés de la route, en train de tirer sur la voiture. Reid descendit sa vitre alors qu'il passait devant les deux terroristes, encore en train de courir pour sauver leur vie.

C'est à ce moment-là qu'il balança le boîtier dehors.

L'explosion fit trembler le SUV, même à distance. Ce ne fut pas tant le bruit de la détonation qui le heurta, mais plutôt sa résonnance qui le secoua au plus profond de ses entrailles. En jetant un coup d'œil dans le rétroviseur, il ne vit rien d'autre qu'une intense lumière jaune, comme s'il regardait directement le soleil. Il vit des tâches couler un moment, mais il s'efforça de regarder la route devant lui. Une boule de feu orange roula dans le ciel, déroulant un immense panache de fumée noire avec elle.

Otets laissa échapper un gémissement dans un soupir. "Tu n'as aucune idée de l'erreur que tu viens de commettre," dit-il posément. "Tu es un homme mort, Agent."

Reid ne dit rien. Il réalisait ce qu'il venait de faire : il venait de détruire une énorme quantité de preuves qui auraient pu être utilisées contre Otets, lors d'un procès, une fois qu'il l'aurait remis aux autorités. Mais Otets avait tort. Il n'était pas un homme mort, du moins pas encore, et la bombe lui avait permis de s'en sortir.

Jusqu'ici en tout cas.

Derrière lui, se profilait la belle demeure, mais il n'avait pas le temps d'en apprécier l'architecture cette fois encore. Reid regardait droit devant lui, jetant parfois brièvement un œil dans le rétroviseur, traversant les ornières sur la route.

Une lueur vive attira son attention dans le rétroviseur. Deux paires de phares apparurent, quittant l'allée de la maison. Ils étaient bas par rapport au sol et il pouvait entendre le vrombissement haut perché des moteurs courvir le bruit du sien. Des voitures de sport. Il accéléra de nouveau à fond. Ils seraient plus rapides, mais le SUV était mieux équipé pour gérer les aspérités de la route en piteux état.

D'autres tirs éclatèrent dans les airs, alors que les balles atteignaient l'arrière du véhicule. Reid agrippait le volant à deux mains, ses veines saillant à cause de la tension dans ses muscles. Il maîtrisait la situation. Il pouvait le faire. Le portail en fer ne devait pas être bien loin. Il roulait à 90 km/h dans les vignes. S'il parvenait à conserver cette vitesse, cela suffirait peut-être à enfoncer le portail.

Le SUV fut violemment secoué par une balle. Elle venait de s'enfoncer dans le pneu arrière gauche du véhicule qui éclata. L'avant vira soudainement de bord. Reid tourna instinctivement le volant à fond dans l'autre sens en serrant les dents. L'arrière dérapa, mais le SUV tint bon.

"Que dieu me vienne en aide," gémit Otets. "Ce dingue va finir par avoir ma peau…"

Reid mit un nouveau coup de volant et le véhicule reprit le droit chemin. Néanmoins, le régulier *cling-cling* du pneu lui indiqua qu'il roulait sur la jante et les débris de caoutchouc. Sa vitesse était descendue à 65 km/h. Il essaya d'accélérer de nouveau, mais le SUV tremblait, menaçant de déraper une fois encore.

Il sut qu'il ne pourrait aller assez vite pour enfoncer le portail. Il ne ferait que rebondir dessus.

C'est un portail électrique, pensa-t-il soudain. Il était contrôlé par un garde à l'extérieur, certainement au courant à ce stade de sa tentative de fuite et à l'affût avec son dangereux MP7. Mais cela voulait dire aussi qu'il y avait forcément une autre issue pour sortir de ce domaine.

Des balles continuaient à heurter la carrosserie, avec ses deux poursuivant à ses trousses. Il se mit en plein phares et vit s'approcher le portail en fer.

"Tiens-toi à quelque chose," prévint Reid. Otets attrapa la poignée au-dessus de la fenêtre et murmura une prière dans un souffle, alors que Reid tournait à fond le volant vers la droite. Le SUV dérapa de côté sur le gravier. Il sentit les deux pneus du côté passager quitter le sol et, pendant un moment, il retint son souffle, conscient qu'ils allaient peut-être faire des tonneaux.

Mais il garda le contrôle, et les pneus finirent par toucher terre de nouveau. Il enfonça la pédale d'accélération et roula droit vers les vignes, écrasant les fins treillis de bois, comme s'il s'agissait de cure-dents, écrasant les grappes au passage.

"Mais qu'est-ce que tu fous, bordel !" gueula Otets en russe. Il rebondissait lourdement sur son siège, alors qu'ils roulaient dans les rangs de vigne. Derrière lui, les deux voitures de sport s'étaient arrêtées. Elles ne pouvaient pas suivre à travers champs, mais leurs conducteurs savaient probablement ce qu'il cherchait et sauraient où le trouver.

"Où est l'autre sortie ?" demanda Reid.

"Quelle sortie ?"

Il tira le Beretta de la poche de son blouson avec difficulté, étant donné les violentes secousses de la voiture, et l'appuya sur la jambe déjà blessée d'Otets. Le russe hurla de douleur. "Par-là !" cria-t-il, montrant du doigt le côté nord-est du domaine.

Reid retint son souffle. *Tiens bon s'il te plait*, pensa-t-il désespérément. Le SUV était solide, mais ils avaient de la chance qu'un essieu ne les ait pas encore lâchés.

Puis, dieu merci, la vigne cessa d'un coup et ils furent de nouveau sur une allée en gravier. Ses phares illuminèrent un deuxième portail, fait du même fer forgé. Mais celui-ci était sur rail et ses deux battants tenaient par une simple chaîne.

Nous y voilà. Reid serra les dents et accéléra à fond une fois de plus. Le SUV oscilla. Otets prononça quelques jurons indiscernables. L'avant du véhicule percuta le portail en fer et l'ouvrit d'un coup, emportant le côté droit en arrachant ses charnières.

Reid poussa un immense soupir de soulagement. Mais les phares ne tardèrent pas à apparaître de nouveau dans son rétroviseur : les voitures étaient de retour. Elles avaient fait le tour et pris une autre route, probablement en bifurquant de l'autre côté de la propriété.

"Fais chier," murmura Reid. Il ne pouvait pas continuer comme ça indéfiniment, et s'ils tiraient dans l'autre pneu arrière, il était foutu. La route était droite ici, semblant légèrement monter en pente. Elle était également mieux goudronnée que de l'autre côté du portail, mais ça voulait dire que les voitures de sport mettraient encore moins de temps à le rattraper.

Les arbres s'éclaircissaient du côté droit de la route. Le regard de Reid quitta un instant la route pour regarder par la vitre côté passager. Il aurait juré avoir vu, à travers le verre fissuré, quelque chose miroiter comme … comme de l'eau.

Un flot de souvenirs s'empara de lui, mais différent des flashs de visons de son nouvel esprit. Il s'agissait de souvenirs réels, ceux du Professeur Lawson. *Nous sommes dans les Ardennes. Une bataille a eu lieu ici. Les forces américaines et britanniques ont tenu les ponts contre les divisions de blindés allemands sur la rivière …*

"Meuse," dit-il à voix haute. "Nous sommes sur la rivière Meuse."

"Quoi ?" s'exclama Otets. "Qu'est-ce que tu racontes ?" Puis, il se baissa instinctivement, alors que des balles fendaient le pare-brise arrière.

Reid ignora Otets et les balles. Son esprit carburait à toute allure. Que se souvenait-il avoir lu sur la Meuse ? Elle serpentait dans la montagne, OK. Et, plus haut, elle se retrouvait sur une pente. Il y avait des carrières là-haut. Des carrières de marbre rouge. Des falaises et des pentes abruptes.

Le SUV tremblait, comme pour se plaindre. Un lourd claquement très déconcertant fit un vacarme assourdissant en-dessous du véhicule.

"C'est quoi ça ?" cria Otets.

"C'est notre essieu qui vient de casser," répondit Reid. Il restait concentré sur la route devant lui. Ils avaient très peu de temps …

Un autre bang se fit entendre dans le SUV et menaça de leur faire quitter la route. *Ce n'est pas une balle*, pensa Reid. C'était leur autre pneu arrière qui éclatait. Il était à court de temps et à court de route. Il chercha une brèche assez large parmi les arbres.

Les voitures de sport, juste derrière lui, avaient dû remarquer l'impact. L'une d'elle se colla derrière et heurta son pare-chocs. Le SUV dévia légèrement. Pendant un bref instant, Reid songea à freiner brusquement, laissant la voiture s'écraser contre son véhicule. Profitant de l'étonnement soudain, il pourrait tirer avantage de cet effet de surprise. Il avait toujours deux flingues. Mauvaise idée : il y avait fort à parier que les deux voitures à ses trousses avaient le même revêtement à l'épreuve des balles que le SUV.

Il ne voyait qu'une façon de se tirer de là.

Mais c'est impossible, pensa-t-il. *C'est de la folie.*

Non. Ce n'est pas fou. Tu ne comprends toujours pas ? Tu as été entraîné pour chaque situation. Tu as vécu toutes les situations. Regarde ce que tu as fait jusqu'ici. Tu n'as pas encore pigé ? Tu es *Kent Steele.*

"C'est moi," murmura-t-il. "C'est moi." Il ne savait pas comment c'était possible, et c'était toujours un gros bordel dans son cerveau, mais il savait que c'était vrai. Et la voix dans sa tête avait raison. Il y avait un moyen.

Il tourna le volant à droite. Le SUV crissa et gronda en dérapant sur le côté. Reid conduisait dans un espace étroit entre les arbres, directement vers la rivière. "Tu vas sauter hors de la voiture quand je te dirai de le faire."

"Qu'est-ce que tu fais ?" hurla Otets. "Tu es dingue ?"

"Peut-être." La voiture fut ballotée de secousses, alors que l'essieu cédait totalement. Toutefois, à ce moment-là, l'élan était déjà trop important pour s'arrêter. Reid attrapa la poignée de porte d'une main, en conduisant de l'autre. "Mais si tu ne veux pas mourir, tu sauteras."

Otets murmura une autre prière dans un souffle et ferma les yeux.

Reid serra fermement les dents. *Nous y voilà.* Derrière lui, les voitures de sport s'arrêtèrent, leurs conducteurs regardant avec incrédulité le SUV lancé sur le bord de la carrière de marbre rouge s'effondrer soixante mètres plus bas dans les profondeurs de la Meuse.

Chapitre Neuf

La chute sembla durer une éternité.

Alors que les pneus avant du SUV avaient quitté le sol et roulaient dans le vide, Reid ouvrit la portière du côté conducteur et, dans une poussée d'adrénaline, il sauta hors du véhicule. Une demi-seconde plus tôt, il avait crié “Saute !” Il entendu le cri de peur aigu d'Otets, alors qu'il ouvrait aussi sa porte.

Puis, ils tombèrent dans l'obscurité vers les eaux tumultueuses. Reid trouva étrange qu'à ce moment-là, il ne ressente pas de secousse hypnique, pas de sensation de chute, alors qu'il tombait rapidement vers la Meuse. Il se dit aussi qu'il était incroyable que son esprit soit si conscient et lucide, alors qu'il venait de sauter d'une falaise.

Ils atteignirent la surface de l'eau une demi-seconde avant le SUV, à quelques mètres plus loin. Un choc électrique parcourut le corps entier de Reid en atteignant l'eau froide. Chacun de ses muscles était aussi tendu qu'un élastique tiré à sa limite maximale. L'air sortit si rapidement de ses poumons qu'il manqua s'évanouir. Le lourd véhicule sursauta un instant, puis coula, son aspiration les renvoyant dans le tumulte des flots encore et encore jusqu'à ce qu'il ne sache plus comment remonter à la surface.

Finalement, il parvint à sortir la tête de l'eau. Il expira rageusement, son corps sur le point de le lâcher dans cette eau gelée. Il chercha Otets, mais ne vit rien d'autre que des bulles. Il faisait trop sombre pour qu'il puisse voir quoi que ce soit en-dessous de la surface. Si Otets avait coulé avec la voiture, s'il n'était pas sorti à temps, Reid ne pourrait rien faire. Il était sûrement déjà mort…

Quelque chose sortit de l'eau à quelques mètres de lui. Il tendit la main et attrapa des vêtements détrempés. Le corps du russe était tout mou. Il avait perdu connaissance, du moins Reid espérait qu'il n'était pas mort. Il tira Otets vers lui et s'assura que sa tête reste bien hors de l'eau. Il allait s'avérer difficile d'aller où que ce soit avec un homme inconscient.

Ne panique pas. Bouge tes membres.

Reid se plaça derrière Otets et enroula ses jambes autour de son torse. Il se mit à faire de larges mouvements circulaires avec les bras, lentement et méthodiquement. Il ne voulait pas projeter trop d'eau autour de lui et trahir sa position pour quiconque serait en train de regarder d'en haut. Il doutait que les voitures de sport et les hommes d'Otets se contentent de laisser tomber et de rentrer chez eux.

Le courant était fort, mais il le laissa les diriger vers le sud-est, alors qu'ils s'approchaient du rivage. Cela prit quelques minutes, mais l'eau fut rapidement assez peu profonde pour qu'il puisse se tenir debout. Il hissa le corps d'Otets sur ses épaules, comme un pompier, et le porta jusqu'à la bande étroite d'une plage de galets.

Le froid était encore pire hors de l'eau. La température du vent, inférieure à zéro, le transperçait et raidissait ses vêtements mouillés. Il posa Otets au sol et s'assura qu'il respirait toujours en passant un doigt juste en-dessous de ses narines. Il sentit une courte respiration irrégulière : Otets était vivant, mais il avait certainement avalé une bonne quantité d'eau.

Reid s'accroupit, frottant sa poitrine de manière rythmée avec ses deux bras. Il fallait qu'il trouve un abri pour eux deux, et vite, avant qu'ils ne succombent à l'hypothermie. Il estima qu'il leur restait entre cinq et dix minutes avant de mourir tous les deux. Il serra les dents pour les empêcher de claquer et souleva Otets à nouveau. Pour distraire son esprit du froid coupant et glacial et ne pas penser qu'il pourrait geler en quelques minutes, il essaya de penser à quelque chose d'autre, n'importe quoi d'autre. Des plages brûlantes. Des douches chaudes. Un feu de cheminée douillet. Il pensa à ses filles, quelque part dans un hôtel, inquiètes de ne pas savoir où était leur père, ni ce qui lui arrivait. Il pensa à Kate, sa défunte femme, mère de ses enfants, et à ce qu'elle ferait dans une telle situation. Il se mit presque à rire amèrement : Kate ne se serait jamais retrouvée dans pareille situation. Il avait peine à croire qu'*il* soit lui-même dans cette situation.

Mais Kent savait. Quelque part, dans les tréfonds de son esprit, se trouvait ce savoir, le savoir de Kent sur ce qui s'était passé et pourquoi, pendant un moment, il n'avait plus été Kent Steele. Maintenant, c'était clair pour lui. Il ne pouvait plus le nier. Il s'agissait de souvenirs, pas de faux souvenirs implantés comme dans un projet de contrôle mental top secret de la CIA ou toute autre légende urbaine sans aucun sens. La CIA, ces flashs de visions… étaient les siens. C'étaient ses instincts, sa voix, son entraînement. Aucun souvenir implanté ne pouvait simuler l'intuition, la compulsion et la maîtrise de la situation dont il avait fait preuve dans le chai ou dans le sous-sol avec les iraniens.

Il ne savait comment, mais il *était* Kent Steele. L'Agent Zéro. Il ne savait pas pourquoi mais il, ou peut-être quelqu'un d'autre, avait retiré tout ça de sa tête. Soudain, le Professeur Reid Lawson lui parut être un mensonge. Cette autre vie, cette vie tranquille dans le Bronx, les balades jusque chez le traiteur et les cours sur les pirates : tout semblait implanté et faux.

Non, se dit-il. *C'était aussi ta vie. Les filles sont tes enfants. Kate était ta femme. Tout ça fait partie de toi.*

Mais le reste aussi.

Reid n'avait même pas réalisé qu'ils avaient atteint la route jusqu'à ce que des phares aveuglent sa vision. Il plissa les yeux, paniqué, pris au piège comme un cerf à moitié gelé sous les phares. Les hommes d'Otets l'avaient trouvé. Il devait y avoir un pont ou un passage proche au-dessus de la rivière et il avait foncé droit vers eux sur la route sans réfléchir. Il ne pouvait pas courir, même s'il lâchait Otets. Il n'avait plus assez de force dans ses membres gelés.

La voiture s'arrêta brusquement et resta immobile quelques secondes. Puis, une portière s'ouvrit du côté conducteur. Reid ne voyait personne, pas même une silhouette, au-delà des phares aveuglants.

"*Hallo ?*" Une voix de femme, teintée de nervosité. "*Heb je hulp nodig ?*"

Reid ne reconnaissait pas cette langue. "Euh, *D-deutsche* ?" balbutia-t-il. "E-English ? *Français ?*"

"*Français, oui,*" répondit-elle. "*Avez-vous besoin d'aide ?*"

"*Oui, s'il vous plait,*" dit-il, à bout de souffle. Il avança péniblement vers la voiture. Il l'entendit pousser un soupir de surprise : il devait avoir l'air affreux. Du givre avait germé sur son col et dans ses cheveux. Quant à ses lèvres, elles étaient probablement bleues. Il lui dit en français, "Nous sommes tombés dans la rivière ..."

"Vite !" dit-elle avec précipitation. "Dans la voiture ! Venez, montez." Son accent français lui rappela quelque chose, pas à Kent Steele, mais à Reid Lawson. Elle était flamande, et la première langue qu'elle avait prononcée devait être du hollandais.

Elle ouvrit la portière arrière et l'aida à installer Otets sur le siège. De l'air chaud atteignit Reid comme une brise bienvenue. La femme sortit une fine couverture de son coffre. Au lieu de l'étendre sur le russe, Reid la roula en boule et l'utilisa pour surélever les pieds d'Otets, afin de permettre au sang de circuler dans son cœur et d'éviter une attaque. Puis, il grimpa sur le siège avant et approcha ses mains des grilles d'aération.

En remontant dans la voiture, la flamande voulut pousser le chauffage à fond. "Attendez," dit Reid en français. "Doucement, c'est mieux." Il savait que s'ils essayaient de se réchauffer trop vite, même au moindre début d'hypothermie, ils pourraient tous les deux avoir une attaque, surtout Otets si ce n'était pas déjà fait.

"Il faut que je vous emmène à l'hôpital," dit la femme en bouclant sa ceinture. "Ce n'est pas loin ..."

"Pas d'hôpital, s'il vous plait." Il avait la sensation que les hommes d'Otets pourraient se rendre à l'hôpital pour les chercher. De plus, il ne voulait pas être questionné. En réalité, c'est lui qui voulait poser des questions dès qu'il serait en position de le faire.

"Mais, et votre ami ?" protesta-t-elle. "Il pourrait mourir !"

"Pas d'hôpital," répéta fermement Reid.

Elle jeta un coup d'œil vers lui et leurs regards se croisèrent. Il pouvait voir le doute s'installer dans ses yeux verts, le conflit entre sa volonté de faire ce qui est bien et le fait de se mettre potentiellement en danger.

Il la détailla rapidement du regard. Elle avait environ quarante ans, des traits simples, des callosités sur les doigts et de légères griffures qui se croisaient sur les paumes de ses mains. *Une agricultrice. Cultivatrice d'orge, certainement, était donné la région.*

Le reste de leur conversation se déroula en français. C'était étrange pour Reid de parler cette langue, de connaître soudain les mots alors qu'ils lui venaient à l'esprit en anglais. Toutefois, c'était également étrange d'entendre une langue étrangère et de la comprendre instantanément, dès qu'elle était prononcée.

"Nous avions bu," expliqua-t-il. "Nous ne faisions pas attention à la route et notre voiture est tombée dans la rivière…"

"Votre voiture est dans la rivière ?" s'exclama-t-elle. "Vous avez de la chance d'être encore en vie !"

Reid se frotta la poitrine. Ses membres se réchauffaient déjà, même si ses vêtements étaient encore raides à cause de l'air gelé de la nuit. Alors qu'il retirait son blouson mouillé, il dit, "Oui, mais nous ne sommes pas blessés. Pas gravement en tout cas. Si nous allons à l'hôpital, ils poseront des questions. Et s'ils découvrent la vérité, ils devront appeler la police."

Elle secoua la tête. "Vous vous êtes comportés de manière très stupide."

"Je sais. Mais, s'il vous plait, pas d'hôpital. Est-ce qu'il y a un endroit où on pourrait dormir cette nuit ? Un hôtel peut-être."

"Mais votre ami," dit-elle encore, "on dirait qu'il a besoin d'aide…"

"Il va s'en remettre. Il est juste vraiment bourré." Reid espérait qu'elle n'avait pas remarqué le trou dans la jambe d'Otets, là où la balle l'avait atteint.

La femme soupira et secoua la tête. Elle murmura quelque chose en hollandais, puis elle dit en français, "J'ai une ferme pas loin d'ici. Il y a une cabane. Vous pouvez dormir là cette nuit." Son regard hésitant rencontra de nouveau le sien, et elle ajouta, "Ce serait bien que je n'aie pas à le regretter ensuite."

"Ce ne sera pas le cas, je vous le promets. Merci."

Ils roulèrent en silence pendant plusieurs minutes. Otets laissait échapper de temps en temps un léger soupir et, à un moment, il régurgita une petite quantité d'eau de la rivière sur le sol de la voiture.

Au bout d'un long moment, la femme lui demanda, "Vous êtes américain ?"

"Oui."

"Et votre ami ?"

"Américain lui aussi." Reid ne voulait pas que cette femme se retrouve dans la ligne de mire de quiconque si les hommes d'Otets se mettaient à sillonner le secteur à la recherche d'un américain avec un russe.

L'horloge digitale sur la radio du véhicule lui indiqua qu'il était presque une heure du matin. "Puis-je vous demander ce que vous faisiez sur la route si tard dans la nuit ?" demanda-t-il.

"Ma mère est hospitalisée à Bruxelles," répondit-elle. "Je rentrais après lui avoir rendu visite."

"Je suis désolé pour vous."

"Les docteurs ont dit qu'elle va s'en sortir."

Le reste de la route fut silencieux. Reid avait la nette impression que la femme savait qu'il mentait, mais qu'elle ne voulait pas en savoir plus. C'était judicieux de sa part, un déni plausible, d'autant qu'il ne comptait pas lui dire la vérité, même si elle se montrait très hospitalière.

Environ quinze minutes plus tard, ils arrivèrent sur une route en terre qui coupait à travers un champ d'orge d'hiver à pédoncule court. Au bout de la route étroite, se trouvait une petite cabane faite de pierre et de bois avec un haut toit en pente. Elle gara la voiture devant.

"Avez-vous besoin d'aide pour l'aider à entrer ?" demanda-t-elle.

"Non, non. Je m'en occupe. Vous en avez déjà bien assez fait pour nous." Reid n'avait aucune envie de quitter la chaleur de l'habitacle de la voiture, mais il força ses jambes à se remettre en marche. Des douleurs nerveuses lui piquaient les cuisses comme des aiguilles, mais il parvint à hisser Otets une nouvelle fois sur ses épaules et à le porter jusqu'à la cabane.

La flamande passa devant pour leur ouvrir la porte. Elle appuya sur un interrupteur, et une seule ampoule nue se mit à briller au-dessus d'eux. Reid posa Otets sur un petit canapé vert qui était peut-être plus âgé que lui. La cabane sentait le moisi et on aurait dit qu'elle n'avait pas été visitée depuis pas mal de temps. Une fine couche de poussière recouvrait le moindre recoin et, quand elle alluma le poêle électrique dans l'angle, il y eut une légère odeur de brûlé.

"Cette odeur va s'estomper," dit-elle. "Il y a un lit dans la pièce du fond et quelques serviettes dans la salle de bains. Il y a sûrement quelques provisions dans les placards : servez-vous et prenez ce qui vous fait plaisir." Elle se mordit la lèvre, hésitant à poser sa question. "Êtes-vous sûr que ça va aller ? Ce n'est pas tous les jours que l'on trouve deux hommes à moitié gelés sur le bord de la route…"

"Oui, ça va aller," lui assura-t-il. "Je ne sais comment vous remercier." *Je pourrais au moins essayer*, pensa-t-il. Il avait toujours la liasse d'euros dans la poche. Ils étaient complètement trempés, mais il sortit deux billets de cent euros et les lui tendit. "Pour le dérangement."

Elle secoua la tête. "Aucun souci. Je suis ravie d'aider ceux qui en ont besoin."

"Vous n'étiez pas obligée." Il posa les billets dans sa main. "S'il vous plait, acceptez."

Elle les prit et acquiesça gracieusement. Puis, elle fit un geste en direction de la vitre. "Vous voyez cette lumière de l'autre côté du champ ? C'est ma maison." Elle se dépêcha d'ajouter, "Je ne vis pas seule."

"Nous ne poserons aucun problème. Vous avez ma parole. Nous serons partis au matin."

La femme acquiesça de nouveau et se dépêcha de sortir de la cabane. L'instant d'après, Reid entendit le moteur de la voiture, alors qu'elle repartait sur le chemin de terre.

Dès qu'elle fut partie, il tira les rideaux et retira ses chaussures, puis ses vêtements mouillés. Ce n'était pas facile, car ils étaient raides de givre et lui collaient à la peau. Il réalisa à quel point ses muscles étaient fatigués et à quel point il était épuisé lui-même. Depuis quand n'avait-il pas dormi sans être drogué ou frappé jusqu'à l'inconscience ? Il s'en rappelait à peine.

Il posa ses vêtements sur la tablette au-dessus du poêle électrique, puis resta debout devant pendant de longues minutes, juste vêtu d'un boxer, réchauffant lentement son corps et faisant travailler ses membres pour que le sang circule correctement de nouveau.

Puis, il s'occupa d'Otets.

Il enleva d'abord le manteau gris anthracite. Il retira ses chaussures derbies, ses chaussettes trempées, sa veste, son pantalon et, enfin, sa chemise blanche. Quand il retourna Otets pour retirer sa chemise, Reid constata que son dos était recouvert de cicatrices verticales rose pâles, chacune faisant quatre à six pouces de long. Il s'agissait soit de coups de couteau superficiels, soit de coups de fouet. Il n'aurait su dire exactement de quand elles dataient, mais elles avaient l'air d'être là depuis des décennies : sûrement un souvenir de jeunesse.

Otets murmurait de temps en temps des paroles inintelligibles dans un souffle. Reid n'arrivait pas à savoir s'il parlait russe ou anglais mais, à en juger par le mouvement de ses lèvres, ce qu'il disait ne devait pas être très agréable à entendre. Il jeta sans ménagement ses vêtements mouillés par terre, en pile, avant de faire rouler Otets au bas du canapé et de le traîner jusqu'au poêle, le déposant sur un tapis râpé juste devant.

La cuisine de la cabane n'était guère plus grande qu'un petit couloir avec un évier en acier, une plaque chauffante, un plan de travail et deux tiroirs. Reid remplit un verre d'eau au robinet. Quand il revint, Otets avait réussi à se redresser légèrement en s'appuyant sur ses coudes.

"Toi," dit-il faiblement en anglais. "Tu es un grand malade. Tu le sais ?"

"Je commence à m'en rendre compte," dit Reid. "Bois."

Otets ne répliqua pas. Il but le verre d'un trait et, quand il eut fini, il prit plusieurs inspirations haletantes. Il baissa les yeux sur son corps, comme s'il venait tout juste de remarquer qu'on lui avait retiré ses vêtements. "Pourquoi est-ce que tu fais ça ?" demanda-t-il.

"J'ai besoin que tu retrouves tes esprits." Dans le chai, le plan de Reid avait été de sortir Otets de là et de le remettre aux autorités. Mais il devait savoir ce qui se tramait, que ce soit pour lui et certainement pour bien d'autres personnes, si son intuition cohérente à propos d'une menace s'avérait juste. Il avait effectivement entendu plusieurs fois parler d'une espèce de plan. Et, après tout, il était Kent Steele, agent de la CIA. Il avait déjà compris ceci, du moins en partie. Il fallait qu'il en sache le plus possible, puis il livrerait Otets à qui de droit et reprendrait le cours de sa vie.

"Je ne te dirai rien du tout." La tête d'Otets se releva légèrement. Ses yeux étaient bleus et mi-clos. Il n'était pas en position de se battre, encore moins de s'échapper.

"Nous verrons bien." Reid sortit le Glock de la poche de son blouson. Le Beretta avait disparu, perdu dans la rivière probablement. Il retourna dans la kitchenette, posa le verre dans l'évier et démonta le pistolet. Il savait qu'il serait encore en mesure de tirer malgré son plongeon dans la rivière, mais l'eau dans le chargeur pouvait faire rouiller le canon. Il posa les morceaux sur un torchon à vaisselle, puis ouvrit chacun des deux tiroirs.

OK, se demanda-t-il, *qu'est-ce que je pourrais utiliser ?*

Il n'y avait pas grand-chose dans les tiroirs, mais il trouva un vieux couteau à viande dentelé, encore solide et aiguisé. Il le tint en l'air et regarda son reflet dans la lame. Son estomac se noua à l'idée de l'utiliser contre quelqu'un.

Il décida qu'il était temps d'utiliser autrement son acronyme préféré. Avec ses filles, il avait l'habitude de se demander, "Que ferait Kate ?" Les lettres étaient les mêmes : QFK. Mais le prénom était différent.

Que ferait Kent ?

La réponse lui parvint instantanément : *Tu connais déjà la réponse.*

Il frissonna légèrement. C'était bizarre d'avoir une autre voix dans la tête… Non, pas une autre voix, puisque la voix de Kent était la sienne. Il y avait une autre personnalité dans sa tête, tellement différente de celle de Reid Lawson qu'il se sentit presque nauséeux.

Kent tuait des gens.

En situation de légitime défense.

Kent infiltrait des cellules terroristes connues sous couverture.

Nécessaire à la sécurité de notre nation.

Kent conduisait des voitures par-dessus des falaises.

Cas de première nécessité. Et puis, c'était marrant aussi.

Reid se pencha sur l'évier en acier et l'agrippa à deux mains jusqu'à ce que la sensation de nausée disparaisse. Il se dit que c'était juste à cause de l'eau de la rivière qu'il avait avalé, et certainement pas à cause de la folie qui le gagnait.

Il avait désespérément besoin des informations que détenait Otets, ou même des informations que Kent détenait, mais il ne parvenait pas à se débarrasser du sentiment affreux qu'il s'était peut-être fait ça à lui-même. Cela ne semblait pas avoir de sens, pas en se basant sur ce qu'il savait à l'heure actuelle, mais il ne pouvait tout de même pas se sortir cette idée de la tête. Et s'il était tombé sur quelque chose de tellement dangereux et potentiellement dommageable qu'il ait eu besoin de l'oublier ? Et si on avait implanté un suppresseur de mémoire à Kent Steele pour sa propre sécurité ou celle de sa famille ?

"Pourquoi ?" se demanda-t-il calmement. "Pourquoi est-ce arrivé ?" Aucun souvenir de lui revint. Aucune vision n'arriva.

Il soupira, puis rassembla ce dont il avait besoin. Dans les tiroirs, il prit le couteau à viande et une vieille rallonge de couleur marron à deux embouts. Il trouva une bouilloire dans le placard et la remplit d'eau, puis il s'empara d'une serviette dans la minuscule salle de bains au fond de la cabane. Ensuite, il ramena tout ça devant Otets.

On aurait dit que le russe reprenait des forces, ou du moins, une partie de ses sens. Il observa posément Reid, alors que celui-ci disposait les quatre objets au sol entre eux.

"Tu as l'intention de me torturer," dit-il en anglais. Ce n'était pas une question.

"J'ai l'intention d'obtenir des réponses."

Otets haussa les épaules. "Fais comme tu veux."

Reid garda le silence un long moment. Est-ce que ce qu'il s'apprêtait à faire valait vraiment le coup pour obtenir des informations ?

Si c'est pour garder des personnes en vie, notamment mes filles, alors oui.

"Je vais être honnête avec toi," dit Reid. Otets leva les yeux de surprise, mais ils restaient plissés et suspicieux. "Tu sais qui je suis. Kent Steele, l'Agent Zéro de la CIA, pas vrai ? Le problème est que… je ne sais pas qui c'est. Je ne sais pas ce que ça signifie. Ou, du moins, je ne le savais pas jusqu'à très récemment." Il montra le pansement papillon dans son cou, là où l'interrogateur iranien avait découpé le suppresseur de mémoire. "Il semble que ma mémoire soit altérée. Je ne sais pas pourquoi. Je sais certaines choses qui me reviennent en flashs, mais je n'en sais pas assez."

Pourquoi est-ce que je lui dis tout ça ?

Tu sais pourquoi. Parce qu'il ne pourra pas sortir de cette pièce en vie.

Je ne vais pas tuer un homme blessé et désarmé.

Tu n'auras pas le choix.

“Je ne te crois pas,” dit fermement Otets. “C’est un … euh, comment vous dites … stratagème. C’est un piège.”

“Pas du tout,” répondit simplement Reid. “Et peu m’importe que tu me croies ou non. J’ai vraiment besoin savoir qui je suis. J’étais sur un truc … ou plutôt Kent était sur un truc. Les hommes que nous avons appréhendés à Zagreb, Téhéran, Madrid … J’ai le sentiment qu’ils étaient liés et, maintenant, j’ai la nette impression que tu étais lié à eux aussi. Le cheikh, Mustafar, il savait des choses. Il nous a donné des infos, mais il n’en savait pas assez. J’étais en train de travailler sur une affaire, contre un plan, une attaque peut-être, mais je n’en sais pas assez pour savoir ce dont il s’agit.”

Otets esquissa un demi-sourire. “Le cheikh ne savait rien du tout.”

“Le cheikh nous a donné des informations,” répondit Reid. Il l’avait vu lors d’un flashback. “Noms, dates, lieux …”

Le sourire se transforma en une vilaine grimace. “Le cheikh en savait juste assez pour rester impliqué. C’est là toute la beauté de notre opération. Chacun de nous n’est qu’une petite pièce du puzzle, pas plus importante que la suivante. Torture-moi si tu veux, Agent, mais je ne pourrai pas te dire ce que je ne sais pas … et j’en sais à peine assez pour rester impliqué moi-même là-dedans.”

“Les iraniens qui m’ont capturé,” dit Reid. “Et Yuri, le serbe, et l’américain qu’il a mentionné, et les hommes du Moyen Orient dans ton chai … vous travaillez tous ensemble. Quel est le lien ?”

Otets ne répondit pas. Il se contenta de le regarder, bouche close, en guise de défi.

Reid ramassa négligemment la rallonge et la mesura en portées d’un bras chacune. “Sais-tu à quoi vont servir ces trucs ?” Il attrapa le couteau à viande et coupa la rallonge en deux.

“Goulag,” dit Otets. “Tu connais ce mot, ‘goulag’ ?”

“Camp de prisonniers russe,” dit Reid.

“Oui. Ton gouvernement croit que tous les goulags ont été fermés après l’effondrement de l’Union Soviétique. Mais non.” Otets passa un pouce par-dessus son épaule, désignant les cicatrices hachurées sur son dos. “Tu ne pourras rien me faire de pire que ce que j’ai déjà vécu.”

“Nous verrons ça.” Le bras de Reid s’élança et attrapa le poignet du russe. Otets essaya de se libérer, de lutter contre lui, mais il était toujours trop faible. Reid mit son coude opposé en avant et porta un coup vif au front d'Otets, qui l'assomma juste assez pour que Reid puisse attacher ses deux poignets fermement avec un morceau de la rallonge. Il attacha ses deux chevilles avec l'autre morceau.

Il força Otets à s'allonger sur le dos, puis Reid se mit à cheval au-dessus de lui, assis sur sa poitrine en mettant tout son poids sur ses avant-bras.

Imagine si cette femme rentrait dans la cabane à cet instant, dit la part de Kent en lui. *Que penserait-elle de la situation ?*

Tais-toi. Je n'ai pas envie de faire ça. Même avec ces pensées en tête, ses mains attrapèrent la serviette.

C'est le seul moyen. Autre que le couteau. Ou le flingue. Tu préfères l'un d'eux ?

La nausée le prit de nouveau à la gorge, mais il inspira profondément par le nez pour la faire partir.

Otets l'observait passivement. Il savait qu'il n'aurait pas la force de se battre. "Fais ce que tu veux," dit-il. "Je ne te dirai rien."

Reid enroula la serviette autour du visage d'Otets, regroupant les deux extrémités derrière sa tête en tirant le tissu à fond. Il la tint serrée dans son poing, sous la tête du russe.

"Dernière chance," dit-il. "Quel est le complot ? Quel est le lien entre les iraniens, le cheikh et toi ?"

Otets ne dit rien. Sa respiration était rapide et anxieuse.

"Bien." Reid attrapa la bouilloire et versa l'eau sur la serviette.

Certains diraient que le supplice de la submersion est une technique d'interrogation. Mais la plupart jugerait qu'il s'agit simplement de torture. Le grand public avait appris son existence en 2004, quand des rapports de la CIA avaient fuité, détaillant son utilisation sur des cellules terroristes présumées. Reid savait tout ça, mais il en savait bien plus encore et ces souvenirs lui revinrent en mémoire alors qu'il versait délibérément de l'eau sur le visage d'Otets.

Le supplice de la submersion simule les effets de la noyade. La surface poreuse (dans le cas présent, une serviette) devient saturée d'eau et imperméable. Le captif ne peut pas respirer. L'eau remplit ses voies respiratoires.

Un homme adulte peut retenir en moyenne sa respiration pendant moins d'une minute.

Au bout de quelques minutes, l'hypoxie s'installe, le cerveau manque d'oxygène et le captif décède. Bien sûr, il faut essayer de le maintenir sans qu'il passe ce seuil-là.

Les effets secondaires potentiels sont des dommages aux poumons, au cerveau, une douleur extrême, des conséquences psychologiques à long terme et, parfois, la mort.

Les muscles du cou d'Otets se raidirent, saillants sur sa peau blanche. Il essaya de secouer la tête, mais Reid le tenait fermement. Il ne pouvait aller nulle part de toute façon et n'avait aucun moyen d'échapper à l'eau. Il grogna et s'étouffa sous la serviette. Ses membres attachés se tordaient sous Reid.

Il compta jusqu'à soixante, puis retira la serviette.

Otets aspira l'air de façon totalement irrégulière. Ses yeux étaient rouges et gonflés : quelques petits vaisseaux sanguins avaient explosé. Ses épaules se soulevèrent.

"Quel est le complot ?" demanda de nouveau Reid. "Quel est le lien ?"

Otets le fixa du regard, dents serrées et respiration sifflante. Mais il ne dit rien.

"Comme tu voudras." Reid remit la serviette sur son visage, en serrant fort. Otets grogna et essaya de se débattre, mais il ne pouvait pas bouger. Reid versa l'eau. Otets, bâillonné, étouffait sous la serviette.

Reid compta de nouveau en regardant le mur. Il n'avait pas envie que le souvenir de ce qu'il était en train de faire lui revienne en tête, mais la vision apparut tout de même.

Un camp secret de la CIA. Un prisonnier attaché à une table, légèrement penché. Une cagoule sur la tête. De l'eau que l'on verse. Sans arrêt. Le prisonnier se débat si fort qu'il casse son propre bras ...

Il frissonna et retira de nouveau la serviette. Otets prit une profonde inspiration proche du râle. De petites gouttes de sang s'échappèrent lors de l'expiration. Il s'était mordu la langue.

"Nous savons tous les deux," bafouilla Otets, "que je ne sortirai pas vivant de cette cabane."

"Peut-être," dit Reid. "Mais il nous reste des *heures* avant le matin. On peut faire ça encore, et encore, et encore. Et ça peut devenir bien pire encore. Tu vas me dire ce que je veux savoir. C'est toi qui décides si ça va être long ou pas."

Otets déglutit et grimaça. Il regarda le plafond. Il réfléchissait et Reid savait que, même si c'était un tueur, même s'i c'était un terroriste, il était tout de même un homme logique. Il savait que Reid avait raison.

"Yuri a utilisé le mot 'conglomérat,'" dit Reid calmement. "Qu'est-ce qu'il voulait dire par là ?"

Otets ne dit rien. Reid manipula de nouveau la serviette.

"Attends !" cria-t-il rageusement. "Attends." Otets prit quelques inspirations haletantes. "Nous sommes... nombreux," finit-il par dire. Il ne croisa pas le regard de Reid, mais continua à regarder au plafond. "Avant, nous étions indépendants les uns des autres, travaillant au sein de nos propres régions et pays. Nous nous considérions nous-même des libérateurs et activistes. Vous, vous nous appelez extrémistes, fanatiques et terroristes."

"Qu'est-ce que ça veut dire, nombreux ?" demanda Reid. "Tu parles de différentes factions, cellules, travaillant ensemble ?" Soudain, les mots du cheikh lui revinrent à l'esprit : *"Il y avait d'autres conversations à propos des plans, mais elles étaient en allemand, russe... Je ne les comprenais pas !"*

"Unifiés," dit Otets, "sous Amon."

"Amon ?" répéta Reid. "Qui est Amon ?"

Otets se moqua. "Amon n'est pas quelqu'un. Amon est quelque chose. Comme je te l'ai dit, chacun de nous en sait juste assez pour rester impliqué. Amon promet un nouveau monde. Un abri pour tous. Amon nous a rassemblés."

Reid secoua la tête. Ce nom, Amon, allumait quelque chose dans sa mémoire, mais pas sa nouvelle mémoire en tant que Kent Steele. C'était l'esprit académique du Professeur Lawson qui résonnait en lui. "Est-ce que tu parles d'Amon-Ra ? Le dieu égyptien ?"

Otets sourit avec malice. "Tu ne sais rien sur Amon."

"C'est là que tu te trompes." Il connaissait Amon, ou Amon-Ra, l'ancien dieu égyptien qui avait été prié après l'établissement du Nouvel

Empire. Mais ce dieu avait marqué l'histoire bien avant ça. Reid ne savait pas du tout si ce dieu, Amon, avait quoi que ce soit à voir avec ce qu'Otets expliquait, mais son cerveau moulinait.

"Amon a commencé par être une petite divinité de la ville de Thèbes," commença Reid. "Plus la cité prospérait, plus l'influence d'Amon grandissait. Finalement, Thèbes devint la capitale de l'empire et Amon, au fil des siècles, fut proclamé le 'roi des dieux,' un créateur, assez semblablement au dieu grec Zeus. Au fur et à mesure de la croissance de l'Égypte, la déification d'Amon absorba d'autres dieux, comme le dieu tibétain de la guerre Monthu et le dieu du soleil Ra... C'est pourquoi il fut rebaptisé Amon-Ra dans le Nouvel Empire.

"L'Égypte de la dix-huitième dynastie apporta quelques changements au culte d'Amon. Le pharaon Amenhotep IV déplaça la capitale de Thèbes et favorisa le culte monothéiste d'un dieu appelé Aton, ainsi que de nombreux changements gouvernementaux stricts qui retirèrent leur puissance aux grands prêtres d'Amon. Cela ne dura pas longtemps : immédiatement après la mort d'Amenhotep, les prêtres rayèrent le nom du pharaon de la plupart des archives, renversant ses amendements bureaucratiques et restaurant le culte d'Amon.

"Ils parvinrent même à convaincre le nouveau pharaon, fils d'Amenhotep, de changer son nom pour Toutânkhamon qui signifie littéralement 'l'image vivante d'Amon.'

"Pendant plus de deux-mille ans, Amon fut la plus grande divinité d'Égypte mais, lentement, son influence déclina alors que la chrétienté et l'Empire Byzantin se répandaient. Il a donc duré jusqu'au sixième siècle quand le dernier des 'cultes d'Amon,' comme on les appelait alors, finit par mourir."

Reid esquissa un léger sourire, ayant littéralement ramené Otets sur les bancs de l'école. Avec cette brève leçon, il se sentait plus proche de Reid Lawson à nouveau et, bizarrement, il se sentait presque étranger par rapport à lui. Il prit note mentalement de faire attention par rapport à ça.

Otets, pour sa part, se contenta de lever un sourcil d'un air dubitatif. "Tu connais les faits," dit-il. "Mais pas la vérité."

"Et quelle est la vérité ?" demanda Reid.

"Amon nous réunit, mais chacun de nous n'est qu'un rouage. Nous connaissons seulement les autres rouages que nous tournons... sans jamais voir l'horloge."

Reid ricana. "Tu es en train de me dire que toi, et les autres, travaillez dans un but imminent, mais que vous ne savez pas ce que c'est ?"

Otets essaya de rire, mais il partit d'une toux crépitante. "C'est brillant, n'est-ce pas ? Mon peuple n'a qu'une seule tâche : fabriquer des explosifs et les remettre aux iraniens. Eux, à leur tour, travaillent avec d'autres, qui travaillent avec d'autres et ainsi de suite. Personne ne connait l'intégralité du plan. Nous n'avons pas de noms et ne savons pas qui d'autre est impliqué." Sa voix se brisa. "Nous ne connaissons que des voix et des chiffres. C'est là qu'est la différence : dans une horloge, si tu enlèves un rouage, c'est tout le mécanisme qui s'arrête. Avec Amon, aucun rouage n'est assez important pour nous arrêter."

"Donc, Amon est un groupe ?"

"Amon est bien plus. Amon est une force. Et bientôt, ce monde le saura."

"Non," dit Reid. Rassembler les dissidents du monde entier sous une seule bannière ? Ce qu'Otets décrivait serait impossible. Il y aurait trop de dissensions entre eux, trop d'idéologies différentes. Mais... s'il avait raison sur le fait qu'il ne connaissait que très peu de personnes impliquées... "Le cheikh a dit..."

"Je te l'ai dit, le cheikh ne savait presque rien," cracha Otets. "Les informations qu'il t'a données ont certainement déjà dû changer. Il était faible, c'était un financier pour nous, rien de plus. Une faction locale avait mis une prime sur la tête de Mustafar. Nous lui avons accordé notre protection et détruit ses ennemis en échange de son argent."

Une nouvelle pensée envoya un frisson glacial dans le dos de Reid : *Et si c'était ce que j'avais découvert ? Est-ce que Kent s'était rendu compte qu'on l'avait trompé avec de fausses informations, qu'on avait peint une cible dans son dos ? Était-ce la raison du suppresseur de mémoire ?* Depuis sa fuite du sous-sol parisien, il n'avait cessé de ressentir ce puissant sentiment d'obligation de poursuivre, de faire quelque chose et de savoir ce qu'il avait déjà découvert. Mais si Kent s'était fait ça lui-même, peut-être était-ce parce qu'il savait qu'il ne pourrait jamais faire machine arrière autrement.

"Tu m'as appelé Zéro," dit Reid. "Et les iraniens aussi. Comment connais-tu ce nom ? Qu'est-ce qu'il signifie pour toi ?"

"Agent Zéro," dit Otets lentement. "Beaucoup d'entre nous te connaissent en tant que Kent Steele, mais *tous* connaissent l'Agent Zéro comme un mythe, une légende urbaine, un nom qui inspire la peur la plus vive."

"Pourquoi ?"

"À cause de ce que tu as fait."

Reid commençait à être frustré de ces réponses évasives. "Qu'est-ce que j'ai fait ?"

"Tu ne te souviens vraiment de rien, pas vrai ?" Le russe sourit. Du sang tachait ses dents. "C'est à toi de le découvrir. Vas-y, tue-moi. Cela n'aura aucune conséquence dans ce grand schéma."

"Nous verrons bien," dit Reid. Il laissa tomber au sol la serviette ruisselante. "Je ne vais pas te tuer. Je vais appeler Interpol et demander l'intervention de la CIA. Je vais te dénoncer. Je vais te dire tout ce que tu m'as dit. Mais, d'abord, je veux savoir comment les iraniens m'ont retrouvé à New York. Tu savais qu'ils étaient venus me chercher. Tu as envoyé Yuri à ce rendez-vous pour être sûr que j'étais mort et pour savoir si j'avais des informations sur toi. Pas vrai ?"

"Bien sûr," répondit honnêtement Otets. "Je devais m'assurer que mon chai n'était pas démasqué."

"Mais comment ont-ils su qui j'étais et comment me trouver ?"

Otets finit par croiser le regard de Reid en souriant malicieusement. "Réfléchis, Agent. Tu connais déjà la réponse. Les seules personnes qui pouvaient savoir où tu étais, c'est les *tiens*."

"Les miens ?" Reid secoua la tête. "Tu veux dire quelqu'un de la CIA qui travaille avec toi ? Pour Amon ?"

"Quelqu'*un* ?" Otets se mit à rire comme un fou. "Non. Comme je te l'ai dit, nous sommes nombreux."

Reid se souvint tout à coup du rendez-vous avec Yuri. *"Avant vous, je n'avais rencontré qu'un seul autre américain dans notre, euh ... quel est le terme ... conglomérat ?"*

Reid attrapa la serviette dégoulinante et la tendit entre ses deux poings, à quelques centimètres du visage d'Otets. Le russe pencha instinctivement la tête en arrière. "Des noms," demanda Reid. "Je veux des noms, sans quoi je recommence."

"Dans la poche de mon manteau," dit Otets. Ses yeux étaient écarquillés de peur, bloqués sur la serviette.

Reid la posa de côté et se leva. Il fouilla dans le manteau humide gris anthracite. Il n'y avait rien d'autre dans ses poches qu'un téléphone mobile et il avait été totalement immergé dans la rivière. Mais la carte SIM serait probablement récupérable, s'il trouvait un…

Il perçut un mouvement en périphérie. Il lâcha le téléphone et se retourna juste à temps pour voir Otets se précipiter sur lui avec le couteau à viande.

Chapitre Dix

Reid bondit sur la droite pour éviter l'impact de la lame. La pointe du couteau le manqua de quelques centimètres, mais Reid retomba mal et trébucha sur le canapé vert.

Les jambes d'Otets étaient libres. Alors que Reid était à cheval sur lui, il n'avait pas remarqué que les liens autour de ses chevilles s'étaient desserrés. Le russe tenait le couteau avec ses deux mains, toujours attachées aux poignets. Ses yeux étaient dingues et injectés de sang. Debout en caleçon, il ressemblait à un fou furieux.

Reid se remit debout et leva les deux mains, les paumes bien en évidence. "Ne fais pas ça," dit-il. "Tu es toujours faible à cause de la chute dans la rivière. Laisse tomber ce couteau. Personne ne sera blessé."

Otets secoua vigoureusement la tête, répandant des gouttes d'eau de ses cheveux mouillés. "Tu ne piges toujours rien. Je te l'ai dit, je ne sortirai pas d'ici vivant. Si Amon découvre que je t'ai donné des informations, je suis un homme mort de toute façon."

"La police te mettra en prison, quelque part en sécurité où personne ne pourra t'atteindre…"

Otets se mit à rire comme un dément. "Ne sois pas stupide ! Tu crois vraiment que ce que Mustafar t'a dit nous dérange ? Bien sûr que non ! Nous voulions juste connaître son emplacement… afin de pouvoir le trouver et le tuer pour sa trahison."

"Attends…"

Otets plongea en avant, visant directement le sternum de Reid. Il tourna le torse vers la gauche et, sans même se rendre compte de ce qu'il faisait, il força Otets à tendre les coudes. Ses poignets s'élevèrent. Dans un mouvement plus rapide que les pensées choquées de Reid, il enfonça le couteau dans la gorge d'Otets, guidé par les propres mains du russe.

Un gargouillis s'échappa de ses lèvres. Une fine fontaine de sang émit un jet dans la cabane, éclaboussant le mur et le sol. Otets s'effondra comme une masse, du sang coulant à flots sur le tapis fin.

Reid poussa un soupir haletant d'énervement. Tout s'était passé si vite et son corps avait réagi sans même réfléchir. Une fois de plus, il avait le sang de quelqu'un d'autre sur les mains. Il s'assit lourdement sur le canapé, regardant ses deux mains levées devant lui. Cette fois, ses doigts ne tremblaient même pas.

À présent, il n'avait plus de prisonnier à remettre aux autorités, personne pour corroborer ses dires. Le chai de fabrication de bombe d'Otets était détruit et il doutait fortement que le russe ait été assez bête pour laisser des preuves ou des traces écrites. Il y avait quatre corps refroidis dans un sous-sol de Paris, un énorme trou dans la terre de Belgique et, à présent, il savait qu'une personne, ou peut-être plusieurs, travaillaient activement contre lui à la CIA.

Je ne me suis pas fait ça moi-même, se dit-il. *C'est quelqu'un qui m'a fait ça. Pour me faire oublier ce que j'avais appris ... afin que je ne me mette pas en travers de la route.*

Il en était certain. Kent avait trouvé quelque chose qu'il n'était pas censé découvrir, peut être grâce au cheikh Mustafar, et ses propres collègues avaient supprimé sa mémoire Cette organisation, Amon, avait dû savoir qu'il était toujours en vie grâce à la taupe (ou aux taupes) de la CIA. Ils l'avaient retrouvé et livré aux iraniens.

Il ne s'était jamais senti aussi seul qu'à ce moment-là, assis dans une minuscule cabane en Belgique, avec le corps mort d'un terroriste russe à ses pieds. Où est-ce qu'il serait en sécurité ? Pouvait-il faire confiance aux autorités, ou à quiconque, dans cette affaire ?

Il n'avait aucune idée de quoi faire, du moins à long terme, mais il savait ce qu'il devait faire maintenant. Pour commencer, il remit ses vêtements à présents séchés par le poêle électrique Il enfila ses boots marrons et son bomber. Dans la cuisine, il réassembla le Glock et le mit dans sa poche Il s'empara du téléphone d'Otets, récupéra la carte SIM et écrasa soigneusement le reste sous son talon. Il jeta les morceaux cassés aux toilettes et tira la chasse d'eau.

Il remit le couteau, la rallonge et la bouilloire là où il les avait trouvés. Il fouilla dans toutes les poches d'Otets, mais ne trouva rien de plus que le téléphone. Il n'avait pas de portefeuille, pas de papiers d'identité : rien du tout.

Reid utilisa la serviette mouillée pour nettoyer autant de sang que possible sur les murs et le sol. Ensuite, il enroula Otets et tous ses vêtements dans le tapis usé.

Dans la chambre du fond, il trouva une Bible dans le tiroir de la table de nuit, ainsi qu'un stylo dans l'un des tiroirs de la cuisine. Au dos de la couverture de la Bible, il écrivit un mot. Il n'avait trouvé aucun autre morceau de papier dans la cabane.

Pour finir, il prit la couverture de laine qui se trouvait dans la chambre. Il éteignit la lumière et le poêle électrique, laissant la Bible sur le porche d'entrée, juste devant la porte. Au matin, la femme belge viendrait voir s'ils étaient encore là et elle se rendrait certainement compte de l'emplacement étrange du livre, tout du moins de sa couverture ouverte où elle trouverait plusieurs billets de cent euros en plus, ainsi que le mot de Reid, écrit en français :

Je suis désolé.

Je vous avais promis de ne pas vous causer de souci, mais j'ai dû rompre cette parole. S'il vous plait, ne rentrez pas dans la cabane. Le corps de l'homme qui était avec moi se trouve à l'intérieur. Vous devez appeler la police. Demandez-leur de faire intervenir Interpol. Dites-leur que cet homme est connu sous le nom de code "Otets." Il dirigeait un domaine viticole sur l'autre rive de la Meuse. Son chai a explosé la nuit dernière. S'ils creusent un peu profondément, ils en sauront plus.

Je suis désolé pour ce qui s'est passé. Je n'ai jamais voulu vous impliquer là-dedans.

⚜ ⚜ ⚜

Les tout premiers rayons de soleil apparaissaient à l'horizon quand Reid arriva à Bruxelles. Il s'était mis à marcher au milieu des champs d'orge jusqu'à la route, la couverture de laine drapée autour de lui par-dessus ses épaules. Elle était un peu rugueuse mais, au moins, elle le tenait au chaud par cette nuit glaciale. De temps en temps, une voiture passait par là. Reid s'arrêtait et levait le pouce. Il n'était pas sûr que ce soit un geste universel pour faire du stop et Kent non plus, apparemment, car aucun souvenir à ce propos ne lui revenait en mémoire. Finalement, un camion pick-up s'était arrêté. Le conducteur ne parlait qu'hollandais et un peu allemand, mais il avait compris deux choses : *Bruxelles*, et la poignée d'euros que Reid lui avait offerte.

À cause de la barrière de la langue, les deux heures de route jusqu'à la ville avaient été silencieuses. Reid avait donc eu beaucoup de temps pour réfléchi. Il se sentait très mal à cause de la position dans laquelle il avait mis la flamande, mais il n'avait pas eu le choix. Il ne pouvait pas vraiment cacher le corps d'Otets. Il n'aurait pas pu l'enterrer dans le sol gelé et, même s'il avait pu, si on l'avait découvert un jour, la femme aurait pu être tenue responsable. Décider de lui demander l'intervention d'Interpol était logique, en se basant sur les agissements d'Otets. Il était probable que quelqu'un ait vu ou entendu l'explosion et ait prévenu les autorités. Il n'était pas sûr que la police locale serait en mesure de distinguer les éléments de la bombe parmi les équipements et machines du chai.

Il s'était brièvement demandé s'il fallait laisser son nom, ou plutôt celui de Kent. Ce n'était pas par revendication ou par provocation hautaine, mais plutôt dans l'espoir que cela remonterait aux oreilles de la CIA et ferait trembler quelques murs. Si Otets avait dit vrai, la taupe ou les taupes dans l'organisation seraient certainement à cran et pourraient réagir vivement, commettre une erreur. De plus, il ne voulait pas que la belge subisse la moindre conséquence de ce qu'il avait fait. Toutefois, il avait finalement décidé de ne pas signer. Il devait rester incognito aussi longtemps que possible.

Il ne mentionna pas non plus le nom d'Amon dans son mot, tout simplement parce qu'il n'était pas totalement sûr encore de ce que ça voulait dire ou de ce que c'était. Si les mauvaises personnes pensaient qu'il était au courant, cela pourrait semer la panique et il avait plus besoin d'obtenir des réponses que de devoir esquiver de nouvelles salves de tirs.

Il demanda au conducteur de le déposer quelque part en ville. Il descendit sur Hallenstraat et remit les billets à l'homme. En regardant autour de lui, aucune vision ne lui vint en tête. Aucun souvenir n'apparut. Il semblait que Kent n'ait jamais mis les pieds à Bruxelles, du moins pas dans ce coin-là de la ville.

Le centre-ville lui coupa le souffle. L'architecture était magnifique et la quantité d'histoire à chaque coin de rue était tout simplement impressionnante. Il avait eu les mêmes pensées à propos de New York quand il s'y était rendu pour le première fois, mais peu de bâtiments aux États-Unis avaient plus de deux-cents ans. Ici, en Belgique, il se trouvait au centre d'une civilisation occidentale vieille de plus d'un millier d'années. Le Professeur Lawson aurait certainement été plus qu'excité à l'idée de visiter une ville aussi riche historiquement.

Cette pensée s'accompagna d'une once de panique. Il ne l'avait pas encore réalisé mais, plus il s'impliquait dans cette affaire, moins il avait l'impression d'être le Professeur Reid Lawson. À chaque nouvel événement, chaque situation menaçante pour sa vie et avec tous les nouveaux souvenirs qui revenaient, il se sentait de plus en plus comme Kent Steele.

Il chassa cette pensée de son esprit. Il avait deux buts en venant à Bruxelles, et il pourrait les atteindre tous deux en un seul endroit. Il s'arrêta devant une vendeuse ambulante et lui demanda en français le cyber-café le plus proche, puis il suivit ses indications et se retrouva, six rues plus loin, devant le Cyber Voyageurs.

Le café venait juste d'ouvrir quand il arriva. Le serveur, un jeune homme portant des lunettes rondes à monture argentée, lui demanda quelque chose en hollandais.

"Anglais ?" demanda Reid.

"Oui, anglais. Puis-je vous aider ?"

Reid commanda un café et sortit la carte SIM de sa poche. "J'ai fait tomber mon téléphone sur la route et une voiture a roulé dessus. Mais j'ai réussi à sauver la carte SIM. Pouvez-vous en extraire les informations ?"

"Cela ne devrait pas poser de problème si elle n'est pas endommagée. Donnez-moi quelques minutes." Le jeune homme prit la carte et partit dans l'atelier.

En attendant, Reid but son café et s'assit face à un ordinateur pour accomplir sa seconde démarche. Tout d'abord, il se créa un nouveau compte de messagerie avec une adresse anodine, puis il se connecta à Skype.

"*Je créerai un faux compte*," lui avait dit Maya la veille, "*sous un autre nom. Tu le sauras*."

Il créa son propre faux compte en utilisant la nouvelle adresse e-mail et le nom d'Alan Moon. Ce fut le premier nom qui lui vint en tête, le nom sur le côté du dernier jeu de plateau auquel il avait joué avec ses filles, avant d'être pris en otage. Puis, il se mit à chercher.

"Tu le sauras," se murmura-t-il en caressant sa barbe sur le menton. "Voyons voir…" Il chercha le nom Kate Lawson. Cela lui semblait être le choix de faux nom le plus probable de la part de Maya. Plusieurs Kate Lawson apparurent, mais il était certain que Maya aurait utilisé un détail pour s'identifier et lui dire que c'était elle. "Trop évident," se dit-il. "Elle est plus intelligente que ça." Il essaya le nom de jeune fille de Kate : Schoeninger. Toujours rien. Il tenta Katherine Lawson et Katherine Schoeninger, sans succès.

Tout à coup, il se frappa le front de la main. Il aurait dû y penser bien avant. Le deuxième prénom de Kate était Joanne, tout comme celui de Maya. Il tapa "Katherine Joanne," et explosa presque de rire. L'un des résultats avait pour avatar une petite figurine en plastique rouge, tenant un fusil. C'était une pièce de jeu, un soldat de Risk.

Il cliqua sur le profil pour envoyer un message, mais les mots avaient du mal à sortir.

Est-ce que je deviens paranoïaque ?

Il ferma les yeux.

Non. Tu as toute ta tête. Réfléchissons.

Si j'ai raison et que la CIA m'a fait ça, alors ils connaissent l'existence des filles. Et si Otets n'a pas menti et qu'il y a des taupes dans l'agence, ce ne sera pas difficile pour eux de trouver une réservation d'hôtel sous le nom de Lawson.

Il écrivit un message : *Il faut que vous partiez. Ne posez pas de questions. Ne me dites pas où vous allez. Ne le dites pas à Tante Linda. Ne le dites à personne. N'utilisez pas vos véritables noms.*

Reid eut du mal à déglutir en réalisant pleinement ce qu'il était en train de demander à Maya. Il demandait à sa fille de seize ans de prendre sa petite sœur et de partir, tout simplement, d'aller quelque part sans le dire à personne. Mais il fallait qu'elles soient en sécurité. Si quelque chose devait leur arriver, il ne se le pardonnerait jamais.

Rappelle-toi bien, écrivit-il, *pas de téléphones. Pas de police. Montez dans un bus et allez dans un endroit où vous n'êtes jamais allés avant.* Si elles avaient fait comme il avait dit et retiré toutes les espèces avec ses cartes de crédit, elles devaient avoir assez d'argent pour tenir un petit moment. *Viens laisser un message ici au moins une fois toutes les douze heures pour que je sache que vous allez bien. Je viendrai voir aussi souvent que possible.*

Il aurait voulu en dire plus, dire à Maya qu'il allait bien et qu'il serait bientôt de retour à la maison. Mais il n'arrivait pas à se résoudre à taper ces mots, sachant qu'ils n'étaient pas totalement vrais. Il était loin d'aller bien. Il ne savait même pas s'il les reverrait un jour.

Je vous aime toutes les deux.

Reid n'attendit pas la réponse. Maya lui avait dit qu'elle irait voir de temps en temps depuis les ordinateurs de l'hôtel et il ne s'attendait pas à ce qu'elle soit assise devant l'un d'eux en ce moment même, à attendre un message de sa part (du moins, il espérait que ce n'était pas le cas). Il se déconnecta, puis effaça l'historique de navigation de l'ordinateur.

Le jeune homme revint de l'atelier, sourcils froncés, tenant la carte SIM du bout des doigts comme si c'était un insecte dangereux. “Je suis désolé,” dit-il à Reid, “mais je crois qu'il y a un problème.”

Le cœur de Reid se serra. “Vous n'avez rien pu en tirer ?”

Le serveur secoua la tête. “Presque rien. Pas de contacts, pas de photos…juste un seul message texte. Il se pourrait que la carte ait été endommagée et…”

“Le SMS,” l'interrompit Reid. “Que disait-il ?”

“C'est une adresse, dit l'homme. “Mais c'est tout.”

“Très bien,” dit rapidement Reid. “Pouvez-vous l'écrire ?” La carte SIM avait pu être endommagée en tombant dans la rivière, mais il se dit qu'il était plus probable qu'Otets ait été assez malin pour ne pas stocker des contacts et informations sensibles dans un téléphone. Il avait sûrement un carnet d'adresses fermé à clé dans un tiroir quelque part (même s'il avait probablement brûlé à l'heure qu'il est). Reid sentit sa gorge se nouer de déception. La somme des preuves tangibles qu'il avait détruites dans cette explosion aurait pu mettre un terme à tout ce cirque ou, tout du moins, lui fournir une meilleure piste qu'une simple adresse envoyée par SMS. "Je suppose que vous ne pouvez pas récupérer le numéro de téléphone qui l'a envoyé ?" demanda-t-il.

Le serveur secoua la tête. "Numéro privé." Il écrivit l'adresse au dos d'un reçu, plia le papier et le tendit à Reid qui, à son tour, posa un billet de cinquante euros sur le comptoir.

"Vous ne m'avez jamais vu," dit-il. "Et vous n'avez pas non plus écrit d'adresse."

Le serveur acquiesça solennellement et empocha le billet. "J'ai déjà tout oublié."

Reid s'assit à une table au fond de la pièce pour terminer son café, bien qu'il le laissât là, à refroidir, alors qu'il réfléchissait aux options possibles. Il avait du mal à digérer tout ce qui venait de se produire ces dix dernières heures.

Essaie de fragmenter tout ça, lui dit son cerveau académique. *Prend les morceaux un à un et fais-en un concept cohérent. Puis, tu en viendras à une conclusion logique.*

Tout d'abord, il réalisa que si tout ce qu'il savait était correct, alors ses filles n'étaient pas en sécurité. Heureusement, il s'était occupé de ça dans son message, mais cela voulait dire aussi qu'il ne pouvait pas laisser tomber et rentrer tranquillement chez lui.

Puisqu'Otets était mort, il n'avait personne à remettre aux autorités. Il n'avait pas de preuve solide, juste les emplacements des corps brûlés, tués par balles ou poignardés, tout cela de sa propre main. À quoi cela ressemblerait ? Et puis, bien sûr, il y avait un problème plus grave encore : il n'était même pas sûr de pouvoir faire confiance aux autorités.

Pour finir, il y avait lui-même, non pas celui qu'il avait connu, mais ce nouvel aspect qui se propageait lentement dans sa conscience comme un pétrolier chaviré. Son sens de l'urgence, de l'obligation, devenait de plus en plus fort. La part de Kent Steele dans son cerveau le poussait à continuer.

Et, à ce stade, il ne voyait pas d'autre choix possible.

Reid déplia le papier que le serveur lui avait donné et regarda l'adresse en espérant que ce n'était pas loin. Il expira dans un profond soupir quand il vit qu'il s'agissait de Zurich.

Comment diable vais-je bien pouvoir me rendre en Suisse ?

Un vol prendrait à peine une heure, mais il n'avait pas de passeport, ni de pièce d'identité tout court. Même s'il pouvait payer le billet d'avion en espèces, on ne le laisserait pas monter à bord. Ce serait pareil s'il partait en train. Il n'avait pas de voiture, même si un souvenir soudain lui rappela qu'il était capable de désactiver une alarme et de faire démarrer un véhicule sans les clés. Quand bien même, toutes les frontières ne seraient pas aussi laxistes que celle entre la France et la Belgique et, si la voiture était déclarée volée, il aurait encore plus de problèmes sur les bras.

Il quitta le café et descendit la rue, s'arrêtant pour acheter un scone, afin d'avoir quelque chose dans l'estomac. Il s'assit sur un banc et mangea lentement, tout en réfléchissant. Un camion passa bruyamment devant lui, estampillé du logo jaune d'une entreprise de livraison… ce qui lui donna une idée.

Il rentra de nouveau dans la boulangerie pour demander où était le supermarché le plus proche. La femme derrière le comptoir lui indiqua qu'il y avait un Carrefour Market à environ vingt minutes de marches de là. Il la remercia et prit la direction du sud-ouest, sur la Rue Grétry. Il trouva facilement le supermarché qui occupait presque la moitié d'un pâté de maisons mais, au lieu de rentrer à l'intérieur, il en fit le tour pour se retrouver à l'arrière, au niveau des quais de déchargement.

Il lui fallut patienter environ quarante-cinq minutes, mais un camion finit par se garer sur le quai, faisant lentement reculer sa cargaison jusqu'à la porte déroulante à l'arrière du magasin. Le corpulent chauffeur sauta hors du véhicule et pénétra à l'intérieur quelques minutes, avant de ressortir avec sa feuille de livraison et d'allumer une cigarette pendant que les employés du supermarché déchargeaient sa marchandise à l'intérieur.

Reid s'approcha en souriant. "*Deutsche ?*" demanda-t-il.

"*Ja*," dit l'homme, quelque peu suspicieux.

"Je cherche un chauffeur," dit Reid en allemand. Il montra quelques billets. "Je vais vers le sud."

Le chauffeur routier prit une longue bouffée de sa cigarette. "Vous êtes américain ?"

"Oui. J'ai perdu mon passeport et je n'ai aucun autre moyen de rentrer."

L'homme esquissa un sourire. "On a bu un petit coup de trop, hein ? Et on a fini à Bruxelles ?"

Qu'est-ce qui cloche chez les américains pour que tout le monde pense ça ? pensa Reid. Cependant, cet alibi était assez plausible. "Oui," dit-il, essayant de prendre un air penaud. "Ma famille m'attend à Zurich."

Le chauffeur expira un nuage de fumée par les narines. "Je pourrais perdre mon boulot pour ça."

"Et je pourrais rester coincé des semaines en Belgique à attendre que l'ambassade me vienne en aide," rétorqua Reid. "S'il vous plait."

Le chauffeur grogna et shoota dans un petit caillou, l'envoyant glisser à travers le parking. "Je vais vers le sud," dit-il, "mais pas aussi loin que là où vous voulez vous rendre. Il y a un dépôt de camions sur la route. On pourra s'y arrêter et je vous aiderai à trouver un autre véhicule."

"Merci." Reid lui tendit les billets.

L'homme pointa un immeuble du doigt. "Il y a un parking derrière ce bâtiment. Attendez-moi là-bas."

Reid s'exécuta et se dépêcha de rejoindre le petit parking adjacent à un complexe d'entreprise pour attendre que le chauffeur routier vienne le chercher. Le camion arriva en vrombissant environ dix minutes plus tard. Le conducteur fit monter la porte du compartiment de chargement, juste assez pour que Reid puisse se faufiler à l'intérieur.

La remorque du camion était réfrigérée pour protéger toutes les denrées alimentaires qu'elle transportait, mais Reid s'en fichait. Il avait toujours la couverture de laine qu'il enroula autour de lui, assis les genoux repliés contre sa poitrine. Il avait affronté un froid bien pire, à peine quelques heures avant. De plus, cela valait bien mieux que d'être arrêté à la frontière sans passeport ou carte d'identité.

Alors que le camion roulait en direction du sud sur la E411, il tira la couverture par-dessus sa tête pour créer une poche de chaleur. Il réalisa à quel point il était fatigué et il essaya de s'endormir. Mais, à chaque fois que le camion passait dans une ornière sur la route, il était sur le qui-vive.

Il n'était pas encore habitué à ces nouveaux instincts : ses muscles étaient tendus comme des câbles d'acier et ses yeux balayaient la zone pour repérer d'éventuelles menaces. Il devait se rappeler à lui-même en permanence qu'il était seul à l'arrière d'un camion roulant sur l'autoroute.

Il songea à ce qu'il pourrait trouver à cette adresse à Zurich. Si tout ce qu'il avait traversé jusqu'ici pouvait lui donner la moindre indication, il était clair que ce ne serait rien de bon. En fait, il ne pouvait chasser l'idée qu'il y avait certainement une raison au fait que ce soit le seul élément contenu dans les données du téléphone d'Otets.

Il ne pouvait s'empêcher de penser qu'il se dirigeait peut-être tout droit vers un autre piège.

Chapitre Onze

Reid ne prit pas le temps d'apprécier les merveilles de cette belle ville. C'est drôle, se dit-il, car c'était le centre de collecte des impôts des provinces romaines il y a près de deux mille ans et c'est désormais l'une des capitales mondiales de la finance. *Si je survis à cette journée, je pourrai peut-être revenir la visiter un jour*. C'était la voix de Kent, sa propre voix intérieure, qui le taquinait.

La route jusqu'à Zurich avait duré environ sept heures, avec une seule courte pause sur une aire de repos au Luxembourg où le chauffeur routier, comme promis, avait organisé le trajet suivant de Reid pour la Suisse. Le second camion (heureusement) n'était pas réfrigéré, mais il faisait tout de même frais dans la remorque par ce temps hivernal. Il abandonna sa couverture de laine à l'intérieur quand il arriva en ville.

Il vérifia de nouveau l'adresse et s'arrêta demander la direction à un passant. C'était à vingt minutes de marche de l'endroit où le camion l'avait déposé. Le temps était frais, donc il enfouit ses mains dans les poches de son bomber, la main droite enveloppant le Glock, pendant qu'il essayait d'établir un plan. Il n'avait aucune idée de ce qu'il allait trouver là-bas, mais il supposait le pire. Une autre faction violente, cachée aux yeux de tous, comme celle des iraniens à Paris ? Peut-être un dépôt de fabrication de bombe comme le chai d'Otets ? Il se voyait mal entrer là-dedans en dégainant son arme. Faire semblant d'être un membre de l'organisation n'avait pas non plus donné de bons résultats pour lui la dernière fois. Non, il lui fallait d'abord réfléchir. Il ne pouvait pas y aller à l'aveugle.

L'adresse était un appartement à l'extrémité sud de la ville, surplombant le Limmat, au troisième étage d'un immeuble qui semblait avoir été un hôtel à un moment donné. L'année gravée dans une pierre angulaire lui indiqua qu'il avait environ trois cent cinquante ans, mais l'escalier en acier qui monté du côté nord de la structure était certainement bien plus récent. Depuis la rue, il pouvait voir l'entrée de l'appartement au troisième étage et la peinture blanche de la porte, fanée au fil du temps.

Reid se dirigea vers la berge et s'assit sur un banc. Dans sa ligne de mire, il pouvait voir l'immeuble et l'appartement. D'ici, il était en mesure de noter les allées et venues. Il admira la vue sur la rivière. De l'autre côté, il y avait une grande cathédrale de pierre avec une flèche couleur rouille pointée vers les cieux. Un petit groupe d'oies se posa sur l'eau. Pendant tout ce temps, il garda l'appartement dans son champ de vision, mais il n'y avait aucun mouvement. Personne n'était entré ou sorti. La porte ne s'était jamais ouverte.

Au bout de vingt minutes, il releva le col duveteux de son blouson. Il faisait froid. La température était proche de zéro, peut-être même moins. Le peu de personnes qu'il vit se dépêchaient de se rendre à leur destination. De fins flocons commencèrent à tomber.

Il s'écoula une heure avant qu'il ne puisse plus le supporter. L'attente et l'air glacial avaient eu raison de lui et il n'y avait eu aucun signe de vie.

Reid monta les marches jusqu'au troisième étage avec le pistolet en main dans sa poche. *J'aurai pour moi l'élément de surprise*, se dit-il. Pas comme dans le chai d'Otets. Et quand bien même ils avaient cru avoir le dessus sur lui, il avait réussi à s'échapper, pas vrai ?

Malgré la fraîcheur de l'air, il sentit de petites gouttes de sueur perler sur ses sourcils, et…

Et il réalisa quelque chose : il n'avait pas peur. Il était nerveux et anxieux, même un peu excité, mais il n'avait pas peur de ce qu'il pourrait trouver. C'était une équation très étrange car, tandis que *cette* notion l'effrayait, le fait d'entrer dans l'appartement avec des facteurs inconnus à l'intérieur ne le perturbait pas.

L'idée de ne pas avoir peur était terrifiante.

Il s'arrêta devant la porte et colla son oreille contre elle. Il n'entendit rien du tout provenant de l'intérieur. La fenêtre la plus proche se trouvait à quelques pas de l'entrée, mais trop loin pour l'atteindre depuis le palier. Il n'y avait que deux issues possibles : entrer par la porte ou redescendre l'escalier.

Il resta devant la porte durant un moment qui lui sembla beaucoup trop long.

Tu connais déjà la réponse, dit la voix dans sa tête. *Il n'y a pas de retour en arrière possible. Tu ne trouveras rien en reculant. Ici, tu pourrais découvrir quelque chose.*

Reid tendit la main et essaya doucement de tourner la poignée. C'était fermé. Il recula, leva son pied droit et tapa fort dans la porte, plantant le talon de sa chaussure juste au-dessus du verrou. Le jambage se brisa et la porte s'ouvrit. Il leva instantanément le Glock, balayant la zone au centre, puis de gauche à droite et inversement, de manière mécanique.

Il avait face à lui une petite cuisine fort bien équipée, avec une cuisinière à grille en fer, des armoires en merisier, un évier à vasque blanche et un corps sur le sol.

Une odeur de mort le saisit immédiatement. Il eut l'estomac retourné, à la fois à cause de la vue du corps et de cette odeur de sang mêlée à un début de décomposition. Il était allongé à la jonction de deux pièces, la moitié inférieure du corps étendue dans la cuisine à un angle tel que le haut du corps était dans l'ombre de la porte de l'autre pièce.

Reid réprima son envie de poser la main sur sa bouche et garda le flingue levé. *Les meurtriers ne s'attardent pas sur place en général*, se dit-il. Mais, au cas où, il ignora le corps dans un premier temps et passa en revue le reste de l'appartement qui, en fait, était uniquement composé d'une autre pièce. Au-delà de la cuisine, se trouvait un grand salon avec une petite table dans un coin et un lit escamotable rabattu au mur. Sur la droite, se trouvait une salle de bains d'un blanc immaculé avec une baignoire sur pieds.

L'appartement était vide. Du moins, quasiment vide.

Reid remit le Glock dans sa poche et s'agenouilla auprès du corps. Il s'agissait d'un homme, face contre terre, avec un col de chemise blanc, un pantalon noir et des chaussettes noires. Il ne portait pas de chaussures. Et il gisait dans une vaste flaque de sang sombre et poisseux.

L'odeur de mort était puissante : le meurtre n'était pas récent. Reid ne voulait pas toucher le corps, alors il se mit à quatre pattes en faisant bien attention d'éviter le sang, puis il scruta le visage bouffi et enflé. Cet homme était mort depuis au moins vingt-quatre heures, peut-être même un peu plus.

Puis, un souvenir parcourut son esprit comme un éclair de lumière. Il vit le même visage, mais vivant… un sourire enfantin, des cheveux bien peignés, un peu de surpoids au niveau du menton et du cou.

Le Ritz de Madrid. Reidigger surveille le couloir pendant que tu balance un coup de pied dans la porte et prend le terroriste par surprise. L'homme veut saisir l'arme sur le bureau, mais tu es plus rapide. Tu lui tords le poignet… Plus tard, Reidigger te dira qu'il a entendu le bruit depuis le couloir. Que ça lui a retourné l'estomac. Vous éclatez de rire tous les deux.

"Bon dieu," murmura Reid. Il connaissait cet homme, il l'avait connu du moins. Non, c'était même bien plus que ça…

Une chambre d'hôtel à Abu Dhabi. Deux heures du matin. Reidigger a l'air crevé et il est assis en train de manger une part de pizza froide. Il te propose une part. Tu es occupé à nettoyer ton arme.

"Non merci."

"Kent," dit-il, "Je sais que c'est dur, mais …"

"Non," lui dis-tu. "Tu ne sais pas."

"On est inquiets pour toi …"

"Je le trouverai, Alan. Et je le tuerai. Si tu ne comptes pas m'aider, alors écarte-toi de mon chemin."

Reid renifla un coup. Ses émotions déroutantes le submergeaient. Il avait les larmes aux yeux et savait à peine pourquoi. Cet homme avait été son ami, mais il pouvait à peine se rappeler quelques souvenirs.

Ton mariage. Tu es debout face à Kate et tu tiens ses deux mains dans les tiennes. Elle n'a jamais été aussi belle qu'aujourd'hui. Tous les deux, vous dites "Oui." Vous descendez l'allée en vous tenant par la main et en souriant. Vous regardez la foule qui applaudit.

Au fond de l'assemblée, tu l'aperçois. Il n'était pas censé venir, cela aurait pu faire sauter ta couverture, mais il s'était incrusté quand même. Il devait voir ça. Il te décoche un sourire et acquiesce subtilement d'un signe de tête avant de disparaître par la porte arrière …

Reid se couvrit le visage à deux mains et soupira, essayant de reprendre pied. Il savait que cet homme s'appelait Alan Reidigger. C'était un ami. Et c'était un agent de la CIA.

Tu dois tout vérifier. Regarde dans ses poches. Trouve quelque chose. Sans quoi, c'est sans issue.

"Je ne veux pas toucher le corps." Il avait à peine conscience qu'il se parlait à lui-même.

Reidigger détestait littéralement se salir les mains. Regarde l'évier.

Dans le placard de la cuisine, sous l'évier à simple vasque, Reid trouva une paire de gants jaunes en caoutchouc. Il les enfila jusqu'aux coudes puis, après un moment d'hésitation, il souleva doucement l'épaule de Reidigger.

"Bon sang," murmura-t-il. Le devant de la chemise de l'agent était complètement trempé de sang. Il avait été poignardé… et pas qu'une fois. Il y avait de petites blessures par coupures sur ses cuisses, son abdomen, les deux bras…

La mort n'a pas été rapide. Quelqu'un voulait lui soutirer des informations.

Reid se leva rapidement et marcha dans le salon, prenant de profondes inspirations pour calmer ses nerfs. Une fois apaisé, il fouilla dans les poches de Reidigger. Elles étaient vides. Il passa en revue le reste du petit appartement, mais il ne trouva ni portefeuille, ni clés, ni téléphone ou arme de service. Ils avaient tout pris.

Reid grogna de frustration. Il avait parcouru tant de route, de la France à la Belgique, puis jusqu'en Suisse, et tout ça pour quoi ? Pour retrouver un ancien ami dont il se souvenait à peine, étendu mort sur le sol d'une cuisine avec aucun papier sur lui ?

Un téléphone se mit à sonner. Reid fut tellement surpris d'entendre ce bruit dans l'appartement silencieux qu'il se retourna d'un coup et s'accroupit dans une posture défensive. Une nouvelle sonnerie. Il suivit le son jusqu'à une chaise longue grise dans l'angle de la pièce. Il souleva un coussin et trouva un téléphone sans fil noir en dessous.

Une ligne fixe ? Le téléphone continua de sonner dans sa main, alors qu'il se demandait s'il allait répondre ou pas. Le petit écran sur le téléphone lui indiqua qu'il s'agissait d'un appel inconnu. Il savait qu'il ne ferait mieux de ne pas répondre, mais il n'avait pas d'autre piste. Nulle part où aller à partir d'ici.

Il appuya sur le bouton vert du téléphone et le porta à son oreille, sans dire un mot.

Il entendit pendant un moment le souffle de quelqu'un, à l'autre bout de la ligne. Puis, une voix masculine prononça, "Il doit faire froid là-haut."

Mais la vue vaut le détour. Les mots tournoyèrent instantanément dans sa tête, aussi instinctivement qu'il pourrait dire "à vos souhaits" quand quelqu'un éternue.

C'était un code. L'appel venait de la CIA… ou plutôt de quelqu'un à la CIA. C'était un code, et il le connaissait. Mais il ne dit rien.

"Vous m'entendez ?" La voix semblait vaguement familière, mais elle ne déclencha aucun nouveau souvenir. "J'ai dit, il doit faire froid là-haut… Alan, vous êtes là ?"

"Alan est mort." Il prononça ces mots à voix basse, mais sans essayer de masquer sa voix. Il avait déjà répondu à cet appel. À présent, il voulait savoir s'ils allaient le reconnaître. De plus, il voulait qu'ils sachent ce qui c'était passé.

"Quoi ? Qui est à l'appareil ?" demanda la voix.

"Vous devriez envoyer quelqu'un." Reidigger mérite d'être ramené chez lui et enterré.

Il y eut un silence embarrassant. "Oh mon dieu," souffla la voix. "On dirait presque la voix de…" Et puis : "Kent ?"

Reid garda le silence.

"Je n'en reviens pas," dit la voix. "Vous avez été TEA… c'est vraiment vous ? C'est incroyable. Écoutez, ne bougez pas, OK ? On envoie une équipe pour récupérer Reidigger et vous exfiltrer…"

"Je ne peux pas rester ici," dit Reid. "Et je ne peux pas vous faire confiance."

"Kent, attendez, écoutez-moi juste une seconde. Ne raccrochez pas. On arrive…" Reid mit fin à l'appel. Il mit la sonnerie du téléphone sur silencieux et le reposa sur la chaise.

Que son mystérieux interlocuteur en ait conscience ou pas, il venait juste de donner à Reid trois informations capitales. Tout d'abord, il avait reconnu la voix de Kent, ce qui corroborait grandement ce qu'il avait appris jusqu'ici. Deuxièmement, l'homme au bout du fil n'avait pas semblé aussi affecté par la mort de Reidigger que par le fait d'entendre que Kent Steele était vivant, ce qui ne faisait que confirmer les soupçons de Reid comme quoi tout ne se passait pas normalement du côté de l'agence.

Troisième chose, et pas des moindres, ils le croyaient mort. La voix avait dit TEA : tué en action. Pensaient-ils vraiment ça ou était-ce une feinte ? Si l'agence le croyait mort, alors ce n'était pas eux qui avaient mis le suppresseur de mémoire dans sa tête.

Je n'aurais pas pu me faire ça moi-même. Je n'aurais jamais fait ça. Même la part de Kent en lui était d'accord avec ça. *Quelqu'un avait dû le faire.* Une vision traversa son esprit : la chambre d'hôtel d'Abu Dhabi. Pizza froide. "*On est inquiets pour toi.*"

Peut-être que ce n'était pas malveillant.

Son regard balaya lentement la pièce et retomba sur le corps étendu au sol.

Peut-être que c'était par pitié.

Le cœur de Reid s'emballa. Il couvrit tout à coup sa bouche de la main en réalisant quelque chose. Quelqu'un d'autre que Kent était forcément au courant pour le suppresseur de mémoire. La liste des gens que Kent croyait de son côté auparavant devait être bien courte.

Reidigger était un ami digne de confiance. Il avait certainement fait partie de cette liste.

Les iraniens avaient tiré leurs informations d'une source différente. Ils avaient torturé cet homme, Reidigger. Ils l'avaient torturé et tué pour obtenir l'adresse de Kent à New York.

Alan Reidigger était mort à cause de lui.

Il sentit quelque chose lui brûler la poitrine, un sentiment qu'il n'avait jamais ressenti auparavant, ou peut-être dont il ne se souvenait tout simplement pas. C'était chaud et ça augmentait comme un feu qu'on alimente régulièrement. De la colère… non. C'était plus que ça. C'était de la colère mêlée à du désir, et cette inflammation était la connaissance et la conscience de pouvoir faire quelque chose à ce sujet. Il ne s'agissait pas de l'instinct froid et mécanique avec lequel il avait tué les iraniens et torturé Otets. C'était le contraire : une férocité sauvage, empreinte d'une folle envie d'enrouler ses mains autour du cou des gens qui avaient fait ça et de regarder l'éclat mourir à petit feu dans leurs yeux.

Tu dois te tirer d'ici, et fissa. Cette fois, c'était la part de Reid Lawson dans son esprit qui le poussait à agir. Maintenant que la CIA savait qu'il était là, ils allaient sans aucun doute envoyer quelqu'un, peut-être même une équipe, à l'appartement. Mais, malgré ses quelques nouvelles découvertes, il n'avait pas de piste, nulle part où aller à partir de ce point.

Il passa rapidement les lieux en revue à la recherche de n'importe quel indice sur ce que Reidigger aurait pu rechercher, sur sa mission à Zurich. Il fouilla chaque placard et chaque tiroir. Il consulta l'historique des appels sur le téléphone sans fil et souleva même le couvercle du réservoir d'eau des toilettes. Il n'y avait rien, pas même une mallette : les tueurs avaient tout emporté, sauf les vêtements ensanglantés que Reidigger avait sur le dos. Il semblait qu'ils n'avaient pas voulu faciliter la tâche de celui qui trouverait le corps pour l'identifier et alerter les autorités adéquates.

Mais c'était un agent. Et un mec intelligent, qui plus est. Il y a forcément quelque chose ici.

Si j'étais à sa place, où est-ce que je l'aurais caché ?

Reid fit courir ses mains le long des solides murs en plâtre, cherchant le moindre endroit qui pourrait s'ouvrir ou se détacher. Il inspecta les moulures en stuc du plafond. Il chercha des grilles d'aération ou des vides sanitaires, mais il ne trouva rien.

En bas, pensa-t-il. *En-dessous.*

Il marcha sur toute la longueur du plancher, d'un bout à l'autre, basculant méticuleusement son poids d'un pied sur l'autre contre le bois dur. Par moment, une planche craquait et il s'agenouillait, faisant courir ses doigts le long des bords pour vérifier si la planche était amovible.

Mais ce ne fut le cas pour aucune.

Il commençait à se sentir frustré. Peut-être qu'il n'y avait rien d'autre à trouver que le téléphone sans fil.

Ou peut-être que le téléphone était placé sur la chaise pour une bonne raison.

Il l'avait trouvé sous un coussin, sur la chaise longue. Il n'aurait su dire s'il devenait paranoïaque ou très perspicace mais, dans tous les cas, il repoussa la chaise du coin de la pièce et vérifia le sol en-dessous.

Peut-être que ta paranoïa te rend perspicace, pensa-t-il en ricanant alors qu'il tirait sur une planche desserrée du plancher. En effet, dans l'interstice entre deux solives épaisses parallèles, se trouvait un petit sac à dos noir. Il le reconnut immédiatement.

Un sac SVDL.

Sur toute opération à long terme, un agent avait un sac SVDL de prêt, un sac "Sortez-vous de là" ou, comme certains l'appelaient, un sac anti-insectes. Au cas où il devrait prendre ses affaires et s'enfuir. Un sac SVDL devait contenir tout le nécessaire pour une cavale jusqu'à soixante-dix heures et (dans le cas d'un agent) les moyens de se rendre dans un autre lieu sûr rapidement.

Il tira le sac et ouvrit la fermeture éclair. Le sac de Reidigger était complet, rangé méthodiquement. À l'intérieur, il trouva deux bouteilles d'eau, deux rations de combat, un kit de premiers secours, un pull thermique, des chaussettes et caleçons de rechange, une lampe de poche, du ruban adhésif, un couteau suisse, une longue corde en nylon, deux fusées éclairantes et un sac poubelle. Dans l'unique poche avant se trouvaient deux passeports américains, une grosse liasse de billets, certains en euros et d'autres en dollars américains (au grand soulagement de Reid étant donné que sa propre liasse s'était bien amenuisée), et un Walther PPK à canon court.

Il sortit le petit pistolet argent et noir. C'était une arme minuscule dans sa main, moins de quatre pouces de haut et d'un pouce de large. *Chargeur six coups, calibre .380 ACP, surface de crosse antiglisse.* Dans la poche avant, il trouva aussi un clip de munitions en plus.

Reid remit le pistolet dans le sac et en sortit les deux passeports. Il était sûr qu'il y aurait de faux noms et la photo de Reidigger sur les deux. Le premier représentait effectivement l'ancien agent, avec une barbe naissante et le pseudonyme Carl Fredericks, de l'Arkansas. Il ouvrit le second passeport.

Il se laissa tomber sur le plancher en le regardant, choqué.

Son propre regard l'observait, sur la photo.

Son visage, celui de Reid Lawson, le regardait placidement sur la page d'identité du passeport. Sur la photo, il était plus jeune d'au moins cinq ans, peut-être plus, mais c'était indéniablement lui. Le nom sur le passeport était Benjamin Cosgrove.

Ben. Le même pseudonyme qu'il avait donné à Yuri, le premier qui était venu à l'esprit de Reid quand il lui avait fallu un faux nom. Il se trouvait là, sur ce passeport.

Mais comment ?

Il feuilleta les pages pour voir s'il y avait des tampons de pays, et une petite feuille de papier plié en tomba. Il la déplia et l'ouvrit : c'était une note manuscrite et, dès qu'il la vit, il reconnut immédiatement l'écriture de Reidigger.

Salut Zéro, commençait le message.

Si tu lis ceci, c'est parce que ce que nous avons fait nous est retombé dessus. J'ai toujours pensé que ce pourrait être le cas, donc je garde toujours ce message sur moi depuis. Et si je ne suis pas là maintenant pour le lire par-dessus ton épaule, eh bien ... j'espère que ma mort aura été rapide. Prend le sac SVDL. Fais ce que tu as à faire. J'aurais dû te laisser aller au bout à l'époque. J'espère que tu n'auras pas à le payer maintenant. – Alan

Reid relut le message une seconde fois, puis une troisième. Qu'est-ce que ça voulait dire, "Ce que nous avons fait " ? Et quelle était la chose qu'il devait faire ? De toute évidence, en tant que Kent Steele, il était sur une piste. Il avait arrêté le cheikh. Il avait appris des choses sur le complot, et peut-être même sur Amon. Mais que savait-il à l'époque qu'il ne sache plus maintenant ? Il aurait tellement voulu que Reidigger soit encore en vie pour lui en dire plus, lui donner une sorte d'indice sur ce qu'il était censé faire ensuite.

Peut-être l'a-t-il fait. Reidigger était intelligent.

Si Alan avait envisagé une seconde que quelque chose allait lui arriver et que Kent reviendrait pour le trouver, alors il avait eu bien conscience qu'un simple message ne suffirait pas. Il avait forcément donné à Reid quelque chose de plus pour continuer.

Il replongea la note et le passeport dans le sac et, par acquis de conscience, il secoua également le faux passeport de Reidigger. Comme il l'avait pressenti, quelque chose en tomba aussi. C'était une photo, pliée en quatre par six, dont les bords étaient usés et le centre strié de blanc pour avoir été pliée et dépliée des dizaines de fois. Il s'agissait d'une photo d'eux deux, lui et Reidigger, debout et souriants devant une fontaine sculptée.

Pourquoi est-ce que Reidigger gardait ça ? Il avait toujours été un mec sentimental, du genre à enfreindre le protocole juste pour une photo. Ou de risquer de compromettre sa propre couverture en s'incrustant au mariage de son ami.

Non, se dit-il, c'était bien plus que ça. Alan devait avoir une bonne raison d'avoir gardé cette photo en particulier et d'avoir laissé spécialement cette note. Il scruta l'image, regardant au-delà des visages…

Je connais cet endroit. La Fontana delle Tartarughe, Fontaine aux Tortues, sur la Piazza Mattei. Le quartier Sant'Angelo de Rome, en Italie.

Il la connaissait, il le savait en tant que Professor Reid Lawson, étant donné que c'était une célèbre fontaine de l'époque de la Renaissance, bâtie par l'architecte Giacomo della Porta. Mais elle n'était pas que cela. Il la connaissait aussi en tant que Kent Steele. Il y était déjà allé, ce qui paraissait évident en regardant la photo. Mais ce lieu avait une signification plus importante.

C'était un lieu de rendez-vous. Si quelqu'un devait se faire oublier, on le retrouverait ici. Une vision de quatre personnes traversa son esprit : lui, Reidigger, un homme plus jeune avec un sourire arrogant, et la mystérieuse femme aux yeux gris, Johansson. Ils étaient en reconnaissance de la zone et avaient déterminé que c'était un bon endroit pour se retrouver en sécurité dans un logement. *Il y avait un immeuble d'habitations juste à côté de la place. C'était tranquille là-bas, avec peu de piétons. L'endroit idéal pour faire profil bas.*

Il replia la photo et la fourra dans le passeport qu'il remit dans le sac anti-insectes. Il remit en place la latte du plancher et repoussa la chaise dans sa position initiale, puis passa l'une des bandoulières du sac sur son épaule.

"Je suis désolé," murmura-t-il devant le corps de Reidigger. "Je ne sais pas ce que nous avons fait, mais je suis sûr que tu ne méritais pas ça. En tout cas, je vais le découvrir et je rétablirai les choses."

Il tenta de refermer la porte cassée du mieux qu'il put, puis se dépêcha de descendre l'escalier en acier jusqu'à la rue. Zurich Hauptbahnhof, la gare ferroviaire centrale de la ville, n'était qu'à une courte distance de marche. De là, il se rendrait à Rome.

La photo représentait bien plus que de la nostalgie, se dit Reid. Il s'agissait d'une boussole. Il ne savait pas ce qu'il trouverait là-bas, mais Reidigger aurait voulu qu'il s'y rende.

Chapitre Douze

Le Directeur Adjoint Shawn Cartwright prît une profonde inspiration avant de frapper deux coups contre la porte en chêne du bureau. Le message qu'il avait reçu quelques instants plus tôt était clair : *Venez immédiatement dans le bureau du directeur. URGENT.*

Il n'avait même pas encore terminé de boire son café.

Il entrouvrit légèrement la porte. “Directeur Mullen ? Vous vouliez me voir, Monsieur ?”

“Oui, Cartwright ! Entrez. Asseyez-vous.” Mullen souriait, assis derrière son bureau, mais ses narines écartées trahissaient sa nervosité. Ce n'était jamais bon signe : l'air affable était généralement une ruse.

Cartwright entra dans le bureau et referma la porte derrière lui. À quarante-quatre ans, il était considéré comme relativement jeune dans la hiérarchie de la CIA, au moins avait-il encore tous ses cheveux, bien qu'il n'ait pas fait de teinture noire l'an passé pour cacher les parties grisonnantes qui étaient apparues. Il avait passé cinq ans à diriger le Groupe des Opérations Spéciales qui, comme il aimait à plaisanter, était une façon élégante d'éviter d'avoir à dire à sa femme comment sa journée s'était passée. Depuis un an et demi, il avait été promu Directeur Adjoint, supervisant depuis la Division des Activités Spéciales dans toutes les affaires internationales. C'était un homme qui avait bâti sa réputation sur son efficacité, bien que son prédécesseur se soit illustré tellement piètrement en laissant fuiter des documents et en exposant des agents sur le terrain que la tâche d'avoir l'air bon lui avait été facilitée.

Malgré son avancement et son succès global, Cartwright avait quelques difficultés relationnelles avec le Directeur de la CIA, Mullen. Son supérieur était un expert du subterfuge et des faux-semblants, dissimulant ses émotions tout en lisant clair dans celles des autres. Les années où Mullen avait été sur le terrain étaient loin derrière lui, mais il restait tout de même très vigilant dans ses interactions quotidiennes. Cartwright devait s'en remettre aux moindres idiosyncrasies et manières pour déceler l'humeur actuelle du directeur, par exemple, ses narines écartées, et sa propre sensation de gorge nouée alors qu'il prenait un siège face à Mullen.

"Bonjour," dit Mullen. Il parvint en quelque sorte à rendre ce salut à la fois animé et sans joie. Il campa ses doigts. C'était un homme perspicace de cinquante-six ans, dont la pâleur chauve brillait, comme polie, entourée d'une bande de cheveux gris allant d'une oreille à l'autre. "Est-ce que vous avez entendu ce qui se chuchote dans les couloirs ce matin, Cartwright ?"

"Ce qui se chuchote, Monsieur ?" Il avait effectivement entendu des chuchotements dans l'ascenseur, et cela ne servait à rien de tenter de le cacher à Mullen. "J'ai peut-être entendu quelques ... bourdonnements. Quelque chose à propos d'une explosion en Belgique, une possible usine de munitions ?"

"Incendie," corrigea Mullen. "Du moins, c'est ce que dit Interpol pour le moment. Un enfer de feu. Les gens l'ont vu à des kilomètres à la ronde, depuis l'autoroute. La couverture de l'usine était un chai ..."

"Un chai, Monsieur ?"

"De vinification."

"Ah."

"Et c'est tout ce que vous avez entendu ?" demanda innocemment Mullen.

"Oui, Monsieur, c'est tout ce que j'ai entendu."

Mullen se pinça les lèvres et acquiesça d'un signe de tête. "Donc, je suppose que c'est à moi de vous parler du corps d'un russe trouvé mort dans une ferme, à environ vingt kilomètres de là, poignardé à la gorge avec un couteau de cuisine."

"Mon dieu," dit Cartwright. "Il y a un lien ?"

"Indubitablement," répondit Mullen. Cartwright tâchait de comprendre pourquoi cette réunion ne se passait qu'entre eux et non en équipe, quand Mullen ajouta, "Il n'y a pas que ça. Alan Reidigger est mort."

Cartwright le regarda, abasourdi. “Reidigger ? Oh mince.” Quand Cartwright était à la tête du Groupe des Opérations Spéciales, Reidigger était l'un de ses agents sur le terrain. Alan n'était pas le plus en forme physiquement, ni même le plus rusé, mais il était sympathique, fort et très doué pour se fondre dans la masse. “Mais comment ?”

“Je suis ravi que vous me le demandiez,” dit le Directeur Mullen. Il toucha du doigt l'écran d'une tablette face à lui et ouvrit une application audio. “C'est Steve Bolton, chef actuel des Opérations Spéciales, qui nous l'a transmis il y a environ huit minutes. Reidigger ne s'était pas manifesté depuis plus de vingt-quatre heures, donc il a essayé de l'appeler. Voilà, écoutez ça.”

Mullen appuya sur le bouton lecture. “Alan est mort,” dit une voix masculine, métallique et distante. “Je ne peux pas rester ici. Et je ne peux pas vous faire confiance.”

Cartwright secoua la tête, confus. “Monsieur, je ne suis pas sûr de comprendre.”

“Non ?” dit Mullen. “Essayez encore.” Il lança de nouveau la lecture audio.

“Alan est mort.”

“Je ne peux pas rester ici. Et je ne peux pas vous faire confiance.”

La voix semblait familière, mais Cartwright luttait pour la resituer. Mullen passa de nouveau l'enregistrement, observant attentivement le directeur adjoint. Il le passa encore une fois.

À la quatrième fois, les yeux de Cartwright s'écarquillèrent, à la fois parce qu'il venait de comprendre et parce qu'il était totalement sous le choc.

“Non…” dit-il à voix basse. “Non, ce n'est pas possible.” Il évitait le regard perçant de Mullen. “Il est mort. Zéro est mort.”

“Il est sûrement censé l'être,” lui accorda Mullen. “C'était *votre* travail de vous en assurer.”

“Et c'est ce que j'ai fait,” insista Cartwright. “C'est forcément quelqu'un d'autre, quelqu'un qui le connaissait ou peut-être même qui veut nous faire croire qu'il est vivant…”

“Nous sommes en train de faire une analyse vocale complète de cet enregistrement,” dit Mullen. “Mais je ne pense pas que nous en ayons besoin." Le directeur replia les mains et se pencha en avant sur sa chaise. "Cartwright, savez-vous combien de corps ils ont sorti de cet incendie en Belgique pour l'instant ? Six. Et le légiste dit que chacun d'entre eux était déjà mort. Ensuite, nous avons des traces qui nous mènent tout droit à un SUV tombé au fond de la rivière : une sacrée chute de près de vingt mètres bon sang ! Et, pour finir en beauté, ce russe mort avec la gorge tranchée. Cela vous rappelle quelqu'un en particulier, Directeur Adjoint ?"

Cartwright ne pouvait pas faire grand-chose d'autre que d'acquiescer de la tête en fixant des yeux une tâche en cercle laissée par une tasse de café sur le bureau de Mullen. Cela ressemblait beaucoup à quelqu'un qu'ils connaissaient… qu'ils avaient connu. Peu avant la fin, Zéro était devenu imprudent, imprévisible et même fou. Un de plus hauts cadres l'avait même qualifié de "sauvage."

"Mais il est mort," fut tout ce que Cartwright parvint à dire.

"Eh bien, ce ne sont que des foutaises." soupira Mullen. "Alors, pourquoi ne pas m'expliquer tout ça très rapidement ? Parce que mon besoin de savoir est devenu plus qu'urgent." À l'époque, Mullen n'avait pas voulu connaître les détails. Il avait juste ordonné que ce soit fait. Et l'idée de devoir raconter cette épreuve retournait l'estomac de Cartwright.

"Très bien. J'avais mis Morris et, euh…" Il soupira. "J'avais mis Morris et Reidigger sur le coup…"

Mullen persifla, ayant peine à croire ça. "Ses propres hommes ? Bon sang, Cartwright."

"Ils s'étaient portés volontaires !" dit-il pour se défendre. "Il savaient ce qu'il était en train de devenir. Ils sont tous deux venus me voir, séparément, pour m'exposer leurs soucis. Il allait finir par se faire tirer dessus ou tuer, ou les deux, et son imprudence aurait également pu les compromettre, eux aussi. Et puis, ensuite… eh bien, vous savez ce qui s'est passé… et quand Zéro est devenu encore plus ingérable, ils sont revenus me voir. Ils savaient bien qu'il faudrait le faire de toute façon, donc ils ont tout deux proposé de s'en occuper. Ils étaient ses amis. Ils voulaient que ce soit fait vite et bien."

"Et c'est ce qu'ils ont fait," dit Mullen.

"Oui, Monsieur."

"Et maintenant, l'un d'eux est mort."

"... Oui, Monsieur."

"Et nous avons de bonnes raisons de pense que Zéro était là-bas."

Cartwright déglutit. "On dirait bien, Monsieur."

"Vos agents, ont-ils la preuve de l'avoir éliminé ?" demanda prudemment Mullen.

Le directeur adjoint le perça du regard. "La preuve, Monsieur ?" Bon dieu, mais qu'est-ce que le directeur était en train de suggérer ? Qu'il aurait dû demander à ses agents de lui ramener une oreille ? "Depuis quand les Opérations Spéciales ramènent des preuves ? Non, ils ont lesté son corps et l'ont envoyé au fond de la rivière."

"Du moins, c'est ce qu'ils vous ont dit," répondit Mullen.

"J'avais confiance en mes hommes." Directeur ou non, Cartwright commençait à perdre patience.

"L'autre homme, Morris. Il travaille toujours sous vos ordres, non ? Où est-il actuellement ?"

Cartwright réfléchit un moment. "Hum... Morris est sous couverture, quelque part près de Barcelone. Il devrait se présenter à l'appel dans les prochaines six heures. Que voulez-vous que je fasse ? Que je l'appelle ?"

"Non." Mullen se frotta le menton. "Mais mettez-un terme à sa mission. Je veux qu'il se tienne prêt à prendre un avion dès qu'on lui dira de le faire. Quelqu'un a tué un agent, et dès que ce type se manifestera de nouveau, qu'il s'agisse ou non de Zéro, je veux que Morris soit sur le coup. C'est clair ?"

"Très clair, Monsieur."

"Occupez-vous de ça personnellement cette fois. Je ne mettrai pas Bolton sur le coup, ni qui que ce soit d'autre. C'est votre affaire. On ne veut pas que cette histoire nous échappe, ni que les Affaires Internationales viennent fouiner ici. Et on ne peut certainement pas se permettre non plus que des fuites arrivent jusqu'aux oreilles du grand public."

"Compris, Monsieur."

"Très bien. Vous pouvez disposer."

Cartwright se leva et boutonna sa veste de costume. Ses jambes étaient faibles. Et si Steele était toujours en vie... eh bien, il ne voulait même pas songer à ce qui pourrait se passer.

Une fois sa main sur la poignée de porte, Mullen le rappela une dernière fois. “Et Cartwright ? C’est tirer pour tuer. Vous m’avez bien compris ? Qu’il cesse définitivement de semer le bazar dans toute l’Europe. Ce serait très mauvais pour moi sinon… et pour vous.”

“Oui, Monsieur.”

Cartwright se dépêcha de sortir de son bureau, faisant un signe de tête aux collègues qu’il croisait en se forçant à sourire. Dès qu’il fut à l’intérieur de son bureau, porte close et verrouillée, il poussa un lourd soupir et appela Morris sur une ligne sécurisée.

Il ne s’embarrassa pas de salut ou de phrases de politesse. “Nous avons des raisons de penser qu’Agent Zéro est peut-être toujours en vie,” dit-il froidement. “J’ai besoin que vous fassiez en sorte que ce ne soit plus le cas.”

Chapitre Treize

Reid remarqua que la femme d'affaires qui se trouvait à côté de lui, de l'autre côté de l'allée dans le train, avait un sac de toile duquel dépassait le bout d'un ordinateur portable dans un coin. "Excusez-moi," dit-il à voix basse en se penchant vers elle, "vous parlez anglais ?"

Elle leva un sourcil d'un air suspicieux, mais acquiesça d'un signe de tête. "Oui."

"Je sais que je vais vous paraître direct, mais pourrais-je emprunter votre ordinateur un moment ? Je voudrais juste prendre des nouvelles de mes enfants."

À la mention des enfants, la femme se radoucit visiblement. "Je vous en prie." Elle sortit l'ordinateur de son sac et le lui tendit.

"Merci, je n'en ai que pour quelques minutes."

Le trajet en train de Zurich à Rome prenait près de dix heures. Un vol n'aurait pris qu'une heure et demie à peine et, maintenant que Reid avait un passeport, il aurait pu choisir l'avion. Mais cela aurait impliqué de se séparer du Glock et du Walther, et l'idée d'avancer en étant désarmé ne le séduisait pas vraiment. Aussi, avait-il préféré prendre le train à Zurich Hauptbahnhof, avec un trajet de nuit pour l'Italie.

Les sièges étaient assez confortables pour pouvoir dormir, mais il parvint seulement à faire des siestes de vingt ou trente minutes à la fois. Il avait du mal à tranquilliser son esprit. Est-ce qu'il allait trouver quoi que ce soit à la fontaine ? Il faudrait qu'il inspecte l'appartement, l'ancien logement de repli pour lui et son équipe, mais il doutait même qu'il soit encore en usage. Il était totalement conscient que ça ne le mènerait peut-être nulle part, encore une fois. Et ensuite, que ferait-il ? Abandonner ? Se tourner vers la CIA ?

Hors de question. Pas tant qu'ils pensent que tu es censé être mort. Pas tant qu'ils croient que tu as peut-être tué Reidigger. Te retrouver dans une prison secrète, comme le cheikh, est la dernière chose que tu souhaites. La mort serait préférable.

Il devait se raccrocher à sa croyance qu'il y aurait quelque chose à la fontaine. Il devait continuer de se dire que Reidigger était un ami et qu'il avait gardé la photo dans un but précis.

Reid alluma l'ordinateur et se connecta sur Skype. Un message de la part de Katherine Joanne l'attendait.

Il n'y avait que quatre mots : *Sommes-nous en danger ??*

Il eut le cœur brisé en songeant à ses filles terrées dans une chambre d'hôtel, sans même une idée de ce qu'elles faisaient là, ni de ce qui se passait, avec seulement les vagues instructions de partir, d'aller quelque part où elles n'étaient jamais allées avant, d'éviter d'utiliser leurs téléphones, et de ne dire à personne où elles allaient. Et le pire était qu'il ne pouvait même pas répondre à la question de Maya, étant donné qu'il ne savait vraiment pas si les filles étaient en danger ou non. Il ne pouvait que supposer que les gens qui en avaient après lui connaissaient certainement l'existence des filles, et c'était suffisant pour s'inquiéter de leur sécurité.

Il décida que l'honnêteté était la meilleure option. Maya n'avait peut-être que seize ans, mais elle était intelligente et responsable. Aussi, il lui en demandait beaucoup. Trop même. Elle méritait d'en savoir plus pour la suite.

Il tapa : *C'est possible. Je n'en suis pas sûr. Je suis désolé de ne pas pouvoir t'en dire plus. Je veux juste que vous soyez en sécurité toutes les deux. S'il te plait, prend soin de ta sœur. Je vous aime toutes les deux.*

Alors qu'il allait se déconnecter, une icône s'afficha, indiquant que Katherine Joanne était en ligne. Un nouveau message apparût : *Tu n'arrêtes pas de dire ça, comme si tu n'allais pas revenir.*

Il attendit encore un moment, la gorge nouée, mais aucun message de plus n'arriva. Il répondit alors, *Si, je te le promets.* Puis, il se déconnecta rapidement avant que l'envie de lui en dire plus ne le gagne. Il aurait vraiment voulu le faire et elles étaient toutes deux assez intelligentes, et peut-être même en âge de comprendre la vérité, en particulier Maya. Toutefois, il ne pouvait pas risquer de les mettre encore plus en danger.

Il se demanda si Amon connaissait l'existence des filles ou s'ils avaient simplement décidé de laisser les enfants en dehors de tout ça. Si c'était le cas, combien de temps leur faudrait-il avant de tenter d'utiliser les filles contre lui ? Il espérait qu'elles avaient trouvé un lieu sûr quelque part, en dehors de la ville, comme il le leur avait demandé. Il espérait que leur Tante Linda résisterait à l'envie d'appeler la police. Il espérait que les filles restent éloignées de leurs téléphones. Et, par-dessus tout, il espérait que Reidigger n'avait rien dit à leur sujet, malgré les tortures évidentes qu'il avait subies.

Reid regarda fixement l'écran de déconnexion, alors que des pensées incroyablement horribles nageaient dans son imagination. La seule idée que des types du même genre que ceux qui étaient venus le chercher s'emparent de ses filles le faisait frissonner.

Je les tuerai tous jusqu'au dernier s'ils touchent à un seul cheveu de leurs têtes.

Il n'aurait su dire si c'étaient les pensées de Kent ou de Reid : cette volonté de tuer et de commettre des actes innommables pour défendre sa famille. Il se dit que ça n'avait pas d'importance : tous deux étaient pères. De plus, ils étaient tous deux la même personne. Les pensées de Kent, celles de Reid... elles faisaient partie de lui toutes les deux. Plus le temps passait, plus il apprenait à connaître Kent, et moins les deux personnalités étaient distinctes. Elles étaient *lui*, purement et simplement. Il le savait bien à présent. L'une était juste plus vague et brumeuse que l'autre.

Il y avait autre chose, une petite idée tenace qui tentait d'émerger de son subconscient, comme un enfant tire sur la jupe de sa mère. Il avait déjà ressenti ça avant, c'était presque comme une sensation de déjà vu, mais il n'avait pas l'impression d'avoir déjà pris le train de Zurich à Rome par le passé. C'était comme si son esprit voulait qu'il revive certains souvenirs qu'il savait posséder, sans que lui en ait conscience.

Il vit Kate. Il la vit dans sa robe de mariée blanche, le jour où ils avaient échangé leurs vœux. Il la vit sur une plage au Mexique, pendant leur lune de miel. Il la vit sourire en se penchant sur le berceau de Maya.

Il la vit pétrifiée, trop loin pour qu'il puisse l'atteindre à temps, la bouche ouverte dans le bâillement silencieux d'un cri...

Puis, l'image mentale de Kate se dissipa, devenant sans forme et indistinguable. Son front le lançait alors qu'un mal de tête s'insinuait, rapide et douloureux. Il porta ses mains à ses temps et respira calmement.

La femme, de l'autre côté de l'allée, se pencha vers lui. "Vous allez bien ?"

"Ouais," murmura-t-il. "Migraines."

Le mal de tête se s'effaça lentement, en l'espace d'une minute. *Étrange*, pensa-t-il. Il secoua la tête.

Il allait fermer l'ordinateur et le rendre à la femme, quand une autre idée lui vint. Il ouvrit un nouvel onglet et lança une recherche Internet pour le mot "Amon." Sans surprise, les premières pages de résultats se rapportaient toutes au même sujet : l'ancien dieu égyptien.

Reid n'avait aucune idée du lien, s'il y en avait un, entre le dieu égyptien et l'organisation terroriste. Mais il continuait de faire défiler les pages en lisant tout ce qu'il trouvait sur l'ascension et le déclin final d'Amon. Il savait déjà presque tout de cette histoire. Il tenta de concentrer sa recherche sur le "culte d'Amon" au sixième siècle, sur le dernier groupe ayant vénéré cet ancien dieu, avant que la chrétienté ne débarque et n'étouffe les adorateurs de cette divinité antique. Mais il ne trouva que peu d'informations sur eux, et encore moins qu'il ne connaisse pas déjà. Il passa en revue plusieurs sites, cherchant certains détails, une sorte de connexion ou d'explication possible.

C'est alors qu'il le vit, et son sang se glaça.

Sur un site dédié à l'héritage et à la culture égyptiens, il vit un symbole, un hiéroglyphe, un peu grossier mais basé sur ceux trouvés lors des fouilles archéologiques. Il s'agissait d'une plume, avec un rectangle à côté et une ligne en zigzag dessous, comme un enfant dessinerait des montagnes.

Il avait déjà vu ce glyphe avant, plusieurs fois même, marqué dans le cou de trois des hommes qu'il avait tués. C'était le hiéroglyphe d'Amon.

Qu'est-ce que ça veut dire ? Du fanatisme ? Les réminiscences d'un culte ? Mais pourquoi ?

Il se frotta le visage. Il était trop fatigué pour réfléchir posément, sans tirer de conclusions trop saugrenues. De plus, il avait besoin de véritables pistes, non pas d'histoires sur les dieux anciens et les pharaons morts depuis longtemps. Il ferma l'ordinateur et le rendit à la femme, s'enfonça dans son siège et dormit par intermittence tout le reste du trajet.

Ils arrivèrent à Rome alors que le soleil était en train de se lever. Reid était loin de se sentir reposé, mais il avait tout de même réussi à dormir un peu. Il commanda un espresso à la gare et, pendant qu'il attendait, il lutta pour se souvenir du jour qu'il était et depuis combien de temps il avait été kidnappé chez lui. Est-ce que cela ne faisait que deux jours ? Il avait l'impression que cela faisait bien plus longtemps, comme si c'était arrivé il y a des semaines.

Tout comme à Paris, les souvenirs de Kent le guidèrent le long des rues de Rome. Il semblait bien connaître cette ville : des panneaux de signalisation et des repères visuels s'éclairaient dans son système limbique comme un flipper allumé. Il n'eut même pas besoin d'interrompre sa marche pour trouver la Piazza Mattei et, avec elle, la Fontana delle Tartarughe.

La fontaine n'était pas particulièrement grande, ni même aussi gigantesque que de nombreuses autres visibles à Rome, mais elle était assez belle. Dessus, quatre hommes de bronze soutenaient une vasque, chacun d'eux levant la main comme s'ils voulaient attraper les tortues très réalistes le long des rebords du bassin en marbre.

Il resta planté là un long moment à l'admirer, refoulant l'envie de partir d'un rire sardonique. Combien de fois Reid Lawson s'était-il dit qu'il aimerait faire le même voyage ? Combien de fois s'était-il promis de visiter un jour l'Italie, la France, l'Espagne et la Grèce avec les filles ? Et maintenant, il était là, pas pour le plaisir mais par nécessité, parce que sa vie en dépendait littéralement.

Une vision lui vint : dans son esprit, il vit quatre personnes, debout près de la fontaine, en train de l'admirer comme s'ils étaient des touristes. Il était l'un d'entre eux. Reidigger était là. Il y avait un homme plus jeune, aux cheveux bruns et au sourire arrogant : *Morris.* Enfin, venait la blonde de ses souvenirs, celle avec les yeux gris ardoise : *Johansson.*

Nous avions une opération prévue ici, tous les quatre, dans l'hôtel proche de la place. Nous étions en train de reconnaître la zone et d'établir notre repaire sûr ici. Nous étions debout en face de cette fontaine et avons demandé à un touriste asiatique de nous prendre en photo. C'était l'idée de Reidigger. Morris n'aimait pas cette idée. Nous savions que nous n'aurions pas dû. Mais nous l'avons fait quand même.

Il regarda le grand immeuble en brique blanche derrière la fontaine. C'était l'ancien manoir de la famille Mattei, depuis longtemps reconverti en appartements de luxe. Il sut tout de suite que leur repaire se trouvait au-delà de l'arche en pierre, qu'il fallait passer la cour et monter les marches, que c'était le plus petit logement du second étage, au bout du couloir. Il possédait une fenêtre qui donnait sur la fontaine.

Reid leva les yeux vers cette fenêtre. Il ne distinguait rien d'autre, dans la lumière du matin, que des rideaux blancs tirés en arrière et tenus par des cordons à l'intérieur.

Il se demanda s'il devait monter ou pas. Est-ce qu'il allait trouver quelque chose là-haut ? Est-ce que c'était encore un lieu de repli ou allait-il se retrouver face à une famille en train de prendre le petit déjeuner ?

Mais pourquoi est-ce que je suis venu ici ? C'était stupide de ma part, de suivre une vieille photo sans raison valable. J'aurais dû y réfléchir à deux fois. J'aurais dû ...

Il ressentit une sensation à la fois claire et familière, comme dans le tripot à Paris : il était observé. Il en était certain : les instincts de Kent allumaient tous les voyants au rouge. Il se comporta innocemment, faisant semblant d'admirer la fontaine, en faisant le tour tout en jetant des coups d'œil autour de lui. Apparemment, il était seul sur la place, mais il était également entouré de plusieurs rangées de fenêtres.

Il faut que je bouge.

Il fourra sa main dans la poche de son blouson et enserra le Glock avec. Il n'avait qu'un seul endroit où aller : il n'allait certainement pas partir après avoir voyagé si loin. Aussi, il traversa la place et passa sous l'arche en pierre de l'immeuble, puis traversa la cour, pressé d'échapper à la vue de toutes ces fenêtres.

Les jardins de la cour étaient bien entretenus. Un nouveau souvenir le ramena à Rome, au printemps, avec de magnifiques fleurs qui s'élançaient en rangs impeccables, bien qu'il fasse trop froid pour cela à l'heure actuelle.

Il suivit l'allée pavée jusqu'à un ensemble de marches en pierre qui montaient dans l'immeuble. Dès l'entrée, à sa gauche, se trouvait un autre escalier qui débouchait sur un couloir avec deux portes de chaque côté. Reid fit courir sa main gauche le long du mur, alors qu'il avançait tranquillement dans le couloir. Le plâtre semblait rugueux, vieux et inégal, sachant que ces murs étaient empreints d'histoire. Qu'il s'en souvienne ou non, il avait autrefois constitué une petite partie, presque négligeable, de cette histoire.

Il s'arrêta devant la dernière porte à gauche. Derrière, se trouvait leur planque, l'appartement qu'il avait établi comme lieu de ralliement avec son équipe.

Reid ajusta le sac anti-insectes sur son épaule et retira le cran de sûreté du Glock 27. Il ne sortit pas le pistolet de sa poche, mais pointa le baril en direction de toute menace potentielle qu'il pourrait trouver de l'autre côté de la porte.

Il voulait croire que Reidigger l'avait envoyé ici pour une bonne raison. Il voulait croire qu'Alan avait été de son côté. Il voulait croire que la photo était un indice qui le mènerait à un endroit sûr, à une autre piste, à l'étape suivante de son étrange voyage.

Il tenta sa chance sur le pommeau de porte, n'appuyant qu'à deux doigts dessus en le tournant lentement, très lentement.

Il le sentit effectivement tourner.

Il entrouvrit légèrement la porte et regarda prudemment dans l'appartement.

Devant ses yeux, se trouvait un petit salon. Dans cette pièce, presque tout avait l'air vieux, des tuyaux de plomberies apparents aux poutres vermoulues au-dessus de sa tête. Quelqu'un avait un peu rafraîchi l'endroit par rapport au souvenir qu'il s'en était fait : il y avait des fleurs fraîches sur un petit guéridon et quelques coussins colorés jetés sur le canapé. Mais, en dehors de ça, tout le reste du mobilier était blanc ou gris. Cela formait une dichotomie bizarre, comme si une sorte de vie éclatante tentait de casser cette existence neutre et fade.

Reid s'aventura à pousser la porte encore un peu plus. Il franchit prudemment le seuil en se contorsionnant pour se glisser de moitié à l'intérieur. Il n'y avait apparemment personne ici.

Puis, il entendit le tintement d'une tasse en verre. De l'eau couler dans un évier. Quelqu'un bâiller.

Reid s'immobilisa. Il ne pouvait voir qu'un petit bout de la cuisine, depuis un coin du salon Mais il y avait quelqu'un dedans, en train de s'affairer. Il retint sa respiration et fit un pas de plus, pénétrant totalement dans l'appartement. Il referma la porte lentement, très lentement derrière lui.

Les charnières grincèrent.

“Il y a quelqu'un ?” Une voix de femme. Elle apparut dans l'angle.

Elle avait la peau claire et crémeuse, ainsi que des cheveux blonds ébouriffés, relevés dans une queue de cheval lâche. Il était encore tôt et elle était en débardeur et pantalon de pyjama, comme si elle venait juste de se lever.

Mais son visage trahissait autre chose. Ses yeux gris ardoise étaient écarquillés par le choc et elle était bouche bée, le regard tourné droit vers Reid.

La tasse de thé lui échappa des mains et se brisa sur le sol.

C'était elle. La femme de ses souvenirs.

Johansson.

Chapitre Quatorze

"Kent Steele est vivant."

Les mots couraient sans cesse dans sa tête, comme un mantra, encore et encore. *Kent Steele est vivant. Kent Steele est vivant.* Comme c'était étrange que ces quatre mots, apparemment simples, puissent déclencher une telle colère, faire bouillir son sang et recourber involontairement ses lèvres en un rictus furieux.

Rais se tenait debout face au miroir de la salle de bains sombre, torse nu, avec sa chemise posée sur la tringle du rideau de douche. Deux des quatre ampoules étaient grillées sur l'armoire au-dessus du lavabo, et il était en train de mélanger de la javel en poudre et du peroxyde dans un petit bol en acier inoxydable, à l'aide d'une cuillère en plastique.

Amon avait mis l'agent transfuge en contact direct avec lui. Rais ne connaissait pas le nom de l'agent. Au sein d'Amon, on le connaissait uniquement sous le nom d'Agent Un, un nom de code tout simple, basé sur celui de son ancien coéquipier, le fameux Agent Zéro. Rais refusait d'appeler Kent Steele autrement que par son vrai nom. Agent Zéro était un croque-mitaine, un monstrueux insecte qui pouvait devenir une ombre tapie n'importe où. Ce nom était murmuré avec peur et inquiétude, même chez les membres d'Amon. Mais Rais ne savait que trop bien que Kent Steele était juste un homme, fait de chair et de sang.

Jusqu'à aujourd'hui, les tuyaux d'Agent Un s'étaient toujours avérés exacts. Ils avaient permis à Amon d'avoir toujours un coup d'avance sur la CIA par le passé, de les alimenter de fausses informations et de les mener dans des impasses, de trimballer d'autres agents hors de leur atteinte. Mais, à présent, Kent Steele était vivant.

Avec deux doigts, Rais toucha doucement la cicatrice foncée et irrégulière qui partait en diagonale depuis le dessous de son téton gauche en descendant sur le sternum, presque jusqu'à son nombril. Près de deux ans auparavant, on lui avait donné la mission de tuer lui-même Steele. Mais ça ne s'était pas bien passé pour lui cette fois-là. Ses frères l'avaient trouvé à moitié mort, tenant dans ses mains ses propres entrailles. Les médecins d'Amon avaient lutté pendant des heures pour le maintenir en vie. Il avait fallu cinq mois pour que Rais se rétablisse.

Il se mit à appliquer le mélange à base de javel sur des portions de ses courts cheveux bruns, à l'aide d'une brosse.

Les tuyaux d'Agent Un s'étaient toujours avérés exacts, sauf dans un seul cas : quand il avait dit à Amon que Steele était mort. Il avait assuré s'en être occupé lui-même.

Pourtant, Kent Steele était vivant.

S'il s'était agi de n'importe qui d'autre, même de Rais, Amon aurait réglé ça en vitesse, sans aucune pitié. Agent Un serait mort dans les heures ayant suivi sa trahison. Mais ils avaient besoin de lui, et l'agent le savait bien.

L'appel avait été passé moins d'une heure auparavant.

"Kent Steele est vivant," lui avait dit Agent Un au téléphone, en guise de salut.

Rais se vantait généralement de maîtriser ses émotions, mais il se retrouva à vaciller sous le choc et il sentit la fureur l'envahir. Comme c'était étrange que ces quatre mots, apparemment simples, puissent lui inspirer une telle soif de sang. Sa main passa distraitement sur la cicatrice de sa poitrine.

Rais était resté silencieux un long moment. "Mais c'est impossible," avait-il fini par dire, calmement, empêchant sa voix de trahir son dédain. "Puisque tu l'as-tué."

"Je pensais l'avoir fait," avait simplement répondu l'agent, comme s'il pensait tout bonnement que le fait de vouloir quelque chose pouvait le réaliser véritablement. "Il a apparemment été aidé par quelqu'un d'autre, quelqu'un que je pensais être de mon côté. Toutefois, ce mec est mort à présent, grâce à l'action des tiens."

“Tu en es certain ?” demanda Rais. Il ricana si bas que l'on aurait dit un sifflement dans son souffle. “On dirait que tu as du mal à faire la différence entre mort et vivant.”

Agent Un prit un ton ironique au téléphone. “Écoute, tes gars m'ont dit que c'est toi qui gères ce genre de choses en général, pas vrai ? Et j'ai entendu dire que tu as eu un *rapport*, disons, particulier avec Steele.”

“Est-ce que tu sais où il est ?” demanda Rais.

“Non, mais je pense savoir où il va aller,” dit l'agent. “Il n'y a qu'un seul endroit où il puisse se rendre, et je vais le choper là-bas. Toutefois, s'il est assez intelligent pour ne pas s'y rendre, c'est là que tu interviendras.”

“Comment est-ce que je saurai où le trouver ?” demanda Rais.

“Je connais un moyen de le débusquer. Cela ne me plait pas beaucoup, mais cela pourrait devenir nécessaire.”

“C'est quoi ?”

“Putain, non,” laissa échapper Agent Un. “C'est seulement en dernier recours. Si je ne parviens pas à l'attraper, alors je te le dirai. Je te mets juste en alerte pour l'instant.” Ensuite, il raccrocha.

Rais laissa poser la couleur pendant vingt minutes, assis sur le couvercle rabattu de la cuvette des toilettes, en train de réfléchir. Le mélange à base de javel lui grattait le crâne, mais il résista. Après l'appel de l'agent, Rais avait immédiatement décidé de changer son apparence afin que Kent Steele ne puisse pas le reconnaître. La dernière fois qu'il l'avait rencontré, Rais avait une fine barbe qu'il venait de raser. Il décolorait ses cheveux bruns et, en attendant que la couleur prenne, il mit des lentilles de contact bleues pour camoufler ses iris couleur émeraude.

Ce que l'arrogant Agent Un ne savait pas, c'est qu'Amon avait déjà alerté Rais. Quatre des iraniens avaient été retrouvés morts dans un sous-sol parisien après avoir manqué à l'appel à l'heure convenue. L'explosion du chai des russes passait en boucle aux informations même si, selon les médias, une conduite de gaz était responsable d'avoir détruit le vignoble. Il n'était nullement question de fabrication de bombe, ni de lien avec le moindre groupe extrémiste radical.

Rais changea de téléphone, alluma un vieux Nokia, et passa un appel. Chaque jour, il pouvait utiliser jusqu'à cinq téléphones différents, et il en changeait régulièrement. Il était tout à fait conscient que certains pouvaient le trouver paranoïaque, mais il se trouvait plutôt malin.

L'homme décrocha de l'autre côté de la ligne, mais ne parla pas.

"Est-ce que nous suivons les mouvements d'Agent Un ?" demanda Rais à voix basse.

"Oui," lui répondit un murmure rauque.

"Je veux savoir où il va." Rais referma le clapet du téléphone. Il était persuadé que l'agent allait de nouveau échouer et, quand ce serait le cas, Rais trouverait Steele lui-même et s'assurerait personnellement de sa mort.

Il toucha le hiéroglyphe sur son biceps droit. Il était rectangulaire, pas plus grand qu'un pouce, et sa peau était rose et boursouflée à l'endroit où le symbole avait été marqué sur sa peau. C'était un honneur incommensurable de porter en lui le hiéroglyphe d'Amon. Les épreuves physiques et mentales à accomplir pour pouvoir devenir membre du cercle restreint pouvait, et c'était souvent le cas, faire sombrer la plupart des hommes dans la folie et les pousser au suicide.

Cette marque sur le bras de Rais, cependant, n'était pas aussi apparente et visible que celle de bien d'autres. Il était courant de posséder le symbole sur son cou, de le porter et de l'afficher fièrement. Mais la position de Rais nécessitait une bonne dose de subterfuge, la capacité de se fondre dans la masse et d'être difficilement identifiable. Ses supérieurs en avaient conscience et l'avaient autorisé à porter la marque sur son bras, plutôt que dans le cou.

Cependant, certains de ses pairs ne le comprenaient pas et quelques-uns étaient même allés jusqu'à se moquer de lui et à remettre en question sa dévotion envers la cause. Rais avait une solution élémentaire comme châtiment : il avait enfoncé ses deux pouces dans les orbites du dernier homme ayant remis en cause sa loyauté.

Une fois décolorés, Rais lava ses cheveux dans la baignoire sale. Il se demandait où Steele pourrait aller ensuite. Il serait impossible de localiser son emplacement sans que l'agent agaçant ne fasse le premier pas. Rais n'avait pas d'autre choix que d'attendre. Il était un homme patient, un trait de caractère rarement partagé par beaucoup d'hommes de son entourage. D'autres ayant renié la culture et l'héritage de leurs lieux de naissance auraient pu avoir tendance à l'oublier, à le chasser de leur mémoire et à se concentrer sur le présent, mais pas Rais. Il était important pour lui de se souvenir d'où il venait. Cela lui rappelait ses motivations et renforçait sa détermination.

Rais avait mérité sa marque, bien que sa position au sein d'Amon l'oblige à la cacher quand c'était nécessaire. Ses années de formation en entraînement militaire et le temps passé ensuite à voler dans les rues d'Égypte lui avaient également été bien utiles en tant qu'assassin. Il avait pris de l'importance parmi ses frères. Il s'était trouvé un but.

Et puis, Kent Steele était apparu au tableau.

La confrontation avait été épique. Rien que d'y penser hérissait les poils sur les bras de Rais. Il avait presque battu l'agent : il était dans son dos avec un flingue pointé sur sa tête. Mais la machine s'était enrayée. Une balle défectueuse, un minuscule morceau de métal oblong, avait choisi pour lui entre la vie et la mort. Steele avait un couteau dans sa bottine et il avait ouvert Rais du nombril jusqu'au pectoral, avant de le laisser mourir à petit feu, tenant ses propres entrailles entre les mains.

Il lui avait fallu cinq mois pour s'en remettre totalement. Cinq mois tortueux et éprouvants de traitements des plaies par pression négative, de sutures assistées par aspiration, de corsets médicaux et de tissus nécrosés.

Rais se contempla dans le miroir, content de ses joues proprement rasées, de son travail de décoloration capillaire et de ses yeux bleus. À ses yeux, il ressemblait toujours à lui-même, à Rais, mais il espérait que ce serait suffisant pour duper Steele, au moins temporairement, assez pour s'en approcher et enfoncer un couteau entre les côtes de l'agent. Cette fois, il n'échouerait pas.

Il enfila un tee-shirt noir et sortit de la salle de bains. Le salon sentait de nouveau la fumée. Les trois autres étaient assis autour d'une petite table ronde, à fumer des cigarettes et à jouer aux dominos. Rais se renfrogna. Ces hommes, ces trois serbes, ils ne faisaient pas partie d'Amon. C'était une faction d'un certain mouvement libéral qu'Amon avait ramené dans son giron pour l'aider dans son grand projet. Rais avait été assigné ici, dans cette maison de campagne délabrée de l'est de l'Espagne, afin de garder un œil sur ces trois-là. Ils avaient pour mission de surveiller et de noter les trajectoires des vols qui allaient et venaient de Sion, mais Amon pensait qu'ils n'étaient pas totalement fiables et, en se basant sur ce que Rais avait vu jusqu'ici, il y avait de quoi douter.

Ces idiots, ils pensent appartenir à Amon. C'était la promesse : rejoignez-nous, devenez membres et profitez des fruits du nouveau monde à nos côtés. Laissez votre empreinte sur cette terre. Un morceau pour chacun, où chacun est un morceau.

Ces hommes ne comprenaient rien.

Le plus grand des trois, un barbu imposant du nom de Nikola, leva les yeux et renifla immédiatement à la vue de l'apparence altérée de Rais, de ses joues rasées, de ses cheveux blonds et de ses yeux bleus.

"Mais qu'est-ce que tu as foutu ?" demanda-t-il dans un anglais avec un fort accent. "Tu ressembles, euh, à une star de cinéma." Ses deux acolytes éclatèrent de rire.

Rais sourit. "Je m'apprête à tuer quelqu'un. Donc je dois rétablir mes souches occidentales."

Nikola fronça les sourcils. "Qu'est-ce que ça veut dire ?"

Rais se pencha sur leur petite table ronde, et ramassa le silencieux Sig Sauer posé en son centre. Sans une once d'hésitation, il tira trois coups rapides, chacun accompagné d'un *huitsch* d'air comprimé, dans les fronts des trois serbes.

"Inutiles," murmura-t-il. Il effaça ses empreintes sur l'arme et la reposa au centre de la table. Il prit les cartes SIM dans chacun de leurs téléphones et les écrasa. Puis, il se mit à nettoyer méthodiquement les lieux, afin d'effacer toute trace de sa présence ici.

Il passa un appel pour alerter Amon de la malheureuse disparition des trois serbes. Ensuite, il attrapa son sac et quitta la maison, s'engageant dans la direction de Barcelone. Amon traquait l'agent, et l'agent traquait Steele. L'irritant transfuge Agent Un leur fournirait des informations : il allait échouer. Ce serait Rais qui porterait le coup fatal.

Chapitre Quinze

"Kent ?"

Les restes brisés de la tasse de thé jonchaient le sol entre eux : Reid était juste devant la porte de l'appartement et cette femme aux yeux gris dont il se souvenait, Johansson, juste devant la petite cuisine adjacente au salon. Son visage devint livide. Sa lèvre inférieure tremblait.

"Tu…" Elle secoua la tête, et ses cheveux blonds furent également secoués. "Tu es mort."

Les gens n'arrêtent pas de me dire ça, pensa-t-il, mais il ne dit pas un mot. Il ne connaissait pas cette femme. Peut-être qu'il l'avait connue autrefois, mais ce n'était plus le cas à présent.

"Je ne… J'ai juste…" bégaya-t-elle, à court de mots. "Est-ce vraiment toi ?"

Il ne savait pas quoi dire. Il décida de dire la seule chose qui avait du sens pour lui à ce moment-là : "Ouais, c'est moi."

"Mon dieu, tu as une mine affreuse." Elle laissa échapper un petit rire. "Kent, je n'arrive pas à y croire !" Elle fit un pas en avant, mais Reid leva les deux mains. Elle s'arrêta, levant un sourcil.

Il montra le sol du doigt. "Le verre." Ses pieds étaient nus sur le sol carrelé.

Elle baissa les yeux d'un air étonné, comme si elle venait seulement de remarquer qu'une tasse s'était cassée, puis elle sauta lestement vers lui par-dessus les débris. Avant même qu'il n'ait pu faire un mouvement, elle passa ses bras autour de lui et le serra fort, enfonçant son visage dans son cou.

"Bon sang, je n'arrive pas à y croire ! Tu es vivant ! Pourquoi est-ce que tu n'as pas donné de nouvelles ou essayé de me contacter ? Dieu merci, tu es en vie !"

Reid la laissa le serrer dans ses bras, mais il ne l'enserra pas à son tour. Pourtant, il y avait quelque chose en elle, à la voir et la sentir, qui éveillait quelque chose en lui. Avant, c'était de la passion et de l'excitation. Cette fois, il s'agissait d'une chaleur, d'une sensation proche de la joie, comme de revoir un vieil ami à la porte d'un aéroport… et peut-être même un peu plus que ça. Il pouvait sentir ses cheveux, un shampoing fruité, une lotion corporelle à la lavande, et…

Vous êtes tous deux assis au comptoir d'un tripot de Malte. L'endroit est bondé, mais personne d'autre ne compte. Les lumières du néon, à la fenêtre, dansent dans ses yeux gris. Vos doigts se frôlent à peine. Tu te penches vers elle. Elle en fait autant…

Il poussa un gémissement, alors que le mal de tête refaisait son apparition. Il ressentait comme une intense pression dans la tête, comme si quelque chose tentait de s'échapper de son crâne.

Johansson se pencha en arrière. "Tu vas bien ?" demanda-t-elle, alarmée. "Qu'est-ce qui se passe ?"

"C'est… c'est une longue histoire," grommela-t-il.

"Est-ce que tu as des soucis ?"

"Ouais," se contenta-t-il de répondre.

"Tu as été suivi jusqu'ici ? Est-ce que tu as vu certains des autres…"

"Attends." La douleur subsistait et il se retira de son étreinte. "Attends juste une seconde. Comment savoir si je peux te faire confiance ?"

Elle recula d'un pas et fronça les sourcils. "Qu'est-ce que tu racontes ? C'est moi. Maria. Bien sûr que tu peux me faire confiance. Tu me connais."

"Non. Pas du tout." Il secoua la tête. "Je suis désolé."

"Je ne comprends pas."

"Comme je te l'ai dit, c'est une longue histoire."

"Eh bien, je veux l'entendre," insista-t-elle.

Il la scruta des yeux. Elle paraissait sincère, à la fois dans son inquiétude pour lui et son désir de l'aider. Reid Lawson n'était peut-être pas aussi fort pour lire à travers les gens, mais il avait confiance en cette capacité chez Kent Steele, et aucun signal d'alarme ne s'activait dans sa tête.

Quand bien même, il avait des questions. “Tu dis que je peux te faire confiance, mais tu es terrée dans une planque ?”

“Ce n'est pas ce que tu crois,” dit-elle. “Je ... eh bien je squatte, aux frais du gouvernement américain.” Elle fronça de nouveau les sourcils. “Tu ne t'en souviens pas ?”

“Non.” Reid la détailla de haut en bas. Elle n'aurait pu cacher d'arme à feu nulle part sous sa silhouette fine. Dans le même temps, il ne put s'empêcher de constater que sa peau était sans défaut, pas une seule cicatrice visible où que ce soit. Ses cheveux retombaient en vagues soyeuses autour de ses épaules, si brillants et parfaitement blonds qu'ils semblaient presque luminescents. La sensation s'éveilla de nouveau en lui ... celle de l'envie, du désir ardent.

Contrôle-toi, se réprimanda-t-il.

“Mais toi,” dit-il. “Tu fais partie de la CIA.”

“Avant, plus maintenant. Plus depuis un petit moment. Peu après que tu ... disons, après ta mort. J'ai été démise de mes fonctions.”

Désavouée. Elle s'est mise hors la loi. L'agence a nié toute responsabilité, ou même toute connaissance d'elle en tant qu'agent.

“Pourquoi ?”

Elle referma entièrement la porte derrière lui, sauta par-dessus les débris de verre de la tasse de thé, et lui fit signe de la suivre. “Je me suis mise à chercher ce que tu cherchais aussi,” dit-elle vaguement. “Puis, j'ai refusé de rentrer quand ils m'ont rappelée. Alors, j'ai été désavouée.”

Johansson disparût un moment dans la cuisine, avant d'en ressortir avec un balai et une pelle en plastique. Elle s'agenouilla pour nettoyer le sol.

Reid décida de la croire, du moins jusqu'à ce qu'elle lui donne une raison de penser le contraire. Il sortit lentement sa main de sa poche en s'avançant dans le salon. “Et tu es sûre que nous sommes en sécurité ici ?” demanda-t-il en regardant autour de lui.

“Personne d'autre que nous quatre ne connait cet endroit.”

“Les autres, Reidigger et Morris ... ils ne sont pas venus te voir ?”

Johansson renifla. “Non, Kent. Être désavoué implique que les agents actifs oublient ton visage. Ouais, c'étaient des amis, mais ils sont toujours sur le coup, autant que je sache. Si l'agence apprenait qu'ils m'ont retrouvée, ils seraient dans une sacrée merde eux aussi."

Reid secoua la tête. Il avait vraiment envie de lui dire pour Reidigger, mais il sentait que ce n'était pas le bon moment. Il voulait d'abord obtenir des réponses.

Mais elle aussi. En se relevant, elle lui lança, "Bon dieu, Kent, mais où étais-tu passé ? Et qu'est-ce qui s'est passé avec ta tête ? Pourquoi fais-tu comme si tu ne te souvenais de rien de tout ça ?"

"Parce que c'est le cas." Il laissa tomber le sac anti-insectes de Reidigger sur le canapé, puis retira doucement le pansement papillon de son cou et se retourna légèrement pour lui montrer la blessure, là où l'interrogateur iranien lui avait retiré la petite puce en forme de grain de riz.

"Oh mon dieu," soupira-t-elle. "On dirait que c'est en train de s'infecter. Viens avec moi." Elle prit sa main et l'entraîna vers une petite salle de bains derrière la cuisine, équipée de fenêtres en verre dépoli et de luminaires blancs. "Assieds-toi." Il s'exécuta, s'asseyant sur la cuvette des toilettes pendant qu'elle fouillait dans l'armoire à la recherche de fournitures de premiers soins. "Je vais nettoyer tout ça," dit-elle, "mais tu vas devoir tout me raconter."

"D'accord," promit-il.

⚜ ⚜ ⚜

Il commença par ce qui était le plus logique : le début. Reid lui raconta qu'il se trouvait à New York, assis à son bureau peu avant minuit, quand trois iraniens étaient venus le cueillir. Il lui expliqua comment ils l'avaient drogué et embarqué dans un avion de marchandises pour Paris. Il lui parla du sous-sol, de l'interrogateur et de la découpe du dispositif sous forme de minuscule grain de riz dans son cou.

"Il ont dit que c'était un suppresseur de mémoire." Il grimaça, alors que Johansson appuyait une compresse chaude et humide sur la blessure.

"Bon sang," murmura-t-elle. "Comment as-tu pu te procurer un truc pareil ?"

Il la regarda avec un vif intérêt. "Tu connais ce machin ?"

"Je ne sais pas grand-chose, mais j'en ai entendu parler." Elle gratta le sang séché sur les bords de la blessure, puis rinça l'eau rosie de la compresse dans le lavabo. "L'agence a toujours été obsédée par le contrôle de la mémoire, aussi loin qu'on s'en souvienne. Supprimer les souvenirs, altérer les souvenirs, accéder aux souvenirs… Je suis sûre qu'il se passe des choses vraiment bizarres dans un laboratoire souterrain, quelque part."

"Mais c'est vrai," dit-il, "aucun doute là-dessus. Je ne me souvenais de rien du tout sur ma vie en tant que Kent."

"Et les souvenirs ne sont pas revenus quand ils l'ont retiré ?" demanda-t-elle.

"Non. Enfin si, un peu. Ils étaient vagues au départ, étranges et décousus. Ils reviennent petit à petit, surtout quand je vois quelque chose ou que j'entends certains mots. Cela déclenche une vision dans ma tête. C'est comme zapper de chaîne en chaîne, sur la télécommande de la TV, et n'avoir qu'un bref aperçu du programme." Il la regarda dans les yeux, mais elle détourna le regard. "Qu'est-ce que tu as entendu dire là-dessus ?"

Elle soupira. "Je sais que c'est très expérimental, potentiellement dangereux. C'est censé fonctionner sur la base de la thérapie cognitive…"

"Qu'est-ce que ça veut dire ?"

"Je veux dire qu'une fois le suppresseur placé, quelqu'un est là pour dire à ton cerveau ce qu'il doit oublier," expliqua-t-elle. "C'est comme une sorte d'hypnose, de pouvoir de suggestion, ou un truc du genre." Elle versa une sorte d'onguent sur un disque en coton et le tamponna sur son cou.

"Donc, tu es en train de me dire que je n'aurais pas pu me faire ça moi-même."

"Non," répondit-elle. "Cela aurait été totalement impossible."

"Mais toute cette situation est impossible de toute façon," murmura-t-il. "Il y a trois jours encore, je croyais être un professeur en histoire de l'Europe, vivant dans le Bronx avec mes filles. À présent, je suis un agent de la CIA qui a été tué en action pour avoir essayé de déjouer un complot terroriste. Comment est-ce possible ?"

Johansson haussa les épaules. “Nous avons tous notre couverture, Kent. Pour la plupart des gens, je suis expert-comptable à Baltimore. Je peux même gérer tes impôts à ta place. Nous sommes bien entraînés. Nous menons deux vies. Il en a toujours été ainsi.”

Il secoua la tête. “Mais il aurait dû y avoir des trous dans ma mémoire. Si je suis déjà venu ici en tant que Kent, où est-ce que j’ai pensé être en tant que Reid à ce moment-là ?”

“Ton esprit remplit ces vides,” lança-t-elle simplement. “Nos cerveaux sont plutôt incroyables. Nous pensons en termes de réalité. Tu devais forcément être quelque part, donc ton cerveau a créé les détails pour toi.” Elle déchira le papier d’emballage d’un pansement propre. “C’est comme cette étude qui a été faite, il y a quelques années, par une compagnie d’assurances au sujet des sinistres. Elle a interviewé une douzaine de témoins d’un accident de voiture et leur a demandé ‘De quelle couleur était le chapeau du conducteur ?’ Seules deux personnes s’en souvenaient vraiment, mais pas une seule n’a dit, ‘Je ne sais pas.’ Leurs cerveaux ont comblé les détails, et ils étaient tous sûrs d’eux-mêmes. La compagnie d’assurances a récolté cinq réponses différentes.”

“Donc, tu es en train de me dire que non seulement j’ai les souvenirs de Kent, mais que certains de mes souvenirs en tant que Reid ne sont peut-être même pas réels ?” *Bon dieu*, pensa-t-il, *commencer à douter de ce que je prenais pour acquis est bien la dernière chose dont j’ai besoin.*

“Je n’ai pas toutes les réponses. Je te dis juste ce que j’ai entendu.” Elle colla le pansement par-dessus la blessure sur son cou et lissa les bords du bout de ses doigts. Ses mains étaient chaudes. Quelque chose s’éveilla de nouveau en lui, profondément. Il remarqua clairement qu’elle se penchait au-dessus de son épaule, l’arrondi de son débardeur créant des ombres entre ses seins. Il pouvait sentit son souffle doux près de son oreille.

“Ces visions… est-ce que tu en as eu certaines à propos de moi ?” demanda-t-elle en s’efforçant de prendre un ton anodin.

“Pas vraiment,” répondit-il innocemment. “je sais que tu faisais partie de mon équipe. Peut-être même… une amie.”

“C’est tout ?”

"C'est tout. Je suis désolé. Je ne sais pas pourquoi, mais à chaque fois que tu traverses mon esprit, les souvenirs s'estompent et je me retrouve avec un énorme mal de tête, comme une migraine qui ne dure qu'une minute à peu près."

"Hum." Elle se releva et se mordit la lèvre, pensive. "C'est peut-être un effet secondaire, étant donné la façon dont ils ont découpé ça. J'imagine que ça n'a pas dû faire du bien à ton système limbique. J'espère que ce ne sera pas permanent." Puis, elle ajouta à voix basse, "J'aimerais bien que tu te souviennes de moi."

Ils gardèrent le silence plusieurs secondes, regardant tous les deux le sol blanc carrelé. Puis, Johansson se râcla la gorge avant d'ajouter, "Enlève ton pantalon."

"Quoi ?"

"Enlève ton pantalon." Elle pointa quelque chose du doigt. Une petite quantité de sang avait imbibé son jean. Apparemment, la super glue qu'il avait utilisée pour refermer la coupure sur sa cuisse n'avait pas tenu.

"Oh. Ouais. OK." Il retira son bomber, puis enleva son jean, les posant tous deux sur la baignoire. Il se rassit sur les toilettes, et Johansson s'agenouilla par terre, face à lui, pour tâter la plaie.

"Super glue, Kent ?" dit-elle d'un ton ironique. "Mais revenons-en à Paris. Les iraniens dans le sous-sol, qu'est-ce qui leur est arrivé ? Comment as-tu réussi à sortir ?"

"Je les ai tués." Il l'observa pour déceler une réponse physique à cette annonce, mais n'en vit aucune. Elle était impassible.

"Il va me falloir une pince à épiler pour ça," murmura-t-elle. "Et ensuite… ?"

"Ensuite, je suis allé dans un bar." Il lui raconta la rencontre avec Yuri, le trajet en voiture jusqu'en Belgique et son évasion du chai d'Otets.

Elle partit d'un rire léger. "Tu sais, quand j'ai entendu parler de ça, ma première pensée a été pour toi. C'était du 'Kent Steele' tout craché."

Il leva un sourcil. "Et comment as-tu entendu parler de ça ?"

"Je l'ai lu sur des journaux en ligne," répondit-elle simplement.

Elle a lu qu'il y avait eu une explosion dans un vignoble, et elle a pensé à moi ? Étrange.

"Je n'ai pas vu d'ordinateur ici en entrant," répliqua-t-il.

Johansson roula des yeux. “Sur mon téléphone. Purée, tu deviens paranoïaque.”

Ne lui parle pas de Reidigger, lui chuchota son esprit. Seuls Amon et la CIA étaient au courant de ça. Si elle parlait de ça, cela voudrait dire qu’elle faisait toujours partie de la maison.

“Donc, comment es-tu venu ici ?” demanda-t-elle.

Il grimaça, alors qu’elle retirait les morceaux séchés de super glue sur sa coupure avec sa pince à épiler. “J’ai vu une fontaine en Belgique,” mentit-il. “Et cela a déclenché un souvenir.”

“C’est dingue,” dit-elle. “Tu n’aurais pas pu savoir que j’étais là.”

“Mais je savais qu’il y avait un lieu de repli ici. Et d’ailleurs, pourquoi es-tu ici ?”

“Comme je te l’ai dit, je squatte.” Elle esquissa un sourire. “ Reidigger et toi avez établi ce lieu il y a un bon moment,” expliqua-t-elle. “Nous étions sur une opération qui devait nous conduire à Milan. Vous avez signé un bail de cinq ans pour cet appartement en vous faisant passer pour de riches entrepreneurs californiens. Vous avez camouflé ça dans le rapport de dépenses sous forme de transport blindé et de munitions.”

OK,” dit-il lentement, “mais ce que je voulais dire, c’est comment as-tu atterri ici ? Tu as dit que tu cherchais la même chose que moi.”

“Je suppose que tu ne te souviens pas de cette partie-là,” répondit-elle doucement. “Tu cherchais quelqu’un, un membre de la Fraternité ...”

“La Fraternité ?”

“C’est comme ça que nous les appelions. Le collectif terroriste.”

Devrais-je lui dire pour Amon ?

Non. Pas encore. Attendons d’abord de voir ce qu’elle sait.

“Tu l’as trouvé ?” demanda-t-il.

“Non,” dit-elle sans cacher la déception dans sa voix. “Ce mec est un fantôme.”

“Qu’est-ce qu’il a de si important ?” s’enquit Reid.

“Pour toi ? C’était une piste. Pour moi ?” Elle garda le silence un moment. “On m’a dit que c’est lui qui t’avait tué.”

“Eh bien, il est clair que c’est faux, puisque je suis ici ... aie !” Il serra les dents, tandis que Johansson retirait le dernier morceau de glue sur la coupure. “Je suis resté mort combien de temps ?”

"Hum…" Elle se mordit de nouveau la lèvre et regarda en l'air. "Cela aurait fait dix-neuf mois la semaine prochaine."

"Dix-neuf mois," répéta-t-il, l'air songeur. C'était plutôt bizarre qu'elle connaisse l'anniversaire de sa mort à la semaine près. Il avait la sensation distincte, ainsi qu'un vague souvenir, qu'ils avaient été plus que de simples partenaires d'équipe ou amis tous les deux. "J'étais sur quelque chose… *nous* étions sur quelque chose," dit-il. "Un complot, venant de cette 'Fraternité,' qui était dans les tuyaux depuis un moment… disons deux ans, peut-être plus. Qu'est-ce que tu sais à ce sujet ?"

Elle haussa les épaules en nettoyant la blessure sur sa cuisse. "Seulement ce que nous avons découvert ensemble."

"Rafraîchis-moi la mémoire."

Johansson soupira. "D'accord." Elle attrapa un autre pansement dans l'armoire et déchira son emballage. "Il y a un peu plus de deux ans, la NSA a intercepté des courriels suspects. Ils venaient d'un ingénieur d'origine iranienne qui vivait en Virginie. Le type était clean, mais les mails ne l'étaient pas : l'ingénieur essayait de persuader son frère de faire quelque chose, le supplier de rentrer à la maison. Les réponses étaient remplies de menaces et de 'mort au nom d'Allah' ou des trucs du genre. Nous avons été mis sur le coup et avons identifié l'adresse IP en Espagne…"

"Le Ritz, à Madrid," prononça Reid en toute conscience. "L'homme à la bombe dans une mallette." La vision lui traversa de nouveau l'esprit. *Tu balance un coup de pied dans la porte et prend le terroriste par surprise. L'homme veut saisir l'arme sur le bureau, mais tu es plus rapide. Tu lui tords le poignet… Plus tard, Reidigger te dira qu'il a entendu le bruit depuis le couloir. Que ça lui a retourné l'estomac.*

"Exactement," répondit Johansson en collant soigneusement le pansement sur sa cuisse. "C'est toi qui l'as attrapé. Le mec était jeune, complètement terrorisé. Il était en sommeil pour un groupe islamiste radical qui venait juste d'être intégré à la Fraternité, mais nous ne le savions pas encore à l'époque. Il n'a pu nous donner que deux noms, deux de ses associés. Il nous a fallu du temps, mais nous les avons retrouvés et interceptés sur une piste d'aéroport à Zagreb…"

"Essayant d'embarquer à bord d'un avion." Reid avait également eu cette vision, de Morris et lui en train de poursuivre les deux iraniens sur le tarmac.

"… En effet," rétorqua lentement Johansson. "Tu es sûr que tu as perdu la mémoire ? Tu sembles savoir pas mal de choses là-dessus."

"Dans le sous-sol, à Paris, ils m'ont posé des questions sur tous ces endroits," expliqua Reid. "Certaines choses me sont revenues en mémoire. Mais, comme je te l'ai dit, c'était totalement décousu et embrouillé." *Mais tout est en train de s'assembler à présent.*

"Quoi qu'il en soit," poursuivit-elle, "ces deux-là ont été bien plus durs à faire parler. Et crois-moi que nous avons essayé."

Une autre vision familière passa dans l'esprit de Reid, la même qu'il avait eue en torturant Otets avec la serviette et la bouilloire : *Un camp secret de la CIA. Un prisonnier attaché à une table, légèrement penché. Une cagoule sur la tête. De l'eau que l'on verse. Sans arrêt. Le prisonnier se débat si fort qu'il casse son propre bras…* Il chassa cette vision affreuse de sa tête.

"Finalement, c'est l'avion lui-même qui nous a fourni la piste suivante," lui raconta Johansson. Une fois sa blessure nettoyée, elle s'assit par terre en face de lui, les genoux repliés contre sa poitrine. "Il appartenait à une société holding, basée à Téhéran. Après avoir creusé un peu, nous avons appris que c'était une société écran qui servait à blanchir de l'argent. Le propriétaire était un cheikh richissime …"

"Mustafar." *Vous savez, Cheikh … une balle fait le même bruit dans toutes les langues.* Il avait dit ça, dans le site secret de la CIA au Maroc.

"D'accord. Il donnait du fric aux iraniens qui le versaient ensuite à la Fraternité … Ce fut la première fois que nous entendions parler d'eux, et c'est là qu'ils ont commis une erreur. Le cheikh avait tout à perdre, alors il a craché le morceau. Il nous a donné les noms, les lieux, les dates …"

"Mais, tout ça, c'étaient de fausses pistes, pas vrai ?" l'interrompit Reid. "Le cheikh n'avait en fait aucune information utile."

"Le peu qu'il savait menait littéralement à des voies sans issue. La Fraternité a su que nous détenions le cheikh, et elle s'est fait la malle illico presto," expliqua Johansson. "On a trouvé une flopée de corps refroidis sans aucune preuve. Ensuite, les choses ont empiré. Le premier type, avec la bombe dans la mallette à Madrid, quelqu'un lui a fait la peau. Un membre de la Fraternité est parvenu à infiltrer un site caché sécurisé, rien que pour le tuer." Elle secoua la tête. "Je veux dire, le mec nous avait déjà dit le peu qu'il savait. Mais ils voulaient quand même sa mort. Risquer autant juste pour faire taire un seul homme… c'est de la folie."

"Et les deux autres ?" demanda Reid. "Les soi-disant pilotes de Zagreb ?"

"Pareil. Le temps que l'on découvre la mort du premier gars et qu'on donne l'alerte, ils étaient déjà morts eux aussi. Et tu as eu un pressentiment par rapport à ça."

"Ah bon ?"

Elle acquiesça. "Ils ont, tous les trois, été tués de la même manière : deux coups dans la poitrine et un dans la tête, avec un silencieux Sig Sauer. Nous avons cru que c'était un mode opératoire généralisé parmi les assassins de la Fraternité, mais tu as fait analyser les balles. Il s'est avéré qu'elles venaient de la même arme. Le même mec avait tué les trois, en l'espace de six heures."

Reid avait un nouveau pressentiment à présent, bien qu'il n'en fît pas part à Johansson. En se basant sur ce qu'il savait maintenant, il lui semblait qu'Amon avait utilisé les iraniens comme des boucs émissaires pour pousser la CIA hors de leur chemin. C'était plutôt logique, étant donné les antécédents des États-Unis avec le Moyen Orient. Il était peut-être même possible que le cheikh lui-même n'ait été rien de plus qu'un piège dans lequel ils voulaient que l'on tombe.

Au lieu de ça, il demanda, "Donc, c'était la piste que je suivais ? L'assassin ?"

"Ouais. Tu es parti seul, sans nous le dire. Tu avais dû le trouver… parce que la dernière chose dont j'ai eu vent, c'est qu'il t'avait tué."

"Pourquoi est-ce que je serais parti sans vous ? Je veux dire, sans l'équipe." Il se dit qu'il connaissait peut-être déjà la réponse : *parce que je ne pensais pas pouvoir vous faire confiance.* Mais il préféra écouter sa version à elle.

"Je ne sais pas," se contenta-t-elle de dire. "À ce stade, tu étais, euh, personnellement investi."

"Qu'est-ce que tu veux dire ?"

Elle haussa les épaules. “Tu veux que je te dise la vérité ? Tu étais devenu obsédé par tout ça. Tu étais devenu imprudent. Tu laissais des corps derrière toi sans aucune explication et aucune raison valable. L’agence était à deux doigts de te congédier. Et c’est alors que la nouvelle est tombée, comme quoi tu avais été tué en action.”

Reid se frotta le visage et soupira dans ses mains. “Mais ce n’était pas le cas. Et comme tu l’as si bien dit, je n’aurais pas pu me faire ça moi-même : quelqu’un a mis cette puce de suppression de mémoire dans ma tête.”

“Tu penses que c’est eux.” Cela ressemblait moins à une question qu’à une déclaration. “L’agence, tu crois que c’est eux qui t’ont fait ça ? Il aurait été bien plus facile de te tuer, tout simplement.”

Il cligna des yeux, sous le choc. “Bon dieu. Est-ce que nous… est-ce qu’ils font ce genre de trucs ?”

“Ce n’est pas exclu.”

Il secoua la tête. Il ne savait pas s’il devait la croire ou pas. Après tout, Reidigger savait de toute évidence que Kent était toujours en vie, avait même établi un plan pour lui, alors qu’il faisait toujours partie de la CIA au moment de sa mort prématurée. Johansson aurait pu lui mentir. Pourtant, tous les indices physiques, chacune des réponses qu’elle lui apportait, semblaient sincères. Elle avait paru véritablement choquée de le voir en vie, et sincèrement disposée à lui venir en aide.

Mais elle avait été bien entraînée. Et la tromperie faisait indubitablement partie de sa formation.

“Après ma mort,” prononça-t-il, parfaitement conscient de l’étrangeté de sa phrase, “tu dis que tu as cherché ce que j’avais cherché auparavant : l’assassin ?”

“Ouais. Mais je ne l’ai jamais trouvé.”

“Est-ce que tu as trouvé des pistes au moins ?” demanda-t-il.

“Rien qui vaille la peine d’être creusé.”

Ses yeux, ses grands iris gris, virèrent sur la droite à peine une fraction de seconde, presque imperceptiblement. Presque. Elle mentait, Reid le savait. À moins… *à moins qu’elle ne te donne un signe évident pour que tu croies tout le reste.*

Putain.

Cela compliquait les choses. Soit elle avait été totalement honnête dans ce qu'elle avait raconté jusqu'au moment de la question sur des pistes éventuelles, soit elle était extrêmement perfide et le trompait intentionnellement depuis le début. Il espérait sincèrement que ce soit le premier cas. Elle avait déjà une longueur d'avance sur lui, rien que du fait d'avoir une mémoire intacte. Elle le connaissait bien mieux qu'il ne la connaissait, pour ainsi dire à peine.

Johansson se mit debout et imbiba un disque de coton avec du peroxyde d'hydrogène. "Laisse-moi regarder cette coupure au-dessus de ton œil." Elle tamponna doucement. Il grimaça à cause de la piqûre causée par le produit. "Tu cavales depuis des jours," dit-elle doucement. "Tu devrais vraiment dormir un peu."

"Je ne peux pas rester ici." *Je ne suis même pas sûr de pouvoir te faire confiance.*

"Si, tu peux. Tu m'as fait confiance par le passé. Même si tu ne t'en souviens pas, je suis sûre que tu le ressens. Fais-moi confiance à nouveau." Elle caressa sa joue rugueuse, lui souleva le menton et le regarda dans les yeux.

"Johansson, je..."

"Maria," le coupa-t-elle. "Je m'appelle Maria." Elle se pencha et l'embrassa. Ses lèvres étaient douces, humides, et... et familières. Un désir se mit à l'envahir, mais il n'était pas nouveau ou inconnu. Il se souvenait de la sensation de ses lèvres sur les siennes. Ses mains avaient exploré les courbes de ses hanches, ses cuisses douces, l'odeur de ses cheveux...

Il desserra l'étreinte. "Je ne te connais pas," dit-il tout bas.

"Mais moi, je te connais." Elle fit courir ses doigts dans ses cheveux, à l'arrière de son crâne, ses doigts descendant doucement le long de sa nuque. Un agréable frisson lui parcourut le dos. Cela faisait bien longtemps que personne ne l'avait touché intimement... du moins pas qu'il s'en souvienne. "Reste un peu au moins. Essayons de mettre tout ça au clair ensemble."

Elle l'embrassa de nouveau, avec plus de passion cette fois.

Il ne la repoussa pas.

Chapitre Seize

Morris regarda à travers le viseur du fusil. Toujours aucun mouvement. Il se mit à bâiller, caressant de manière inconsciente la crosse lisse du HTR 2000 modifié. C'était vraiment un bel engin, aussi attractif pour lui que la plus belle des femmes. Actionnement verrouillable, fabriqué aux États-Unis, canon vingt-huit pouces avec 0.8 minute d'arc et une portée de tir effective de 800 pieds. Non pas qu'il ait besoin d'une telle distance pour ce job, mais il n'allait certainement pas utiliser un Barrett ou un Armalite pour tirer à travers une fenêtre.

Il avait acheté le fusil à un ancien membre des Forces Spéciales Israéliennes et l'avait équipé lui-même d'un suppresseur et d'un trépied d'appui. Il l'avait appelé Betsy, du nom de sa première copine au lycée, une pom-pom girl aux jambes interminables qui lui avait ôté sa virginité à l'arrière d'une Ford F-150.

Il se demanda ce que la vraie Betsy était devenue.

Puis, il réalisa qu'il en avait incroyablement marre.

Morris était arrivé des heures plus tôt, alors qu'il faisait encore nuit. Quand il avait reçu l'appel du Directeur Adjoint Cartwright lui indiquant que l'on croyait, d'une certaine façon, que Kent Steele était encore en vie, il avait immédiatement pris l'avion de Barcelone à Rome. Non, ce n'était pas tout à fait exact : il avait d'abord retourné entièrement sa chambre d'hôtel dans un accès de rage folle, criant des obscénités et maudissant sa propre bêtise en cassant tout ce qu'il était possible de casser. *Ensuite*, il avait pris l'avion pour Rome. Non, ce n'était pas tout à fait vrai non plus : après son coup de sang, il avait passé un appel et mis le chien fou d'Amon en alerte.

Ensuite, il avait pris l'avion.

Il avait pris une chambre au quatrième étage de l'Hôtel Mattei et insisté à la réception pour avoir une vue sur la Fontana delle Tartarughe. Sa première action avait été de se prendre à boire dans le mini bar, et la deuxième d'installer son trépied et de poser Betsy dessus, en direction de la fenêtre de l'appartement du deuxième étage, juste de l'autre côté de la place.

Bien sûr, il savait que Johansson était là-bas. Il le savait depuis quelques mois, mais à l'époque où il avait découvert qu'elle squattait leur ancienne planque, elle n'était déjà plus une menace. Elle avait cessé sa quête. Morris devait bien admettre qu'il en avait toujours pincé pour elle. Elle était solide, experte en subterfuge, et certainement plus intelligente que n'importe lequel d'entre eux. Plus important encore, elle ne laissait rien paraître de tout ça, sauf en cas de besoin, ce qu'il respectait au plus haut point.

Une fois le jour levé, il regarda dans le viseur et vit que Johansson était levée. Il la vit passer devant la fenêtre. Elle était en train de se faire du thé.

Puis, quelques instants plus tard, il apparût. L'homme de la situation. L'Agent Zéro lui-même.

Kent Steele avait fait exactement ce que Morris avait prévu, en retournant bêtement dans la planque.

Morris avait parfaitement Steele en ligne de mire quand il arriva sur la place, tournant autour de la fontaine en faisant de son mieux pour faire comme si de rien n'était. Mais Morris le connaissait bien. Kent pouvait sentir le canon sur lui. Cet homme avait toujours eu les bons pressentiments à son sujet, un instinct qui semblait à la limite de la prémonition.

Morris aurait pu mettre une balle dans le crâne de Kent tout de suite, à ce moment-là. Il aurait pu recharger le fusil, viser la fenêtre de la cuisine et éliminer Johansson avant même qu'elle ne sache que Kent était là, juste en bas.

Mais il ne fit rien.

Il eut une autre opportunité, à peine quelques minutes plus tard, à travers la vitre quand Kent pénétra dans l'appartement. Johansson arriva dans l'angle et s'immobilisa sous le choc. Elle fit tomber sa tasse de thé.

Morris la voyait de dos et, par-dessus son épaule, dans l'embrasure de la porte, se tenait Kent : le centre du viseur de Betsy pile sur son cœur encore battant.

Mais, encore une fois, Morris ne tira pas.

Puis, ils disparurent tous les deux à l'arrière de l'appartement, là où Morris savait que se trouvait la salle de bains et une petite chambre dont ils n'étaient pas sortis depuis. Peut-être étaient-ils en train de dormir, se dit Morris. Ou alors de rattraper le temps perdu.

Morris aurait vraiment voulu pouvoir tirer, mais les instructions du directeur adjoint avaient été claires comme de l'eau de roche : attendre. Observer et faire un rapport. Rappeler en cas de mouvement, une fois sûr que c'était vraiment Steele. Au téléphone, avant le lever du soleil, Morris avait prétendu être surpris de trouver Johansson dans l'appartement. Il suspectait que c'était la raison pour laquelle Cartwright lui avait demandé d'attendre. Si Steele avait été seul, il serait déjà mort à l'heure qu'il est.

L'appel remontait à plusieurs heures maintenant, et Morris en avait plus que marre.

Il avait déjà été sur bien des opérations longues et fastidieuses par le passé, des jours et des nuits passés à attendre, à observer, à écouter des lignes sur écoute et à intercepter des messages, mais il y avait toujours eu au moins une autre personne avec lui pour gérer la sale besogne, quelqu'un avec qui tuer le temps. En fonction de ses scrupules, il se mettait en chasse chaque jour, poursuivant des pistes intéressantes, arrêtant des criminels, des terroristes et des dissidents. C'est ce qu'il aimait le plus. C'était le mode de vie d'un agent secret dont il avait rêvé depuis tout gosse, le rêve qu'il s'était promis de ne jamais abandonner. Et il l'avait mené à bien dans sa vie d'adulte. Toutes ces mauvaises langues qui lui avaient dit que c'était de l'utopie, y compris sa propre famille, avaient eu le bec cloué le jour où il avait été engagé par la CIA.

Bien sûr, la réalité était bien différente des films de James Bond et de Mission Impossible. Mais, parfois, elle s'en rapprochait pas mal.

L'agent Clint Morris était la plus jeune personne jamais admise dans le Groupe des Opérations Spéciales. À vingt-neuf ans, il avait été assigné dans l'équipe de Kent Steele, il y a près de quatre ans maintenant. Il avait été tellement excité à l'idée de travailler avec le légendaire Agent Zéro.

Il aimait bien Steele à l'époque. Ce que les autres prenaient pour de la fourberie et de l'arrogance chez Morris, Steele y voyait de l'assurance et des compétences. Il traitait Morris comme son égal.

Mais, ensuite, on avait ordonné à Morris de le tuer.

Après la mort de sa femme, Kent était devenu impulsif et imprudent. Il se jetait à corps perdu dans ses investigations, sacrifiant sa propre santé physique et mentale à la poursuite d'Amon (ou de "la Fraternité," comme la CIA l'appelait). Il tuait les criminels sans aucun discernement, n'écoutait pas les ordres et refusait l'aide de son équipe.

C'est alors qu'étaient venus les ordres de Langley d'arrêter Kent par n'importe quel moyen nécessaire, et que Reidigger s'était porté volontaire. Morris avait toujours eu un faible pour son coéquipier au visage rond et jovial, mais il ne pensait pas une seule seconde qu'Alan soit capable d'appuyer sur la détente et de supprimer Kent. Aussi, il s'était également porté volontaire pour le seconder, et Cartwright avait accepté.

Puis, était venue cette nuit sur le pont Hohenzollern de Cologne, en Allemagne. Morris et Reidigger avaient passé trois semaines à essayer de mettre la main sur Steele, et quand ils avaient fini par y arriver, le dénouement n'avait pas été celui qu'ils avaient prévu l'un et l'autre.

Ils l'avaient repéré sur la voie piétonne du pont, en train de regarder le Rhin pensivement. Pour Morris, on aurait dit qu'il songeait à sauter par-dessus bord.

Et lui, aussi arrogant et vaniteux qu'il soit capable d'être, il était tombé dans le piège de Reidigger.

"Je vais le faire," avait dit Reidigger. "C'est mon meilleur ami, je me sens responsable. Tu restes en arrière : il ne faudrait pas qu'il ait peur et qu'il s'échappe de nouveau."

Et Morris avait accepté. Alan avait paru si sincère, le cœur tellement brisé à cause de ce qu'il s'apprêtait à faire, que Morris avait tenu sa position, à environ cinquante mètres de distance de Kent. Reidigger avait avancé lentement vers lui, main en avant, comme s'il tentait de s'approcher d'un étalon sauvage. Kent n'avait pas essayé de s'enfuir. Il avait parlé tranquillement avec Alan quelques minutes. Juste au moment où Morris commençait à s'impatienter, Alan s'était jeté sur lui.

Reidigger avait toujours été plutôt lent. Kent aurait pu se défendre. Il aurait pu arracher l'arme des mains d'Alan et la retourner contre lui.

Mais il ne l'avait pas fait. Il n'avait pas bougé d'un poil.

Un seul tir avait fendu l'air. Morris s'était élancé en avant, sortant son Glock 27 de son étui en courant. Il n'était même pas à mi-chemin, quand le corps de Kent avait basculé par-dessus la rambarde et atterri dans les tréfonds de la rivière en contrebas.

Quand Morris avait rejoint Alan, ce dernier était penché par-dessus la rambarde qu'il tenait à deux mains, observant le Rhin en dessous.

Il avait reniflé un coup. "C'est fait," avait-il dit.

La version officielle de la CIA fut que l'assassin d'Amon, celui que Kent traquait, l'avait tué.

Il n'y eut plus d'équipe après ça. Johansson partit en vrille, essayant en vain de trouver l'assassin qui avait tué leurs prisonniers (et dont elle pensait qu'il avait tué Kent). Reidigger demanda une réassignation et fut envoyé en Suisse pour aider dans l'enquête sur un trafic humain qui transitait par Zurich. Mais Morris resta sur l'affaire de la Fraternité, passant même sous couverture avec la Division des Activités Spéciales pour tenter d'infiltrer leurs rangs.

Cela faisait un peu plus d'un an et demi que Kent Steele était tombé du pont Hohenzollern. Et, à présent, il était vivant. Morris n'avait aucune idée de comment ils avaient manigancé ça, Reidigger et lui. Il ne faisait aucun doute qu'Alan était dans le coup, en particulier puisque Amon avait obtenu l'emplacement de Kent par lui. Désormais, il était mort lui aussi. Morris se sentait très mal à cause de ça : Alan avait toujours été quelqu'un de bien. Mais il n'était pas étranger à la mort, et la fin justifiait parfois les moyens.

Morris regarda de nouveau dans le viseur. Toujours aucun mouvement à la fenêtre. Il pouvait clairement distinguer les rideaux blancs, attachés en arrière par des cordons, l'évier en acier inoxydable de la cuisine, le plan de travail en marbre et une petite table à manger dans le coin. Tel était son angle de vue, sa possibilité de tirer… si Cartwright le lui permettait. Il l'espérait en tout cas. Morris ne voulait vraiment pas du chien d'Amon ici.

L'assassin n'avait pas vraiment été ravi d'apprendre la nouvelle que Kent était vivant. Morris ne le connaissait pas, ne l'avait jamais rencontré… Il ne connaissait même pas son nom, ni l'assassin le sien. Il détestait devoir parler à l'assassin : il savait que c'était lui qui avait tué leurs prisonniers dans leurs sites secrets. C'était lui qu'Amon appelait pour faire les plus crades des sales besognes, pour s'occuper des traitres, des déserteurs ou de n'importe qui d'autre ayant failli à sa tâche.

Morris regrettait sincèrement d'avoir ne serait-ce que mentionné au téléphone qu'il avait un autre moyen de faire sortir Kent Steele de sa cachette. Il avait momentanément oublié à qui il avait à faire : non pas un agent qui vivait selon des règles et un protocole, mais à un homme qui tuait des gens seulement parce que quelqu'un lui avait chuchoté un nom à l'oreille. Il ne voulait pour rien au monde parler à Amon des filles de Kent. C'était véritablement un moyen de le capturer, mais Morris ne le permettrait certainement pas. Il en avait déjà trop dit, rien qu'en mentionnant qu'il y avait un autre moyen.

Mais il n'aurait bientôt plus à s'en soucier. Une fois que Cartwright lui aurait donné son aval, Betsy et lui s'occuperaient de Kent, et même de Johansson s'il le fallait, et tout ce bordel prendrait fin. Morris retournerait à ses opérations sous couverture, en ce qui concerne la CIA, dans un cas comme dans l'autre.

Cela faisait sept mois qu'il refilait des tuyaux à Amon. Ses tentatives d'infiltrer sous couverture la moindre faction de l'organisation n'avaient pas porté leurs fruits durant un an : aucun d'entre eux n'aurait laissé un américain où que ce soit auprès d'eux. Avec ses supérieurs aux basques, le menaçant de le renvoyer à Langley, Morris commençait à désespérer et il se laissa capturer.

Ses ravisseurs ne le tuèrent pas, comme il l'avait présumé. Ils ne le torturèrent même pas. Au lieu de ça, une fois qu'ils eurent découvert qu'il faisait partie de la CIA, ils l'emmenèrent devant un homme qui portait une étrange marque brûlée au fer dans son cou. L'homme se faisait appeler lui-même Amon, et il laissa le choix à Morris.

La première option était de fournir à leur groupe des informations et d'alimenter la CIA avec de fausses pistes. En retour, il serait généreusement récompensé.

L'autre option était de mourir très lentement.

Morris avait choisi la première solution. C'était une situation gagnant-gagnant à ses yeux. Pour la CIA, il était clair que son opération d'infiltration était désormais couronnée de succès. Il leur donnait des pistes sous forme de boucs émissaires et de factions mineures de dissidents qui ressemblaient à une traînée de miettes de pains pouvant leur laisser penser que cela les mènerait jusqu'au sommet, ce qui ne serait jamais le cas, bien entendu. Amon, comme promis, approvisionnait l'argent sur son compte offshore. Quand il parlait avec eux, ils s'adressaient uniquement à lui sous le nom d'Agent Un.

Mais Morris n'était pas Judas. Il avait accepté uniquement pour pouvoir rester en vie, et il avait un plan. Il était sur le point de découvrir le plan final d'Amon. D'après ce qu'il avait compris, c'était pour bientôt, et une fois qu'il aurait reconstitué totalement le puzzle, il mettrait en place une attaque massive contre l'organisation terroriste et les éliminerait tous d'un seul coup. Il allait les arrêter et devenir un véritable héros national.

Une fois que ce serait fait, il resterait à la CIA encore deux ou trois ans, pour éviter tout soupçon, puis se retirerait vers trente-cinq ans pour vivre dans un paradis tropical avec les deux millions et demi qu'il avait amassés dans sa banque en Suisse. Peut-être même qu'il s'achèterait une villa en bord de mer.

Il trouvait qu'il s'agissait d'un très bon plan. Il n'y avait qu'un seul accroc, un bâton dans les roues, une épine dans son orteil : Kent Steele était toujours vivant.

Mais plus pour longtemps. Morris s'étira en bâillant. Il était resté éveillé la moitié de la nuit, et toute la journée. Il regarda dans le viseur de Betsy, habituant ses yeux à la lumière changeante du jour… et c'est alors qu'il les vit. Kent. Johansson. Ils étaient là, debout dans la petite cuisine, discutant pendant qu'elle servait quelque chose à boire.

Il se dépêcha d'appeler, attrapant son téléphone et appuyant sur le bouton sans quitter un seul instant le viseur de l'œil.

"Cartwright."

"Monsieur," dit Morris, "J'ai Steele et Johansson en ligne de mire. Vous n'avez qu'un mot à prononcer et je les supprime tous les deux en moins de temps qu'il ne faut pour le dire."

"Qu'est-ce qu'ils font ?" demanda Cartwright.

Morris fut pris de court par cette question. "Ce qu'ils font ? Euh… ils sont dans la cuisine, ils discutent."

"Ne tirez pas."

"Monsieur ?" demanda Morris.

"Ne tirez *pas*," répéta fermement Cartwright. "Kent a peut-être des informations sur la Fraternité. Si c'est le cas, Johansson lui fera cracher le morceau. Laissez-leur du temps."

Quoi ? pensa Morris. *Johansson a été démise de ses fonction. Pas vrai ? À moins que…* Il se trouva presque stupide. Cela ne viendrait à l'idée de personne à l'agence de formuler une telle demande, juste pour garder un œil sur des agents sur le terrain. *Il faut vraiment que j'arrête de prendre tout ce qu'on me dit pour argent comptant,* pensa-t-il.

Mais, il n'exprima rien de tout ça à haute voix. Il se contenta plutôt de demander, "Les ordres, Monsieur ?"

"Maintenez votre position. Observez et faites un rapport. Si Steele essaie de partir, stoppez-le à tout prix. Aux premières lueurs du jour, infiltrez-vous et ôtez-lui la vie."

Morris esquissa un sourire. "Oui, Monsieur."

"*Discrètement*, Morris. Pas de tir par les fenêtres de l'hôtel. Vous m'avez bien compris ?"

Il fronça les sourcils. "Oui, Monsieur."

"Et Morris… éliminez-*le*. Seulement lui." Cartwright mit fin à l'appel.

Morris grommela. "On dirait bien que la nuit va être longue, Betsy." Il caressa la crosse du fusil. Puis, il réalisa soudainement quelque chose. Si Kent *avait* des infos sur Amon, et qu'il les donnait à Johansson, et si Johansson était toujours réellement un agent… cela pourrait lui causer pas mal de soucis, avec toutes ses fausses pistes et ses mauvaises informations.

Il secoua la tête. Il n'aimait pas ça, et Cartwright n'allait *vraiment* pas aimer ça non plus, mais il allait devoir les éliminer tous les deux. Et il allait devoir le faire de sorte que la mort de Johansson ressemble à un dommage collatéral.

Mais il avait toute la nuit pour établir un plan. Et même s'il était déjà fatigué, il était sûr que l'idée de tuer Kent Steele au matin saurait le maintenir éveillé.

Chapitre Dix-Sept

Tu la prends dans tes bras. Tu respires son odeur. Tu sens sa peau contre la tienne. C'est tellement familier, comme si ça faisait partie de toi. Comme le fait d'enfiler ton sweat préféré.

Elle sourit. Elle te dit qu'elle t'aime.

Kate.

Tu n'as jamais été aussi heureux. Mais quand tu la regarde dans les yeux, ils s'écarquillent, apeurés. Sa bouche s'étire dans un cri béant et silencieux.

Elle échappe à ton emprise. Elle est en train de tomber. Tu essaies de la rattraper, mais l'obscurité est épaisse et visqueuse autour de toi. Tes doigts ne touchent que de l'air, mais tu peux à peine bouger.

Désespéré, tu les pousses, les tend et tu l'atteins ... tes doigts trouvent les siens. Tu la serre fermement. L'attire plus près. Lui dit qu'elle est en sécurité. Que rien ne peut lui faire du mal.

Mais l'odeur est différente à présent. La sensation n'est pas familière. Tu la regardes dans les yeux ... ils sont gris, couleur ardoise.

Maria t'étreint fermement. "Reste," dit-elle doucement. "Reste juste un peu ..."

Reid s'éveilla. L'espace d'un instant, il avait oublié où il était. Les rayons inclinés du jour s'infiltraient par les vitres de l'appartement, alors que le soleil se levait, dehors, sur la place. C'est ça ... Rome. La planque. Les réminiscences du rêve font toujours écho dans sa tête. *Rien qu'un rêve*, pense-t-il. *Cela ne veut rien dire.* Il s'assied et se frotte les yeux. Il avait décidé de dormir sur le canapé beige. Il était un peu à l'étroit, mais il s'était reposé comme jamais. Il avait dormi toute la nuit et la moitié de la journée précédente.

Une cuillère tinta contre un mug en céramique. Maria était dans la cuisine, en train de remuer une tasse. "Bonjour, Zéro." Elle sourit. "Tu bois toujours ton café pareil ? Deux sucres, pas de lait ?"

"Mm-humm." Il n'aimait pas qu'elle en sache tant sur lui, alors qu'il en savait à peine sur elle, presque rien en fait. "Zéro," murmura-t-il. "Pourquoi est-ce qu'on m'appelle ainsi ?"

"C'est un indicatif. Un nom de code. Du moins, c'est ainsi que ça a commencé." Elle posa la tasse fumante sur la petite table. "Tu dirigeais notre équipe et tu avais le chic pour t'attaquer au pire du pire. Nous devions souvent nous cacher. Donc nous avions des codes et des noms pour éviter de nous faire repérer. Le tien était Zéro. Et Zéro a acquis une certaine réputation dans les milieux criminels."

Il sirota son café. Il était exactement comme il l'aimait. "Quel était le tien ?"

Elle esquissa un sourire. "Marigold."

Il remarqua qu'elle était déjà habillée, en jean avec un tee-shirt blanc au col en V et une paire de sneakers. Elle portait de petites créoles en argent aux oreilles et une fine montre autour du poignet droit.

"Tu vas sortir ?" demanda-t-il.

"Il y a un marché pas loin," répondit-elle. "Je vais y faire un saut, acheter quelques trucs, de quoi manger… ou si tu préfères, il y a un adorable petit café en bas de la rue…"

"Je ne suis pas ici pour jouer à la dinette avec toi," lança-t-il. Elle fronça les sourcils. Il n'aurait pas voulu paraître aussi désagréable en prononçant ces paroles. Il était encore un peu désorienté et ce rêve bizarre lui embrouillait l'esprit. "Je veux dire, je dois rester concentré sur ma tâche à accomplir."

"Bien sûr," se contenta-t-elle de répondre. "Mais, quand même, tu devrais manger un truc…"

"Nous étions quoi ?" demanda-t-il tout à coup.

Elle cligna des yeux. "Quoi ?"

Reid attrapa son tee-shirt et l'enfila. "Je sais que nous étions collègues. Coéquipiers. Amis. Mais, est-ce qu'il y avait plus que ça ?" Il ne faisait aucun doute pour lui qu'il y avait plus. La veille, elle l'avait embrassé. Il l'avait embrassée. Il était resté pour la nuit, mais avait dormi sur le canapé. Il ne la connaissait pas. Et, pourtant, il avait la nette impression qu'il y avait eu plus que ça entre eux.

Elle poussa un long soupir. "On pourrait dire qu'il y a toujours eu une sorte, euh, de tension entre nous. On avait envie de plus tous les deux."

Il acquiesça légèrement. On aurait dit qu'à chaque fois qu'elle était près de lui, assez près pour qu'il sente son odeur et se plonge dans ses yeux gris, une brève vision apparaissait : eux deux sur la plage, dans un bar en train de rire et de descendre shot après shot, roulant en Vespa le long des avenues italiennes.

Mais chaque fois que la vision survenait, elle s'estompait rapidement et entraînait ce mal de tête au niveau de son front. Il se retrouva à forcer son esprit d'éviter de penser à elle, essayant activement de ne pas se rappeler du moindre souvenir.

Quand bien même, il fallait qu'il pose la fameuse question qui lui trottait dans le cerveau. "Donc, on n'a jamais … ?" Il faillit dire "fusionné," une expression empruntée à ses étudiants, mais elle ne semblait pas du tout appropriée à la situation.

Elle sourit légèrement. "Je n'ai pas dit ça."

"Oh." C'était une réponse vague qui ne lui plaisait pas beaucoup. Au moins, cela expliquait pourquoi Maria lui semblait si familière. "Quand ?"

Elle haussa timidement une épaule. "Tu veux vraiment parler de ça ?"

Reid hésitait. Il avait d'autres questions… s'ils l'avaient fait, alors quand ? Kate était-elle encore en vie ? Sinon, combien de temps avaient-ils attendu après sa mort pour agir selon leurs impulsions ? Est-ce que c'était accidentel, alimenté par de la passion ou de l'alcool, ou est-ce qu'ils avaient conscience depuis longtemps qu'ils finiraient par le faire ? Aussi trivial que ce genre de chose puisse paraître d'ordinaire, il était soudain important pour lui de connaître les détails d'une rencontre intime, car cela pourrait lui donner certains indices sur le genre de personnes qu'était Kent Steele, le genre de personne qu'il avait été autrefois.

Mais, en même temps, sans les détails ou souvenirs, c'était tout comme si ça n'était jamais arrivé. Il ne posa plus de question, en partie parce qu'il avait peur de se souvenir de choses qui ne lui plairaient pas, et aussi parce qu'il n'était pas sûr de se souvenir justement, et donc de devoir se fier à ce que disait Maria. Il n'était pas sûr d'apprécier les réponses qu'elle lui donnerait.

Sa bagarre interne devait se lire sur son visage, car Maria lui dit gentiment, "Tu lui as toujours été fidèle, si c'est ça ta question."

Reid ne répondit rien. Il était totalement conscient que Maria pouvait tout simplement lui dire ce qu'il avait envie d'entendre mais, quand même, il se sentit un peu mieux à cette annonce. Kate avait été l'amour de sa vie. Il n'aurait pas pu supporter l'idée de l'avoir trompée.

Elle s'assit sur le canapé à côté de lui. Leurs cuisses se touchaient presque. "Tu… Tu te souviens d'elle, n'est-ce pas ?"

"Oui, bien sûr."

"Et, de la… euh… la fin ?"

"Oui. Bien sûr," répondit-il. Il avait toujours eu du mal à le dire à haute voix, à en parler, et ce depuis si longtemps. Mais, maintenant, il lui semblait nécessaire d'affronter ça. "Kate est morte d'une embolie cérébrale qui a déclenché un accident vasculaire. Oui, je me souviens de tout ça."

"Oui," murmura Maria. "Un accident."

Le soudain malaise était palpable dans l'air. On aurait dit que la température de la pièce avait grimpé de plusieurs degrés. Reid se leva et enfila son jean, des chaussettes et ses boots. "Tu as raison," dit-il en parlant un peu trop fort. "Nous devrions manger un morceau. Mais d'abord, je veux que tu me parle des pistes que tu as trouvées quand tu traquais l'assassin."

Maria fronça les sourcils. "De quoi est-ce que tu parles ?"

"Hier, quand nous discutions, tu m'as dit que tu traquais l'assassin de la Fraternité, mais que tu n'avais rien trouvé de substantiel. Tu mentais." Il n'en était pas sûr, mais il avait décidé de tenter ce coup de bluff. Il ne pouvait pas rester là, avec elle, à partager ce qu'il savait, à moins qu'il ne pense pouvoir lui faire confiance. Or, pour le moment, ce n'était pas le cas. Pas totalement.

Maria mâchouilla sa lèvre inférieure pendant un moment. "Je mentais," admit-elle. "Mais uniquement parce que je ne veux pas que tu suives cette piste. J'ai une bonne raison d'avoir abandonné ma chasse à l'assassin."

Reid attendit qu'elle continue, mais elle resta silencieuse. "Est-ce que tu vas me dire ce que tu as trouvé, à la fin ?" demanda-t-il avec impatience.

"Je te croyais mort," murmura-t-elle. "Nous le croyions tous. Et, maintenant, tu es là. Mais pas pour longtemps, j'en ai bien peur, si tu continues ainsi."

Reste juste un peu. Sa voix, celle de son rêve, faisait écho dans sa tête.

"Dis-le-moi," demanda-t-il.

Mais elle ne dit rien. Ses yeux gris refusaient de croiser les siens. Une vision du rêve traversa de nouveau son esprit : Kate, désemparée et terrifiée, se transformant en Maria, l'étreignant, le suppliant de rester…

Reid sentit la chaleur envahir son visage. "Dis-le-moi !" Son bras se souleva, comme s'il agissait seul, et il balaya la tasse de la table. Maria grimaça, alors qu'elle s'écrasait contre le mur, le café sombre laissant des traces qui coulaient sur le plâtre blanc.

"Te voilà," dit-elle calmement. "Voilà le Kent que je connais." Son regard se tourna lentement pour rencontrer le sien. "Je suis sûre que tu te sens de plus en plus comme lui à chaque jour qui passe."

Reid détourna rapidement les yeux, pas tant de colère que d'embarras. Il n'avait jamais commis d'acte de folie de ce genre, du moins pas en tant que Reid Lawson. Elle avait raison. Sa nouvelle personnalité, ou son ancienne personnalité en l'occurrence, revenait en lui petit à petit. Il ne savait pas du tout comment s'empêcher de devenir Kent à nouveau, ou même s'il le désirait vraiment.

Il regarda par la fenêtre de la cuisine. Sur la place, en-dessous, l'eau coulait de la fontaine tortue. De l'autre côté, le soleil pointait derrière l'Hôtel Mattei.

"Je suis désolé," dit-il. "Cela ne me ressemble pas."

Elle se leva du canapé et resta debout à côté de lui, regardant également par la fenêtre. "Si, pourtant. C'est juste que tu ne le sais pas encore. Tu es de nouveau obsédé."

"Je ne peux pas m'en empêcher. C'est juste que… j'ai *besoin* de le faire, de démêler tout ça. Tout ça approche. Cela arrivera bientôt et je peux le ressentir. Là, tout de suite, je ne sais pas ce que c'est, et encore moins comment l'empêcher."

"Tu ne peux pas."

Reid la perça du regard. "Qu'est-ce que tu veux dire ?"

Maria se mordit la lèvre, pensive. "Tu veux savoir ce que j'ai découvert ? Je vais te le dire. Ce truc, cette Fraternité… C'est du lourd, Kent. Trop lourd à gérer seul. J'ai passé des mois à suivre des pistes. La moitié étaient mauvaises. Sur l'autre moitié, j'ai obtenu un nom. Juste un nom, et parfois un emplacement. Et quand ça ne débouchait pas sur une impasse, je trouvais seulement un autre nom, un autre lien d'une très, très longue chaîne. Ils ont passé des *années* à mettre en place des factions dans le monde entier. Ce n'est pas qu'en Europe. Ce n'est pas qu'au Moyen Orient. Il y a aussi des mouvements de libération en Afrique. Il y a des guérilleros en Amérique du Sud. Chez nous, il y a même…"

"Nos propres citoyens," acheva-t-il. "Ouais. J'en ai entendu parler aussi."

"J'ai arrêté de chercher quand j'ai appris ça. J'étais allée trop loin et la Fraternité en a eu vent. Ils ont mis le paquet pour me mettre la main dessus. J'étais persuadée qu'ils allaient me tuer. J'ai été désavouée. J'étais sans aucun soutien et je n'avais personne à qui faire confiance, même à l'agence."

"Du coup, tu as simplement laissé tomber ? Tu t'es cachée ici ?" Une fois encore, ses mots étaient sortis plus durement qu'il ne l'aurait voulu.

Elle se retourna vers lui, le regard sévère et en colère. "Je n'ai *pas* simplement laissé tomber !" dit-elle fermement. "J'ai sauvé ma propre vie ! J'ai fini par réaliser que tu étais bien trop borné pour comprendre ! Tu étais obsédé par la traque d'un homme, ta piste suivante. Mais ce que tu n'avais pas compris, la chose qui nous a tous fait penser que tu avais été tué, c'est que même si tu le trouvais, ce ne serait que déception. La seule chose qu'il t'aurait donné, si toutefois il te donnait quelque chose, serait un nom de plus. Un lien en plus sur la chaîne. Même si ça me fait mal de devoir l'admettre, la Fraternité s'est bâtie intelligemment. Personne ne sait qui se trouve au sommet. La seule chose que les membres savent, c'est avec qui ils travaillent directement. Tout est exactement comme avant, il y a deux ans… Nous pouvons suivre n'importe quelle piste mais, à la fin, nous n'obtiendrons rien de plus qu'un autre nom."

“La chaîne doit bien finir par s'arrêter à un moment,” rétorqua-t-il. “Il y a quelqu'un au sommet. C'est toujours comme ça. Tôt ou tard, nous le trouverons.”

“Toujours aussi optimiste.” Maria secoua la tête en souriant tristement. “Tu as raison. Mais ce sera plutôt tard que tôt. Il sera beaucoup trop tard. C'est pour ça qu'ils ont agi ainsi.” Elle en rajouta une couche. “Tu te souviens de ce truc dans les années quatre-vingt, de ce coup de pub appelé Hands Across America ? C'était genre six million de personnes qui se donnaient toutes la main en formant une chaîne humaine à travers le pays. Imagine que tu sois à New York : tu as une personne à ta gauche, une autre à ta droite, et c'est tout ce que tu sais, c'est tout ce qui compte pour toi. Tu fais ta part du boulot, tu relies la chaîne. Tu n'as aucune idée de qui sont les liens en Illinois, dans l'Arkansas ou en Californie. Peu importe leurs noms ou vos propres différences, le type de personnes qu'ils sont… Mais tu sais qu'ils sont là et qu'ils font la même chose que toi : relier la chaîne. Vous êtes tous unis pour une seule cause. C'est comme ça. C'est ainsi qu'ils ont fait. Et c'est ce que j'ai réalisé, Kent. Ils ne te laisseront jamais atteindre le sommet. Tu seras mort bien avant.”

Reid soupira en se frottant le front. “Alors qu'est-ce que tu voudrais que je fasse ?” Ses mots, dans le rêve, lui revinrent en tête. *Reste juste un peu.* “On ne peut pas juste rester là sans rien faire. Des gens vont mourir, Maria. Je vais continuer mes recherches, avec ou sans ton aide. Et ça n'a rien à voir avec l'obsession de Kent ou le sens du devoir. C'est parce que j'ai deux filles au pays, mortes de trouille à l'heure qu'il est, terrées quelque part sans même savoir si elles me reverront un jour ou pas. Personne ne devrait jamais avoir à vivre ainsi. Et si Amon retrouve leur trace…”

Maria le regarda avec un vif intérêt. “Amon ?”

Fais chier ! s'engueula-t-il intérieurement. Sa langue avait fourché et, dans son empressement à la convaincre de lui donner la piste, il avait montré ses cartes.

“D'où est-ce que tu sors ce nom ?” demanda-t-elle.

“Je…” Il l'avait déjà laissé échapper, alors autant être honnête maintenant. “Je l'ai entendu prononcer par le russe, en Belgique. C'est comme ça qu'ils parlaient d'eux, de la Fraternité. Je pense que c'est une sorte de noyau du groupe, comme de la colle qui les maintient tous ensemble ..."

Maria lui tapa sur le bras, assez fort pour le faire grimacer légèrement. "Bon dieu, Kent, pourquoi est-ce que tu ne l'as pas dit plus tôt ?!"

"Parce que je ne pensais pas pouvoir te faire confiance !" s'exclama-t-il.

Elle leva les mains en l'air de frustration et se dirigea vers la chambre, à l'arrière.

"Où tu vas ?"

Elle en sortit un instant plus tard, un téléphone mobile dans la main. "Ma dernière piste avant d'arrêter," expliqua-t-elle en faisant défiler l'écran, "venait d'un voyou de bas étage en Jordanie. Il se croyait solide, mais une fois que je lui ai retiré quelques ongles des doigts ..."

"Bon sang, Maria ..."

"... il m'a donné une adresse et le nom 'Amon.' Il a dit que je saurais que c'est lui à cause d'une cicatrice, une trace de brûlure dans son cou ..."

"Une marque," confirma Reid. "Je l'ai déjà vue quelques fois. C'est le hiéroglyphe d'un ancien dieu égyptien."

Elle leva brièvement les yeux pour le fusiller du regard, tellement il lui avait caché de choses, puis elle continua de faire défiler l'écran. "En tout cas, le lieu où était ce mec devait être sur écoute, car j'ai été interceptée en cours de route. C'est là qu'on m'a parlé de taupes à l'agence. De leur réseau. J'ai laissé tomber et je suis venue ici. Mais si ce mec est Amon, alors ... bon sang, j'ai été bien plus proche du but que je ne le pensais !"

"De ce que j'ai découvert," lui expliqua Reid, "Amon n'est pas une seule personne. C'est un groupe. Dire qu'on est Amon, c'est comme dire qu'on est américain ou catholique ou républicain par exemple. Qu'est-ce qu'il y a sur ce téléphone ?"

"J'ai enregistré toutes les adresses de mes contacts sous de faux noms," expliqua-t-elle. "Celui-ci était en Europe de l'Est, en Slovénie si je me souviens bien ..."

Elle n'eut pas le temps de le trouver.

Un effroyable craquement les surprit tous les deux, alors que la porte de l'appartement s'ouvrait, volant en éclats.

Chapitre Dix-Huit

Les instincts de Reid se mirent immédiatement en action. Il n'eut pas le temps de regarder qui était son assaillant : dès qu'il vit le court canon noir du pistolet, il bondit sur la droite. Maria s'élança à gauche, vers la cuisine.

Le pistolet siffla brusquement deux fois, les deux coups atteignant la vitre donnant sur la fontaine. Reid roula au sol, heurtant presque le mur du minuscule salon. Il se mit accroupi et ramassa le morceau le plus grand de la tasse de café brisée, dont les morceaux jonchaient encore le tapis.

Deux coups de plus fusèrent. Reid se jeta au sol juste à temps et les balles claquèrent contre le plâtre, envoyant des débris voler sur son visage. Il attrapa le bord de la table basse, la redressa à la verticale et se cacha derrière. *C'est un neuf-millimètres. Ce bois fait deux pouces et demi de large. Il devrait tenir.* Il venait à peine de se dire ça, qu'un coup fendit le bois juste devant lui, en plein centre.

Heureusement, la table avait tenu le choc.

L'assaillant tira deux coups de plus, mais pas sur Reid. Maria se mit à gémir de douleur. Reid fit la grimace : elle était touchée.

"C'est un plaisir de te revoir, Zéro," dit une voix masculine éraillée, mais familière. "Sors d'ici et je ne la tuerai pas."

Reid se hasarda à regarder par-dessus le bord de la table. L'assaillant avait le flingue pointé sur Maria, mais il fixait Reid du regard. Il avait à peine la trentaine, une mâchoire carrée, une barbe naissante et un demi-sourire arrogant sur le visage. *Morris*, lui indiqua son cerveau. *Ton ancien coéquipier.*

Maria tenait son biceps droit dans sa main gauche, du sang entre les doigts. Apparemment, la balle l'avait seulement éraflée.

"Ne fais pas ça," lui dit-elle.

Reid serra fortement le débris en céramique, le cachant dans sa paume en sortant de derrière la table retournée.

"Le voilà." Le sourire de Morris s'élargit. "Tu as l'air en forme pour un homme mort."

"Pourquoi ?" demanda Reid. Il connaissait déjà la réponse ou, du moins, les réponses possibles. Soit Morris était une taupe d'Amon à la CIA, ou alors l'agence l'avait envoyé pour supprimer Kent. Il ne savait pas laquelle des deux suppositions était la bonne toutefois.

Morris roula des yeux. "Allez, Kent. On ne va pas rester plantés là à épiloguer. Je voulais juste te voir correctement." Il secoua la tête et, pendant un moment, son regard s'adoucit, comme s'il était véritablement désolé. "Alan a été tellement stupide. Rien de tout ça n'aurait dû arriver."

Il pointa l'arme sur Reid.

Dès que l'arme ne fut plus pointée sur elle, Maria attrapa quelque chose dans sa poche arrière de jean. Au même moment, elle s'élança en avant avec une fine lame recourbée : un couteau à viande au manche noir.

Avant même que Morris ait pu tirer, Maria leva la lame et lui trancha le muscle de l'avant-bras, environ cinq pouces au-dessus du poignet.

"Ah ! Salope !" Morris hurla de douleur alors que l'arme lui glissait des mains. Maria jeta un coup de pied dans le pistolet... mais pas vers Reid. Il glissa sur le carrelage, jusque sous la table de la cuisine.

Morris s'élança de son bras valide et balança un solide coup dans la joue de Maria. Reid surgit, coude en avant, atteignant le plexus solaire du jeune homme avec force. Un tel coup aurait pu l'immobiliser et lui couper le souffle, mais Morris était entraîné. Il rentra son torse vers l'intérieur en se déplaçant au moment du coup, de telle sorte que celui-ci atteigne à peine ses côtes, puis il riposta par un crochet du droit vicieux.

Reid prit le coup sur le menton. Sa tête partit en arrière. Des étoiles dansaient dans son champ de vision. Pendant un moment, il eut à peine conscience que le bras valide de Morris revenait pour un second round dirigé vers sa trachée.

Il eut tout juste le temps de lever le bras pour parer faiblement l'attaque. Il chancela en arrière. Morris chercha quelque chose derrière lui, au niveau de sa ceinture : il avait probablement une autre arme sur lui.

Ressaisis-toi ! ordonna une voix dans sa tête. *Ce n'est pas comme ça que tu vas t'en sortir.*

Reid serra les dents et s'élança de nouveau. Cette fois, il attrapa le bras de Morris, celui qui avait été blessé par Maria, et le serra fortement.

Morris recula la tête et hurla de douleur.

L'autre main de Reid tenait toujours le morceau de mug en céramique. Il le balança en arc de cercle et trancha superficiellement de front de Morris avec. La blessure se mit à rapidement saigner beaucoup, le sang coulant dans les yeux de Morris avant même qu'il n'ait pu l'essuyer.

Reid attrapa le jeune homme par le col et par la ceinture, puis tomba sur un genou, utilisant en même temps cet effet de levier pour tirer un bras vers le bas et pousser de l'autre. Morris se retrouva en train de basculer par terre. Mais, au bref moment où son corps fut totalement soulevé du sol, durant cette demi-seconde d'apesanteur, Reid fit pivoter son corps, envoyant bouler Morris dans une prise de judo.

Le corps s'encastra dans la fenêtre de la cuisine. Du verre fut brisé en mille morceaux, tandis que Morris volait au-dessus du vide. Il tendit la main et, dans un élan presque impossible, parvint à s'accrocher au montant de la fenêtre.

Morris hurla à nouveau. Il était parvenu à s'accrocher, mais un petit éclat de verre lui avait transpercé la main. Son autre bras remuait vigoureusement, essayant toujours d'attraper son arme de rechange dans le creux de son dos.

Une femme se mit à crier. En bas de la place, un couple de touristes d'âge moyen avait été témoin de la scène : la vitre qui se brise, Morris qui s'accroche. L'homme sortit rapidement un téléphone mobile de sa poche, sûrement pour appeler la police. Reid réfléchit un instant : il pouvait forcer Morris à lâcher le cadre de la fenêtre et le faire tomber sur le pavé d'un simple coup. La chute serait d'à peine cinq mètres, probablement pas assez pour le tuer, mais certainement suffisant pour lui briser les jambes. Mais il voulait des réponses. Il voulait savoir qui l'envoyait ici.

Maria se releva de là où elle était tombée, sur le sol de la cuisine. Sa joue était déjà enflée et du sang coulait à flot de son biceps, mais la coupure avait l'air superficielle. “Vas-y !” cria-t-elle. “Tue-le. Il ne s'arrêtera pas autrement.”

Reid secoua la tête. “Il faut que je sache pourquoi il est venu et ce qu'il sait…”

Maria grommela, exaspérée. “Alors, c'est quoi ton plan B ?”

L'emmener loin d'ici, loin de Maria, dans un lieu public où il ne pourra pas tirer ainsi.

“Il faut que j'y aille.” Reid attrapa le sac anti-insectes et son bomber sur le canapé. “N'essaie pas de me suivre. C'est après moi qu'il en a. Je vais détourner son attention, l'emmener ailleurs…”

Un coup de feu fendit l'air. Ils se baissèrent tous les deux, instinctivement. Morris avait dégainé son autre arme et tirait n'importe où dans l'appartement. Il ne voyait même pas ce qu'il faisait. En bas, sur la place, les deux touristes se mirent à hurler et à courir pour leur vie.

Maria poussa fortement Reid dans le couloir, par la porte ouverte. Il trébucha en arrière et heurta le mur opposé. “Je viens avec toi,” dit-elle. “On peut faire ça ensemble, suivre la prochaine piste…”

Il secoua la tête. “Non. Il vaudrait mieux que je sois seul…”

Un autre coup gronda comme le tonnerre. Maria se planqua dans l'angle et s'aplatit contre le mur. Reid se hasarda à jeter un œil dans l'appartement, juste au moment où la tête de Morris apparaissait dans le cadre de la fenêtre. On aurait dit un démon, un homme possédé, les dents serrées et le regard furieux, du sang coulant sur son visage.

“Steele !” gueula-t-il. Il visa, mais le canon tremblait. Reid se baissa et la balle s'enfonça contre le plâtre. Maria enroula précautionneusement son bras autour de l'angle du cadre de porte, avant de se précipiter d'un coup dans le couloir.

“Prend ça.” Elle lui mit le téléphone mobile dans les mains. Son sang avait laissé des traces sur l'écran. “L'adresse est là-dedans. En Slovénie. Trouve-là.”

“Compte sur moi,” promit-il. Il ouvrit à la hâte le sac anti-insectes et en sortit le Walther PPK de Reidigger qu'il donna à Maria. “Voilà, juste au cas où. Comment est-ce que je te retrouverai ?”

Elle désigna le téléphone maculé de sang. “Je *te* trouverai. Fonce, maintenant !”

Il partit en courant dans le couloir, puis descendit les marches deux par deux. Il jeta le bomber sur ses épaules et serra fortement le sac à dos en nylon noir dans son poing. D'autre coups fusèrent au-dessus de lui. Si les touristes n'avaient pas encore appelé la police, sûrement que quelqu'un d'autre dans l'immeuble s'en était chargé à l'heure qu'il était.

Il déboula dans la cour, sans ralentir. En arrivant sur la place, ses boots résonnant sur le pavé, il jeta un bref coup d'œil par-dessus son épaule.

Morris en fit autant, toujours suspendu au montant de la fenêtre. Du sang coulait de ses doigts et trempait sa manche. Sa main droite était ruinée, l'avant-bras tranché et la paume percée. L'autre tenait un pistolet argenté : un Ruger LC9 apparemment.

Il scrutait Reid avec un regard si mauvais qu'il en fut touché en plein cœur. Reid s'attendait à ce qu'il vise encore, essaie de tirer à travers la place, mais il n'en fit rien.

Au lieu de ça, Morris lâcha prise.

Une vision passa soudainement et rapidement dans l'esprit de Reid : *un pont. La nuit. L'air siffle à tes oreilles alors que tu plonges vers l'eau, en dessous ...*

Morris plia les jambes en heurtant le béton, puis se roula en boule. Il se releva sur un genou et se mit à viser de la main gauche. Le canon tremblait, son bras était fébrile, mais il avait un angle de vue parfait.

Reid partit vers la droite, alors que le coup de feu bourdonnait dans ses oreilles. Il était presque au bout de la place, zigzaguant à gauche et à droite comme un serpentin. Un autre tir retentit. Une tortue de marbre explosa au sommet de la fontaine.

Il fallait qu'il quitte la place, qu'il aille dans un lieu public où il pourrait se perdre dans la foule. Quelque part où Morris ne pourrait pas ouvrir le feu.

Reid regarda de nouveau par-dessus son épaule avant de tourner à l'angle de la rue. Morris se remit sur ses deux pieds et s'élança à sa poursuite.

Chapitre Dix-Neuf

Reid quitta la Piazza Mattei et continua de courir un petit moment sur la Via dei Funari. Malgré le temps froid de février, il y avait un peu de monde dehors et bon nombre des personnes présentes s'était soit arrêté, alerté par le bruit des tirs, soit se dépêchait d'aller se mettre à l'abri. Partout où il regardait, tout le monde avait un téléphone à la main. Beaucoup trop de monde.

Il ne savait même pas comment Morris était encore capable de courir après lui, ou même de marcher, après une telle chute depuis la fenêtre. Il dut se rappeler que ce n'était pas qu'un simple fantassin, ni un terroriste quelconque. C'était un agent de terrain, parfaitement entraîné, peut-être aussi bien que lui-même.

Reid arrêta de courir et se mit à marcher à vive allure, essayant de se faire discret. Mais les battements de son cœur ne se calmaient pas. Il avait l'impression qu'il allait sortir de sa poitrine. Morris était un agent actif, et il avait essayé de les tuer. Du moins, il avait essayé de tuer Kent : il n'était pas sûr que Maria ait également été une cible.

C'est certainement moi qui ai conduit ce dingue jusqu'à elle, songea-t-il sombrement. Il se prit à espérer qu'elle allait bien. Qu'il puisse totalement avoir confiance en elle ou pas, elle s'était débattue et l'avait aidé à s'échapper. Elle lui avait donné son téléphone avec une adresse, une piste vers Amon en Slovénie.

Mais…

Mais elle avait balancé l'arme sous la table de la cuisine avec son pied, au lieu de l'envoyer vers lui.

C'était dans la précipitation du moment. Elle n'avait pas réfléchi.

Et elle n'était pas réapparue quand Morris avait commencé à tirer sur la place.

Elle aurait pu être touchée.

La part de Kent en lui avait envie de la croire. Ils avaient eu une aventure. Mais pas Reid. Il lui restait toujours plus de questions que de réponses.

Il fourra ses mains dans les poches de son blouson… puis il cessa de marcher, abasourdi. Il retourna entièrement le tissu intérieur des poches. Le Glock avait disparu.

"Oh la salope !" cria-t-il de colère. Elle l'avait pris, cela ne faisait aucun doute pour lui. Il lui avait donné le Walther, et elle lui avait pris le Glock. Il était désarmé.

Il ouvrit le sac anti-insectes pour s'assurer que tout le reste était encore à l'intérieur : l'argent, les passeports, les vêtements, les munitions de rechange pour le PPK. Tout était bien là, même le couteau suisse qu'il sortit du sac pour le mettre dans sa poche, même s'il ne ferait pas le poids contre un pistolet.

Reid était furieux. Comment avait-il pu être aussi stupide ? Il avait baissé la garde et elle avait pris le flingue pendant qu'il dormait.

Et elle aurait facilement pu te supprimer avec pendant ton sommeil. Mais elle ne l'a pas fait.

Peut-être avait-elle encore moins confiance en lui que lui en elle.

Quelque part, à distance, des sirènes retentirent, alors que la police et les services d'urgence étaient envoyés sur la place. Il sortit de sa rêverie, hissa le sac sur son épaule, et hâta le pas.

Il supposait que Morris ne serait pas dans la rue. Il saignait beaucoup, donc il allait forcément laisser des traces et attirer l'attention sur lui. Le jeune agent allait certainement se cacher quelque part, soigner ses blessures et poursuivre Kent un autre jour.

Quand bien même, Reid n'avait pas envie de traîner dans la rue. Il décida de prendre à droite sur la Via di Ambrogio et se dirigea au sud vers une librairie dans laquelle il pourrait rester caché quelques heures, redescendre un peu en pression avant de tenter de reprendre sa route. Il s'engagea sur le passage piéton pour traverser la rue…

Un tir d'un bruit assourdissant et extrêmement proche lui perça presque les tympans. La balle s'éclata sur le panneau de signalisation juste derrière lui. Reid s'accroupit immédiatement. S'il n'avait pas tourné à droite pile à ce moment-là, il aurait le crâne explosé à l'heure qu'il est.

Le chaos envahit l'avenue et les passants se mirent à hurler, à courir dans tous les sens pour se mettre à l'abri. La foule se scinda en deux comme la Mer Rouge, alors que Reid regardait à gauche et à droite.

"Pas possible," murmura-t-il.

Morris fondait rapidement sur lui. Avec ses mâchoires carrées et son regard dur, il boîtait légèrement de la jambe gauche. Sa main droite se balançait inutilement sur le côté de son corps, laissant des traînées de sang sur le trottoir. De la main gauche, il levait de nouveau son arme.

Reid se précipita dans la rue. Le feu était vert et les voitures s'arrêtèrent dans un crissement de pneus. Une Fiat rouge manqua le percuter, dérapant sur le côté à quelques centimètres à peine. Reid fit un bond et sauta par-dessus la petite voiture. Il n'arrivait pas à croire que Morris continue de le poursuivre ainsi, en pleine ville. *Cet homme est désespéré. C'est quelqu'un qui a quelque chose à perdre. Et ça le rend encore plus dangereux.*

Un Ruger LC9 possède un chargeur sept coups. Combien de coups avait-il tiré ? Cinq ? Six ? Il ne parvenait pas à se souvenir du nombre de coups tirés par Morris dans l'appartement, alors qu'il était accroché au rebord de la fenêtre.

Reid courut jusqu'au croisement suivant, slalomant entre des gens en panique qui se dépêchaient de quitter la rue. Il y avait bien quelque part où il pourrait aller, un endroit où il pourrait disparaître rapidement.

Métro. Prendre à gauche.

Une fois encore, il se rua sur une intersection alors que les voitures arrivaient. Les automobilistes klaxonnèrent en enfonçant la pédale de frein et proférèrent des jurons en italien. Il jeta un œil par-dessus son épaule. Morris ressemblait au méchant d'un film de gangsters des années quatre-vingt, marchant d'un pas rapide, sans courir, mais sans s'arrêter non plus. Reid avait mis un peu de distance en eux. L'agent ne lui tirait pas dessus, mais pas parce qu'il ne pouvait pas l'atteindre.

Peut-être qu'il n'a plus de balles.

Ou peut-être qu'il sait qu'il ne lui en reste qu'une.

Il atteignit l'entrée du métro de Rome et se dépêcha de descendre les escaliers. Il sauta par-dessus le tourniquet, ignorant les italiens ébahis qui lui criaient dessus avec mépris en parlant des tickets de métro. Il n'y avait pas de rame sur le quai, et il se voyait mal rester planté là pour en attendre une.

Les toilettes, pensa-t-il. Il se hâta encore, trouva les toilettes pour hommes et poussa la porte avec son épaule. Il n'y avait personne dedans, mais il n'y avait pas de verrou sur la porte non plus.

Je me suis coincé tout seul, pensa-t-il à regret.

Non. Tu l'as mené vers un piège. Tu as resserré la zone.

"OK," murmura Reid pour lui-même. "OK, calme-toi." Il lutta pour maîtriser sa respiration. Morris était bien entraîné, peut-être aussi bien que Kent, mais il était blessé. Il était également à court de balles, ou alors il ne lui en restait qu'une. Ces informations étaient toujours bonnes à prendre.

Reid sortit le couteau suisse de sa poche et déplia la lame. Elle était minuscule, seulement trois pouces de long, mais elle pourrait s'avérer mortelle si elle était bien placée.

Désarme-le d'abord. Puis, vise la jugulaire et plante-lui dans la gorge, ou alors dans l'artère fémorale au niveau de la cuisse.

Il s'aplatit contre le mur derrière la porte et attendit, tenant le couteau contre sa hanche, prêt à le jeter en avant.

Quelqu'un poussa lentement la porte. Il l'ouvrit en grand et manqua de cogner Reid avec. Ce dernier resserra la main sur le couteau, attendant d'avoir le canon du pistolet en vue. Mais il ne vit aucune arme surgir.

"Oh !" dit un homme étonné en refermant la porte, à la vue de Reid derrière elle. "Je suis désolé, je ne vous avais pas vu."

Reid cacha rapidement le couteau dans sa paume. L'homme n'avait pas d'accent… ou plutôt un accent américain. Ses cheveux étaient d'un blond improbable, résultat d'une décoloration récente évidente. Ses yeux étaient d'un bleu froid. Un autre jour que celui-là, Reid aurait pu se mettre à rire. Ce mec n'aurait pas pu avoir l'air plus américain avec un hot dog en main et drapé de rayures et d'étoiles.

Il jeta de nouveau un regard inquisiteur sur Reid, avant de se diriger vers l'urinoir. Il y avait un truc dans son visage, quelque chose de vaguement familier, comme de voir quelqu'un dans la foule en étant sûr que c'est un ami ou un cousin mais, en y regardant à deux fois, se rendre compte que c'est juste un étranger, une sorte de sosie.

Reid ne voulait pas paraître suspect, aussi il rangea le couteau, tout en laissant la lame ouverte, puis se dirigea vers le lavabo. Il ouvrit le robinet d'eau froide de l'un des trois éviers et inspecta sa tête dans le miroir sale. Son visage était encore un peu enflé à un ou deux endroits que les iraniens avaient frappé. Au moins, Maria avait appliqué des pansements propres. Il avait toujours une sale gueule. Il avait une barbe de deux jours sur le menton, et il aurait juré qu'elle était grisonnante. Ce doit être le mauvais éclairage fluorescent, se dit-il.

Il garda un œil discret sur la porte. Peut-être que Morris ne penserait pas à aller voir dans les toilettes. *Bien sûr que si. C'est un agent très entraîné. Il est peut-être désespéré, mais il n'est pas idiot. Il m'a forcément vu descendre ici.*

"Hé, mon pote," lança l'américain blond depuis l'urinoir. "Tu aurais l'heure ?"

"Hum ?" Reid l'avait à peine entendu.

"L'heure ?" répéta le type en remontant sa braguette.

"Oh, euh … ouais." Il baissa les yeux sur la montre bon marché qu'il avait achetée à Paris. Il avait presque oublié qu'il la portait encore. Son écran était fissuré et l'aiguille s'était arrêtée, probablement après sa chute dans la rivière glaciale avec Otets. "Désolé, je …"

S'il n'avait pas été debout face au miroir, gardant un œil autour de lui, il n'aurait pas pu le voir. Mais il le vit : il vit le mouvement d'un coude, alors que le type fouillait dans sa poche de blouson.

Au même instant, le miroir se brisa sous l'impact de deux coups tirés.

CHAPTER VINGT

Bouge ! Kent se déplaça d'instinct, tellement vite qu'on aurait dit qu'il était poussé par une force invisible. Il projeta son corps en arrière et heurta le mur blanc des toilettes, pendant que le miroir se brisait. Il y eut une pluie d'éclats de verre argenté dans le lavabo et sur le sol carrelé.

Le temps de réaction du blond semblait tout aussi rapide que celui de Reid. Il pointa de nouveau son arme sur lui en un instant, le doigt sur la gâchette.

Reid se figea. Cet étranger avait sa mort entre les mains.

À ce moment-là, l'image de ses filles lui traversa l'esprit. Il les vit bébés, dormant contre sa poitrine, lui-même allongé sur le canapé. Il les vit enfant, jouant avec Kate dans la cour de la maison. Enfin, il les vit adolescente, grandissant si vite qu'il avait du mal à suivre.

Dans moins d'une seconde, elles seraient orphelines. Elles ne sauraient jamais que leur père était mort dans les toilettes d'un métro, en Italie, sa cervelle explosée sur le carrelage blanc.

La porte des toilettes s'ouvrit tout à coup.

Le regard de son assassin se tourna vers la porte, l'espace d'un instant. Mais il n'en fallait pas plus à Reid. Il donna un coup de pied dans la porte battante à sa gauche. Elle s'ouvrit en grand, le bord métallique mettant une énorme claque sur le visage du blond. Sa tête fut projetée en arrière et du sang s'écoula de son nez.

Le nouvel arrivant était un italien costaud, dans un costume mal taillé, portant un journal sous le bras. Il resta devant la porte, bouche bée, tandis que Reid bondit en avant et attrapa le blond par la gorge et au poignet droit, le forçant à baisser le canon de l'arme vers le sol.

"Tirez-vous !" hurla Reid à l'italien. L'homme grassouillet ne demanda pas son reste : il lâcha son journal au sol et s'enfuit des toilettes.

Reid plaqua le blond contre le mur, le coinçant entre deux urinoirs, serrant sa gorge de sorte qu'il puisse à peine respirer. L'étranger ne cria même pas et ne montra aucun signe de stress : il se contentait de regarder Reid d'un air stoïque et plat.

Ce visage, pensa Reid. *Il me paraît si familier.* Mais rien ne s'éclairait dans sa mémoire.

"Qui es-tu ?" demanda-t-il. "CIA ? Amon ?"

Les lèvres du blond se recourbèrent en un sourire narquois. "Tu me connais," dit-il dans un râle.

"Non." Reid cogna le poignet de l'homme contre le rebord supérieur de l'urinoir. "Lâche le flingue."

"Non."

Il serra plus fort, bloquant la trachée. "Je vais t'écraser la trachée et tu vas mourir," lui dit-il en guise d'avertissement.

"Vas-y," souffla l'homme qui étouffait. Son regard restait stoïque. Son visage s'empourprait de manière impressionnante.

"Lâche le…" Reid s'interrompit quand son regard se porta momentanément sur le flingue. Il le reconnût immédiatement, puis le souvenir lui revint en tête. Ce n'était pas une nouvelle vision, mais plutôt un souvenir de la conversation qu'il avait eue la veille avec Maria, quand elle lui avait parlé de leurs prisonniers dans les sites secrets.

"*Ils ont, tous les trois, été tués de la même manière*," avait-elle dit. "*Deux coups dans la poitrine et un dans la tête, avec un silencieux Sig Sauer.*"

"Tu es Amon," dit calmement Reid. "Tu… tu es l'assassin que je traquais. Celui qui était censé m'avoir tué."

L'homme essaya de prononcer quelques mots. Reid relâcha son emprise quelques instants. L'assassin blond lutta pour prendre une inspiration, puis cracha dans un souffle, "C'est ce que t'ont dit les tiens ? Que c'était moi ?"

Les charnières de la porte des toilettes crissèrent, alors qu'elle s'ouvrait à nouveau, mais Reid ne quitta pas le blond du regard.

"Laisse-le partir, Zéro," dit Morris derrière lui. "Et toi, Blondie, lâche ton arme."

"Tu n'as plus de balles," tenta Reid.

"Tu en es bien sûr ?" le menaça Morris. "Laisse-le partir et écarte-toi lentement, où je t'assure que je t'éclate en deux."

"Tu vas me buter de toute façon," répliqua Reid.

"C'est vrai," lui accorda Morris, "mais je préfère que ce ne soit pas dans le dos. Allez, viens. Lâche-le."

Le blond esquissa un sourire. Les narines de Reid soufflaient. Il desserra lentement son emprise sur la gorge du type, puis lâcha son poignet.

"Mains en l'air, tous les deux," ordonna Morris.

Reid leva les mains, près de ses oreilles. Mais pas l'assassin qui ne lâcha même pas son arme.

"Tu es sourd ?" lui cria Morris. "Lâche ton arme où je te descends !"

L'assassin se mit à rire tellement bas qu'on aurait dit qu'il sifflait entre ses dents. "Tu dois être Agent Un. Quel plaisir de faire ta rencontre."

La panique traversa les yeux de Morris. "Comment m'as-tu trouvé ?" murmura-t-il.

L'assassin lui décocha un regard vide. "Nous sommes nombreux," se contenta-t-il de répondre.

Morris gardait le canon tremblant pointé sur l'assassin. Reid savait qu'il aurait pu agir, sauter et le désarmer, mais il se dit que Morris était le démon le moins pire des deux. L'agent avait perdu beaucoup de sang. Sa main était tremblante. Il ne lui restait sûrement qu'une balle en stock et son dilemme était évident : devait-il tuer l'assassin ou réserver sa dernière balle à Kent Steele ? On aurait dit qu'il portait plutôt son attention sur l'assassin d'Amon, aussi Reid se contenta de faire un petit pas en arrière et rien d'autre.

L'assassin blond le réalisa aussi. "Que dois-tu faire, Agent ?" dit-il lentement. "Toi et moi, nous sommes tous les deux ici pour la même raison. On veut la mort de Kent Steele tous les deux. Comme on dit, on joue dans la même équipe."

Morris travaille avec Amon. Cela semblait plus qu'évident. Pourtant, il était également très clair que Morris n'avait pas confiance en l'assassin, et qu'il ne voulait certainement pas se retrouver face à lui avec le chargeur vide.

"Morris," dit Reid, "ça n'a pas d'importance, OK ? C'est ce que tu vas faire maintenant qui va déterminer qui tu es. Je te connais… du moins, je t'ai connu. Tu n'aurais pas été dans mon équipe si tu n'avais pas été quelqu'un de bien. Si tu ne voulais pas faire ce qui est juste."

Pendant un court instant, le regard de Morris fut vague, comme s'il se souvenait de quelque chose qu'il avait oublié depuis longtemps. Ses doigts se serrèrent un peu plus sur la gâchette.

Mais l'assassin rigola doucement de nouveau. "Morris," dit-il pensivement. "Agent Morris. C'est bon à savoir."

Morris était en train de se liquéfier. *L'assassin ne connaissait pas son nom.* Reid venait juste de prendre la décision pour lui.

L'agent appuya sur la détente.

L'assassin fut rapide. Il l'avait vu venir. Il balança son corps sur le côté pour éviter la balle qui aurait certainement atteint son cœur sinon. Au même moment, il leva le Sig Sauer et tira trois coups en moins de deux secondes.

Deux dans la poitrine et un dans la tête.

Du sang et de la cervelle se répandirent sur ce qui restait du miroir brisé derrière lui. Pendant un court instant, on eut dit que Morris était maintenu par des ficelles invisibles : ses bras étaient levés, mais ses poignets pendaient mollement, alors que sa tête était penchée dans un angle bizarre.

Reid bondit en avant, comme s'il allait rattraper son ancien ami, son ex-coéquipier. Et, dans un sens, c'est ce qu'il fit. Il attrapa Morris qui tombait en arrière et utilisa le corps de l'agent comme bouclier. Au moment où Morris chuta, son poids les poussa tous les deux plus près de la porte.

L'assassin grogna et tira quatre coups de plus. Trois atteignirent Morris et le quatrième se planta dans la solide porte en bois, alors que Reid la tirait pour l'ouvrir. Il entendit un étrange rugissement furieux, alors qu'il se précipitait sur le quai.

Il y avait une rame.

Les portes étaient en train de se refermer.

Chapitre Vingt-Et-Un

Reid courut aussi vite qu'il put, couvrant la courte distance en seulement six grandes enjambées, sautant littéralement entre les étroites portes de la rame en train de se refermer. Il faillit s'écraser contre un jeune couple, chacun agrippé aux poignées au-dessus de leur tête.

Mais les portes ne se refermèrent pas. Il avait déclenché le capteur en haut de la porte, et elles s'ouvrirent de nouveau. Reid leva les yeux qui s'écarquillèrent, emplis de désespoir, en voyant l'assassin émerger des toilettes, du sang coulant de ses narines, avec son Sig Sauer au niveau de la taille, légèrement en retrait pour le cacher à la vue des passants.

Son regard était rivé sur Reid. On aurait dit que l'assassin cherchait la meilleure option : monter dans la rame pour le poursuivre ou simplement tirer par les portes ouvertes.

Le blond commença à lever son arme. Reid sauta sur le côté, hors de l'embrasure de la porte, tout en sachant que ça ne suffirait pas. *Le coup pourra traverser la vitre*, pensa Reid, *et peut-être même atteindre des innocents.*

Puis, il y eut un cri et deux officiers de police arrivèrent en courant sur le quai. L'homme d'affaires grassouillet, celui qui avait débarqué dans les toilettes, gesticulait et criait en italien. "Là ! C'est lui !"

L'assassin blond jeta sur Reid un dernier regard narquois et haineux en remettant le pistolet dans sa veste. La dernière chose que vit Reid, alors que la rame de métro quittait le quai, fut une tête blonde, de dos, en train de courir pour fuir la police.

Reid attrapa le sac anti-insectes sur son épaule et le posa sur ses genoux, en s'asseyant à une place libre. Il poussa un énorme soupir de soulagement : trois fois, durant ces quelques dernières minutes, il avait bien cru qu'il allait mourir. Il ne put s'empêcher de se demander si la vie de Kent Steele était tout le temps comme ça. Si ça faisait juste partie du fait d'être l'Agent Zéro.

Alors que son cœur finissait heureusement par se calmer, Reid constata que les autres passagers du métro semblaient l'éviter : les gens assis à sa gauche et à sa droite avaient abandonné leurs sièges, et personne ne voulait même se tenir debout près de lui. Au départ, il pensa que les gens voulaient simplement se tenir à l'écart du fou qui avait sauté dans la rame.

Mais, ensuite, il remarqua qu'il y avait du sang sur son blouson, sur les manches et sur le revers. Pas le sien, c'était celui de Morris.

Morris était mort. Reidigger était mort. Maria était peut-être morte. On aurait dit que tous ceux qui étaient liés à lui, ou plutôt liés à Kent Steele, tombaient comme des mouches. C'était presque un petit réconfort qu'il ne se souvienne d'eux qu'à peine en tant qu'amis. Au moins, cela rendait un peu plus simple le fait de supporter la violence aveugle qui semblait l'entourer en tant que Zéro.

En tout cas, il était clair que Morris et l'assassin blond s'étaient connus. Aucun doute non plus, après ce dont Reid venait d'être témoin, que Morris avait été la taupe de la CIA. Mais il n'y avait aucune confiance entre eux : le jeune agent avait tiré sur le membre d'Amon, avait tenté de lui ôter la vie. *Peut-être était-ce contre sa volonté*, se dit Reid. Ou peut-être était-ce simplement par cupidité. Il ne le saurait peut-être jamais.

Il sortit de sa poche le téléphone que Maria lui avait donné. Malgré ses questionnements à propos de leur relation, à la fois passée et présente, il se surprit à espérer qu'elle aille bien. Heureusement, le téléphone était toujours intact, malgré toutes ces péripéties. Il se mit à faire défiler consciencieusement les contacts. Il y en avait plus d'une centaine d'enregistrés, mais il ne lui faudrait pas longtemps pour retrouver le bon.

Soudain, le téléphone vibra dans ses mains. Il faillit le laisser tomber, surpris par cette sensation soudaine.

L'appel provenait d'un numéro masqué.

Maria, pensa-t-il. *Elle est vivante. Elle va bien. Elle vient aux nouvelles.*

Il appuya sur le bouton vert pour répondre, mais garda le silence.

Quelqu'un respirait à l'autre bout du fil. Puis, une voix masculine finit par dire, "Il doit faire froid là-haut."

Un frisson lui parcourut l'échine. C'était le code, le même que dans l'appartement de Reidigger, à Zurich. C'était un appel de la CIA.

Pourquoi est-ce qu'ils l'appelaient ? Comment avaient-ils ce numéro ?

Elle avait été démise de ses fonctions.

Ou pas ?

"Mais la vue vaut le détour," répondit Reid à voix basse.

La voix masculine poussa un long soupir. "Salut, Zéro," dit-il. Puis : "Elle est vivante ?"

"Je n'en sais rien."

"Morris ?"

"... Non."

Un autre soupir. "Fais chier. Pouvez-vous au moins nous dire où ?"

"Par terre, dans les toilettes du métro de Rome, juste en-dessous de la Via di Ambrogio." Le temps qu'ils récupèrent le corps de Morris, Reid serait bien loin.

"Bon sang, si ce n'est pas une fin ignoble ça..."

"Il travaillait avec eux," coupa Reid. "Morris travaillait avec Amon."

"Absolument pas," répliqua l'homme. "Morris les traquait sous couverture depuis plus d'un an. Son boulot était de leur faire *croire* qu'il travaillait pour eux. Il a dû se montrer assez convainquant..."

"L'assassin qu'ils m'ont envoyé savait qu'il était agent," l'interrompit de nouveau Reid. "Il l'a appelé 'Agent Un'."

"Et comment pourrions-nous vous faire confiance ?" demanda la voix. "Vous débarquez tout à coup, au bout d'un an et demi. Et, maintenant, toute votre ancienne équipe est soit morte soit portée disparue ? Comment savoir de quel côté vous êtes ?"

"Vous ne pouvez pas." Il raccrocha et mit le téléphone sur silencieux.

Maria était toujours de la maison, se dit-il. Elle faisait toujours partie de l'agence, sans quoi ils n'auraient pas son numéro. Ils n'auraient pas utilisé le code. Elle n'aurait pas agi si bizarrement en épargnant la vie de Morris par deux fois quand elle avait eu l'occasion de le tuer. Elle n'avait jamais été désavouée. Elle avait menti sur son absence de piste. Elle avait pris son arme. Sur quoi d'autre avait-elle menti ? Est-ce qu'ils avaient même vraiment eu une relation ensemble ? Ou pire, leur histoire avait-elle été plus importante qu'elle ne l'avait laissé supposer ?

Il aurait voulu se moquer pas mal de savoir si Maria était vivante ou morte. Mais il ne pouvait occulter l'autre part en lui qui ressentait une familiarité avec elle, un désir quand il était près d'elle. Comme pour la vague de tristesse inexplicable qui l'avait submergé en voyant le corps de Reidigger, il ne pouvait pas combattre ce qu'il ressentait.

Il espérait qu'elle soit encore en vie, mais il se persuada que c'était pour pouvoir obtenir des réponses, et non juste à cause d'une histoire entre eux dont il ne se souvenait même pas.

Il resta dans le métro trois stations de plus, avant d'en descendre. Le long du quai, il ouvrit le téléphone de Maria et en retira la batterie, ainsi que la carte SIM. Une fois de retour dans la rue, il jeta les deux morceaux du téléphone et la batterie dans des poubelles différentes, puis demanda à un passant la direction de la boutique de téléphonie mobile le plus proche. Il garda les yeux bien ouverts et les sens en alerte au cas où la moindre menace potentielle se présenterait. L'assassin blond était toujours là, quelque part dehors, et Morris n'était peut-être pas le seul à avoir été envoyé pour s'occuper de l'Agent Zéro.

Reid se dit que la première des choses à faire était de récupérer la liste des contacts sur la carte SIM de Maria. Une fois qu'il aurait l'adresse, il trouverait un moyen de se rendre en Slovénie pour suivre la piste suivante, ce membre caché d'Amon qu'il comptait forcer à parler. Il voulait obtenir de vraies réponses, non pas des fausses pistes et des déceptions.

Par tous les moyens nécessaires.

Et si Maria est vivante, si elle nous retrouve et qu'elle n'est pas qui elle prétend être, alors tu devras peut-être la tuer avant qu'elle-même ne te descende.

Chapitre Vingt-Deux

Le Directeur Adjoint Cartwright mit son téléphone dans sa poche. Cette ligne était morte. Steele l'avait interceptée. Au moins, à présent, il n'avait plus aucun doute : Zéro était vivant. Et il avait descendu Morris. Probablement Reidigger aussi. Les deux hommes que Cartwright en personne avait envoyés pour le tuer. Et peut-être même Johansson aussi, apparemment par mesure de précaution.

Cartwright se frotta les tempes. La dernière chose dont il avait envie en ce moment était de parcourir le long couloir jusqu'au bureau du Directeur Mullen pour lui annoncer que Morris était mort. Il imaginait déjà ce que Mullen allait dire, quels ordres il allait donner.

Tout bien pensé... peut-être qu'il n'avait pas besoin de l'annoncer lui-même à Mullen.

Il appela son assistante par la porte entrouverte de son bureau. "Lindsay, dites à Steve Bolton de venir ici tout de suite, d'accord ?"

"C'est comme si c'était fait, Monsieur."

Bolton mit quatre minutes à arriver. Le chef du Groupe des Opérations Spéciales était un homme grand de taille, avec des traits nets et une coupe en brosse. Il avait une façon de se tenir qui mettait la plupart des gens mal à l'aise, croisant les bras et bombant le torse comme s'il voulait paraître plus grand ou plus imposant qu'il ne l'était déjà. Cartwright avait toujours pensé que Bolton ressemblait plus à un prof de sport de lycée qu'à un superviseur de la CIA, comme s'il avait un sifflet accroché autour du cou plutôt qu'un flingue à la hanche.

"Monsieur ?" dit Bolton en guise de bonjour, croisant ses bras épais sur sa poitrine, debout dans l'embrasure de la porte.

“Entrez Bolton. J’ai besoin que vous me rendiez un service. Fermez la porte.” Cartwright ne prit pas la peine de mâcher ses mots. Dès que la porte fut refermée, il lança, “Clint Morris est mort.”

Les traits de Bolton se relâchèrent, tout comme les muscles de ses avant-bras. “Bon dieu,” murmura-t-il. “Zéro ?”

Cartwright acquiesça. “Et j’ai besoin de *vous* pour l’annoncer au Directeur Mullen.”

“Moi ? Morris était un de vos hommes.”

“C’est vrai,” répondit Cartwright, “mais je n’ai pas de temps à perdre en tergiversations politiques. Je sais déjà ce qu’il va dire. Je monte dans le premier avion pour Zurich. S’il faut gérer ça proprement, je dois être là-bas et non ici.”

Bolton n’était clairement pas enchanté de cette demande mais, Cartwright étant son supérieur, il ne contesta pas. Il poussa un soupir de résignation et demanda, “Que voulez-vous que je lui dise ? En plus du fait que Morris est mort.”

“Rien d’autre,” rétorqua Cartwright en enfilant sa veste noire.

Bolton insista. “Il nous faut quelque chose de plus pour avancer. Quel est la position de Zéro ? Avec qui est-ce qu’il travaille ?”

“Avec qui il travaille ?” railla Cartwright. Bolton n’avait pas passé beaucoup de temps avec Kent. Il avait été promu au Groupe des Opérations Spéciales pour remplacer Cartwright quand il était devenu directeur adjoint. “Je parierai mon salaire qu’il ne travaille absolument avec personne.”

“Mais…” Le cerveau de Bolton semblait carburer à cent à l’heure. “Non,” dit-il. “Ce n’est qu’un homme.”

“Ouais,” murmura Cartwright en refermant son porte-documents. “C’est tout le problème. Ce n’est qu’un homme.” En sortant du bureau, il mit deux tapes amicales sur l’épaule de Bolton. “Si Mullen me demande, je serai à Zurich, cherchant à savoir qui est vivant et pourquoi les morts sont morts.”

⚜ ⚜ ⚜

Premio Insurance était une petite agence située dans un vieil immeuble étroit de la Via da Vinci de Rome. Elle était composée d’une petite zone de réception exigüe et de deux bureaux, aussi minuscules l'un que l'autre, à l'arrière. Les murs étaient lambrissés et la moquette avait dû être blanche autrefois.

Au bureau d'accueil, se tenait une femme nommée Anne. Elle avait trente-trois ans et venait de l'Omaha. C'était un super boulot : elle gagnait un salaire respectable pour vivre à Rome et passait huit heures de sa journée, assise à son bureau, à refouler les gens.

Elle n'avait pas une seule notion concernant la vente d'assurances.

La cloche au-dessus de la porte tinta, et Anne esquissa son plus beau sourire. "Bonjour," dit-elle. "Je crains que nous ne puissions accueillir de nouveaux clients à… oh, mon dieu."

La femme qui venait d'entrer était grande et blonde, assez jolie, avec d'intenses yeux gris ardoise. À cet instant, sa bouche n'était rien de plus qu'une fine ligne sur son visage. Elle portait un tee-shirt blanc à col en V qui était fortement tâché de sang, surtout en bas à droite. Du sang noir, séché, formait une croûte sur la blessure de son bras, mais elle semblait peu s'en soucier.

Elle ne faisait pas d'effort non plus pour cacher le petit pistolet argenté, un Walther PPK, fourré dans la ceinture de son jean.

"Je veux parler à Cartwright," dit platement la femme.

Anne cligna plusieurs fois des yeux à la suite. "Je suis désolée Madame, mais je ne sais pas de qui…"

"Écoutez, ma chère," aboya la femme. "Je viens de passer une *très* mauvaise matinée. Je suis vraiment énervée et il me reste quatre balles dans mon chargeur. Alors je veux parler à Cartwright. Tout de suite."

Anne se lécha lentement les lèvres en réfléchissant. Quand les gens entraient dans l'agence, pas pour demander une assurance bien sûr, ils étaient censés prononcer une phrase : "Excusez-moi, Madame, mais ma voiture est en panne et j'aurais besoin d'utiliser votre téléphone." Elle était supposée acquiescer poliment et les diriger vers les bureaux, à l'arrière. C'était tout ce en quoi consistait son travail.

Mais elle n'avait encore jamais été menacée d'une arme.

"… Un moment," dit Anne, lentement. Elle prit le téléphone sur son bureau. On aurait dit un vieux téléphone où il faut faire tourner les chiffres, mais elle n'eut rien besoin de faire tourner : il était automatiquement connecté à un opérateur de Langley. Anne se hâta de chuchoter des trucs à propos d'une femme étrange et pleine de sang qui venait de faire irruption dans l'agence.

Puis, elle posa le combiné contre son épaule pour demander, "Qui dois-je annoncer ?"

La blonde se pencha par-dessus le bureau. "Dites-leur que je suis Maria Johansson. Et que Cartwright voudra prendre cet appel."

⚜ ⚜ ⚜

La réceptionniste dirigea Maria vers l'un des deux bureaux, puis retourna s'asseoir devant le sien. Maria ferma la porte derrière elle et plissa le nez de dédain devant la décoration de mauvais goût. On se serait plus cru dans le Midwest américain qu'à Rome : des murs en lambris, de faux certificats d'excellence pour le service client et même une affiche de motivation ringarde qui montrait un chat accroché à une corde à linge, toutes griffes dehors, avec la légende, "Accrochez-vous !"

Il n'y avait personne dans le bureau, et certainement personne dans l'autre bureau non plus d'ailleurs. La réceptionniste était la seule personne qui travaillait ici, en général la seule et unique occupante régulière des lieux, sauf quand un agent de terrain avait besoin d'aide, n'avait pas d'autre recours et se pointait ici, ce qui était rare. "Se mettre à l'abri du froid," disaient-ils. Parfois, des agents devaient se mettre à l'ombre un moment, si une opération changeait de cap ou que quelqu'un était à leurs trousses. Cela pouvait durer quelques jours, parfois des semaines, mais ils finissaient par se rendre à l'un des lieux de rendez-vous, comme cette agence d'assurances à Rome, pour se signaler en sécurité.

Il existait un code, une métaphore, pour toute situation. Et cela n'avait pas échappé du tout à Maria que la plupart de ces codes impliquaient des termes comme froid, sombre, ombre et silence.

Au centre de la pièce, se trouvait un simple bureau en chêne, des papiers et des stylos, ainsi que d'autres fournitures de bureau posées dessus, comme si quelqu'un s'était tout simplement absenté le temps de sa pause déjeuner. D'un côté, se trouvait un fauteuil pivotant sans accoudoirs et de l'autre, il y avait deux sièges pour les clients, recouverts d'un tissu vert. Mais Maria ne s'assit pas. Au lieu de ça, elle fit les cent pas dans la petite pièce, attendant avec anxiété.

D'ordinaire, elle ne serait jamais venue ici. Jusqu'à aujourd'hui, elle aurait trouvé ça trop dangereux, très imprudent même. S'il y avait des taupes à l'agence, comme elle le supposait, ils pouvaient très bien surveiller cet endroit. Mais elle avait besoin de savoir ce qui s'était passé et pourquoi. Et si Kent était toujours en vie.

Le téléphone fixe se mit à sonner sur le bureau. Elle décrocha rapidement, au beau milieu de la première sonnerie.

À l'autre bout du fil, l'homme respira de manière régulière pendant un long moment. Puis, il dit, "Les ombres s'allongent."

Maria grimaça, paupières closes et serrées. Elle avait fini par haïr les codes, les métaphores, les tromperies. Mais elle les connaissait tous et s'en rappelait très bien. "Il fera bientôt sombre," répondit-elle doucement.

"Bonjour, Agent Johansson." Le Directeur Adjoint Cartwright ne semblait pas ravi.

"Juste Johansson, vous vous souvenez ?" le corrigea-t-elle d'un ton monocorde. "Cartwright, c'était quoi tout ce *bordel* ?"

"Pardon ?"

"Arrêtez ça," prévint-elle. "Ne jouez pas à ce jeu-là. Pas avec moi." *Nier. Se dédouaner. Désavouer.* C'était leur manière, aux supérieurs, de tout savoir jusqu'à ce que la merde atteigne le ventilateur et se répande partout. Alors, soudainement, ils ne savaient plus rien. "Kent est vivant. Du moins, il l'était. Vous avez envoyé Morris après nous."

Cartwright resta silencieux un long moment. "Nous avons des raisons de croire que l'Agent Morris travaillait en fait avec la Fraternité ..."

"Conneries," siffla-t-elle. "Je n'y crois pas une seule seconde. Vous l'avez envoyé pour tuer ... attendez. Qu'est-ce que vous venez de dire ? Il 'travaillait' ? Morris est mort ?"

"Oui," soupira Cartwright.

"Et Kent ?"

"Vivant et apparemment en bonne santé. En fait, je viens juste de lui parler au téléphone il y a un petit moment. Sur *votre* téléphone."

Johansson secoua la tête. Morris était mort, et Kent était vivant… ce qui ne pouvait que vouloir dire une chose : Kent avait tué un agent actif de la CIA. Cela pourrait lui causer des tas de problèmes.

“Et qu’en est-il d’avant ?” demanda-t-elle. “Quand Kent a été déclaré TEA ? Est-ce que c’était vraiment la Fraternité ou est-ce que vous m’avez menti là-dessus aussi ?”

“Maria,” dit gentiment Cartwright. “Nous savons tous les deux pourquoi vous êtes dans ce bureau, en ce moment, en train de me parler. Personnellement, je me fiche totalement de ce que vous ressentez. Je m’intéresse aux faits. Et le fait est que Kent Steele est un danger pour lui-même et pour les autres. Il est un danger pour nous …”

“Il se lance à la poursuite de la Fraternité,” rétorqua Maria. “Il fait son boulot, du moins ce que son boulot était censé être …”

“Et il retombe tout droit dans ses vieux travers,” l’interrompit Cartwright. “Est-ce qu’il vous a parlé du chai de fabrication de bombes qu’il a fait exploser ? Des quatre iraniens qu’il a refroidis dans un sous-sol de Paris ? Pas de questionnement, pas de debriefing… juste un carnage. Il n’est pas en mission. Il est sur le pied de guerre. Il se fiche des gens qui croisent son chemin. Maintenant, j’ai deux agents morts sur les bras …”

“Deux ?”

Cartwright prit un ton ironique. “Il ne vous l’a pas dit ? Bien sûr que non. Pourquoi l’aurait-il fait ?” Il soupira. “Maria, Alan Reidigger est mort.”

“Non.” Elle secoua la tête, comme si nier suffirait à faire en sorte que ça ne soit pas arrivé.

“Si. Il a été tué à Zurich par de multiples coups de couteau Et quand je dis multiples, je veux dire des *douzaines* …”

“Stop,” dit-elle dans un souffle. Elle ne voulait pas penser à ça, pas en ce qui concerne Alan. “Même si c’est vrai, ce n’est pas Kent qui a fait ça. Ils étaient amis …” Elle s’interrompit et sa gorge se noua.

Il ne la connaissait pas. Il avait perdu la mémoire. Peut-être qu’il ne s’était souvenu de Reidigger non plus. Peut-être qu’il pensait qu’Alan avait des informations. Peut-être. Elle ne voulait pas le croire Elle voulait désespérément lui faire confiance.

Mais ce n'est pas le cas, pensa-t-elle. *Pas totalement. Sinon, tu n'aurais pas pris son arme pendant qu'il dormait.*

"Il est dangereux, Maria. Vous le savez très bien. Aidez-nous à lui venir en aide. Nous pouvons le ramener."

"Non. Vous avez envoyé Morris. Vous le tuerez dès que vous en aurez l'occasion."

"Je vous assure que non," insista Cartwright. "J'avais demandé à Morris de le neutraliser sans le tuer. Il a dû changer de camp. Écoutez, je suis dans un avion en ce moment. Je serai au QG de Zurich dans quelques heures. Rejoignez-moi sur place, faisons un debrief et enregistrons tout ça. Ensuite, je vous donnerai une équipe. Vous pouvez le ramener vous-même. Ramenez-le en sécurité." Il s'arrêta, avant d'ajouter, "N'est-ce pas ce que vous voulez ?"

"Je ne sais pas où il va," mentit Maria. Elle connaissait par cœur l'adresse en Slovénie. "Quand Morris est venu nous cueillir, nous avons été séparés. Il peut être n'importe où."

"Vous le connaissez mieux que quiconque," répliqua Cartwright. "J'ai besoin de vous. Vous êtes ma meilleure recrue sur le terrain."

"Je ne suis pas sur le terrain," dit-elle rapidement.

Cartwright rigola. "C'est vrai. Bien sûr que vous ne l'êtes pas. La ligne est sécurisée, Maria. Nous pouvons parler librement. Vous et moi sommes les seules personnes au courant. Morris n'était même pas au courant pour vous."

Bien sûr que Morris n'était pas au courant. Ni Reidigger. Toute l'agence, sauf Cartwright, croyait qu'elle avait été démise de ses fonctions. Il était vrai que l'affaire avec Kent et la Fraternité l'avait secouée, mais elle n'avait jamais été quelqu'un qui baisse les bras.

"Alors ?" demanda Cartwright. "Vous en êtes ou pas ?"

Johansson se mordit la lèvre inférieure. Ses options n'étaient pas idéales. Soit elle pouvait partir à la recherche de Kent toute seule et laisser l'agence envoyer d'autres personnes le traquer, soit elle pouvait saisir l'offre de Cartwright, monter une équipe, et s'assurer personnellement que les choses ne tournent pas mal.

Elle savait que, si elle choisissait la première option, ils n'hésiteraient pas à tirer sur Kent à la moindre occasion. Et si elle était avec lui, cela lui causerait des problèmes, tout comme ça avait été le cas pour Morris.

"Je ne viendrai pas à Zurich," dit-elle. "Je n'ai pas le temps pour ça. Envoyez deux agents à Ljubljana."

"Qu'est-ce qu'il y a à Ljubljana ?" s'enquit Cartwright.

"Un aéroport. Je les attendrai au terminal quatre. Je veux des hommes que je connais … donnez-moi Watson et Carver."

"Carver est sur une opération …"

"Alors, sortez-le," ordonna Maria.

"Dois-je vous rappeler à qui vous parlez …"

"Sinon, pas de deal," dit-elle fermement. "Watson et Carver. Équipés et incognito."

Cartwright prit un ton dédaigneux. "Soyez raisonnable. Il n'est pas question d'envoyer deux agents en mission secrète …"

"Pas de téléphones, pas de traçage, sinon pas de deal," répéta-t-elle. "Je peux le récupérer, et vous ne pouvez pas vous permettre d'avoir du sang sur la main comme la dernière fois."

Cartwright grommela. "Très bien. Ils seront à Ljubljana d'ici une douzaine d'heures. Soyez au rendez-vous." Puis, il raccrocha.

Johansson remit le combiné en place. Elle n'avait absolument aucune confiance en lui … mais c'était valable pour tout le monde. À ce stade, elle n'avait plus confiance en personne à l'agence. Et elle savait bien que c'était réciproque. Cartwright ne lui ferait pas confiance : il enverrait ses hommes avec des ordres différents, elle en était sûre. Mais, au moins, elle serait là. Elle saurait où ils étaient. Même si cela l'ennuyait vraiment de l'admettre, Cartwright avait raison sur un point : Kent était dangereux, mais particulièrement pour lui-même. Elle ne voulait pas que le directeur adjoint sache qu'il avait perdu la mémoire, car il pourrait l'utiliser à son propre avantage.

Elle savait où Kent se rendait. L'adresse menait à un entrepôt de Maribor, en Slovénie. Il fallait qu'elle se rende là-bas en urgence. Kent était certainement déjà en route et, si elle n'agissait pas rapidement, elle devrait suivre une traînée de corps pour pouvoir le retrouver.

Chapitre Vingt-Trois

"Salut, mon pote." Un jeune maigrichon d'à peine vingt ans, portant une casquette plate, se pencha par-dessus l'allée d'un air interrogateur. "Toi, américain ?"

"Ouais," murmura Reid. "Pourquoi ?"

"On a gagné l'or au snowboard. Ils viennent juste de le dire sur internet." Le gamin souriait.

"Quoi ?" Reid était en train de lire les journaux et n'avait aucune idée de ce qu'était en train de lui raconter ce gosse.

"Les Jeux Olympiques ?" dit le jeune. "On a eu la médaille d'or."

"Oh. Euh, super." Reid se força à sourire. Il avait oublié que les jeux se déroulaient actuellement. Il aurait voulu être excité à l'idée de quelque chose comme un événement sportif en ce moment. En fait, dans sa vie normale, il aurait pu le suivre avec ses filles, regarder et chanter "USA !" Il n'était pas très fan de sports : il suivait le basketball, même s'il regardait rarement les matchs, mais quelque chose dans les Jeux Olympiques lui inspirait un patriotisme omniprésent, aussi bref soit-il.

Après avoir quitté le métro de Rome, Reid avait trouvé une boutique de téléphonie mobile à proximité, où on avait pu extraire pour lui les informations contenues dans la carte SIM de Maria. On lui en avait envoyé une copie par mail à l'adresse qu'il avait établie, puis il avait aussi demandé qu'on lui imprime cette liste de noms et d'adresses qui faisait plusieurs pages. Tant qu'il y était, il avait utilisé l'un des téléphones de présentation pour se connecter à son compte Skype. Il y avait un seul message de Maya, répondant présente, comme demandé.

En sécurité, disait le message. *Loin de NY. Personne n'est au courant.*

Son cœur s'emballa quand il vit que le message remontait à près de quatorze heures. Il fit rapidement le calcul dans sa tête, tenant compte du décalage horaire. Il était environ seize heures en Europe, la veille. Il leur avait demandé de pointer toutes les douze heures.

La panique envahit sa poitrine. Est-ce que quelque chose leur était arrivé ? Si c'était le cas, comment pourrait-il même le savoir ? Comment pourrait-il les retrouver ?

Calme-toi. Il est encore tôt là-bas.

Elles sont peut-être juste en train de dormir.

Il tapa un court message : *Cela fait plus de 12 heures. Viens aux nouvelles, stp.* Il attendit dix minutes, puis vingt. Le vendeur du magasin finissait d'extraire les contacts du téléphone de Maria et de les imprimer pour lui, mais il n'avait toujours pas reçu de réponse de Maya. Reid était désespéré, mais il savait qu'il n'allait pas pouvoir rester ici. Pas tant que l'assassin blond d'Amon était à ses trousses. Il devait quitter Rome aussi vite que possible.

Même si ça lui brisa le cœur de penser qu'on avait pu faire du mal à ses filles, il se força à quitter la boutique et à se rendre dans une agence de voyages, non loin de là, où il paya environ cent cinquante euros pour un billet d'une ligne touristique de bus qui se rendait à Ljubljana, la capitale de la Slovénie, en passant par Venise.

Les autres passagers étaient un mélange entre américains, canadiens, anglais, quelques français et un couple australien d'âge moyen. Ils discutaient entre eux avec excitation de leurs voyages à travers l'Europe, de ce qu'ils avaient vu, de ce qu'il leur restait à voir, et de comment s'en sortaient leurs pays dans ces JO d'hiver.

Reid resta dans son coin, à l'écart du maigrichon de l'autre côté de l'allée qui l'avait mis au courant pour le snowboard. Il scrutait les contacts imprimés qu'il avait obtenus grâce au téléphone de Maria. Il ne reconnut aucun des noms. Aucun ne déclencha la moindre vision ou le moindre souvenir. Il savait qu'elle était intelligente. Il était possible qu'ils soient tous faux, ou la plupart, pour brouiller les pistes de quiconque mettrait la main sur ce téléphone. Il n'y avait pas une seule adresse dans le téléphone listée sous le nom de Slovénie mais, à la deuxième lecture des pages, il finit par trouver : une rue et un numéro de logement, suivis des lettres "MBX."

Le code de l'aéroport de Maribor, une ville de l'est de la Slovénie.

Le nom du contact correspondant à cette adresse était Elene Stekt. *C'est quel type de nom ?* se demanda-t-il. *Hongrois ? Hollandais ?* Quelque chose lui semblait à la fois étrange et familier à propos de ce nom. Il le regarda pendant plusieurs minutes avant de comprendre.

C'était une anagramme de son propre nom, ou plutôt de l'un de ses noms. Cela ne pouvait pas être une coïncidence qu'Elene Stekt contienne les mêmes lettres que Kent Steele.

Mais Maria m'avait cru mort. Pourquoi aurait-elle dissimulé mon nom sur ce contact en particulier ?

Il arriva à deux conclusions possibles. Soit elle lui avait également menti à ce propos, sachant déjà qu'il était vivant avant même qu'il ne débarque à l'appartement… soit elle avait fait ça après son arrivée à Rome, ce qui voulait dire qu'elle avait prévu de lui donner le téléphone bien avant que Morris ne vienne le supprimer.

Ses pensées furent interrompues par une femme bruyante, deux rangs derrière lui dans le bus, souhaitant une bonne Saint Valentin aux autres passagers. Reid n'avait pas réalisé quel jour on était. Il pensa de nouveau à ses filles, en particulier à Maya : elle aurait dû avoir un rencart en ville avec un garçon aujourd'hui. Il avait l'impression que le soir où elle avait cuisiné, et expliqué qu'elle avait besoin d'une nouvelle robe, remontait à une éternité. Son cœur se brisa de nouveau à cause de ses filles, mais il se força à penser à autre chose.

Son esprit revint sur l'assassin d'Amon dans les toilettes du métro de Rome. Cette expérience l'avait bien énervé. L'étranger blond était rapide, bien entraîné et sans peur aucune. Mais ce qui énervait le plus Reid, c'est qu'il avait l'affreuse sensation que ce n'était pas un étranger du tout. Son visage lui avait presque paru familier.

"*Tu me connais*," avait dit ironiquement l'assassin.

Reid ferma les yeux et essaya de se remettre en tête l'image de son visage. Il revit les cheveux blonds, les yeux bleus, les traits nets, les joues rasées. Il revit le sang couler de son nez quand Reid l'avait percuté avec la porte battante. Le sourire narquois sur ses lèvres alors qu'il tentait de le tuer. Tout ça semblait tellement personnel, comme si cet homme exécutait une vengeance. Mais l'image ne déclenchait pas de souvenir.

Au lieu de ça, elle s'effaçait et s'estompait, laissant place à un nouveau mal de tête qui lui battait les tempes.

Reid grogna de frustration et se massa le front. Si Maria avait raison et que ces maux de têtes avec les souvenirs qui s'estompaient étaient des effets secondaires du retrait de son implant, devait-il s'inquiéter de dommages à long terme ? Comment pourrait-il être utile pour lui-même, ou pour quiconque, s'il ne parvenait pas à se souvenir de détails qui pouvaient s'avérer cruciaux ?

Malgré tous ses efforts pour rester concentré sur la tâche à accomplir, il se rendit compte que ses pensées oscillaient entre ses filles, l'assassin narquois, Morris et Maria.

Le bus arriva à Ljubljana à la tombée de la nuit, s'arrêtant dans une gare routière adjacente à l'Aéroport Jože Pučnik. Un écran, qui affichait l'heure et la température à l'extérieur de la station de bus, lui indiqua qu'il ne faisait que neuf degrés dehors. Reid se dirigea dans les toilettes de la gare routière et enfila, sous son blouson, le pull thermique contenu dans le sac anti-insectes de Reidigger. Puis il marcha vers l'aéroport, entra dans une agence de location et loua une moto en utilisant son pseudonyme : Benjamin Cosgrove. L'agent de location, qui parlait plutôt bien anglais, insista pour que Reid présente une carte de crédit valide pour louer le véhicule, jusqu'à ce que ce dernier lui glisse un billet de cinquante euros par-dessus le comptoir. Il signa du nom de Ben un contrat qui stipulait qu'il ne devait pas quitter les limites de la ville avec.

Ensuite, il roula pendant une heure et demie jusqu'à Maribor.

Il n'avait jamais conduit de moto avant, du moins pas en tant que Reid Lawson. Mais Kent Steele maniait l'engin de façon experte. Le vent de février était froid et mordant, mais son blouson à la doublure polaire et le pull thermique lui tenaient assez chaud. Une voiture aurait été mieux indiquée par ce temps, mais la moto serait plus facile à cacher et à garer.

Il entra dans la ville du côté sud-ouest. Maribor était tout bonnement une ville magnifique. La vieille ville était rustique et charmante, avec des villas aux toits orange bien disposées le long de la rivière Drava, colorée et brillante, même de nuit. C'était un centre culturel majeur, pas uniquement pour la Slovénie, mais pour l'Europe entière. Son centre-ville contenait de grands clochers gris en flèche, des cathédrales centenaires et un paysage riche à l'architecture pleine d'histoire.

Mais ce n'était pas là que Reid se rendait.

Avant de quitter le centre de Maribor, il stationna la moto dans un parc public et s'assit sur un banc. Il crevait de faim. Il n'avait rien mangé de la journée, donc il ouvrit l'une des rations du sac de Reidigger. Un "repas tout prêt" était une ration légère et complète, prévue pour les militaires américains quand aucune autre ressource n'était disponible rapidement. Dans ce cas précis, il s'agissait d'un repas en sachet qui se prétendait être de la bavette de bœuf, mais c'était à peine mangeable. Toutefois, il lui fallait un truc dans l'estomac. Il mangea rapidement, avec la cuillère en plastique comprise dans le kit, puis balança les restes à la poubelle.

Pendant qu'il mangeait, il avait réfléchi à son plan.

Il avait pleinement conscience de n'avoir aucune autre arme que le petit couteau suisse. Il allait devoir la jouer très finement. Après avoir passé en revue les options possibles et en tenant compte des connaissances de Kent en fabrication d'armes de fortune, il remonta sur sa moto et conduisit jusqu'à un quartier commerçant où il s'arrêta devant une quincaillerie pour acheter deux aérosols de lubrifiant en spray, imitation d'une marque européenne de WD-40.

Le vieux vendeur aux cheveux blancs de la quincaillerie était slovène, mais il avait appris assez d'allemand à l'école pour pouvoir tenir une conversation simple. Reid prétendit être un touriste qui traversait le pays à moto. Il montra l'adresse au vendeur et lui demanda le moyen le plus simple de s'y rendre.

Le vieil homme fronça les sourcils. "Pourquoi voulez-vous aller là-bas ?" demanda-t-il.

"Pour voir un ami," répondit Reid.

Le vendeur haussa les épaules et lança un vague avertissement. "Faites bien attention à votre sac à dos." Il ne connaissait pas l'adresse précise, mais fut capable de donner à Reid la direction de la rue qu'il cherchait.

Il remonta sur la moto et partit vers l'est, quasiment à la limite de la ville. La grandeur à proprement parler de Maribor s'effaça totalement quand Reid se retrouva dans une zone qualifiable de taudis : des murs en béton fissurés, des bâtiments en ruine, des façades couvertes de graffitis et des voitures sans pneus posées sur des parpaings. C'était comme si un voile avait été levé, comme si la splendeur de la vieille ville de Maribor n'était qu'une façade pour cacher les quartiers pauvres, les ghettos, les immeubles penchés qui semblaient avoir été empilés là, n'importe comment, les uns sur les autres. Il y avait peu de gens dehors à cette heure de la nuit, et les personnes qui étaient encore dans les rues avaient l'air sombre et baissaient les yeux en marchant. Pourtant, il eut l'impression que quelqu'un l'observait quelque part, pas loin, ayant peut-être remarqué cet américain qui ferait la cible idéale d'un vol.

L'adresse contenue dans le téléphone de Maria le mena jusqu'à un vaste bâtiment industriel de deux étages, au toit plat, avec deux grandes portes de garage en acier donnant sur la rue. Sans surprise, les fondations étaient là-aussi en train de s'effondrer et Reid aurait pu jurer que la façade est de cet immeuble en brique brune s'affaissait visiblement. Il gara la moto derrière une benne à ordures rouillée, un peu plus loin, puis il utilisa l'obscurité comme couverture pour se faufiler le long de la façade tombante de l'entrepôt, en descendant l'allée.

On aurait dit que le bâtiment gris adjacent avait pu être, à un moment donné, un immeuble contenant des logements sociaux, mais il semblait abandonné à présent. Il se hasarda à y entrer par une porte cassée au rez-de-chaussée, faisant face à l'allée.

L'intérieur sentait fortement le moisi et l'urine. Il y avait des trous dans le plancher, des ouvertures béantes aux bords déchiquetés, plongeant vers l'obscurité en dessous. Il marcha avec précaution et se dirigea vers une cage d'escalier qui n'avait vraiment pas l'air fiable. Après avoir vérifié que l'escalier puisse soutenir son poids en testant les marches les plus basses, il s'aventura à monter.

Au deuxième étage, il trouva un bon emplacement près d'une fenêtre cassée pour observer l'entrepôt de l'autre côté de l'allée étroite. Sa ligne de mire se trouvait à environ trois mètres. Il pouvait clairement voir une seule fenêtre éclairée, apparemment le seul point lumineux de tout le bâtiment. Rien ne cachait cette fenêtre. Reid se rapprocha d'une fenêtre plus proche et ajusta sa position en tenant compte de la parallaxe. Dans le bâtiment d'en face, il pouvait voir trois hommes en train de jouer aux cartes, au poker semblait-il, avec un quatrième homme qui suivait la partie par-dessus leurs épaules. Ils étaient dans un ancien bureau qui avait de toute évidence été plus ou moins bien arrangé en une sorte de lieu de vie. Derrière eux se trouvait une kitchenette, et il pouvait apercevoir le coin d'un canapé miteux, de là où il se tenait.

Trois des hommes étaient blancs, deux barbus et un chauve, tandis que le quatrième était arabe. Il ne devait pas faire très chaud dans l'immeuble, car ils portaient tous des blousons, cachant certainement des armes en dessous. Reid n'aurait su dire qui, parmi eux, faisait partie d'Amon ou pas. Même s'il avait eu des jumelles pour zoomer sur leurs cous, les cols remontés de leurs blousons auraient caché toute marque éventuelle.

Ils ne paraissaient pas sur leurs gardes. Au moins, il aurait l'élément de surprise comme avantage.

Reid ouvrit la fermeture éclair du sac anti-insectes et en sortit le rouleau de ruban adhésif et les deux fusées éclairantes que Reidigger y avait fourré, puis les deux bouteilles d'huile en aérosol qu'il avait achetées à Ljubljana. Il enleva le bouchon des aérosols et accrocha une fusée à chacun grâce au ruban adhésif. Ensuite, il remit le tout dans son sac et descendit de nouveau les marches avec précaution jusqu'au rez-de-chaussée. De là, il descendit rapidement l'allée et contourna le bâtiment pour se retrouver face à une porte de sécurité en acier du côté ouest.

Les doigts sur la poignée, il s'arrêta un instant et respira un bon coup. Peu importe ce qui allait se passer, il se jura de faire tout son possible pour obtenir des informations. Comme Maria le lui avait dit à Rome, il était seul, sans aucun soutien, personne en qui avoir confiance, pas même à l'agence.

Par tous les moyens nécessaires.

J'y arriverai. Je n'ai pas le choix.

Il ouvrit la porte qui grinça fortement au niveau des charnières.

Immédiatement derrière, se trouvait une petite entrée avec un escalier en acier qui montait. Un seul homme était assis là, sur une chaise pliante, en train de lire le journal. Dès que Reid eut mis un pied à l'intérieur, le voyou posa son journal et bondit en avant avec un rictus bizarre sur les lèvres. Il était large, plus gras que musclé, avec de longs cheveux noirs remontés en queue de cheval.

"Tu es qui, toi ?" gueula-t-il en russe, alors que sa main s'approchait du revolver qui pendait à sa hanche.

Reid ne daigna pas répondre, du moins pas avec des mots. Dès que la porte fut ouverte, il fit deux vives enjambées et frappa rapidement du poing droit. L'homme fut touché juste au-dessous du menton, à l'endroit de la mâchoire que les boxeurs appellent communément "le bouton de KO" ou "le bouton stop." L'effet de levier du coup secoua assez fort la tête du bandit pour affecter son cerveau. Son gros corps devint tout mou et il s'écroula au sol.

Reid le délesta d'abord de son revolver : un 357 Magnum, actionnement MP-412 REX, modèle russe. Une fois en main, l'arme lui parût lourde et difficile à manier, mais il n'avait pas le choix. Il allait devoir s'en servir. Il ouvrit brusquement le chargeur : il était plein.

Reid se penchait de nouveau pour regarder le cou du voyou, quand celui-ci se mit à gémir et remuer. Il ouvrit les yeux et roula sur ses avant-bras pour essayer de se lever. Reid enroula rapidement son bras autour du cou du russe et serra pour l'étrangler. La racaille luttait. Il retrouvait des forces... et il était puissant.

Reid bougea légèrement le bras, juste assez pour voir le cou de l'homme : aucune marque à ce niveau-là. Mais, alors que son regard s'était porté ailleurs, le voyou avait sorti un couteau de sa poche et, d'un geste, avait déplié la lame.

Reid tordit ses deux bras dans des directions opposées et fit claquer le cou du bandit. Le colosse retomba au sol, les yeux écarquillés et la bouche figée en une large grimace.

Il ne faut que 3 kilos de pression pour casser l'os hyoïde.

Reid prit une profonde inspiration pour se calmer.

Quoi qu'il en coûte, se rappela-t-il.

Il monta les escaliers.

Sur le palier, juste devant leur porte, il ouvrit son sac à dos aussi silencieusement que possible et en sortit l'un de ses explosifs de fortune : le lubrifiant en aérosol avec une fusée éclairante scotchée sur le côté. Il colla son oreille à la porte. Il pouvait entendre les voix à l'intérieur qui discutaient en russe et dans une autre langue, sûrement du slovène car il ne reconnut pas cette seconde langue. Tout à coup, il y eut un juron crié, puis les autres se mirent à rire, le premier ayant certainement gagné ou perdu une main au poker.

Ils étaient à leur aise. Ils n'avaient rien entendu. Ils ne suspectaient rien du tout.

Il s'assura que le couteau suisse était bien dans la poche de son blouson, lame ouverte à disposition.

Puis, il donna un coup de pied dans la porte.

Au moment où le montant vola en éclat, il alluma la fusée éclairante. Les quatre hommes à la table se levèrent d'un coup, criant en slovène et en russe, se bousculant les uns les autres. Reid jeta sa petite bombe à travers la porte. Elle décrivit un arc dans les airs. Les hommes plissèrent les yeux à cause de la lumière soudaine de la pointe phosphorescente de la fusée qui s'enflamma dans une blancheur aveuglante. Reid s'agenouilla dans l'angle, les mains sur les oreilles et les yeux clos.

La bouteille d'aérosol rebondit une fois sur la table avant d'exploser.

Chapitre Vingt-Quatre

L'explosion fut instantanée et impressionnante, résonnant plus fort qu'un fusil de chasse. La boule de feu orange ne dura qu'une demi-seconde, mais envoya une vague de chaleur brûlante dans le bureau transformé en pièce de vie. Les quatre hommes avaient sauté à terre, ou y avaient été contraints par la bombe improvisée.

Reid sortit de derrière le coin de la porte et entra dans l'appartement de fortune. Une brume de fumée emplissait la pièce. L'explosion avait coupé en deux la fine table en bois. Il y avait plusieurs petits feux qui brûlaient, ici et là, et les cartes à jouer éparpillées se transformaient en cendres. L'un des hommes était encore debout, vacillant sur ses jambes. C'était le chauve qu'il avait aperçu par la fenêtre. Un mince filet de sang coulait depuis chacune de ses oreilles. On aurait dit qu'il n'avait même pas remarqué que quelqu'un était entré dans l'appartement jusqu'à ce que Reid lui enfonce son coude dans le plexus solaire, le pliant en deux. Un vif coup de genou au front lui fit perdre connaissance.

Reid pivota avec le pistolet volé pointé en avant, balayant la pièce. L'homme arabe gisait par terre, immobile. Le troisième homme tentait faiblement de sortir une arme de l'étui sous son épaule, mais il semblait totalement désorienté. Ses yeux étaient injectés de sang. Son visage était rouge vif et il n'avait plus de sourcils. L'éphémère boule de feu avait dû lui arriver en pleine tête.

Il parvint à sortir son pistolet, mais sa main tremblante fit tomber l'arme au sol. L'homme chancela. Reid lui mit un coup de pied dans la hanche et il tomba au sol en tournoyant. Reid regarda dans le cou de cet homme : pas de marque. Il inspecta les deux hommes inconscients : pas de marque non plus.

Ils étaient quatre. Il avait bien vu quatre hommes par la fenêtre. Il se précipita vers l'arrière de l'appartement, pistolet levé, et entra dans un espace sombre avec de simples murs en cloison sèche. Il y avait deux matelas au sol et une lampe sans abat-jour, mais personne dans la pièce. Il entendit un cliquetis venant d'une porte fermée à sa gauche. Il l'ouvrit à coups de pied. C'était une salle de bains sale qui sentait fortement la moisissure et les cheveux brûlés.

Le quatrième homme avait forcé l'ouverture d'une fenêtre par laquelle il tentait de se faufiler, mais l'ouverture faisait à peine plus d'un pied de large. Il avait fait un tiers du boulot, sa tête et ses bras étaient passés, mais son torse était suspendu par-dessus la baignoire et ses jambes gigotaient dans le vide.

Reid l'attrapa par l'arrière de sa ceinture et le ramena entièrement dans la salle de bains. L'homme tomba comme une masse dans la baignoire. Il avait une brûlure impressionnante, en bas à gauche de son visage, et la plupart de sa barbe avait cramé.

L'homme leva les yeux sur Reid avec un masque de haine sur le visage. À ce moment-là, il put clairement voir la marque, le hiéroglyphe d'Amon, s'affichant en relief contre la peau rougie sur le cou de l'homme.

"Amon," dit Reid.

L'espace d'un instant, un éclair de peur traversa les yeux du type. Cet étranger savait qui il était. "Zéro," murmura l'homme.

C'est alors que Reid retourna le pistolet dans sa main et frappa fort sur la tempe du type. Il s'effondra dans la baignoire, inconscient.

Reid se précipita dans le salon. Le seul homme encore conscient rampait sur les mains et les genoux, en direction de la porte. Reid l'attrapa par la cheville et le traîna en arrière alors qu'il criait et protestait en russe. Il sortit le ruban adhésif de son sac à dos, puis attacha le type aux poignets et aux chevilles, avant de déchirer une courte bande pour la coller sur la bouche de l'homme.

Il fit rapidement de même avec les deux gars inconscients. Ils allaient certainement se réveiller d'ici peu et ne seraient pas désorientés éternellement.

De retour dans la salle de bains, il enroula une longue bande de ruban adhésif autour des poignets du membre d'Amon. Il le redressa et lui mit plusieurs claques sur les joues. L'homme gémit et grogna en revenant à lui.

"Anglais ?" demanda Reid. "Hum ?"

"Va en enfer," murmura le type. Son accent était difficile à resituer : roumain semblait-il, ou peut-être bulgare. "Je ne te dirai rien. Tu peux aussi bien me tuer." Sa voix était faible et ses mots sortaient difficilement.

Reid secoua la tête et posa le revolver REX par terre, derrière les toilettes. "Je ne compte pas te tuer," répondit-il. Il sortit le couteau suisse de sa poche. "Tu vois ça ? Tu sais ce que c'est ? C'est juste un petit outil bien pratique. J'étais Boy Scout, il y a des dizaines d'années, et j'en avais un comme ça. Voyons voir… on a un tournevis. Un ouvre-boîte. Un couteau, bien sûr." Il déployait chaque instrument, les lui montrait, puis les refermait à nouveau. "Une pince à épiler. Une petite lame de scie ici… en fait, je crois que ça sert à écailler le poisson." Reid déplia le tire-bouchon en ricanant légèrement. "Tire-bouchon. C'est marrant, non ? Comme si qui que ce soit pouvait utiliser un couteau suisse pour ouvrir une bouteille de cabernet."

C'étaient les mots de Kent Steele. Les tactiques de Kent. La mentalité 'par tous les moyens nécessaires' de Kent.

Le terroriste souffla par les narines, alors que ses lèvres se déformaient dans un rictus. "Fais ta sale besogne," railla-t-il. "Je suis Amon. Nous sommes entraînés et préparés à tout."

"À tout," répéta doucement Reid. "Non. Pas à moi." Il attrapa les poignets liés de l'homme et tira bien droit, le forçant à tendre les avant-bras par-dessus le rebord de la baignoire. Il appuya la pointe du tire-bouchon contre l'avant-bras gauche du type. Ce dernier essaya de se dégager, mais il était affaibli et Reid le tenait bien. "Qu'est-ce que tu fabriques ici"

"Va en enfer," cracha de nouveau l'homme.

Reid soupira, déçu. Il fit tourner le tire-bouchon en appuyant. La pointe perça la peau. Le sang affleura avant de couler le long de la baignoire jaune. L'homme souffla entre ses dents, crachant de la salive sur le carrelage fissuré.

"Amon te prépare à des choses. À des gens comme moi. Aux autres agents. À nos sites secrets. À ce que nous pourrions te faire." Kent avait pris le dessus et, cette fois, la part de Reid Lawson en lui ne protestait pas. C'était nécessaire, et Reid le savait bien. Bien que l'idée de torturer un autre être humain lui aurait d'ordinaire retourné l'estomac, c'était son unique piste. C'était soit ça, soit des personnes allaient mourir. "Mais tu vois, toutes ces préparations me forcent juste à être plus créatif."

Il tourna de nouveau, appuyant vers le bas, alors que le tire-bouchon entrait dans le muscle. L'homme serra de nouveau les dents, avec de petites respirations saccadées, les yeux fermés.

"Allez, tu as juste à me dire ce que je veux savoir." Il tourna encore. Le terroriste hurla. "Je n'ai rien d'autre que du temps et nulle part où aller à partir d'ici."

"Alors…" haleta le type. "Alors, ça fait de toi… mon prisonnier." Les coins de sa bouche cloquée se transformèrent en un odieux sourire, les lèvres tremblantes de douleur.

Reid secoua la tête. "C'est là que tu te trompes, mon pote. Parce que je vais bientôt atteindre l'os." Il se remit à tourner. L'homme fit un bruit étouffé, essayant désespérément de ne pas crier. "Il faut beaucoup de pression pour pénétrer dans un os… Crois-moi, je le sais. Les os sont solides, l'une des substances les plus résistantes que l'on trouve dans la nature."

Il enfonça de nouveau le tire-bouchon. Cette fois, l'homme hurla.

"Mais c'est juste une question de physique. Pression et levier. Il va rentrer dans l'os. Et ça va faire beaucoup plus mal. Et quand il en sera à la moelle osseuse, la douleur sera encore dix fois pire. Et s'il traverse entièrement, l'os sera fendu en son centre. Même si tu retrouves un jour l'usage de ton bras, ce ne sera plus jamais pareil."

La pointe du tire-bouchon râcla contre le radius de son avant-bras. L'homme hurla d'agonie.

Reid bluffait : un tire-bouchon et une pression vers le bas ne suffisaient pas à pénétrer dans un os, mais il savait que la combinaison entre la douleur et la peur générée par une menace pertinente pourrait s'avérer plus puissante que la force.

"Va en enfer…" grommela le gars. Reid tourna encore plus profondément et les mots s'étranglèrent dans sa gorge, s'échappant dans un geignement de douleur.

"Tu as deux bras," dit Reid. "Deux jambes. Un bon nombre de vertèbres… Tu connais ce mot, 'vertèbre' ? Ta colonne. Il y a trente-et-unes paires de nerfs vertébraux. Tu trouves que ça fait mal ? Ce n'est que le début."

"J'ai entendu… des histoires," dit l'homme en respirant péniblement. "Mais je ne pensais pas… qu'elles étaient vraies."

"Des histoires ? Sur quoi ?"

"Sur toi." Les yeux du type rencontrèrent ceux de Reid. Ses pupilles étaient presque totalement dilatées. Il avait peur. "Tu es le diable."

"Non," dit tranquillement Reid. "Je ne suis pas le diable. J'étais juste un gars dans un coin. Et les tiens m'ont poussé à devenir comme ça. Maintenant… allons-y." Il se leva et posa un pied contre la baignoire, comme s'il se préparait à assurer le levier nécessaire pour enfoncer le tire-bouchon dans son os. Le type prit de profondes inspirations…

"Des camions !" grogna l'homme. "Des camions !"

Reid s'arrêta. "Comment ça, des camions ?"

"Des camions viennent." Sa voix vacillait, son souffle était rapide et irrégulier. Du sang coulait à flots sur le rebord de la baignoire. "Ils arrivent. On décharge la cargaison. On la met dans un autre camion."

"C'est tout ? Tu décharges un camion et tu en charges un autre ?" Reid secoua la tête. "Qu'est-ce qu'il y a dans les camions ?"

"Je ne sais pas," haleta le type.

Reid secoua la tête. Il leva de nouveau le pied, prêt à enfoncer le tire-bouchon.

"Je ne sais pas !" hurla l'homme. "Je ne sais pas ! Je ne sais pas !"

Reid le crut. À présent, il ne savait que trop bien comment la tête pensante d'Amon gardait les gens dans le vague autant que possible. "Certains des mecs parlaient russe. As-tu déjà entendu le nom d'Otets avant ?"

L'homme acquiesça faiblement. "Oui."

"Les conducteurs de ces camions, qui étaient-ils ?"

L'homme secoua la tête et baissa le menton. "Je ne sais pas… Des types du Moyen Orient…"

Les bombes, pensa Reid alors qu'il assemblait les pièces du puzzle dans sa tête. *Otets fabriquait des bombes. Il les donnait aux iraniens. Ils les amenaient ici. Ils changeaient de camions. Pourquoi ? Pour éviter d'être suivis ou pistés ? Non ... ce serait trop simple.* Maria lui avait dit que la piste d'Amon était complexe et qu'ils faisaient tout leur possible pour éviter que leurs membres n'en sachent trop. *Ils changent de camion afin qu'il n'y ait pas une seule personne susceptible de savoir à la fois d'où ils viennent et où ils vont.* Il n'aurait pas été surpris si on lui avait dit que de multiples dépôts de ce genre existaient sur toutes les routes qu'ils devaient emprunter.

"C'est tout ce que je sais," expliqua l'homme, à bout de souffle. "Je le jure."

"Non," rétorqua Reid. "Tu fais partie d'Amon. Tu en sais forcément plus. Où sont les autres dans ton organisation ? Où sont leurs quartiers généraux ?"

Le type ne répondit rien. Il regardait par terre en secouant faiblement la tête.

Reid savait qu'il n'irait pas plus loin avec de seules menaces. Il fit pivoter légèrement le bras de l'homme et tourna de nouveau le tire-bouchon. Il perça encore plus le muscle en glissant entre le radius et le cubitus de son avant-bras.

La tête du mec partit en arrière et il hurla de douleur.

"Où ?"

"Il n'y a ... pas ... un seul endroit ..." dit-il rageusement. "Nous sommes ... partout ..."

"Donne-moi quelque chose," menaça Reid. "J'ai tout mon temps pour m'occuper de toi." Ce n'était pas vrai non plus : les trois autres hommes, dans l'autre pièce, étaient uniquement attachés par du ruban adhésif. Ils finiraient forcément par s'en libérer à un moment.

Il tourna de nouveau. L'homme essaya de crier, mais le bruit ne fut rien de plus qu'un léger sifflement dans l'air.

"Tu sais forcément quelque chose," répéta Reid.

"Le ... le ... le ..." bégaya le type.

"Le quoi ?"

"Le ... cheikh ..."

"Cheikh ?" Reid fronça les sourcils. "Mustafar ? Et alors, quoi ?"

"Il sait… il sait…" L'homme haletait de nouveau. La moitié de son visage était rouge vif à cause de l'explosion, tandis que l'autre était devenue totalement livide. "Il sait."

Vous savez, Cheikh… une balle fait le même bruit dans toutes les langues.

"Non, nous détenons le cheikh. Nous l'avons déjà interrogé," répondit Reid. "Il ne sait rien du tout. C'était un appât, un bouc émissaire."

"Le cheikh," répéta-t-il. Sa voix était à peine plus audible qu'un murmure. "Il n'est pas… il n'est pas…" Ses yeux roulèrent et il s'effondra en avant. Son front rebondit légèrement contre le rebord de la baignoire avant que Reid n'ait pu le retenir. Il perdit connaissance, à la fois à cause du choc et de la perte de sang, se dit Reid.

Ce dernier grommela de frustration. *Le cheikh n'est pas quoi ?* Il ne dit pas la vérité ? Le cheikh ne savait rien du tout, il en était déjà conscient grâce à un souvenir qui lui était revenu en mémoire. C'était une fausse piste, une traque qui n'avait rien donné. Cet homme était un membre d'Amon, donc il était logique qu'il essaie de mettre Reid sur une mauvaise piste en lui donnant de fausses informations.

Mais s'il ne s'agissait pas de ça ? pensa-t-il. *Et s'il avait essayé de me dire un truc au sujet de Mustafar ?* L'homme avait été soumis à une contrainte significative. Quand bien même, le cheikh était détenu dans un site secret de la CIA au Maroc. Reid n'avait aucune chance de pouvoir lui parler sans être découvert.

Il se leva lentement, puis lava le sang sur ses mains dans le lavabo sale. Il laissa le tire-bouchon dans le bras du mec et fouilla dans ses poches. Il y trouva un téléphone mobile et, tout comme dans celui d'Otets auparavant, il ne trouva aucune information enregistrée, aucun historique d'appels, ni aucun contact.

Reid composa le 112 sur le téléphone, à savoir le numéro des services d'urgences, l'équivalent du 911 pour l'Union Européenne. Une femme répondit en slovène, d'un ton monocorde.

"Vous parlez anglais ?" demanda Reid.

"Oui, quelle est votre urgence ?" demanda-t-elle.

"Il y a le feu." Il lui donna l'adresse de l'entrepôt. Puis, il raccrocha brutalement et balança le téléphone dans la baignoire. Il récupéra le revolver qu'il avait laissé derrière les toilettes, et remit le sac à dos sur son épaule.

De retour dans le salon, l'un des gars avait réussi à se défaire de ses liens aux poignets et tirait frénétiquement sur le ruban adhésif autour de ses chevilles. En voyant Reid arriver, il se retourna et s'empara de son arme. Reid avait déjà la sienne en main. Il tira une seule fois. Le coup du .357 fut violent, presque trop vif. La balle toucha l'homme au front, laissant un trou impressionnant.

Il fourra le revolver à l'arrière de son pantalon. Puis, en grognant sous l'effort, il tira la cuisinière vers lui pour l'écarter du mur et cassa d'un coup sec la canalisation de gaz au niveau du raccord.

Les deux autres hommes au sol étaient conscients, du ruban adhésif toujours collé sur la bouche, l'observant avec des yeux écarquillés.

Il savait qu'il ne pouvait pas les laisser vivre, en particulier le membre d'Amon. Ils feraient immédiatement un rapport. Ils connaîtraient la piste suivie par l'Agent Zéro.

Reid, debout devant la porte, sortit du sac à dos la deuxième bouteille d'aérosol, avec la fusée éclairante scotchée dessus. Il alluma la fusée, la balança au sol, puis s'élança dans les escaliers.

Trois secondes plus tard, eut lieu la première explosion, l'éclatement de la bouteille d'aérosol, juste un instant avant la seconde, bien plus importante. Tout l'appartement fut carbonisé en l'espace d'un battement de cils. Les vitres volèrent en éclats et les murs s'effondrèrent. Une boule de feu sortit par la porte ouverte et emplit la cage d'escalier mais, à ce moment-là, Reid était déjà en bas, ayant poussé la porte de sécurité en acier pour se retrouver dehors, dans la nuit froide.

Il avançait d'un pas rapide dans le quartier, regardant à gauche et à droite pour vérifier si quelqu'un l'avait vu quitter le bâtiment. Il ne semblait y avoir personne aux alentours. Quand il arriva devant la benne à ordures, il ne fut aucunement surpris de constater que la moto avait disparu. Il haussa les épaules. Sûrement qu'une paire d'yeux l'avait observé en train de la cacher depuis un immeuble environnant et l'avait volée dès lors qu'il était entré dans l'entrepôt.

Reid fit demi-tour et s'engagea dans l'allée étroite, alors que l'appartement brûlait. Une carte à jouer en flammes voleta pour atterrir non loin de lui. Il entendit des sirènes, à distance, alors que les véhicules d'urgence s'empressaient d'atteindre le brasier avant que le feu ne s'étende au voisinage délabré de l'entrepôt.

Au bout de l'allée, Reid tourna à gauche. Il ralentit le pas et fourra ses mains dans les poches de son bomber pour prendre un air innocent, comme s'il faisait simplement une balade nocturne : *Non, Messieurs les officiers, je n'ai entendu aucun coup de feu, ni aucune explosion.*

Les poils se hérissèrent tout à coup dans sa nuque.

Quelqu'un l'observait.

Il n'y avait pas de lampadaires dans cette partie de la ville. Le boulevard était sombre : il ne serait rien de plus qu'une silhouette pour un éventuel assaillant. Il attrapa lentement son arme dans son dos, en entendant des bruits de pas se rapprocher derrière lui.

Il pensa tout d'abord à l'assassin d'Amon, celui du métro de Rome, qui l'avait peut-être suivi jusqu'ici, ou qui allait bientôt le faire. Reid leva son arme à hauteur d'épaule en se retournant, prêt à tirer sur la moindre menace se mettant en travers de son chemin…

"Kent !" Elle s'immobilisa en voyant la taille de l'arme dans sa main.

"Maria." Il cligna les yeux d'étonnement, non pas surpris qu'elle soit là, mais surpris par sa propre réaction en la voyant vivante. C'était un sentiment de soulagement, de réconfort.

Pourtant, il ne baissa pas son arme. Il avait la ferme conviction qu'elle n'était pas venue seule.

CHAPTITRE VINGT-CINQ

Rais était furieux.

Il l'avait. Il *avait* Kent Steele au bout de son Sig Sauer et, de nouveau, il était parvenu à lui glisser entre les doigts.

Maudit soit ce foutu italien d'avoir débarqué au plus mauvais moment.

Maudit soit l'Agent Un, Agent Morris en réalité, de s'être mis en travers de ma route.

Rais n'était même pas un peu soulagé qu'au moins, cette fois, il n'ait pas fini avec le sternum ouvert. Mais le simple fait de savoir que l'Agent Zéro respirait encore le mettait dans une telle furie que cela se manifestait par une tempête déferlante de céphalées de tension, lui donnant bien du mal à penser correctement.

Si cet idiot d'Agent Morris ne s'était pas trouvé là ... si la police n'avait pas débarqué ... si cette rame de métro n'avait pas été là à ce moment précis ... si seulement.

Le pire de tout, pire que le fait que Steele se soit enfui, pire que le fait qu'Amon ait perdu son atout à la CIA, c'était que Steele n'avait même pas semblé le reconnaître. Même s'il avait teint ses cheveux en blond et qu'il portait des lentilles bleues, Rais restait reconnaissable, en face à face. Étant donné leurs antécédents ensemble, il était incompréhensible que Steele n'ait pas pleinement réalisé qui il était. Et pourtant, c'était le cas.

Il n'avait pas joué la comédie. Rais avait bien vu qu'il n'y avait pas l'once d'un souvenir de lui derrière les yeux de Steele.

Il ne s'était jamais senti aussi insignifiant.

Après avoir semé la police dans la station de métro, Rais était entré dans un magasin de vêtements, se hâtant d'acheter une veste kaki et une casquette de baseball pour camoufler ses cheveux blonds. Il avait enlevé ses lentilles bleues et les avait jetées dans une poubelle, tout comme son manteau marron. Ensuite, il avait parcouru la ville à la recherche de Kent Steele, vérifiant chaque station de métro qui se trouvaient sur sa route. Mais il savait que ça ne servirait à rien : Steele était un professionnel. Il était parti depuis longtemps et avait peut-être même déjà quitté Rome à présent.

Rais savait bien qu'il n'avait pas d'autre solution. Il n'avait aucun moyen de retrouver l'agent jusqu'à ce que Steele se manifeste à nouveau. Entre temps, il allait devoir faire un rapport à Amon et leur dire qu'ils avaient perdu l'Agent Un. Faire partie d'Amon signifiait qu'il avait juré de ne jamais mentir à ses frères, ni les duper. Il devrait leur dire qu'il était mort de ses propres mains et en subir les éventuelles conséquences.

Il sortit un téléphone et appela un contact d'Amon qui pouvait rapidement organiser les plans des vols. L'homme sans nom, à l'autre bout du fil, qui n'était qu'un numéro pour Rais, le dirigea vers une piste d'aéroport privé, juste au nord de Rome. Moins d'une heure plus tard, il se retrouva le seul passager d'un Cessna 210 quatre places, volant de Rome à Berne, la capitale de la Suisse.

À son arrivée, Rais prît un taxi pour l'Hôtel Palais. Il s'appelait ainsi parce qu'il s'agissait d'un véritable palace, surplombant des jardins méticuleusement entretenus et une forêt au-delà. Le Palais était une institution suisse, le rendez-vous des diplomates et des politiciens, la "maison d'hôtes" auto-proclamée du gouvernement suisse.

Idiots, pensa Rais en entrant dans l'hôtel et en traversant le hall au sol de marbre. *Vous n'avez aucune idée de qui se trouve parmi vous.* Par-dessus sa tête, la voûte du plafond était entièrement vitrée, dévoilant un ciel bleu sans nuages. Tout ceci rendait Rais malade. Cette opulence. Cette arrogance. Ce gaspillage. Mais c'était la méthode d'Amon, se cacher à la vue de tous, se mélanger aussi bien à l'élite et aux libertins qu'à ceux privés de leurs droits.

Il prit l'ascenseur jusqu'au troisième étage et suivit l'épais tapis écarlate jusqu'à une suite qui faisait l'angle, sachant qu'il y retrouverait plusieurs membres d'Amon s'étant fait passer pour un groupe de pédiatres en voyage pour une association à but non lucratif. Il frappa deux coups vifs à la porte, attendit trois bonnes secondes, puis frappa trois nouveaux coups rapprochés. C'était son code personnel, son identifiant pour ses frères. L'instant d'après, la porte s'entrouvrit et un allemand aux traits pointus, qui ressemblait légèrement à un rat, apparut.

Il laissa Rais entrer sans mot dire. La suite d'hôtel s'ouvrait sur un grand salon avec d'immenses fenêtres et des meubles blancs. *Criard*, pensa Rais avec dégoût. *Ostentatoire.*

Trois hommes étaient assis sur les meubles blancs, deux d'entre eux sur le canapé et l'autre dans un fauteuil, de sorte qu'ils formaient un triangle autour d'une table basse en verre sur laquelle se trouvait un thé délicieusement parfumé. Ils portaient des costumes, tous à cols hauts pour cacher la marque d'Amon dans leurs cous. La suite, les costume, et même le thé étaient des ruses, bien sûr, au cas où ils seraient interrompus par l'équipe de ménage, la direction de l'hôtel ou même la police. Chacun d'entre eux était en mesure de fournir une documentation complète sur leurs compétences médicales. Ils pourraient également donner les téléphones de références pouvant corroborer leurs dires. Ils sauraient même répondre à des questions médicales complexes, si besoin.

L'un d'entre eux était effectivement chirurgien et avait fait partie de l'équipe ayant sauvé la vie de Rais après que Steele lui ait ouvert le ventre. Rais ne connaissait pas son nom. Il savait juste qu'il était allemand et, dans sa tête, il était tout simplement le docteur allemand pour lui. Le sycophant au visage de rat qui lui avait ouvert la porte était son assistant. Le deuxième homme dans la pièce était le supérieur direct de Rais, l'homme qu'il appelait Amon. Rais savait bien qu'il n'était pas *le* Amon, mais il ne connaissait pas non plus son vrai nom.

Il reconnut instantanément le troisième homme dans la pièce, malgré son costume occidental et sa cravate. Rais avait toujours vu le cheikh en habits musulmans avant. Aussi, c'était assez étrange de le voir porter des revers et des lunettes. Mais les apparences devaient être préservées.

Rais fit un signe de tête à chacun d'entre eux. "Docteur. Amon. Cheikh Mustafar."

Aucun d'entre eux ne s'adressa à lui. Le seul qui daigna lever les yeux vers lui fut Amon, qui se leva lentement de son fauteuil. Il était égyptien. Sa peau était brun pâle et il portait une barbe fine et noire. Il n'avait pas plus d'un an ou deux de plus que Rais.

"Zéro ?" se contenta-t-il de demander.

Le regard de Rais tomba sur le luxueux tapis. Il secoua légèrement la tête.

Amon le gifla violemment. La pierre grenat de sa bague laissa une entaille profonde dans la lèvre de Rais, dont la tête fut balancée de côté.

Rais n'eut aucune réaction.

"As-tu la moindre idée de ce que ça nous a coûté de te ramener à la vie ?" La voix d'Amon était à peine plus haute qu'un murmure. "Rappelle-moi pourquoi nous avons gâché tant d'efforts."

Rais n'avait pas de réponse valable. Aussi, il se contenta de dire, "L'Agent Un est mort."

"Déception !" lança Amon. " Échec. *Américain*." Il cracha le dernier mot comme si c'était une horrible malédiction. "File. Attends-moi. Je vais décider quoi faire de toi."

Rais ravala son sang et battit en retraite dans la salle de bains à l'arrière de la suite, refermant la porte derrière lui. Il avait terriblement honte. Il avait échoué… par deux fois. Et il ne connaissait que trop bien la manière dont fonctionnait Amon, l'ayant tellement de fois exécutée lui-même. Il était sûr que cette réunion allait se terminer par une balle dans son crâne.

Il avait été américain autrefois, mais plus maintenant. Il avait tué cette partie de lui. Il était Amon à présent. Il ne ressentait aucun lien émotionnel par rapport à son héritage. Il n'y avait rien qu'il puisse regarder avec affection en ce qui concernait les vingt-cinq premières années de sa vie sordide.

⚜ ⚜ ⚜

Rais était né et avait été élevé dans une banlieue d'Albany, dans l'état de New York, par une mère gentille et timide, ainsi que par un père alcoolique, la plupart du temps au chômage. Son enfance n'avait pas été des plus agréables. Son père était un homme aigri, convaincu que ce monde était ligué contre lui, en particulier les patrons quand son addiction lui faisait perdre un nouveau boulot, ce qui arrivait généralement en quelques mois à chaque fois. C'était un cercle vicieux : emploi, bonheur fugace, fausse joie, déclin, renvoi, tout cela dans une spirale croissante de violence et de comas éthyliques. Et lors de ces dernières étapes sombres, son père battait sa mère et son jeune fils avec des ceintures, des prises, ses mains ou tout autre objet disponible. Une fois, ce fut même une sangle en cuir pour rasoir.

À dix-huit ans, Rais s'était enrôlé dans l'US Army. Il avait passé la plus grosse partie des deux années qui s'en étaient suivies à Fort Drum, près de Watertown, dans l'état de New York, à quelques encablures de la frontière canadienne. Ironiquement, cette expérience avait été une véritable libération. Alors que la plupart des jeunes hommes avaient du mal à s'acclimater au mode de vie strict et règlementé du régiment de l'armée, Rais s'en était fort bien accommodé. Comparé à la vie chez lui, l'armée était du gâteau. Il avait appris à se battre, à tirer et à courir. Par la suite, il avait été initié aux munitions, aux intervention rapides et aux appels radio. Il n'avait pas eu besoin d'apprendre à obéir aux ordres. C'était enraciné en lui depuis sa naissance.

Il avait fait de brefs séjours au Japon, en Allemagne et en Corée du Sud. Et puis, c'était arrivé. Deux ans s'étaient écoulés dans son contrat de six ans, quand les événements du 11 septembre s'étaient produits à moins de cinq cent kilomètres au sud de sa base. Quelques mois plus tard, son unité avait été déployée en Afghanistan. L'équipe de Rais, composée de trois hommes, avait repéré une section de Kandahar considérée comme le dernier emplacement connu d'un important fabricant de bombes d'Al-Qaïda. Rais avait reçu l'ordre de frapper sur un bâtiment censé être son quartier général. Mais il avait bien vu qu'il était occupé par des femmes et des enfants, des familles n'ayant rien à voir avec le conflit.

Rais avait refusé.

Les bombes étaient tombées quand même.

Cent douze personnes étaient mortes ce jour-là. Le fabricant de bombe afghan n'était pas parmi elles. À la connaissance de Rais, aucune de celles qui avaient péri dans la déflagration n'avait le moindre lien avec le terrorisme.

Il décida de fuir. À vingt-et-un ans, il déserta l'armée et embarqua sur un pétrolier qui traversa le Golfe Persique, puis la Mer Rouge, avant de faire halte en Égypte. Il se cacha, vivant dans les rues pendant des mois, survivant grâce aux miettes et à la charité peu fréquente des autres. Au bout d'un peu plus d'un an, il se retrouva avec un groupe de jeunes qui se considéraient comme des activistes, bien que dissidents politiques soit un terme plus approprié. Il apprit à devenir pickpocket, à se fondre dans la foule, à mélanger des explosifs faits maison et à échapper aux autorités.

Huit mois plus tard, dans un tripot du Caire, il rencontra un homme qui se faisait appeler Amon. Cette rencontre fut fructueuse : l'homme cherchait quelqu'un capable de voler de la dynamite dans une mine de tantalite non loin de là. Rais cherchait un but dans la vie.

Ils parlèrent longuement ou, plutôt, Rais parla alors que l'homme appelé Amon l'écoutait et posait des questions. Rais parla de ses expériences, de ses opinions au sujet des États-Unis, de ses motivations à déserter. Il se surprit à être plus honnête avec cet homme qu'il ne l'avait jamais été auparavant avec quiconque. Amon parla très peu de ses propres expériences. Il semblait fasciné par l'histoire de Rais.

Rais revit l'homme la semaine suivante, puis la semaine d'après. Chaque fois qu'ils se rencontraient, cet homme qui se présentait lui-même en tant qu'Amon parlait un peu plus. Il donnait à Rais des livres à lire. Il lui demandait son opinion sur les puissances mondiales, sur la politique et sur ce que l'on appelle la "guerre contre la terreur." Puis, finalement, après deux mois de visites intermittentes, il demanda à Rais de venir avec lui. Il le conduisit jusqu'à une base dans le désert. Et il lui présenta les autres.

Rais remarqua immédiatement qu'ils avaient tous des cicatrices dans le cou : une sorte de symbole étrange. Un hiéroglyphe.

Après de nombreuses discussions avec plusieurs hauts responsables de l'organisation, Rais fut invité à rester vivre à la base. Il passa de rudes épreuves pour faire ses preuves. Ils l'entraînèrent, l'endoctrinèrent, le formèrent… mais ils ne le forcèrent jamais. Il avait toujours le choix. C'est ce qu'ils finirent par lui dire, qu'il pouvait partir n'importe quand s'il le souhaitait. Ce jour-là, il s'était dit que ce n'était pas vrai, mais peu importait. Il n'avait pas envie de partir.

À ce stade, il avait déjà tiré un trait sur son ancienne nationalité, du moins mentalement. Mais au moment où il dut le faire officiellement pour être admis dans le sanctuaire d'Amon, il se choisit lui-même un nouveau nom, Rais, en hommage au tristement célèbre Murat Rais. Ce nom avait une longue et riche histoire partagée par plusieurs hommes, bien que le plus illustre pour lui soit un écossais du dix-huitième siècle, Peter Lisle, converti à l'Islam et devenu un corsaire ottoman, adoptant le nom de Murat Rais déjà porté par d'autres. Lisle avait fini par obtenir le grade de Grand Amiral de la marine de Tripoli.

Rais avait gagné ses jalons, bien que sa position au sein d'Amon nécessite qu'il reste dans l'ombre autant que possible. Ses années comme voleur dans les rues d'Égypte et son entraînement au tir de précision au sein de l'US Army lui étaient fort utiles en tant qu'assassin, et il prit rapidement de l'importance parmi ses frères. Le peu d'entre eux qui connaissaient son nom savaient qu'il exécutait son devoir avec la plus grande solennité : son devoir d'élimination et de nettoyage pour le nouveau monde d'Amon.

Et, à présent, il semblait que son tour était venu d'être nettoyé.

⚜ ⚜ ⚜

Rais attendit dans la chambre de la suite que la réunion s'achève et que son sort soit décidé. Il n'essaya pas de jeter un œil, mais il pouvait entendre des bribes de la conversation à voix basse menée par le docteur allemand, le cheikh et Amon.

"Les serpents ont déjà commencé à arriver," entendit-il dire Amon. Rais savait que les serpents étaient un nom de code pour les chefs d'état et autres indésirables pour leur cause.

Le cheikh prononça quelque chose d'inaudible, et le docteur allemand répondit.

"Tout est quasiment en place. Il ne manque que la pièce finale." Il changea de langue pour l'allemand, certainement pour que son assistant puisse comprendre, et ajouta, "Va, à présent. Tu sais ce que tu as à faire."

"Nous n'attendons pas. Nous ne faiblissons pas," dit Mustafar. "En tant qu'Amon, nous endurons."

Rais ne connaissait pas l'étendue du complot. Il n'en connaissait que quelques parties, même s'il fallait bien admettre qu'il en savait plus que la plupart des autres membres d'Amon. Il savait que le plan impliquait une seule attaque dans un endroit centralisé où non seulement des dizaines de chefs d'état seraient présents, mais également des ressortissants de presque tous les pays développés de la planète. Il savait aussi que la seconde phase consistait à semer la dissension dans les rangs des organisations gouvernementales importantes, grâce des agents bien placés d'Amon.

La CIA américaine était l'une de ces entités.

Il savait qu'il y avait d'autres phases, mais il n'en connaissait pas les détails. Le plan avait été méticuleusement élaboré au fil des ans. Finalement, il allait être mis à exécution, même si Rais ne serait plus vivant pour voir ça.

Enfin, la réunion s'acheva. À travers la porte, Rais entendit Amon prendre congé de ses invités avec la phrase d'au revoir, "En tant qu'Amon, nous endurons."

Pendant qu'il attendait, il tomba à genoux et murmura une prière qu'il avait apprise lors de son premier jour à la base dans le désert de l'ouest égyptien.

"Amon, qui entend les prières, qui répond aux pleurs des pauvres et des affligés… Répète-le au fils et à la fille, au grand et au petit."

Rais ferma les yeux. "Raconte-le aux générations des générations qui n'ont pas encore vécu, raconte-le à celui qui ne le connait pas et à celui qui le connait."

Il entendit la porte de la chambre s'ouvrir, mais il garda les yeux fermés en murmurant, "Même s'il peut s'avérer que le servant se justifie d'avoir mal agi, Amon se justifie, lui, en étant miséricordieux. Et pour ce qui est de sa colère, en l'espace d'un instant, elle emporte tout sur son passage. En tant qu'Amon, nous endurons."

Le silence régnait. La porte s'était ouverte, mais Rais ne savait pas s'il était seul ou pas. Il s'attendait à ce qu'une balle lui traverse le front à tout moment. Il se demandait même s'il entendrait le son, ou si tout son monde allait tout simplement s'effondrer.

"Relève-toi," dit gentiment Amon.

Rais ouvrit les yeux. L'égyptien se tenait debout devant lui, les bras le long du corps et, bizarrement, aucune arme ne tenait le moindre pistolet.

"J'ai échoué," dit Rais. Il leva les yeux et croisa le regard d'Amon. "Je connais mieux que quiconque la sentence en cas d'échec."

Amon soupira. Il tendit la main et essuya le sang à l'angle de la bouche de Rais du bout de son pouce. "Ce n'est pas à moi de prendre ta vie," dit-il. "Elle appartient à Amon."

Rais fronça les yeux, confus.

"Oui, tu as échoué," poursuivit Amon. "L'Agent Zéro respire peut-être encore… mais toi aussi. Amon a choisi ta destinée. Ce qui est vu comme un échec aujourd'hui ne sera considéré que comme un obstacle sur une route plus longue. Tu n'as qu'une seule mission, Rais, et c'est d'éliminer Zéro de la surface de la terre." Amon se pencha plus près, assez près pour que Rais puisse sentir l'odeur du thé à son souffle. "Ce n'est qu'une fois fait que tu auras le droit de mourir."

Rais acquiesça lentement. Il s'était préparé mentalement à l'obscurité qui allait assurément suivre la fin de sa vie mais, à présent, il ne voyait que la lumière et les possibilités qui s'offraient à lui.

"Le monde va changer d'ici deux jours," continua Amon. "Et on ne peut pas laisser Zéro interférer. Une équipe de la CIA a été envoyée pour le récupérer et l'amener ici, en Suisse."

"Comment avez-vous…" Rais s'arrêta de lui-même. Il aurait vraiment voulu savoir comment Amon avait eu cette information, mais il savait d'avance qu'on ne lui permettrait pas d'être au courant. Il réalisa toutefois qu'il n'y avait qu'une seule réponse possible : l'Agent Un n'était pas leur seule taupe au sein de la CIA.

"Je le retrouverai," promit Rais en se relevant. "Je le tuerai."

Amon ouvrit un tiroir du bureau, en sortit un téléphone prépayé et le tendit à Rais. "Nous te donnerons des nouvelles dès que nous aurons plus d'informations. Va, à présent."

Rais prit le téléphone et quitta la chambre sans dire un mot de plus. Il sortit de la suite, prit l'ascenseur pour descendre au rez-de-chaussée et se hâta de partir de l'Hôtel Palais. On venait de lui donner une deuxième chance, une nouvelle vie… Et, cette fois, rien ne pourrait l'empêcher de tuer Kent Steele.

Chapitre Vingt-Six

"Maria."

Elle ne se tenait qu'à quelques mètres de lui, dans cette rue sombre de Maribor, alors que le bruit des sirènes se rapprochait, roulant à toute allure vers l'entrepôt en flammes. Ses traits devinrent plus clairs à mesure que ses yeux s'adaptaient à l'obscurité : des cheveux blonds, un teint de porcelaine, son parfum dans la légère brise hivernale.

Kent gardait le revolver pointé sur elle.

Il voulut lui demander comment elle l'avait retrouvé, mais il le savait déjà.

"Tu connaissais l'adresse," dit-il. "Tu l'avais mémorisée. Tu m'as uniquement donné ton téléphone pour qu'ils puissent me retrouver."

"Non," contesta-t-elle. "Je t'ai donné le téléphone au cas où *j'aie* besoin de te retrouver."

"Je l'ai jeté."

"Je me doutais que tu le ferais." Elle sourit et montra du doigt le MP-412 REX dans sa main. "C'est une arme très grosse. Peux-tu la baisser, s'il te plait ?"

"Je ne pense pas." Il continua de la viser. "Tu m'as pris mon arme…"

"Tu étais censé être mort. Je n'étais pas sûre de pouvoir te faire confiance…"

"Je ne suis toujours pas sûr de pouvoir *te* faire confiance," répliqua-t-il. "Tu m'as menti. Tu es avec eux."

"C'est plus compliqué que ça," répondit-elle.

"Alors explique-moi."

Elle soupira. "Je t'ai dit la vérité… à peu de choses près. J'étais vraiment sur la piste d'Amon, et ils en ont eu vent. Ils m'ont prise pour cible. Trois fois, j'ai eu à faire à leurs assassins. On aurait dit qu'ils savaient constamment où j'étais, ou alors où j'allais être. Mais... je n'ai jamais été démise de mes fonctions. J'ai supposé que des taupes étaient à l'œuvre à l'agence. Alors, je me suis mise à l'ombre et je me suis cachée dans notre planque. Cartwright a organisé tout ça. Il a fait courir le bruit que j'avais été désavouée. Je ne savais pas qu'ils avaient arrêté de me chercher. Chaque jour, je m'attendais à ce que quelqu'un vienne... l'un des leurs." Elle s'arrêta un long moment. "Mais ils ne sont pas venus. Toi, si."

"C'était Morris," dit Reid. "Il travaillait avec eux."

"Cartwright m'a dit la même chose." Maria secoua la tête. "Je ne peux pas croire une chose pareille."

"C'est la vérité. À Rome, après mon départ, je me suis retrouvé avec leur assassin. Ils se connaissaient, lui et Morris."

"Cet assassin, il a... ? Ou toi... ?"

"C'est lui," confirma Reid. Il a tué Morris. Pas moi."

Elle baissa le regard au sol. "Et pour Alan ?"

Reid laissa échapper un léger soupir. Bien sûr qu'elle était au courant de ça. Il se dit qu'il avait eu tort de le lui cacher. "Ce n'était pas moi non plus. Je l'ai retrouvé mort à Zurich. Je pense qu'Amon l'a torturé et tué pour parvenir jusqu'à moi."

"Pourquoi ?"

"Parce qu'il..." Reid s'interrompit. Il était quasiment sûr que Reidigger l'avait aidé à mettre cet implant dans sa tête, mais il n'allait pas lui raconter ça, pas avant d'être certain de pouvoir lui faire confiance. Il baissa son arme au niveau de sa hanche, mais garda tout de même le doigt sur la gâchette. Cette sensation distincte et les poils hérissés sur sa nuque ne l'avaient pas quitté. "Tu n'es pas venue seule."

"Il y a deux hommes avec moi," avoua-t-elle. "Watson et Carver. Tu les connais. Du moins, tu les connaissais."

"Et ils sont là pour quoi ? Attendre dans l'ombre le bon moment pour tirer ?"

"Non," dit Maria. "J'ai pris leurs armes." Très lentement, elle fouilla dans son dos et en sortit deux pistolets, deux Glock 27 standard. Elle les brandit pour que Reid puisse les voir, puis le posa précautionneusement au sol. "Ils nous observent pour s'assurer que tu ne me fasses aucun mal."

Puis, elle haussa le ton pour ajouter, “Et ils seraient vraiment stupides de tenter quoi que ce soit. Ils te connaissent. Ils savent ce dont tu es capable.”

Reid vit une ombre bouger sur le côté. Il tourna légèrement les yeux et aperçut un grand afro-américain, vêtu d’un long manteau, apparaître au bout de l’allée. *Watson*, se dit-il. De l’autre côté de la rue, devant la porte d’entrée sombre d’un immeuble résidentiel, se tenait un deuxième homme avec une casquette de baseball : Carver, probablement. Ils venaient tous deux de se montrer, mais aucun d’entre eux ne fit un pas de plus.

“La piste,” reprit Maria. “Qu’est-ce que tu as trouvé ?”

“Rien,” mentit Reid. “Une impasse.”

Elle leva un sourcil avec suspicion. “Du coup, tu as tout fait sauter ?”

“Pas moi, eux. Il y avait une bombe. J’ai à peine eu le temps de sortir.”

“Hum.” Il était clair qu’elle ne le croyait pas, mais elle ne chercha pas plus loin.

“Est-ce que c’est vraiment ça que tu fais ici, Maria ? Suivre une piste ?” demanda-t-il. “Ou est-ce que tu es venue ici pour moi ?”

“Je suis venue pour t’aider,” répondit-elle vaguement.

“M’aider.” Il prit un ton ironique. “M’aider comment ? Est-ce qu’on va former une équipe de nouveau ? Toi, moi et ces deux-là ?”

“Non, Kent. Je veux t’aider… et, aussi bizarre que ça puisse paraître, je pense que le meilleur moyen pour moi de le faire est que tu viennes avec moi. Que je te ramène à l’agence.”

Il eut presque envie de rire. “Tu penses que le meilleur moyen de m’arracher aux griffes des gens en qui je n’ai pas confiance, c’est de me jeter directement dans la tanière de gens en qui je ne peux pas avoir confiance non plus ?”

“Oui, c’est ce que je pense.” Elle fit un petit pas vers lui. “Parce que là, tout de suite, je te connais mieux que tu ne te connais toi-même. Je sais que tu ne leur feras peut-être plus jamais confiance, pas totalement en tout cas.” Elle avança encore d’un pas de plus. Il serra un peu plus fort son revolver. “Mais nous avons des ressources. Tu peux être réintégré. Nous pouvons t’aider.” Elle avança encore, jusqu’à être assez près de lui pour qu’il puisse tendre la main et la toucher.

À cette distance si proche, il pouvait voir l’intensité de ses yeux gris ardoise. Elle paraissait tellement sincère qu’il dut se rappeler de nouveau qu'elle était très bien entraînée. La tromperie était une deuxième nature chez elle.

Mais il devait pouvoir retrouver le cheikh s'il voulait suivre la piste potentielle que lui avait donnée le membre d'Amon. Il était possible, peut-être même probable, que ce soit une fausse piste, mais il n'avait rien d'autre, nulle part où chercher à partir d'ici. Et, étant donné que Mustafar était détenu dans un site secret de la CIA, il ne pourrait s'approcher à moins d'un kilomètre du cheikh sans être abattu avant.

Mais il ne lui expliqua rien de tout ça. Il se contenta de dire, "J'ai besoin de plus que ça. Tu as raison quand tu dis que je ne peux pas leur faire confiance. J'ai besoin que tu me donnes une seule bonne raison d'avoir confiance en *toi*."

Elle resta pensive un long moment. "Tu ne te souviens pas de moi. Mais, moi, je me souviens. Je tiens à toi, Kent… plus que tu ne pourrais le croire. Je ne veux pas qu'il t'arrive quoi que ce soit de mal."

Il secoua la tête. "Sans mes souvenirs, ce ne sont que des paroles en l'air pour moi."

"OK dans ce cas." Elle continua à voix basse, de sorte que Watson, qui se tenait à un mètre à peine de Reid sur la droite, ne puisse rien entendre. "Que dis-tu de ça : tu as deux filles qui t'attendent. Je sais que tu es assez malin pour les avoir cachées quelque part. Mais ça ne pourra pas durer éternellement. L'agence est au courant de leur existence, ce qui signifie qu'Amon pourrait l'être aussi. Nous pourrions assurer leur sécurité. Je ne sais pas qui sont les traitres, mais je connais ceux qui sont vraiment fiables, des gens en qui je suis sûre que nous pouvons avoir confiance."

Reid fronça les sourcils. "Qu'est-ce que ça veut dire, tu ne sais pas qui sont les traitres ?"

Pas plus haut qu'un murmure, elle répondit, "Je ne penses pas que Morris était le seul. Je n'ai jamais eu aucune raison de le suspecter, et Cartwright non plus. De plus, Morris n'aurait jamais pu savoir où j'étais avant d'aller à la planque. Il n'avait pas accès à ces informations. Mais Amon si, dieu sait comment. C'est donc qu'il y a quelqu'un d'autre, peut-être même plusieurs personnes, et plus haut placées. Viens avec moi et aide-moi à les trouver. On ne peut pas y arriver de l'extérieur."

"Si tu as raison et qu'il y a des gens plus haut placés dans l'agence qui sont dans le coup, ce sont peut-être eux qui ont déjà essayé de me tuer," raisonna Reid. "Comment les empêcher d'essayer à nouveau ?"

"Il suffit d'un enregistrement officiel," répondit-elle. "On peut passer outre Cartwright. J'ai un contact, quelqu'un que je peux appeler. Tu racontes ton histoire : la tentative de meurtre, l'implant suppresseur de mémoire, Paris, la Belgique, Rome... et on le met dans la boucle, sans même passer par le Directeur Mullen. On s'assure que tout le monde sache que Kent Steele n'est pas seulement vivant, mais revenu d'entre les morts. On implique le Conseil de la Sécurité Nationale. Putain, s'ils tentent quoi que ce soit de stupide, on l'envoie à la presse. On en fait une affaire publique. On protège tes filles. On neutralise Amon. On retrouve les taupes."

Reid resta songeur un long moment. Être réintégré lui semblait une idée monumentalement ridicule, mais les arguments de Maria étaient valables. Cela pourrait permettre d'enrayer les taupes à l'agence. Ses filles pourraient être protégées.

Et, plus important encore, il pourrait approcher le cheikh. Sinon, qu'allait-il faire ? Ce serait soit une chasse à l'oie sauvage, soit il devrait faire savoir où il se trouvait pour pousser Amon à sortir de sa cachette. Quand bien même...

"C'est risqué," dit-il.

"Tu peux le faire." dit Maria en souriant. "Tu as déjà géré bien pire que la bureaucratie."

Reid jeta un œil par-dessus son épaule. L'agent Watson n'avait pas bougé. Carver non plus. Si l'agence avait vraiment voulu le tuer, elle aurait fourni à ces deux hommes un bien meilleur équipement que deux pauvres pistolets de service. Il était à découvert dans une rue sombre des bas-fonds de la Slovénie : ils auraient déjà tenté leur chance à l'heure qu'il est.

Les filles seront en sécurité.

Tu pourras atteindre le cheikh.

"Très bien," finit-il par dire. "Tu dis que tu tiens à moi. Tu dis que je peux te faire confiance. Tu as une chance de le prouver." Il remit le cran de sûreté du revolver et le fourra à l'arrière de son pantalon. "Je vais venir avec toi. Mais je garde le flingue."

"Je ne comptais pas te le réclamer." Elle se baissa pour ramasser les deux Glocks à terre. Puis, elle fit un signe de tête et les deux agents, Carver et Watson, sortirent de leurs positions dans l'ombre. Aucun ne prononça un mot, alors qu'ils se dirigeaient tous les quatre vers un SUV noir, garé près du croisement suivant.

"On va où ?" demanda Reid pendant qu'ils marchaient.

"À Zurich," répondit-elle, "au QG européen de la CIA." Elle se mit à rire légèrement.

"Qu'est-ce qu'il y a de drôle ?"

"Oh, rien du tout," répondit Maria. "J'étais juste en train de penser à la tête de Cartwright quand il te verra. Il ne va pas en croire ses yeux."

Chapitre Vingt-Sept

Le Directeur Adjoint Cartwright regardait par la vitre sans tain dans la salle d'interrogation, totalement sous le choc. L'Agent Zéro, revenu d'entre les morts.

Johansson était assise à côté de lui, sur une chaise en plastique dur, et ils étaient tous les deux en train de discuter tranquillement.

C'était perturbant. Il ne s'était pas vraiment attendu à ce que Johansson ramène réellement Zéro. Il avait donné des instructions claires à Watson et Carver : ne tentez rien, sauf si Zéro essaie de s'enfuir. Cartwright s'était vraiment attendu à ce que Zéro veuille s'échapper. Johansson avait de l'emprise sur lui, ça c'était certain.

Cela ne faisait même pas six heures que le Directeur Adjoint Shawn Cartwright était à Zurich quand il avait reçu l'appel de Johansson, lui expliquant qu'elle avait convaincu Kent Steele de réintégrer l'agence, sans même un seul coup de feu tiré (à sa grande déception, étant donné qu'elle avait délesté les agents Watson et Carver de leurs armes de service). À ce moment-là, Cartwright dormait dans un Hilton non loin de l'aéroport. Une fois l'appel reçu, il avait bondi hors de son lit, s'était habillé et avait demandé l'envoi immédiat d'une voiture pour venir le chercher.

Le quartier général de la CIA en Europe était au cinquième étage du consulat américain de Zurich, dans un immeuble contemporain blanc et gris qui ressemblait plus à un petit hôtel qu'à un bâtiment gouvernemental. Un grand drapeau américain flottait dans la cour. Une solide grille en fer entourait les lieux, uniquement accessibles par un portail électronique avec une loge de gardien et une sécurité active vingt-quatre heures sur vingt-quatre.

Cartwright montra son badge au gardien qui lui ouvrit le portail coulissant. Il était près de deux heures du matin. Johansson and Steele étaient montés à bord d'un avion en Slovénie qui se rendait directement à Zurich, où les attendait une voiture pour les conduire immédiatement au consulat. Ils étaient arrivés sur place avant lui. Cartwright s'en fichait pas mal : Johansson avait attendu jusqu'à ce que l'avion arrive pour l'appeler en lui disant qu'elle ramenait Steele. Cartwright dormait depuis moins d'une heure quand son téléphone mobile avait sonné, à quelques centimètres de sa tête, le faisant sursauter deux fois : la première fois quand il avait sonné et la deuxième fois lorsqu'elle lui avait annoncé la nouvelle.

Il dut montrer son badge encore trois fois avant de pouvoir être admis au cinquième étage : une fois à l'entrée de l'immeuble, la deuxième fois au niveau des ascenseurs et la troisième au garde assis qui l'avait accueilli quand les portes s'étaient ouvertes.

Ils connaissaient son visage, mais c'était le protocole. C'était également assez énervant.

Une assistante exécutive le conduisit dans la salle de debriefing, là où il aperçut Johansson et Steele à travers la vitre sans tain. Il demanda à l'assistante d'allumer la caméra et de tout enregistrer.

Ensuite, il prit une profonde inspiration, arbora son plus beau sourire et entra dans la pièce. Les deux agents arrêtèrent immédiatement de parler et levèrent les yeux vers lui. Au départ, Zéro ne sembla pas le reconnaître mais, au bout d'un petit moment, il plissa les yeux et acquiesça une fois.

"Directeur Adjoint," dit-il.

Le sourire de Cartwright s'élargit. Le visage de Zéro était enflé et couvert de bleus. Il y avait des pansements dans son cou et sur son front. Il avait vraiment une sale gueule. "Quel plaisir de vous voir, Zéro."

Kent secoua la tête. "Ne m'appelez pas comme ça."

"D'accord." Cartwright s'assit sur une chaise, face à Kent, et replia ses mains au-dessus de la table. "Bonjour, Kent." Il se tourna vers Johansson. "Veuillez nous laisser."

Elle jeta un coup d'œil à Kent comme si elle attendait son feu vert (*avait-elle oublié qui est le boss ici ?*), mais il acquiesça de nouveau et elle quitta la pièce.

Une fois que la porte fut close, Cartwright se râcla la gorge et commença. “Normalement, vous devriez savoir comment ce genre de choses fonctionne : vous nous racontez tout, du début à la fin, et nous corroborons vos dires avec toutes les preuves à notre disposition. Mais j’ai quelques questions à vous poser d’abord, donc commençons par ça.” Il désigna du doigt la caméra en hauteur, dans l’angle opposé à son siège. “Tout ce qui se dira ici va être enregistré. Nous n’allons pas vous faire passer au détecteur de mensonge parce que, franchement, nous savons que vous pouvez le duper. Nous vous demandons juste d’être totalement honnête. Considérez cette pièce comme n’importe quelle salle de tribunal. La sentence en cas de parjure est la prison, et vous savez très bien où nous envoyons les agents qui nous ont trahis.”

Kent acquiesça encore, sans mot dire. Cartwright avait du mal à lire en lui. Est-ce que Steele savait que c’était lui qui avait envoyé Reidigger et Morris pour le supprimer ? Si c’était le cas, il n’en montrait rien.

“Très bien, dans ce cas,” dit Cartwright, un petit peu trop fort. “Je pense que l’on peut dire avec certitude que, contrairement à ce que nous pensions, vous n’êtes pas mort. Donc, où étiez-vous durant les dix-neuf derniers mois ?”

“À Riverdale, dans le Bronx,” répondit simplement Kent. “J’enseignais l’histoire de l’Europe à des étudiants.”

Cartwright le regarda, stupéfait. “C’est une blague ?”

“Non.”

“Sous quel pseudonyme ?”

“Reid Lawson.”

“Incroyable.” Cartwright eut presque envie de rire. Dans le rapport qui avait suivi l’annonce faisant état que Zéro avait été tué en action, ils avaient passé en revue tous ses alias… mais n’avaient même pas pensé à vérifier son nom de naissance. Même Cartwright lui-même n’aurait jamais pensé qu’il reprendrait cette identité si évidente. Et pourtant, il l’avait fait, se cachant à la vue de tous pendant tout ce temps. “Et vos filles ? Où sont-elles ?”

Kent plissa les yeux. “Pas à New York, si c’est ce que vous voulez savoir.”

"Bien," dit gentiment Cartwright. "Je ne supporterais pas qu'il leur arrive quelque chose." Il n'avait jamais rencontré les filles de Steele, mais il connaissait leur existence. Il avait peine à imaginer l'Agent Zéro, si froid et indifférent en apparence, en tant que père aimant.

"J'attends également des réponses." Kent se pencha en avant, son regard d'acier le scrutant sans cligner des yeux. "Avez-vous envoyé l'Agent Morris pour me tuer ?"

Cartwright fronça fortement les sourcils. "Non. Non, bien sûr que non. En fait, après avoir fait nos propres recherches, il semble que vous aviez raison : l'Agent Morris travaillait avec la Fraternité. Nous avons creusé un peu et découvert un compte bancaire aux Îles Caïman avec plus de deux millions de dollars dessus. Il avait été ouvert au nom d'une fausse holding. Le PDG était censé être la grand-mère de Morris… alors qu'elle est morte depuis sept ans." Cartwright avait été choqué de découvrir l'implication de Morris au sein de la Fraternité, mais c'était une aubaine pour lui, le lavant de tout soupçon par rapport à la tentative ratée de Morris d'ôter la vie de Zéro. "À mon tour. Avez-vous tué Clint Morris ?"

"Non," répondit Kent. "Mais j'ai été témoin de son meurtre. Il a été tué par un assassin d'Amon…"

"Amon ?"

"C'est comme ça que les membres de la Fraternité s'appellent entre eux."

Cartwright fronça de nouveau les sourcils. "Qu'est-ce que ça veut dire ?"

"Amon est un ancien dieu d'Égypte," expliqua Kent. "Je n'ai pas encore tous les détails, mais je pense que ce groupe se base sur un culte fanatique qui a disparu au sixième siècle."

"Qu'est-ce qu'ils veulent ?"

"Je ne le sais pas avec certitude, une vague notion de 'retour aux anciens temps.'"

Cartwright sourit ironiquement. "Du genre, comme les pharaons et les pyramides ?"

"Ne soyez pas pédant," rétorqua Kent. Le sourire de Cartwright s'évanouit immédiatement. "Je ne suis pas sûr du but qu'ils cherchent à atteindre, mais je sais qu'à l'apogée de leur influence, les prêtres d'Amon étaient très puissants. Ils contrôlaient les régimes politiques. Ils murmuraient à l'oreille du pharaon qui les écoutait. Je crois qu'ils veulent faire quelque chose de semblable à nouveau : contrôler. Toutefois, tout comme ils l'ont fait avec la huitième dynastie d'Égypte, s'ils veulent reprendre le contrôle, ils vont d'abord devoir détruire la hiérarchie établie."

Cartwright ne l'aurait jamais avoué à quiconque, mais il était un peu impressionné. Cet Agent Zéro, assis en face de lui, était bien loin du Kent Steele confiant et limite hautain qu'il avait connu par le passé. "Quand prévoient-ils de faire ça ? Avons-nous une idée de l'échéance ?"

Kent haussa les épaules. "C'est ce que j'essaie de découvrir. C'est pour ça que je suis ici : j'ai besoin d'aide pour arriver jusqu'à eux."

"Et nous allons vous soutenir," répondit Cartwright. C'était un odieux mensonge. Son intention était de récupérer le compte-rendu de Steele, de lui coller les meurtres de Reidigger et de Morris sur le dos, avant de l'envoyer en cellule dans un site secret pour le restant de ses jours… qui seraient assez courts une fois qu'il aurait organisé un malheureux accident pour le supprimer. "Mais, avant cela, il me reste encore quelques questions. Avez-vous tué Alan Reidigger ?"

"Non. Il était mort quand je l'ai trouvé dans l'appartement, ici, à Zurich."

"Et pourquoi êtes-vous allé dans cet appartement de Zurich ?"

"Un fabricant de bombes russe avait l'adresse de Reidigger dans son téléphone. Je pense que quelqu'un avait donné l'adresse au russe, qui l'a donné à son tour aux iraniens, ceux-là même qui sont venus me cueillir chez moi, à New York, il y a quatre jours."

"Et qui est ce quelqu'un ? Morris n'aurait pas pu avoir accès à cette information." Cartwright plissa les yeux en réalisant ce que Kent était en train d'insinuer. "Est-ce que vous voulez dire que quelqu'un, au sein de la CIA… ?"

Avant qu'il n'ait pu finir sa question, quelqu'un frappa deux fois à la porte avant de l'ouvrir sans attendre de réponse. C'était l'assistante exécutive, une femme dans un tailleur gris avec les cheveux relevés en un chignon strict.

"Excusez-moi, Monsieur," dit-elle poliment. "Il y a un…"

"Excusez-*moi*," répondit sèchement Cartwright, "c'est un entretien privé et nous n'en avons pas encore terminé."

La femme brandit un téléphone mobile. "Mais vous avez un appel, Monsieur. C'est le Directeur Mullen. Il a dit que c'était urgent."

La gorge de Cartwright s'assécha d'un coup.

Kent Steele s'enfonça dans sa chaise en croisant les bras. "Je parie que vous allez vouloir le prendre," lança Kent.

Cartwright s'empara du téléphone. "Merci," dit-il rapidement. Il attendit que la femme soit partie avant de mettre le téléphone à son oreille. Kent leva un sourcil, mais ne montra aucune émotion, à cette exception près.

"Directeur," prononça Cartwright.

"Cartwright," gueula Mullen dans le téléphone. "Est-ce que vous aimez votre poste ?"

"La plupart du temps, Monsieur." *Bien que ce ne soit pas le cas en ce moment*, pensa-t-il amèrement.

"Alors j'espère que vous avez une bonne explication à me fournir sur la raison pour laquelle ce satané DRN vient de m'appeler en personne !" hurla Mullen.

Le visage de Cartwright devint blême. *Le DRN ? Comment ?*

Mullen était peut-être le directeur de la CIA, mais *son* patron était le Directeur du Renseignement National…et la seule personne dont dépendait le DRN était le président lui-même.

Cartwright se trouva à court de mots. "Monsieur, je…je ne sais pas…"

"Laissez tomber," aboya Mullen. "Le directeur vient juste de m'appeler pour une réunion d'urgence…" Mullen continua, mais Cartwright l'écoutait à peine car, au même moment, Kent Steele s'était levé de sa chaise et se dirigeait vers la porte.

Cartwright baissa le téléphone et chuchota, "Où croyez-vous aller comme ça ? Nous n'en avons pas terminé ! Asseyez-vous !"

“Vous en êtes sûr ?” demanda Kent. “Je pense que nous avons fini ici.”

“Cartwright ? Cartwright ! Est-ce que vous m’écoutez ?” La voix de Mullen semblait basse et distante.

Cartwright remit le téléphone à son oreille, pendant que Steele quittait la pièce. “Monsieur, oui. Désolé. Une réunion d’urgence. Quand ?”

“Tout de suite.” Mullen raccrocha.

Cartwright déglutit.

Il se hâta de quitter la pièce et s’aperçut que Steele était parti. Mais quelqu’un l’attendait dehors, dans le couloir : Maria Johansson, appuyée contre le mur avec les bras croisés et un sourire satisfait sur le visage. “Apparemment, il y a une réunion d’urgence,” dit-elle tranquillement. “Je vous accompagne.”

Cartwright était furax. En colère, il serrait les poings en marchant, mais gardait une expression calme sur le visage, alors qu’ils avançaient côte à côte le long du couloir.

“Comment ?” demanda-t-il à voix basse. “Comment diable avez-vous pu contacter le DRN directement ?”

Johansson haussa les épaules. “Vous n’êtes pas à jour sur les nominations politiques, n’est-ce pas cher Directeur Adjoint ?”

“Quel est le rapport ?”

“Mon père,” expliqua Johansson, “a été nommé au Conseil de la Sécurité Nationale il y a six mois. J’ai entendu dire que sa recommandation est venue de John Hillis lui-même.”

Cartwright fut atterré. “Votre père… ?” Elle avait raison, il n’avait pas été assez attentif à ces choses-là. Ses yeux s’élargirent au moment où il réalisa. Son père était un ancien sénateur qui avait précédemment siégé au Conseil de la Sécurité Intérieure. Et le temps que Cartwright arrive de l’hôtel jusqu’au consulat, elle était parvenue à contacter le DRN. Ce qui voulait dire…

Cela voulait dire que le debrief avec Steele n’était rien de plus qu’une façon de gagner du temps pendant que la réunion s’organisait. Ils s’étaient joués de lui, purement et simplement.

“Je n’y crois pas,” murmura-t-il.

"Il va falloir vous habituer." Johansson sourit de nouveau. "Je pense que l'heure qui va suivre promet son lot de révélations."

⚜ ⚜ ⚜

Les lumières étaient tamisées dans la Salle de Conférence C, la plus petite du bâtiment. Six personnes se trouvaient à l'intérieur : Cartwright, Steele, Johansson, deux autres directeurs adjoints, ainsi que le Directeur des Opérations de Zurich, qui supervisait les opérations quotidiennes du QG européen. Se trouvaient également là deux grands écrans LCD, installés à la hâte à chaque extrémité de la table de conférence. Sur l'un d'entre eux, s'affichait le Directeur de la CIA Mullen, son crâne chauve brillant plus que d'habitude sous la lumière crue du bureau de son domicile.

L'autre écran montrait un homme plus âgé, la soixantaine avancée. La peau sous son menton faisait des bajoues, mais ses yeux étaient vifs et observateurs comme ceux d'un oiseau traquant sa proie. Le Directeur du Renseignement National John Hillis n'avait pas l'air content.

Un jeune technicien brancha deux câbles à l'arrière de l'écran d'Hillis. "Monsieur ?" dit-il. "Vous nous entendez ?"

"Oui. Merci, mon garçon."

"Je reste devant la porte si vous avez besoin de moi." Le technicien sortit précipitamment.

Le regard d'Hillis parcourut la table, puis il se mit à parler. "J'ai convoqué cette réunion d'urgence afin de tenter d'étayer des allégations portées à ma connaissance très récemment," déclara-t-il sur un ton sévère. "Ces déclarations font état d'un terrorisme potentiel au sein même de la CIA. Je trouve ces affirmations très graves, et il est de la plus haute importance que nous allions immédiatement au fond des choses." Son regard perçant se posa sur Kent. "Agent Steele."

"Oui, Monsieur."

"Vous avez la parole. Je vous rappelle que tout ce que vous allez dire sera enregistré et partagé, à la fois avec le Conseil de la Sécurité Nationale et avec le Conseil de la Sécurité Intérieure."

"Compris, Monsieur. Merci." Kent Steele se leva de son siège. "Nous n'avons pas eu le temps de faire un debriefing complet avant cette réunion. Aussi, j'aimerais le faire maintenant, étant donné que tout est enregistré. Certaines des choses que je m'apprête à vous dire vont vous sembler à peine croyables. Tout ce que je vous demande, c'est de garder l'esprit ouvert. Étant donné nos choix de carrières et ce que nous avons tous vu jusqu'ici, je pense que vous serez d'accord avec moi pour dire que les événements de ces quatre derniers jours ne sont pas invraisemblables." Il prit une profonde inspiration. Cartwright constata que Johansson acquiesçait, l'air convaincue à son égard. "Il y a dix-neuf mois, Kent Steele, aussi connu sous le nom d'Agent Zéro, a été déclaré tué en action. Pourtant, me voilà. Pendant cette année et demie, j'ai vécu à New York avec mes deux filles, enseignant l'histoire de l'Europe à l'Université de Columbia. Jusqu'à il y a quatre jours, je ne me souvenais pas avoir jamais été agent de la CIA."

Pas de souvenirs ? Cartwright cligna les yeux, surpris. *Où est-ce qu'il veut en venir ?*

Steele leur raconta tout. Il commença par son kidnapping chez lui, dans le Bronx, par un trio d'iraniens. Son réveil dans un sous-sol de Paris. La puce de suppression de mémoire arrachée de son crâne. Quand il entendit ça, Cartwright fut véritablement choqué. Un suppresseur de mémoire... il savait que de telles choses existaient. Si c'était vrai, alors le stratagème était brillant et il ne doutait pas qu'Alan Reidigger y ait participé. Alan avait doublé Cartwright, et ce dès l'instant où il s'était porté volontaire pour tuer son meilleur ami, jusqu'à son meurtre prématuré.

Kent leur parla du chai de fabrication de bombe en Belgique. Il leur raconta la découverte du corps de Reidigger à Zurich, et de la photo qui l'avait conduit à Rome. Il leur expliqua comment il avait retrouvé Johansson et leur parla de l'attaque de Morris qui s'en était suivie.

Le cerveau de Cartwright tournait à cent à l'heure pendant que Steele parlait. *S'il est honnête et qu'il a vraiment perdu la mémoire, peut-être qu'il ne se souvient pas qui a donné l'ordre de le supprimer il y a dix-neuf mois.* Que Zéro s'en souvienne ou pas, il ne le disait pas dans son récit. Mais cela paraissait logique : il serait stupide de désigner Cartwright ici et maintenant. S'il s'en souvenait, il avait un coup d'avance. Et même s'il ne s'en souvenait vraiment pas, le directeur adjoint devrait quand même faire extrêmement attention à partir de maintenant.

"L'Agent Johansson est venue me chercher à Maribor," expliqua Steele, alors qu'il arrivait à la conclusion de son récit. "Elle m'a convaincue que la meilleure chose à faire était de revenir, malgré ma méfiance. Ensemble, nous avons déduit que cette organisation, Amon, n'aurait pas pu obtenir toutes ses informations de la part de l'Agent Morris. Il n'aurait pas su où se trouvaient les Agents Reidigger et Johansson, et il n'était certainement pas au courant non plus que Reidigger connaissait *mon* lieu de vie. Aussi, nous avons de fortes raisons de croire que quelqu'un de plus haut placé à la CIA qu'un agent de terrain fournit des renseignements à Amon."

Steele se tut soudain. Le silence dans la salle de conférence était gênant. Cartwright pouvait voir à leurs expressions de visage que les autres directeurs étaient tout aussi abasourdis. Même Mullen, qui avait d'ordinaire une maîtrise totale sur les subtilités de ses réactions, était clairement stupéfait.

"Une dernière chose, Messieurs les Directeurs," ajouta Kent. "Je comprends bien que mes récentes actions n'ont pas été sanctionnées par la CIA ou le gouvernement américain. J'ai probablement enfreint une douzaine de lois, ne serait-ce que durant ces dernières vingt-quatre heures. J'en suis totalement conscient et j'accepterai toutes les mesures punitives que vous jugerez nécessaires." Il murmura, "Merci," avant de se rasseoir.

Le Directeur Hillis s'éclaircit la gorge. "Pardonnez-moi, Agent Steele, mais je crois que nous avons tous besoin d'un moment pour digérer ce que vous venez de nous dire." Il posa ses doigts devant sa bouche, avant de souffler. "Si tout ceci est vrai, c'est un enchaînement extrêmement incroyable de circonstances. Mais, comme vous l'avez dit, ce n'est pas totalement invraisemblable. Ces allégations sont très sérieuses et nous ne devons pas les prendre à la légère."

Le regard du DRN se porta sur l'écran de Mullen, à l'autre bout de la table de conférence. "Directeur Mullen, je vais demander l'aide de la NSA pour surveiller toutes les communications de chaque membre de la CIA ayant un rôle de supervision. Cela inclut les adresses e-mail personnelles et les téléphones mobiles de chacun. Et cela prend effet immédiatement"

"Monsieur," dit prudemment Mullen, "Je ne suis pas sûr qu'il soit sage de..."

Hillis lui jeta un regard assassin, et Mullen se tut. Cartwright se dit que le directeur de la CIA aurait bien voulu contester encore, mais qu'il n'osait pas.

"Oui, Monsieur," répondit fermement Mullen.

"Quant à vous, Agent Steele," ajouta Hillis. "Vous nous avez dit que vous pensez que cette attaque terroriste aura lieu bientôt. Pouvez-vous être plus précis et sur quoi vous basez-vous pour penser cela ?"

"J'ai bien peur de n'avoir de réponses à aucune de ces questions, Monsieur." Steele secoua la tête. "Il s'agit avant tout d'une sensation, comme si j'avais découvert quelque chose avant que l'on m'implante le suppresseur de mémoire et que je ne m'en rappelle pas encore."

Une sensation. Cartwright faillit exploser de rire.

"Eh bien dans ce cas, Agent," poursuivit Hillis, "vous feriez mieux de vous y remettre et de le découvrir."

Cartwright attira l'attention. Il se retrouva debout avant même d'avoir réalisé qu'il s'était levé. "Monsieur, si je peux..."

Hillis le fusilla du regard. Cartwright se sentit rapetisser sous ce regard féroce. "Euh, désolé, Monsieur. Directeur Adjoint Cartwright, Division des Activités Spéciales. L'Agent Steele était un agent de terrain sous ma supervision quand je dirigeais le Groupe des Opérations Spéciales à l'époque de sa mort présumée. Je le connaissais bien... ou plutôt, je le connais bien. Je pense qu'étant donné sa perte de mémoire et, euh, son implication personnelle dans cette affaire, il devrait être considéré comme compromis."

"Cartwright, n'est-ce pas ?" Le Directeur Hillis observa Cartwright sans ciller pendant un long moment. " Division des Activités Spéciales. Hum. D'après tout ce que cet homme vient de me dire, il a fait plus de progrès en quatre jours que l'intégralité de votre division en deux ans. Pourquoi diable est-ce que je le mettrais de côté ?"

Parce qu'il pourrait découvrir des choses sur moi. Sur nous. Sur ce que nous avons essayé de lui faire. "Eh bien, Monsieur… euh, je pense qu'il pourrait mettre en danger le, euh…"

"Vous dites n'importe quoi, Cartwright. Asseyez-vous."

"Oui, Monsieur." Cartwright se rassit docilement.

"Directeur Mullen, j'ordonne que l'Agent Steele soit immédiatement réintégré et qu'on lui donne accès à toutes les ressources de la CIA. Qu'on lui donne tout ce qu'il demande."

"Monsieur, si possible, j'aimerais avoir pour partenaire l'Agent Johansson," demanda Steele. Il porta le regard sur elle, assise de l'autre côté de la table. "C'est la seule en qui je pense pouvoir faire confiance à l'heure actuelle."

"D'accord," répondit Hillis. "Et pendant que vous faites tout votre possible de votre côté, sachez que nous ferons tout ce qui est en notre pouvoir pour découvrir qui fournit des renseignements à ces extrémistes. Mettons-nous au travail. Fin de la réunion." Alors que les directeurs adjoints et les deux agents se levaient de leurs sièges, le DRN ajouta, "Sauf pour vous, Mullen. Et Cartwright. Je veux vous parler à tous les deux."

Cartwright sentit la panique le gagner, alors qu'il s'enfonçait un peu plus dans sa chaise. Le visage de Mullen se figea, pendant que les quatre autres personnes quittaient la salle de conférence.

Hillis se gratta le bout du nez, l'air irrité. "Suppresseurs de mémoire ? Agents ingérables ? Taupes ? Et nous ne savions *rien* de tout ça ?" Il secoua la tête. "Saisissez tout de suite votre chance de me dire tout ce que vous savez et qui n'a pas encore été dit ce soir."

Les deux hommes gardèrent le silence. Cartwright fixait des yeux la table en bois.

"Très bien, dans ce cas," dit Hillis. "Vous avez de la chance que nous devions réparer ces fuites et mettre un terme à ce complot en priorité. Mais soyez sûrs que dès que ce sera fait, nous lancerons une enquête exhaustive sur ce qui est arrivé à cet homme il y a dix-neuf mois. Si nous découvrons que vous avez tous les deux quelque chose à voir dans tout ça, il n'y aura pas que vos carrières en jeu. Est-ce bien clair ?"

“Oui, Monsieur,” murmurèrent-ils.

“Parfait. Vous pouvez disposer.” Le Directeur Hillis éteignit sa caméra et l’écran devint noir.

Mullen décocha un regard dédaigneux à Cartwright en secouant la tête. Sans dire un mot, il se pencha lui aussi en avant pour éteindre sa caméra, laissant Cartwright seul dans la salle de conférence.

Il avait grandement failli à la tâche. Non seulement Steele était vivant mais, en plus, la CIA serait scrutée de près à présent. Le Directeur du Renseignement National n’allait pas le lâcher d’une semelle. Les appels et les mails de Cartwright, peut-être même ses SMS, allaient être étroitement surveillés.

Il n’avait pas d’autre choix que de travailler avec l’Agent Zéro, de lui donner tout ce qu’il demanderait, en espérant qu’il ne découvre jamais que lui et Mullen avait ordonné à deux agents de la CIA de lui tomber dessus.

Il finit par se lever de sa chaise et quitter à son tour la salle de conférence. Bien sûr, Steele et Johansson l’attendaient dans le couloir. Il y avait des milliers de choses que Cartwright aurait voulu leur dire, aurait aimé pouvoir leur dire, mais il se contenta d’un sourire forcé. “Excellent travail, Agents. Vraiment superbe. Je veux que vous sachiez que, quoi qu’il se passe, je vous recommanderai tous les deux pour le Prix de Bravoure …”

“Je veux que mes filles soient mises sous protection,” l’interrompit Kent. “Immédiatement.”

“Watson et Carver,” ajouta Johansson. “Ils peuvent emmener les filles en lieu sûr.”

“Nous avons des ressources aux États-Unis que nous pouvons mettre sur le coup …” commença Cartwright.

“Bizarre, je suis bien sûre d’avoir entendu le Directeur du Renseignement National dire qu’il fallait donner à Kent tout ce qu’il demandait.” Johansson leva un sourcil.

Cartwright sourit, bouche fermée, cachant ses dents serrées. “Bien sûr. Où sont vos filles ?”

“Non,” dit Kent. “Vous mettez les agents dans un avion, et je vous dirai où les envoyer ensuite une fois que j’aurai organisé les choses de mon côté.”

"Sans aucun problème." Cartwright avait mal aux mâchoires à cause de son sourire forcé. "Watson et Carver prendront le prochain vol." Il songea qu'il faudrait que Steve Bolton, à Langley, organise le transport et la récupération des agents à leur arrivée.

"Et nous avons besoin d'un jet," ajouta Steele. "Un rapide. Nous devons nous rendre au Maroc tout de suite."

Cartwright fronça les sourcils. Même Johansson le regarda d'un air étonné. "Qu'est-ce qu'il y a au Maroc ?" demanda-t-elle.

"Le cheikh Mustafar."

"Nous avons déjà interrogé le cheikh," dit-elle. "Il croupit dans la cellule d'un site secret depuis plus d'un an et demi. Tu m'as dit que tu te souvenais de ça."

"Je me rappelle ce qu'il nous a dit," rétorqua Kent. "Je veux savoir ce qu'il ne nous a *pas* dit."

Chapitre Vingt-Huit

"C'est marrant," dit Maria, "Il me semble que tu m'as dit n'avoir trouvé aucune piste en Slovénie." Elle s'assit en face de Reid dans un fauteuil en fausse fourrure couleur crème. Ils étaient les seuls passagers à bord d'un Gulfstream G650, un avion à soixante-cinq millions de dollars, volant à Mach 0.86 en direction du Maroc.

Je n'étais pas sûr de pouvoir te faire confiance, pensa-t-il. Et c'était toujours très légèrement le cas... même si, après tout ce qu'elle avait fait pour lui (contacter le DRN et lui permettre de s'exprimer), il pensait que c'était en bonne voie.

"Je suis désolé de te l'avoir caché," répondit-il simplement. "En tout cas, je te remercie vraiment. Je n'aurais jamais pu faire tout ça sans ton aide."

"Tes filles seront en sécurité bientôt," promit-elle. "Watson et Carver sont dignes de confiance. Tu as ma parole là-dessus." Elle émit un léger rire. "Il faut admettre que c'est un peu ironique de prendre un jet luxueux pour aller dans l'un des pires endroits sur terre."

"Hum. Je ne suis pas sûr qu'on puisse qualifier ça d'ironique. Il y a certainement eu un renversement de ce à quoi on s'attend, comme si on arrivait là-bas et qu'à la place du site secret, on trouvait un hôtel cinq étoiles à la place."

"Oh, toutes mes excuses, Professeur." Johansson esquissa un sourire. Reid leva les yeux et constata qu'elle ne le quittait pas du regard.

"Qu'est-ce qu'il y a ?"

"Tu es différent maintenant. Tu le sais ?"

"Non. Je ne m'en rends pas compte. Que veux-tu dire par différent ?"

"C'est difficile à dire." Elle sembla songeuse pendant un moment. "Kent était toujours si sûr de lui... même arrogant parfois. Il était férocement intelligent, tout comme toi. Il était audacieux. Téméraire. Il avait un caractère de chien." Elle se mit de nouveau à rire. "Je ne devrais pas dire ça comme ça. Tu es toujours lui. Ou alors, il est toi. Je ne devrais pas parler comme si c'était quelqu'un d'autre… mais, dans un certain sens, c'est ce que je ressens."

"Donc… différent c'est bien, non ?"

"Ouais. Différent c'est bien. Je veux dire, moins arrogant c'est bien." Elle émit un rire léger. "Tu sembles avoir un caractère plus stable à présent. Avant, sur une affaire, Kent devenait… obsédé. Il était affûté comme un couteau. Le travail était la seule chose qui comptait. Généralement, c'est une qualité, mais il y a d'autres choses dans la vie. J'ai l'impression que tu le comprends mieux maintenant."

Il acquiesça, mais garda le silence. Elle parlait de Kent, de l'ancien Kent, avec une sorte de vénération discrète mais, en même temps, il y avait une pointe d'agacement dans sa voix qui exprimait que pas mal de chose laissaient à désirer sur son ancien tempérament.

L'interphone grésilla et la voix du pilote s'éleva. "Agents, nous avons atteint notre altitude de croisière."

Reid alluma immédiatement un ordinateur portable. Il lui tardait de prendre des nouvelles de ses filles.

Moins d'une demi-heure auparavant, ils étaient au consulat, à Zurich, à discuter avec Cartwright. On leur avait donné des vêtements de rechange, même si Reid avait préféré garder ses boots et son bomber. Il avait fini par les adorer. Il avait troqué le lourd revolver REX contre un Glock 27 plus familier, avec un LC9 sanglé à la cheville. Il avait également abandonné le sac anti-insectes, dans un casier verrouillé, ainsi que le revolver et ses anciens vêtements. Il avait gardé le couteau suisse dans une poche de son blouson. Il ne le gardait pas pour son utilité et ne pensait même pas en avoir besoin, mais plutôt pour se souvenir d'un vieil ami dont il se rappelait à peine.

Puis, avec Johansson, ils avaient été rapidement escortés sur une piste de décollage où ils étaient montés à bord du Gulfstream, et s'étaient mis en route vers le Maroc.

Il se connecta à son compte Skype et vit qu'un message l'attendait de la part de Katherine Joanne. *Nous sommes en sécurité*, disait-il. *Je suis désolée, je n'ai pas pu avoir accès à un ordinateur avant.*

Reid poussa un soupir de soulagement. Maya avait raté le dernier pointage, mais ce message le rassura. Il posa les doigts sur le clavier, mais hésita sur ce qu'il allait écrire. Il voulait être honnête, sans rentrer dans les détails. Finalement, il écrivit :

Lis attentivement ce message. Tu mérites des réponses, mais je ne peux pas toutes te les donner. Je peux te dire une chose : je ne suis pas dans notre pays. J'aide certaines personnes importantes à faire un travail vraiment vital que je dois accomplir. C'est bien plus important que moi. Toutefois, ma priorité première est de vous savoir toutes les deux en sécurité. Je vous envoie deux hommes pour vous protéger. Ils vont vous emmener quelque part et vous garder en sécurité. Nous pouvons leur faire confiance.

Il s'arrêta et jeta un coup d'œil à Maria, en train de lire une transcription de leur dernier interrogatoire du cheikh. Elle faisait confiance aux deux agents que Cartwright envoyait pour protéger ses filles et, pour le moment, il devait se contenter de ça. Reid décida que c'était le cas. Il valait mieux ça, plutôt que les filles soient seules sans qu'il ne puisse savoir ce qui se passait.

Il écrivit : *Je ne veux pas que tu me dises où vous êtes. Je veux que tu me donnes un point de repère, un lieu public, où ces deux hommes pourront vous retrouver. Ce n'est pas nécessaire qu'il soit tout près. Il faut juste que ce soit un endroit où vous pourrez vous rendre facilement.*

Juste au moment où il appuyait sur le bouton d'entrée pour envoyer son long message, une icône verte lui indiqua que Maya venait de se connecter. Il attendit quelques instants qu'elle lise son message, puis il en reçut un à son tour.

Maya demandait : *Dis-moi quelque chose qui me prouve que c'est toi.*

Un léger sourire recourba ses lèvres. Elle était aussi prudente qu'intelligente. Reid était incroyablement fier… et, en même temps, il espérait vraiment qu'elle n'aurait jamais l'idée de rejoindre la CIA elle-même.

Je suis désolé que tu aies raté ton rendez-vous en ville pour la Saint Valentin, tapa-t-il.

Deux bonnes minutes s'écoulèrent avant que n'arrive son message suivant. *Quai Wonderland*, disait-il. *Près des singes. Tu te souviens ?*

Reid faillit rire à voix haute. Le Quai Wonderland était un tout petit parc d'attraction sur la côte du New Jersey, non loin d'Ocean City. Il y avait emmené ses filles quand elles étaient plus jeunes. À l'entrée du parc, juste après le quai, il y avait un spectacle de singes animatroniques qui jouaient de plusieurs instruments. Sara, qui n'avait que dix ans à l'époque, avait été tellement effrayée qu'elle avait fondu en larme en les voyant.

Il appela immédiatement Cartwright. “J'ai un lieu : Quai Wonderland, Ocean City, New Jersey, à l'entrée du parc.”

“Entendu,” confirma Cartwright. “Le temps de trajet de Watson et Carver est d'environ onze heures. Il est à peu près vingt-deux heures sur la côte Est des États-Unis, c'est ça ? Donc, assurez-vous que les filles y soient à neuf heures du matin. Dites-leur de ne pas paniquer s'ils n'arrivent pas tout de suite, mais de ne pas attendre plus d'une heure.”

“Très bien,” dit Reid. Ensuite, bien que ça lui semble bizarre de dire ça à Cartwright, il ajouta, “Merci.”

“De rien. Des signes distinctifs ?”

“Signes distinctifs, OK. Sara à quatorze ans, elle mesure environ un mètre cinquante, elle a les cheveux blonds jusqu'aux épaules. Maya a seize ans, elle mesure un mètre soixante, elle est brune aux cheveux longs. Dites aux agents de les accoster en utilisant le nom de Katherine Joanne, afin qu'elles sachent que ce sont les bonnes personnes.”

À la mention de Kate, Maria leva les yeux, sans mot dire.

“Parfait. Soyez tranquille, on va les récupérer,” dit Cartwright. “Je vous le confirmerai personnellement quand ce sera fait.” Le directeur adjoint raccrocha.

Reid relaya le message de Cartwright à Maya : *Soyez là-bas à 9 heures du matin. N'attendez pas plus d'une heure. Ne les cherchez pas. Ce sont eux qui vous trouveront. Ils s'appellent Watson et Carver. Ils vous demanderont votre identifiant Skype. Si quiconque vous approche sous un autre nom, fuyez et demandez de l'aide.*

OK, confirma Maya.

Je vous aime toutes les deux.

On t'aime aussi.

Reid se déconnecta et ferma l'ordinateur. Il regarda dans le vide un moment, ses pensées dérivant vers des souvenirs heureux de ses filles et de Kate sur la côte. Marchant sur le quai. Jouant au mini-golf et faisant des tours de manège.

Il ne s'était même pas rendu compte qu'il était dans ses pensées, jusqu'à ce qu'il sente la main de Maria se poser sur la sienne.

"Tout ira bien pour elles," dit-elle sur un ton rassurant. "Si elles tiennent un peu de toi, elles sont capables de gérer plus de choses que tu ne le crois."

"Ouais," dit-il, l'air distant. Il émergea de son brouillard. "Concentrons-nous. Je vais relire la transcription une fois que tu auras terminé. Ensuite, nous verrons bien ce que notre ami le cheikh ne nous a pas dit."

⚜ ⚜ ⚜

Maria avait eu raison sur deux points : un jet Gulfstream atterrissant sur un site secret dans le désert marocain était vraiment incongru. Et c'était vraiment l'un des pires endroits sur terre.

Il était huit heures du matin, heure locale, quand ils arrivèrent au site secret. Il avait été organisé pour ressembler à un avant-poste opérationnel de l'US Army ou à une base d'opérations. Le périmètre était entouré d'une clôture grillagée irrégulière, érigée à la hâte, avec des fils barbelés au sommet. Au sol, se trouvaient des rangées de tentes en toile semi-permanentes, interrompues par des structures en acier carrées avec des toits en dôme. Il semblait que tout, des camions aux tentes en passant par les dômes en acier, était de couleur terne qui s'accordait avec le sable environnant.

Ils furent accueillis sur la piste d'atterrissage improvisée, juste à l'extérieur du site, par un membre des Forces Spéciales avec des lunettes de soleil Oakley et un bandana kaki enroulé autour de sa la tête. Il avait une épaisse barbe brune et portait un AR-15 dans un étui à l'épaule.

"Agents, je suis le Sergent Jack Flagg des Opérations des Forces Spéciales. Bienvenue à Enfer Six." Il leur serra rapidement la main. Il ajouta à l'attention de Reid, "On dirait que vous êtes passé dans une essoreuse, Monsieur."

Reid ne releva pas ce commentaire : il était bien conscient que son visage avait connu des jours meilleurs. "Pourquoi appelez-vous ce lieu Enfer Six ?" demanda-t-il plutôt.

"Ce site a pour dénomination H-6," répondit Maria.

"Mais je suis sûr que vous comprenez pourquoi on l'appelle ainsi," renchérit Flagg. Il avait un léger accent texan dans la voix. "On m'a déjà expliqué la raison de votre présence. Suivez-moi."

Une tempête de vent souffla, alors que Flagg les guidait à travers le camp. Reid rajusta son blouson et le ferma. Il avait toujours associé ce type d'endroit désolé à un climat chaud et aride. Il n'arrivait pas à croire qu'il puisse faire si froid dans le désert.

Le sergent poussa la porte en acier de l'une des innombrables structures en dôme, ternes et déprimantes, et les conduisit à l'intérieur. Il n'y avait pas de fenêtre, pas d'autre issue, et le lieu était uniquement éclairé par une seule ampoule nue de quarante watts au sommet du plafond haut de trois mètres. Le sol était en terre battue, le sable ayant été évacué pour mettre en place la structure.

Il n'y avait personne à l'intérieur, mais il y avait une grille en fer carrée, au sol, en plein milieu de la pièce, avec des menottes en chaîne suspendues à l'extrémité du mur côté est, solidement attachées à la façade d'acier par d'épaisses pointes en fer.

"Juste une seconde," dit Flagg. Avec un grognement d'effort, il tira pour ouvrir la grille en fer : c'était une trappe à charnières, posée au sol. Elle donnait sur une petite pièce souterraine aux murs sales, à environ deux mètres quarante en-dessous, avec une échelle inclinée en bois qui permettait de descendre. Il sortit son AR et le tendit à Reid par l'étui. "Gardez-moi ça un moment, vous voulez bien ?" Le sergent dégaina une arme de poing, un Sig Sauer XM17 marron du désert, et entreprit de descendre l'échelle en bois.

"Viens," l'entendirent-ils dire. "Dépêche-toi de grimper. Tu as de la visite."

Il fallut près d'une bonne minute avant que la tête de Flagg ne réapparaisse. Il tenait son pistolet en avant d'une main, tandis que l'autre pendait sur le côté, traînant quelque chose… ou plutôt quelqu'un.

Le cheikh était bien loin de la vision de Reid quand il s'était souvenu de leur rencontre, datant d'il y a vingt mois. À l'époque, le cheikh avait paru terrifié mais, au moins, il était en bonne santé : ses joues étaient colorées, il avait un peu de ventre et les muscles de ses bras et de ses jambes semblaient toniques.

Le triste personnage que Flagg avait tiré de son trou était une créature bien différente. Ses bras et ses jambes étaient squelettiques, saillant au niveau des articulations, rappelant des branches d'arbre noueuses. Ses joues avaient fondu et ses pommettes ressortaient énormément, ce qui donnait l'impression que ses yeux étaient beaucoup trop grands pour son visage. On avait rasé entièrement son crâne, mais sa barbe était longue, grise et irrégulière. Il portait une tunique, marron, sans manches, ceinturée à la taille par une corde, ainsi qu'un bermuda de la même couleur qui semblait bien trop large sur ses jambes maigres.

Une fois en haut de l'échelle, le sergent libéra le cheikh de son étreinte, et celui-ci tomba sur le sol poussiéreux, à ses pieds. Reid constata que son regard était vide et stoïque, ne se portant sur rien en particulier.

"Qu'est-ce qui ne va pas chez lui ?" demanda Maria. "Il a l'air catatonique."

"Oh, ne vous inquiétez pas pour lui," dit Flagg. "Il est juste dans son monde. Il se comporte souvent ainsi. Il ne bouge pas beaucoup. Il mange à peine. La plupart du temps, il se contente de dormir ou il reste assis avec ce regard vide. Mais nous l'entendons presque tous les jours se murmurer des trucs à lui-même."

"Et que dit-il ?" demanda Reid.

"La plupart du temps, on ne comprend même pas ce qu'il dit," dut admettre Flagg. "Mais c'est arrivé quelques fois, à l'époque où il était plus cohérent. Je l'ai bien clairement entendu. Il disait la même chose, encore et encore. Je ne me souviens pas de tout, mais on aurait dit une sorte de prière. Semblable à aucune prière que j'aie entendue jusqu'ici, mais ça avait quand même l'air d'en être une."

"Est-ce que vous vous souvenez des paroles ?" demanda Kent.

"Juste une partie," indiqua Flagg. "Il disait, 'Et sa colère, en un instant, emporte tout sur son passage,' ou un truc dans ce genre-là. Est-ce que ça vous dit quelque chose ?"

Reid secoua la tête. “Non, désolé.” Il n'avait jamais entendu une telle prière non plus, pas dans les idéologies chrétienne et musulmane en tout cas. “Pouvez-vous nous laisser quelques minutes avec lui ?”

“Bien sûr.” Flagg montra le AR-15 dans les mains de Reid. “Vous voulez le garder ou pas ? On dirait que vous ne savez pas quoi en faire.”

Il avait presque oublié qu'il le tenait. L'arme semblait si familière entre ses mains. Quand il baissa les yeux, il constata qu'il tenait le bout de la crosse par le haut, canon pointé vers le bas à un angle de quarante-cinq degrés, son index posé contre le cran de sûreté de la gâchette.

“Euh, non merci, ça va aller.” Il le tendit de nouveau à Flagg. Il était persuadé que Mustafar n'opposerait aucune résistance. Le cheikh devait faire à peine plus de quarante kilos tout mouillé.

“Très bien. Dans ce cas, je reste dehors, devant la porte, si vous avez besoin de moi.”

Dès que Flagg fut sorti, Reid s'agenouilla à côté du cheikh. Mustafar était à quatre pattes sur le sol sale, le regard totalement absent.

“Cheikh Mustafar,” dit-il d'une forte voix. “Vous me reconnaissez ?”

“Une balle…” La voix du cheikh était rauque et enrouée. Il toussa violemment et prit plusieurs profondes inspirations pour s'en remettre. “Une balle fait le même bruit dans toutes les langues.”

“Oui. Je vous ai dit ça. Vous vous souvenez de moi alors ?”

Lentement, très lentement, le cheikh leva les yeux pour porter son regard sur Reid. “Agent Zéro,” dit-il tranquillement.

“C'est ça. Je suis venu vous poser quelques questions.”

“Vous m'avez déjà posé des questions,” prononça le cheikh d'une voix éraillée. Il s'installa sur ses cuisses, jambes repliées en dessous. Puis, il leva la main gauche, paume vers le haut. “Vous avez posé les questions, et vous avez pris.” Lentement, il retourna la main pour la présenter face à Reid et Maria.

Il n'avait pas d'ongles sur les doigts. Juste la peau sèche, craquelée.

“Vous avez posé des questions. Je n'avais pas les réponses. Alors, vous m'avez pris des choses. Qu'êtes-vous venu me prendre cette fois, Agent ?” Mustafar esquissa un large sourire. Il lui manquait la moitié des dents.

Reid détourna le regard. S'il avait aussi fait ça, il n'en avait aucun souvenir.

Quoi qu'il en coûte. Tu te souviens ?

Il se força à regarder de nouveau le cheikh et son sourire édenté. "Il vous en reste encore beaucoup que je peux prendre. Croyez-moi quand je vous dis que vous allez préférer être honnête avec moi." Reid se leva et se mit à marcher autour du cheikh. "J'ai récemment interrogé un homme qui prétend que vous pourriez savoir quelque chose. Il n'a pas eu l'occasion, avant de mourir, de pouvoir m'expliquer ce que vous pourriez savoir au juste. Il se faisait appeler Amon."

Reid observa attentivement Mustafar, cherchant le moindre signe de réaction, mais il n'y en eut aucun.

"Il pensait que vous êtes au courant de quoi ?"

Le cheikh ne répondit pas.

Reid se remémora la conversation dans sa tête. *Il sait.* C'est ce qu'avait dit le type d'Amon en Slovénie. *Il sait.* Puis, avant de perdre connaissance, il avait murmuré quelques vagues paroles de plus : *Le cheikh ... il n'est pas ...*

"Je vous pose de nouveau la question," reprit Reid. "Il pensait que vous êtes au courant de quoi ?"

Maria secoua la tête. "Comment sais-tu que ce mec, en Slovénie, n'a pas juste essayé de te mettre sur une fausse piste pour nous faire perdre du temps ?"

"Je n'en sais rien," répliqua Reid. "Mais nous sommes ici, et je vais le découvrir."

Pourtant, le cheikh ne disait rien. Il regardait au sol et murmurait quelque chose dans sa barbe.

"Quoi ? Qu'est-ce que vous dites ?" demanda Reid. "Parlez."

Le cheikh lui sourit de nouveau, mais ne répondit rien.

"Des pinces ?" suggéra Maria.

Reid acquiesça sans quitter Mustafar des yeux. "Des pinces. Et quelque chose de tranchant."

Alors que Maria se dirigeait vers la porte pour demander ces instruments, Reid se repassa la scène en tête une fois de plus, son interrogatoire du membre d'Amon dans l'entrepôt. *Il sait*, avait dit cet homme.

Il sait.

Le cheikh ...

Il n'est pas ...

Le cheikh ...

Il n'est pas ...

"Fils de pute," lâcha Reid dans un souffle. "Maria, attends." Elle s'arrêta devant la porte. "J'ai une intuition." Il attrapa une poignée de barbe du cheikh.

Soudainement, Mustafar bougea bien plus vite qu'ils ne l'auraient cru possible dans son état. Il secoua la tête en arrière pour se dégager de l'étreinte de Reid et sa bouche édentée se recourba en laissant échapper un grognement.

"Johansson," dit Reid, "tiens-le."

Maria avança pour l'immobiliser. Le cheikh se débattit, comme s'il allait la frapper, mais elle attrapa facilement son bras et le tordit derrière son dos. Il poussa un cri de douleur. Elle saisit son autre bras et le maintint fermement.

Reid reprit en main une poignée de barbe grise et sale. Puis il tira brutalement vers le haut, forçant Mustafar à regarder vers le plafond. "Où est-il ?" hurla Reid. Il tira à gauche et à droite, faisant balloter la tête du cheikh sur son cou fin.

"Qu'est-ce que tu fais ?" de manda Maria.

Reid ne répondit pas. *Il n'est pas ... le cheikh.* Voilà ce que le membre d'Amon avait essayé de lui dire avant de tomber dans les pommes.

Reid utilisa ses pouces pour séparer l'épaisse barbe grise et rêche ... Et c'est alors qu'il la vit. Juste en-dessous du menton de cet homme, à l'intersection avec la mâchoire, se trouvait une marque bien cachée par sa barbe épaisse. C'était le hiéroglyphe d'Amon.

Il n'est pas le cheikh.

Ils avaient rasé la tête du cheikh, mais n'avaient pas touché à sa barbe. De nombreux musulmans pensaient que garder la barbe était une obligation religieuse et, malgré le fait qu'il soit prisonnier, les geôliers du site secret respectaient ça. Même à Guantanamo, on donnait aux prisonniers musulmans des tapis de prière orientés vers la Mecque.

Amon le savait. Et ils avaient utilisé ça à leur avantage pour camoufler la marque.

Reid recula d'un pas. "Laisse-le." Maria le lâcha, et l'homme retomba piètrement au sol. "Vous n'êtes pas lui. Vous n'êtes pas Mustafar."

Maria ouvrit légèrement la bouche d'étonnement. "Qu'est-ce que tu racontes ? C'est nous qui l'avons eu. Nous l'avons trouvé nous-mêmes et ramenés ici…"

"Et ils ont eu un coup d'avance sur nous," soupira Reid de frustration. "Les taupe dans l'agence ont dû apprendre que nous étions après le cheikh. Elles ont prévenu Amon, qui a remplacé le cheikh par un sosie. Cet homme n'est pas Mustafar. Il fait partie d'Amon."

"Je n'arrive pas à y croire," murmura Maria.

"Réfléchis. Le vrai Mustafar était riche et puissant, mais il n'était pas membre d'Amon. Si nous l'avions amené ici, il aurait immédiatement craqué sous la pression. Il avait *tout* à perdre. De plus, c'était leur banquier : le cheikh finance le complot d'Amon. Ils ne pouvaient pas prendre le risque qu'il soit capturé, sachant ce qu'il sait. Et ils ne pouvaient pas non plus se permettre de perdre leur poule aux œufs d'or."

"Bon sang." Maria faisait les cent pas dans la petite pièce en terre battue. "Mais il nous reste ce type. Il est d'Amon. Il sait forcément des choses."

Reid secoua la tête. "C'est peu probable. Sachant ce que je sais sur eux, ils n'auraient pas dit à cet homme quoi que ce soit d'important. Ils savaient bien que nous allions le torturer pour obtenir des renseignements." Otets avait raison : le "cheikh" n'était qu'un bouc émissaire. Il ne savait rien, du moins pas comme Reid s'y attendait.

Il s'agenouilla pour se retrouver presque face à face avec le faux cheikh. "Ce n'est pas vrai ?"

Pour toute réponse, l'homme esquissa un sourire béant. Il se mit à rire doucement.

"Vous voulez savoir ce qui est drôle ?" lança Maria. "C'est que vous allez tout de même passer le reste de votre vie courte et misérable dans ce trou."

Son rire se transforma en véritable ricanement, pour finir par un caquètement sauvage. Il se retourna sur le dos, rigolant comme un dément.

Puis, il se mit à crier. “Même s'il peut s'avérer que le servant se justifie d'avoir mal agi, Amon se justifie, lui, en étant miséricordieux. Et pour ce qui est de sa colère, en l'espace d'un instant, elle emporte tout sur son passage. En tant qu'Amon, nous endurons.”

Maria lui donna un vif coup de pied dans les côtes. L'homme roula en grognant, les bras repliés contre son torse.

“Kent, c'était une impasse,” murmura-t-elle. “Nous devons chercher ailleurs, trouver une nouvelle piste.”

C'était plus que décourageant. Il tombait des nues. Il se sentait vaincu. Ils avaient fait tout ce chemin, uniquement pour se rendre compte qu'ils avaient commis une grave erreur près de deux ans auparavant.

“Tu as raison. Tirons-nous d'ici.” Reid se dirigeait vers la porte, prêt à appeler Flagg, quand le prisonnier d'Amon, toujours au sol, le rappela de sa voix cassante.

“Agent Zéro,” dit-il d'un ton rude. “Attendez un moment.”

Reid s'arrêta et se retourna lentement.

“Cet homme avec qui vous avez parlé, il n'a pas menti. Je sais quelque chose que je ne vous ai pas dit.”

Reid fit un pas vers lui, avec la plus grande prudence. C'était un piège, il en était certain. Il n'y avait aucune raison pour qu'un membre d'Amon lâche volontairement la moindre info. “Qu'est-ce que vous savez ?”

Le faux cheikh roula de nouveau et se mit à genoux en laissant échapper un grognement. “Ils m'avaient bien dit que vous reviendriez un jour. Pourtant, je ne les avais pas crus…”

“Qu'est-ce que vous savez ?” redemanda Reid.

“Ils m'ont dit que si vous reveniez, je devrais vous dire ce que je sais…”

Reid l'attrapa par le col de sa tunique crasseuse et le mit debout. “Dîtes-moi !” lui cria-t-il au visage.

Le membre d'Amon arborait un large sourire qui affichait sa bouche partiellement vide de dents.

“Je sais, Agent Zéro, que vous avez deux filles. Et nous savons comment les trouver.”

Chapitre Vingt-Neuf

Reid vit soudainement rouge, et il perdit les pédales.

Par la suite, quand on lui demanda de raconter l'événement, il fut incapable de se souvenir ce qui s'était produit ensuite. Ce n'était pas seulement Kent qui avait pris le dessus. C'était une fureur aveugle qui altérait sa mémoire. C'étaient la force et les compétences de Kent, associées à la nature protectrice de Reid. Et l'amour et la dévotion que tous deux portaient aux filles s'étaient galvanisés dans un feu intense, une haine inaltérable pour le prisonnier délirant, caquetant et émacié.

À la mention de ses filles, Reid balança un fort coup de poing de sa main droite, s'écrasant puissamment contre la mâchoire du faux cheikh. Pendant qu'il continuait de rire, des dents volèrent et atterrirent dans la saleté. Reid planta son genou droit dans le torse concave de l'homme. Des côtes cédèrent sous ce coup écrasant.

L'homme manqua tomber, mais Reid le retint facilement en l'attrapant par la gorge, lui assénant un vicieux coup de tête à l'avant du visage. Le large nez du membre d'Amon explosa en une cascade de sang. Reid le lâcha, leva les coudes, puis les enfonça dans ses omoplates, cassant ainsi les deux clavicules.

Il enroula ses bras autour de lui. Il avait vaguement conscience d'entendre des cris, une odeur familière, mais son esprit était embrouillé. Il s'en prendrait à quiconque essaierait de l'arrêter.

Maria attrapa son bras et le tira avec elle, utilisant son élan pour jeter Reid à terre. Il retomba lourdement sur le dos, dans la poussière, haletant.

Elle était debout au-dessus de lui, l'air à la fois consterné et anxieux.

“Stop,” lui intima-t-elle fermement. “Cela ne va pas nous aider du tout.”

Reid ferma les yeux et lutta pour retrouver son calme. *Nous savons comment les trouver.* Il avait envie de bondir sur ses pieds pour tuer l'homme en face de lui.

"Ne fais pas ça," dit Maria, comme si elle pouvait lire dans ses yeux. "Le tuer ne sera d'aucune utilité pour tes filles. Il faut qu'on s'en aille *tout de suite.*"

Elle a raison. Lève-toi. Trouve-les.

Maria l'aida à se relever. Le faux cheikh gisait sur la terre battue, respirant difficilement à cause de son nez cassé et du sang dans sa bouche. Reid dut détourner le regard avant que l'envie de lui aplatir la tête ne devienne trop forte.

Il ouvrit la porte de la structure à dôme d'acier, et trouva Flagg juste devant.

"Votre prisonnier a besoin de soins médicaux," murmura Reid.

"Merci, Sergent," se hâta de dire Maria. "Nous devons partir immédiatement."

Alors que les deux agents se dépêchaient de rejoindre le jet qui les attendait, Flagg pénétra dans la salle mal éclairée, se demandant ce qui avait bien pu se passer ici.

En avançant vers le Gulfstream, Maria appela Cartwright et le mit sur haut-parleur. Elle parla rapidement. "Ce n'est pas le cheikh. Le prisonnier que nous détenons n'est pas Mustafar. Ils savaient qu'on venait le chercher, et ils l'ont remplacé par quelqu'un d'autre d'Amon, quelqu'un volontaire pour se sacrifier entièrement à la cause. Il a dit qu'ils savent où sont les filles de Kent…"

"Wow, wow, attendez," dit Cartwright. "Ce n'est *pas* le cheikh ?"

"Essayez de suivre !" lâcha Maria. "Amon lui a dit que si Kent revenait, il faudrait lui dire qu'ils savent où trouver ses filles. Elles ne sont pas en sécurité, Cartwright."

Ils montèrent les quelques marches pour pénétrer dans l'avion. Le pilote, qui les attendait dans le cockpit, ferma et verrouilla la porte. Reid faisait les cent pas dans le petit jet et respirait entre ses mains. Il ne pensait à rien d'autre qu'à Sara et Maya. S'il leur arrivait quoi que ce soit, il ne se le pardonnerait jamais. Si seulement il pouvait les prévenir. Il pourrait envoyer un message, mais il était environ quatre heures du matin sur la côte Est des États-Unis. De plus, il ne savait pas si elles étaient plus en sécurité là où elles étaient ou si elles bougeaient. Est-ce qu'Amon les observait en ce moment même ? Est-ce qu'ils avaient gardé un œil sur elle pendant tout ce temps ? Son sang se glaça à cette idée.

"Ce type est dans un trou creusé dans le sol depuis vingt mois," dit Cartwright. "Comment diable pourrait-il savoir où sont vos filles ? C'est du bluff."

"Non," répondit soudain Reid, "Je ne crois pas. Et même si c'était le cas, je ne veux pas courir le risque." Ils savaient pour les filles pendant tout ce temps. Mais ils ne leur avaient rien fait quand ils étaient venus le chercher : ils ne voulaient que Kent Steele. Ils pensaient qu'il allait mourir dans ce sous-sol de Paris.

Mais pourquoi maintenant ? se dit-il. *S'ils n'ont pas fait du mal au filles avant parce qu'ils voulaient les utiliser comme moyen de pression, pourquoi attendre jusqu'à maintenant, jusqu'à ce que je découvre que le prisonnier n'était pas Mustafar ?*

"Ils ont gardé leur atout dans ce trou," dit-il dans un souffle. "Ils n'auraient jamais cru que j'irai aussi loin, mais ils l'avaient quand même anticipé, au cas où."

"Écoutez, Watson et Carver sont en route," dit Cartwright. "Dans environ cinq heures…"

"Il peut se passer tout un tas de choses en cinq heures !" répliqua Maria.

"Amon doit avoir des membres aux USA, des gens pas loin," dit Reid.

"Mais comment pourraient-ils les trouver ?" demanda Cartwright.

"Peut-être qu'ils les ont surveillées en permanence. Depuis mon kidnapping. Ils ont très bien pu suivre leur trace à partir de ce moment-là…" Reid s'interrompit. Étant donné l'organisation et l'anticipation qu'il avait pu voir chez Amon jusqu'ici, il était tout à fait possible qu'ils aient surveillé sa maison, suivi les filles à l'hôtel et dans tous leurs déplacements Cette seule pensée lui retournait l'estomac.

"Vous m'avez dit être entré en communication avec elle par des messages en ligne, c'est bien ça ?" demanda Cartwright. "Voilà ce que nous pouvons faire : donnez-moi les identifiants du compte. Je vais demander à mes techniciens informatiques de retrouver l'adresse IP de leur dernier message. Nous alerterons le poste de police local et j'enverrai une équipe immédiatement. Elles seront en sécurité dans les trente prochaines minutes, OK ? Donc, restez calme."

Rester calme. Reid ne le pouvait pas. Il était à plus de six mille kilomètres d'elles et n'avait aucune idée précise de là où les filles pouvaient se trouver. Il espérait qu'elles étaient endormies, quelque part, en sécurité dans leurs lits. Involontairement, son esprit imagina des silhouettes sombres rôdant dans le hall de l'hôtel, pendant que les filles dormaient.

Il secoua violemment la tête pour chasser cette vision de son esprit.

"Kent ? Vous avez entendu ? J'ai besoin des infos du compte."

"Oui. Pardon. Nous avons utilisé Skype." Il donna à Cartwright le nom du compte et le mot de passe. "C'est le seul contact que j'ai dessus, sous le nom de Katherine Joanne."

"Restez près de votre téléphone. Pendant ce temps, demandez au pilote de retourner à Zurich, afin de refaire un point sur la situation relative au cheikh et de déterminer ce que nous allons faire maintenant." Cartwright raccrocha.

Reid se couvrit le visage avec ses mains. Il commençait à avoir la nausée. Il était incapable de réfléchir correctement.

Maria demanda au pilote de les ramener à Zurich. Puis, elle s'assit à côté de Reid, posa sa main sur son dos et le caressa doucement. "Ils vont les retrouver," dit-elle pour le rassurer. "J'en suis sûre. Il faut juste être un peu patient."

"Être un peu patient," répéta Reid à voix basse. Il ne s'était jamais senti aussi impuissant.

La demi-heure qui suivit lui sembla une éternité. Dès que le jet fut de nouveau dans les airs, il se leva de son siège et fit les cent pas. Il s'assit, se releva, puis se rassit de nouveau. Il alla dans les toilettes se passer de l'eau fraîche sur le visage. À chaque fois qu'il essayait de réfléchir posément, son esprit revenait aux endroits les plus sombres. Il repensa à tout ce qui lui était arrivé ces derniers jours : la torture dans le sous-sol, le bureau avec les sbires d'Otets, les toilettes du métro avec l'assassin d'Amon, l'entrepôt sombre en Slovénie. À chaque fois, il imaginait ses filles dans ces lieux, subissant ce qu'il avait lui-même subi. Des images horribles défilaient dans sa tête sans qu'il ne puisse les contrôler. Malgré tous ses efforts, il ne pouvait pas les stopper.

Il essaya de se connecter à son compte Skype avec l'espoir désespéré que Maya serait peut-être réveillée, assise devant l'ordinateur à attendre de ses nouvelles. Mais le compte était verrouillé, certainement par l'équipe informatique de la CIA qui devait remonter les messages jusqu'à leur source.

Trente minutes s'écoulèrent. Puis quarante-cinq. Reid essaya deux fois d'appeler Cartwright, mais le directeur adjoint ne répondait pas.

Finalement, au bout de près d'une heure, le téléphone mobile sonna. Reid l'attrapa et répondit aussi vite qu'il put. "Cartwright ? Vous les avez ?"

Le long et triste silence voulait tout dire.

"Kent," dit-il sur un ton navré, "nous avons identifié l'adresse IP comme étant celle d'un Holiday Inn du New Jersey. La police locale et les pompiers ont fait évacuer l'immeuble au prétexte d'une alerte incendie. Ils ont vérifié toute la clientèle, fouillé chaque pièce. Kent… elles ne sont pas là."

Les mains de Reid tremblaient. Une boule de désespoir se forma dans son estomac, menaçant de s'échapper par sa gorge. Il n'arrivait pas à articuler le moindre mot.

"Kent ?" La voix de Maria semblait distante et sourde. "Kent…"

"Nous devons y aller," dit soudain Reid. "Il faut qu'on y retourne. Nous devons nous rendre dans le New Jersey." C'était la seule chose qui lui paraissait censée à ce moment-là. Récupérer ses filles. Les trouver d'une façon ou d'une autre. Les mettre en sécurité. Il déposa le téléphone dans les mains de Maria, puis il se leva d'un coup, se dirigea en trombes vers la porte du cockpit sur laquelle il tambourina du plat de sa paume. "Hé !" cria-t-il au pilote. "On doit changer de direction !"

"Kent, nous n'avons pas assez de carburant pour un tel trajet," dit Maria d'une voix douce.

"Alors trouvons-en !" cria-t-il de colère.

"Ils auraient huit heures d'avance sur nous, au moins…" dit-elle.

"Et on est censés faire quoi, Maria ? S'asseoir dans une putain de salle de conférence à Zurich pendant que mes filles se font torturer ou tuer ?" Il hurlait à présent, son visage s'empourprant.

"J'ai déjà envoyé une équipe," dit Cartwright à l'autre bout du fil. "Nous croisons les déclarations de chacun des clients ayant séjourné à l'hôtel ces trois derniers jours avec celles des clients actuels afin de trouver des pistes pour ratisser la zone…"

"Et pendant que vous faites ça, mes filles s'éloignent de plus en plus d'ici ! Ces gens-là ne perdent pas de temps, Cartwright ! Ils m'ont traîné en France dans un putain d'avion de marchandises ! Je ne peux pas…" Dans son esprit, il vit Sara et Maya, cagoules sur la tête, mains liées, ballotées dans la soute d'un avion.

Reid tambourina de nouveau à la porte du cockpit. "Hé ! Je sais que vous êtes là !" Il ne s'était même pas rendu compte qu'il avait sorti son Glock mais, soudain, il était dans sa main droite, alors que la gauche frappait à la porte.

"Kent, lâche ton arme," dit précautionneusement Maria.

"Bon dieu." soupira Cartwright. "C'était ce que je craignais," murmura-t-il. "Johansson… Protocole Delta."

"Monsieur…" commença-t-elle.

"C'est un ordre, Johansson," aboya Cartwright.

Reid se retourna. "C'est quoi le Protocole Delta ?"

Maria soupira. "C'est… une mesure d'arrêt."

"Et ça veut dire quoi ce bordel ?"

Elle se mit à parler lentement. "C'est une mesure pour empêcher que ne se reproduise ce qui s'est passé la dernière fois."

"Quoi ? Mais qu'est-ce que tu racontes ?" Reid était totalement confus. Ils devaient retrouver ses filles… pourquoi est-ce que personne ne le comprenait ? "Qu'est-ce qui s'était passé la dernière fois ?"

Elle secoua la tête et baissa les yeux. "Kent, quand ta femme est morte, tu… c'est là que tu as pété les plombs. Tu es devenu incontrôlable. C'était horrible, une épopée sanguinaire. On ne peut pas laisser ça se produire une fois de plus."

Ses narines s'écartaient alors qu'il criait. "C'est quoi le Protocole Delta, Maria ?"

Elle ouvrit un compartiment latéral à côté de son siège et en sortit un dossier contenant des fichiers. "Voilà, regarde par toi-même."

Il lui arracha le dossier des mains et l'ouvrit. Il fronça les yeux ; elle venait de lui tendre la transcription de l'interrogatoire du cheikh datant d'il y a vingt mois. Qu'est-ce que c'est ? Je dois chercher qu… ?"

Il sentit la pointe piquante d'une aiguille dans son cou.

Reid se déchaîna instinctivement, envoyant une claque du revers de la main sur la bouche de Maria. Sa tête bascula de côté, mais elle ne cria pas. Elle se contenta de le regarder d'un air peiné en essuyant un mince filet de sang au coin de ses lèvres.

La vision de Reid devint floue. Son estomac se nouait. Sa respiration devenait lente et laborieuse. Elle venait de le droguer.

"Je suis désolée," dit-elle. "Je suis vraiment désolée, Kent."

Sa vision était en train de s'obscurcir. Ses genoux faiblirent et se dérobèrent.

Sa dernière pensée avant de s'effondrer sur le tapis fut pour ses filles, leurs sourires, leurs beaux visages et le fait qu'il ne les reverrait jamais.

Chapitre Trente

Le téléphone sonna.

"Mouais." Maya grommela en se retournant pour répondre.

"Mademoiselle Bennett ?" prononça une joyeuse voix féminie… trop joyeuse pour cette heure matinale. "C'est votre appel de réveil à sept heures du matin."

"Merci," murmura-t-elle avant de raccrocher. À côté d'elle, dans le lit king-size, Sara gigota.

"Allez, Pouêt-Pouêt," poussa Maya. "Il faut se lever."

"Ne m'appelle pas comme ça," murmura Sara en enfonçant sa tête sous un oreiller.

Maya se leva et se dirigea vers la salle de bains. Elle plissa les yeux : les lumières fluorescentes étaient dures et peu attrayantes. Elle alla aux toilettes, se lava les mains et le visage, puis se brossa les dents. Ensuite, elle retourna dans la chambre et poussa de nouveau Sara du bout des doigts. "Hé. Debout. On doit partir bientôt."

"Mais on vient juste d'arriver," grommela Sara.

La nuit d'avant, peu avant vingt-deux heures, elles étaient encore au Holiday Inn à dix kilomètres de là. Maya avait décidé de regarder l'ordinateur dans le hall une dernière fois avant d'aller au lit… et elle se félicitait de l'avoir fait, étant donné qu'elle avait reçu ce message étrange de la part de son père, lui disant de donner rendez-vous à deux hommes qui les emmèneraient en lieu sûr.

Même si son père lui avait prouvé que c'était bien lui, quelque chose clochait quand même pour elle. Elle ne se sentait déjà pas en sécurité et, sachant maintenant qu'elles devraient certainement être mises sous protection, les instincts de Maya l'avaient poussé à bouger de nouveau.

Avec sa sœur, elles avaient rangé leurs affaires et pris un taxi pour le Hampton Inn, un peu plus loin sur l'autoroute. Elle avait payé en espèce et s'était enregistrée avec une fausse carte d'identité sous le nom de Miranda Bennett, dix-huit ans. Elle ne l'avait que depuis quelques mois, ses amis lui ayant mis la pression jusqu'à la faire craquer, mais elle ne l'avait encore jamais utilisée. Si son père avait découvert qu'elle possédait une fausse carte d'identité la semaine dernière, il aurait bondi au plafond et l'aurait punie pendant un mois au moins… mais étant donné les circonstances actuelles, elle se disait qu'il serait finalement content qu'elle l'ait.

"Pouêt-Pouêt, si tu n'es pas levée dans trente secondes, je te traîne hors du lit," avertit Maya sans détour. "Tu dois te laver, t'habiller et boucler ton sac. Allez." Elle détestait devoir se comporter comme une mère (après tout, elle n'avait que deux ans de plus que Sara) mais, parfois, elle n'avait pas le choix.

Le Quai Wonderland se trouvait à trente minutes de route de leur hôtel. Maya s'était renseignée à la réception la veille au soir. Il y avait un arrêt de bus, à environ quatre-cents mètres à pied de l'hôtel, qui les déposerait pile devant le quai. Là-bas, elles attendraient les deux hommes, Watson et Carver, comme leur père le leur avait demandé.

Elle pensait que les deux hommes qu'elles allaient rencontrer étaient des policiers. Elle n'avait aucune idée du genre d'ennui que rencontrait son père. Au départ, elle avait eu très peur pour lui, surtout quand elle avait descendu les escaliers le premier matin pour se rendre compte que les portes étaient grandes ouvertes, à l'avant comme à l'arrière, et que son père avait disparu.

Mais elle n'avait pas appelé la police. Elle avait préféré appeler Tante Linda.

Maya n'était pas stupide, bien au contraire. Depuis toute petite, elle était en avance par rapport à la moyenne des enfants de son âge. Elle savait que son père devait voyager beaucoup pour son travail, déclarant être un professeur… mais rentrant à la maison avec des cicatrices, des pansements, parfois même des béquilles. Il disait des trucs du genre, "Papa est vraiment maladroit et a raté quelques marches." Une fois même, il avait dit avoir été renversé par une voiture.

Mais elle n'était pas idiote. Elle ne savait pas exactement ce que son père faisait, et il ne servirait à rien de le lui demander, mais elle imaginait qu'il ne se contentait pas d'intervenir pour des lectures ni d'assister à des séminaires. Puis, après la mort de sa mère, ils avaient déménagé de Virginie jusqu'à New York. Il avait arrêté de voyager pour se mettre à enseigner à temps complet. La vie était douce. Bien sûr, sa mère lui manquait horriblement, mais la vie à New York avait été cool pour eux, du moins jusqu'à il y a quatre jours, jusqu'à la disparition de leur père.

Toutefois, elle savait qu'il ne valait mieux pas appeler la police, ce qui n'était pas le cas de Tante Linda.

Maya avait passé la plupart du temps enfermée, ces derniers jours, à regarder la télévision. Sara et elle avaient suivi les instructions de leur père, laissant leurs téléphones mobiles et leurs tablettes à la maison. Sans Internet, il n'y avait pas grand-chose à faire, à part mater la TV. Heureusement, il y avait les JO d'Hiver et cela suffisait en général à les distraire, au moins un petit moment. Maya regardait également les infos aussi souvent que possible, espérant trouver la moindre indication de ce que son père était en train de trafiquer, mais il n'y avait aucune actualité qu'elle puisse relier à lui.

Toutefois, elle fut assez surprise en zappant sur la chaîne d'infos, deux soirs auparavant, de voir son propre visage et celui de Sara à l'écran. Tante Linda les avait écoutées et n'avait pas appelé la police quand leur père avait disparu. Mais, dès que Maya et Sara avaient quitté leur premier hôtel sans le lui dire, il semblait que leur tante avait immédiatement prévenu les autorités. Linda avait donné aux flics une photo des deux filles datant de l'été précédent, lors d'un barbecue, assises côte à côte à une table de pique-nique, souriant au-dessus de leurs assiettes.

Maya et sa sœur étaient officiellement portées disparues.

Au départ, ça lui avait fichu la trouille : elles étaient deux adolescentes, encore des enfants, en fuite sans aucun adulte qui sache où elles se trouvaient. Elles étaient potentiellement en danger, sans savoir quelle était exactement la menace. Puis, Maya avait pensé à ses parents : que feraient-ils dans ce cas-là ? Son père préviendrait sûrement les autorités, en dépit de l'avertissement. Il avait tendance à être surprotecteur (même si, avant sa disparition, on voyait qu'il essayait d'y remédier).

Sa mère, quant à elle… sa mère serait restée cool dans une telle situation. Elle aurait fait ce qui était nécessaire. Aussi, c'est ce que Maya décida de faire. Elle devait réfléchir de façon responsable, se comporter en adulte et garder sa jeune sœur en sécurité.

Pour finir, Sara roula hors du lit et se traîna dans la salle de bains où elle resta environ trente minutes, pour finir par en sortir douchée, habillé et presque prête.

"On va où ?" demanda-t-elle. Maya avait jusqu'ici évité d'en dire plus à sa petite sœur que le strict nécessaire. "Et quand est-ce qu'on rentre à la maison ?"

"Bientôt," lui assura Maya. "On rentre bientôt, je te le promets. Mais on doit d'abord rencontrer deux personnes qui vont nous aider, d'accord ? C'est Papa qui les envoie. Ils vont nous mettre en sécurité."

Sara fronça les sourcils. "Pourquoi est-ce que Papa les envoie ? Et en sécurité pour quoi ?"

J'aimerais bien le savoir, pensa Maya. Mais elle se força à sourire avant d'ajouter, "Juste en sécurité en général, pour qu'on ne soit pas seules. Tout ira bien, Pouêt… euh, Sara."

Une demi-heure plus tard, leurs affaires étaient prêtes. Elles portaient chacune un seul sac à dos bien rempli, avec quelques affaires de rechange. Ensuite, elles vérifièrent toute la chambre, en sortirent, payèrent la nuit en espèces et rejoignirent l'arrêt de bus qui allait les conduire sur le quai.

Maya était bien consciente que Wonderland, le petit parc d'attraction sur le quai, ne serait pas ouvert en février, mais qu'il y aurait quand même quelques boutiques et attractions ouvertes. En y réfléchissant, elle se dit qu'elle aurait dû choisir un autre endroit. Le quai était totalement public, mais il n'y aurait pas beaucoup de monde dehors. Toutefois, elle pensa que ce serait plus facile pour les deux hommes de les retrouver.

Les filles descendirent du bus au bout de la Sixième Rue d'Ocean City, à environ trois pâtés de maison du quai où elles avaient rendez-vous. Maya regarda sa montre : il était neuf heures moins le quart. Les deux hommes seraient bientôt là.

Elle avait eu raison. Il n'y avait pas grand monde dehors. Non seulement il était tôt et c'était un jour de semaine mais, en plus, il faisait un froid glacial et la brise qui venait de l'océan rendait l'air épais et humide. Elle passa son bras autour des épaules de sa sœur, tandis qu'elles marchaient de l'arrêt de bus jusqu'au quai. La plupart des petits bâtiments qui longeaient la promenade du bord de mer (boutiques de souvenirs, kiosques à pizzas, marchands de glace, parcours de mini-golf) étaient fermés. Mais, heureusement, quelques boutiques étaient tout de même ouvertes. Maya fut légèrement soulagée de savoir qu'il y avait au moins quelques personnes alentours qui pourraient les entendre en cas de problème.

Elles étaient presque à l'entrée de Wonderland quand elle le vit. Un homme marchait à pas rapides sur le quai, mains dans les poches de son blouson de cuir noir. Il avait à peu près l'âge de leur père. Il était grand, blanc, avec des épaules carrées et une barbe naissante. Ses cheveux étaient bruns, coupés très court.

Maya laissa son bras autour des épaules de Sara, mais elle ralentit le pas alors que cet homme approchait. Il était clair qu'il regardait dans leur direction, même s'il jetait des coups d'œil à gauche et à droite de temps en temps.

Quand il fut assez proche, il lança, "Salut les filles. Je suis ravi de voir que vous êtes arrivées jusqu'ici sans problème. Je m'appelle Watson. Je suppose qu'on vous a dit de venir avec moi."

Maya ne répondit pas. Il avait quelque chose d'étrange dans la voix : il parlait très bien anglais, mais ça sonnait bizarrement, presque forcé… comme s'il essayait de reproduire un accent. Mais, en effet, son père n'avait pas mentionné précisément que le type qui viendrait les chercher serait américain.

Elle avait une excellente mémoire, et se remémora les instructions de son père mot pour mot. *Soyez là-bas à 9 heures du matin,* avait-il dit. *N'attendez pas plus d'une heure. Ne les cherchez pas. Ce sont eux qui vous trouveront. Ils s'appellent Watson et Carver.*

"Vous étiez censés être deux," dit Maya.

"En effet." L'homme qui se faisait appeler Watson leur sourit d'un air placide. "Mon partenaire a eu un empêchement. Mais je vous promets que tout va bien. Nous allons le retrouver ensuite. S'il vous plait, nous devons nous dépêcher. Venez." Il fit un signe de tête vers le bas du quai, de là où il était arrivé. "Ma voiture est par là." Il marcha en tête, jetant un coup d'œil par-dessus son épaule pour s'assurer que les filles le suivaient bien.

Maya hésita. Tout comme la nuit précédente à l'hôtel, quelque chose ne tournait pas rond, mais elle n'aurait su dire quoi au juste.

Ils vous demanderont votre identifiant Skype, lui avait écrit son père dans son message. *Si quiconque vous approche sous un autre nom, fuyez et demandez de l'aide.*

Maya commença à suivre l'homme, donnant un coup de coude à Sara pour qu'elle l'imite, marchant délibérément moins vite. "Vous étiez censé nous donner un nom," dit-elle.

L'homme s'arrêta et sourit de nouveau. "Je vous l'ai dit. C'est Watson."

"Non, vous étiez censé donner mon nom."

"Donner vos noms ?" Watson rigola. "Tu es Maya. Et, elle, c'est Sara. OK ? On peut y aller ?"

La gorge de Maya se serra. Un signal d'alarme s'alluma dans son cerveau. Quelque chose ne collait pas du tout.

"Et mon père ? Son prénom ?"

L'homme soupira d'impatience, mais conserva son sourire amical, bien que totalement faux. Maya s'était bien rendu compte qu'il n'avait pas sorti ses mains des poches de son manteau.

"Le nom de ton père," répondit l'homme, "c'est Kent."

Maya serra si fort les dents qu'elle crut s'être cassé une molaire, mais elle se força à esquisser son plus beau sourire. "OK, c'est bon. On vous suit."

Elles devaient se débarrasser de ce type, et vite.

Elle le laissa les guider un petit moment sur le quai, avant d'ouvrir de nouveau la bouche. "Attendez, attendez. Je suis désolée. Il faut qu'on aille aux toilettes."

Un sifflement d'exaspération s'échappa de la bouche de Watson. "Il y aura des toilettes où l'on va…"

"C'est vraiment urgent," insista Maya. "Regardez, ils sont juste là." Elle montra du doigt un bâtiment tout proche qui abritait des toilettes publiques. "On va faire vite, d'accord ? Trente secondes." Elle attrapa sa sœur par la main et la poussa dans les toilettes avant même que le type ait pu répondre. Il laissa échapper un grognement, mais ne chercha pas à contester. Au lieu de ça, il resta les yeux rivés sur les toilettes, attendant avec nervosité.

Dès que la porte fut refermée derrière elles, Maya vérifia chaque WC pour s'assurer qu'elles étaient bien seules.

"Maya, je n'aime pas ça," dit Sara à voix basse.

"Je sais. Moi non plus. Sara, il faut que tu m'écoute *très* attentivement." Elle tenait sa sœur par l'épaule et la regardait droit dans les yeux. "Tu vas sortir par la fenêtre à l'arrière..."

"Quoi ?" Sara écarquilla les yeux.

"Écoute-moi ! Je vais t'aider à sortir par cette fenêtre. Tu dois courir aussi vite que possible, jusqu'à deux croisements d'ici, dans cette direction. Tu te souviens du mini-golf sur le thème des aliens, avec les lasers, les soucoupes volantes et tout ?"

Sara acquiesça, la bouche légèrement ouverte.

"Bien. L'an dernier, il y avait un trou dans la grille à l'arrière. S'ils ne l'ont pas encore réparé, tu peux te faufiler à l'intérieur. Tu vas jusqu'au douzième trou et tu t'y caches. Ne sors en aucun cas, sauf si c'est moi qui t'appelle. Compris ? Tu cours jusque là-bas, tu te caches et tu y restes jusqu'à ce que je vienne te chercher."

Sara devint livide. Maya voyait bien qu'elle était pétrifiée.

"Qu'est-ce qui se passe ?" demanda-t-elle timidement. "Qui est cet homme ?"

"Je n'ai pas le temps de t'expliquer. Tu dois y aller. Attends-moi là-bas..."

"Et si tu ne viens pas ?"

Maya se mordit la lèvre. "Je viendrai. Je te le promets. Tu restes là-bas jusqu'à ce que j'arrive. Pigé ?" Sa sœur ne répondit pas. "Sara, tu as bien pigé ?"

"Compris." La voix de Sara était presque un soupir.

Maya l'embrassa sur le front, puis l'aida à se hisser jusqu'à la fenêtre où Sara fit sauter le verrou et balança la vitre vers l'extérieur. Il lui fallut près d'une bonne minute, mais elle parvint à se glisser dehors.

"OK," se dit Maya pour elle-même. Elle n'avait aucune idée de ce qu'elle allait faire maintenant mais, au moins, Sara était en sécurité. Elle esquissa un faux sourire, le plus crédible possible, et sortit des toilettes pour retrouver "Watson."

"Vraiment désolé," dit-elle d'un air sympathique. "Ma sœur est vraiment barbouillée. Elle est vraiment nerveuse et elle a peur à cause de tout ce qui se passe. Elle va sortir dans une minute…"

"Mais nous n'avons pas minute !" gronda le type. "Avez-vous une idée du danger qui vous attend ?"

"J'ai une idée, ouais," murmura Maya.

L'homme plissa les yeux. Il commençait à comprendre leur manège. Il sortit la main gauche de son blouson, attrapa Maya par le bras et la poussa vers les toilettes.

"Hé, lâchez-moi !" cria-t-elle. "Qu'est-ce que vous faites ?"

L'homme grommela quelque chose dans sa barbe… quelque chose de dur, de guttural et d'inintelligible pour elle. Ce n'était pas de l'anglais. Il poussa la porte des toilettes du coude et entraîna Maya avec lui en vérifiant chacun des boxes vides.

Il jura à voix haute dans une langue étrangère. "Où est-elle ?" demanda-t-il, soufflant au visage de Maya.

"Attendez, attendez. Je vais vous le dire," dit-elle, désespérée. "Mais ne me faites pas de mal. Elle est sortie par la fenêtre."

"La fenêtre ?" L'homme jeta un coup d'œil interrogateur par-dessous son épaule à la petite ouverture rectangulaire, se demandant certainement comment Sara avait bien pu passer par là.

Maya recula pour donner un coup de pied aussi fort que possible, enfonçant le talon de sa basket directement dans l'entrejambe du type.

L'homme souffla en crachant sous la force du coup. Il se plia en deux instantanément et son visage devenant rouge vif, alors qu'il tombait à genoux. Maya ne vit toutefois rien de tout ça : une fois son coup de pied balancé, il l'avait lâchée et elle s'était mise à courir. Elle poussa la porte et courut dehors, sur le quai, poussant sur ses jambes aussi vite que possible.

Elle faisait partie de l'équipe féminine d'athlétisme de l'école depuis deux ans. Ce n'était pas la plus brillante, mais elle avait le pied léger. Elle n'était pas très forte sur les longues distances, mais les sprints étaient sa spécialité. Ses longues jambes la propulsaient en avant à chaque rebond, alors qu'elle leur intimait d'accélérer.

Elle entendit haleter derrière elle et se hasarda à jeter un œil par-dessus son épaule. La panique l'envahit : le type avait récupéré rapidement, ou alors il courait malgré la douleur. Son visage était toujours rouge mais, à présent, il était empourpré par la colère, lui donnant presque un air démoniaque.

Il allait vite et il comblait rapidement l'écart entre eux.

Elle regarda de nouveau devant elle, n'osant pas se retourner vers lui. Elle essaya de se forcer à accélérer. Elle sentit des doigts dans ses cheveux. Elle ne pouvait pas aller plus vite que lui…

Alors arrête d'essayer, lui ordonna son cerveau.

Elle dérapa pour s'arrêter soudainement, se mettant accroupie en même temps. Son poursuivant ne l'avait pas vu venir. Il la percuta durement, passant par-dessus son corps accroupi, et partit dans les airs. Pendant un bref instant, il vola au-dessus d'elle.

Ensuite, il heurta les planches du quai, tête la première, dans un craquement horrible.

Maya se releva. Ses côtes lui faisaient mal à cause du choc, mais elle ignora la douleur autant que possible et prit la direction opposée.

Je ne peux pas continuer à courir comme ça, se dit-elle. *Il faut que je trouve un endroit où me cacher.* L'une des boutiques ouvertes serait parfaite. L'homme n'oserait tout de même pas l'attaquer devant quelqu'un d'autre… n'est-ce pas ?

Je ne peux pas faire ça, pensa-t-elle. *Je ne peux pas mettre quelqu'un d'innocent en danger à cause de moi.* Elle ralentit sa course et regarda sur sa gauche. Elle était près de l'entrée de Wonderland… les singes animatroniques. Elle regarda derrière elle et vit le type à environ cinquante mètres plus bas, sur le quai. Il commençait à peine à bouger, luttant pour se relever. Il ne regardait pas dans sa direction.

Elle se hâta de se diriger vers l'écran des singes jouant des instruments, et elle se cacha derrière. Il s'attendrait certainement à ce qu'elle reprenne sa course pour trouver quelqu'un et appeler la police. Il ne penserait pas qu'elle puisse se cacher au même endroit où elle était déjà censée le retrouver.

Maya lutta pour maîtriser son souffle haletant, puis elle osa jeter un coup d'œil au bord du petit kiosque à musique. L'homme passa en trombes à quelques mètres d'elle. Son visage était toujours rouge, rouge sombre maintenant, le sang coulant d'une grosse coupure près de la racine de ses cheveux, sur ses joues et dans son cou. Ses yeux avaient un air furieux et dément. Dans sa main droite, il tenait…

Maya s'immobilisa, terrorisée. Pendant un instant, elle en oublia même de respirer. L'homme tenait une arme argentée, un pistolet, gardé serré contre lui, un doigt sur la gâchette.

Elle n'avait encore jamais vu une arme pour de vrai, et cette seule vision suffit à la faire trembler. Elle ne pouvait pas bouger et osait à peine respirer…

Soudain, une main la saisit rudement par les cheveux. Elle poussa un gémissement et tenta instinctivement de se tortiller, mais la main la serrait fort, tirant violemment sa tête en arrière.

Il y avait un deuxième homme, avec la peau couleur moka foncé. Elle pouvait voir sa large carrure, mais pas son visage. Il força sa tête à avancer, et son corps suivit, trébuchant alors qu'il l'entraînait hors de sa cachette derrière l'écran.

"Je l'ai," cria-t-il au premier assaillant. Il pivota, cachant à moitié son arme derrière son corps. Le col de sa chemise blanche était maculé de sang. Il la fixa d'un regard meurtrier. "Où est l'autre ?" grommela son nouvel assaillant.

"Elle s'est enfuie," dit celui avec du sang sur le visage. "Je peux la trouver. On peut faire parler celle-là…"

"Non," dit le deuxième homme. "On a perdu assez de temps. Il faut y aller, maintenant. On en a une, ça suffira."

Suffira pour quoi ? pensa Maya, paniquée. Elle essaya de se dégager de son emprise. Son cuir chevelu la brûlait alors que plusieurs de ses cheveux étaient arrachés à la racine, mais l'homme la tenait fermement. Il commença à la traîner sur le quai, dans la direction où l'homme avait dit que leur voiture les attendait. Elle eut la nette sensation qu'une fois qu'elle serait dans la voiture, il serait trop tard. À ce moment-là, elle ne vit pas d'autre choix.

"À l'aide !" hurla-t-elle. Aussi fort que possible, elle cria, "On me kidnappe !"

L'homme qui la tenait chercha un truc… puis le lui montra. Un couteau avec une grande lame recourbée se posa sur sa gorge. "Ta gueule, gamine," chuchota-t-il, "sauf si tu veux que je te saigne."

Maya prit une profonde inspiration et se tut. Elle n'osait plus appeler à l'aide. Mais elle n'en avait plus besoin. Une femme en surpoids émergea de la boutique la plus proche, un magasin qui vendait des tee-shirts à la mode. Elle avait le front plissé d'inquiétude. Elle serra contre elle ses bras épais à cause du froid hivernal et repéra les deux hommes qui tenaient l'adolescente par les cheveux.

"Oh mon dieu !" s'exclama-t-elle. "Lâchez cette fille tout de suite ou j'appelle la police !" En disant ça, la femme avait déjà sorti un téléphone de sa poche arrière, pouce sur le clavier.

L'homme qui tenait l'arme grommela de nouveau dans une langue étrangère. Il sortit le pistolet de derrière son dos et le brandit…

"Non, attendez !" s'entendit crier Maya.

Deux coups de tonnerre fendirent l'air, plus forts et plus réels qu'elle ne l'aurait jamais imaginé. Du sang s'échappa des deux trous dans la poitrine de la femme. Le téléphone mobile s'écrasa sur le quai, suivi l'instant d'après par le corps de la femme faisant un bruit sourd sur les planches… mais Maya ne l'entendit pas. Ses oreilles bourdonnaient à cause des coups de feu soudains et assourdissants.

"Idiot !" lâcha l'homme qui la tenait.

"Elle allait appeler la police !" dit le premier type pour se justifier.

"Maintenant, ils vont débarquer dans tous les cas ! Viens. Dépêche-toi !" Il tira de nouveau les cheveux de Maya, la forçant à avancer, mais elle le sentait à peine. Elle avait les jambes molles. Elles refusaient d'avancer correctement.

Elle venait juste d'être témoin du meurtre d'une personne innocente. Et c'était sa faute.

Elle avait la gorge serrée et le regard vide. Elle commença à réaliser quelque chose dans son esprit… ces deux hommes étaient prêts à tout pour l'emmener hors d'ici. La police ne viendrait pas la chercher. Il n'y avait personne ici pour la sauver.

Son seul soulagement, sa seule pensée positive était qu'au moins, Sara était hors de danger. Maya espérait plus que tout que sa sœur ne bougerait pas et resterait cachée dans la grande soucoupe volante en plastique du douzième trou…

"Avance !" gueula le type dans son oreille. Ses pieds traînaient, inutiles, contre les planches du quai. "Avance, sans quoi je vais…"

Deux autres tirs déchirants s'abattirent sur le Quai Wonderland. Le corps de l'homme qui tenait le flingue fut pris de secousses, avant de tomber en arrière. Maya cligna des yeux, sous le choc. Elle n'avait aucune idée de ce qui venait de se passer, mais l'homme qui la tenait semblait le savoir. Il agitait le couteau dans tous les sens, regardant partout autour de lui d'un air fou.

"Ne tirez pas !" cria-t-il. "Je vais lui trancher le cou, je vais…" Il fit un mouvement pour appuyer le couteau contre la gorge de Maya mais, avant que la lame n'ait pu l'atteindre, un troisième coup de feu lui cassa les oreilles. La tête de l'homme partit en arrière. Les doigts dans ses cheveux se crispèrent, tirant encore plus de follicules hors des racines… puis, ils se détendirent et lâchèrent prise.

La respiration de Maya était pantelante. Elle avait les larmes aux yeux. À travers sa vision embrouillée, elle distingua une forme qui grimpait sur le quai depuis la plage. Elle s'essuya les yeux. Elle vit un homme afro-américain qui tenait une arme à deux mains, canon vers le bas, se dépêchant de la rejoindre en regardant à gauche et à droite en même temps.

"Katherine Joanne," lui dit-il.

"Qu-Quoi ?" bégaya-t-elle. On aurait dit que son cerveau avait subi un court-circuit.

"Maya, Je suis l'Agent Watson. Katherine Joanne… c'est le nom du compte avec lequel vous contactiez votre père. Est-ce qu'il y en a d'autres ?"

"A-agent ?" *Agent de quoi ?*

"Maya." Watson la regarda droit dans les yeux. "Est-ce qu'il y en a d'autres ou est-ce que vous n'avez vu que ces deux-là ?"

"Deux," dit-elle d'une voix chevrotante. "Juste eux deux."

"OK." Watson s'agenouilla à côté du corps de l'homme à la peau foncée qui l'avait tenue. Il poussa le col de son manteau pour inspecter son cou. Ensuite, Watson appuya du doigt sur son oreillette et se mit à parler. “J'ai Maya. Deux assaillants éliminés. Ils ne sont pas d'Amon. Ils doivent faire partie d'autres factions à leur botte.” Il regarda de nouveau Maya. “Où es ta sœur ?”

“Elle se … cache …”

“Où ça ?”

Maya montra la direction. “Là-bas. À environ deux croisements.”

“OK. Il faut que tu me montre où c'est.” Il appuya de nouveau sur son oreillette. Maya pouvait voir qu'il portait un fil transparent qui descendait depuis son col. “Carver, amène la voiture au début de la Neuvième Rue. On te rejoint là-bas.” Il posa gentiment sa main sur l'épaule de Maya. “Il faut que tu me montre, OK ? Ne t'inquiète pas. Tu es en sécurité à présent.”

Maya tressaillit à ce geste. De nouvelles larmes emplissaient ses yeux. Elle venait juste de voit trois personnes se faire tuer en l'espace d'une minute. Cette nouvelle personne … *Agent* Watson ?… Il venait de dire qu'elle était en sécurité mais, étant donné qu'il portait une arme, elle ne se sentait pas du tout en sécurité.

Soudain, ils se retournèrent tous les deux en entendant un gémissement de douleur. Le premier assaillant, celui avec le flingue, n'était pas tout à fait mort. Il gisait sur le dos, répandant du sang sur les planches, se tortillant sous l'agonie. Il y avait une mare de sang sur sa chemise.

“Peu importe,” murmura-t-il. “Vous arriverez trop tard de toute façon.”

Agent Watson visa le type au sol, bien qu'il semble peu probable qu'il ne puisse jamais se relever. “Trop tard pour quoi ?” demanda Watson.

Dieu sait comment, l'homme parvint à esquisser un sourire. “Le sol va s'ouvrir en deux … par les talons … de leurs pieds.” Il se mit à rire, avant de grimacer de douleur.

Alors que Maya le regardait, les muscles du type se relâchèrent. Il cessa de bouger. Toutefois, ses yeux étaient restés grand ouverts, ainsi que l'ébauche de son sourire, alors qu'il venait de perdre la vie.

Elle frissonna et détourna le regard.

“Viens,” dit doucement Watson. “Montre-moi où es ta sœur, et on fiche le camp d'ici.”

Maya acquiesça et le guida sur le quai jusqu'au parcours de mini-golf où Sara se planquait. Elle n'était pas tout à fait sûre de comprendre ce qui se passait. Mais, alors que son cerveau était en train de se remettre en marche, récupérant du choc qu'elle venait de subir, elle commença à avoir une idée plus claire de ce dans quoi s'était fourré son père.

Ils auraient bien des choses à se dire quand elle le reverrait… Toutefois, si ce qu'elle venait de vivre avec ses deux kidnappeurs était un indice quelconque, elle ne pouvait être certaine de *pouvoir* un jour revoir son père à nouveau.

Chapitre Trente-Et-Un

Reid reprenait lentement conscience. Il ressentait un intense mal de tête à l'avant de son crâne et il n'était pas sûr de savoir où il se trouvait. Il avait fait un rêve… si on pouvait appeler ça comme ça. Il avait entendu les voix de ses filles, heureuses, en train de rire. Il avait entendu le bruit des vagues s'écrasant doucement sur le rivage. Il avait entendu le merveilleux rire léger de Kate, puis ressenti une once de nervosité dans sa voix alors qu'elle demandait à Maya de faire attention où elle marchait à cause des vagues. Il avait entendu tous ces bruits de sa famille, se promenant sur la côte, des années plus tôt. Mais il ne voyait rien. Tout était noir. C'était comme s'il était aveugle. Il essayait désespérément de voir le visage ravi de ses filles, le sourire satisfait sur les lèvres de Kate. Mais il ne voyait rien d'autre que du noir.

Puis, il se réveilla. Sa tête palpitait et, pendant un moment, il ne sut plus où il était. Il était assis dans un siège couleur crème dans une petite cabine… OK. Il était à bord du Gulfstream. Ils étaient toujours dans les airs, il le sentait à cause de la pression dans ses oreilles. Il voulut se frotter le front, mais son poignet droit en fut empêché quasiment instantanément.

Il était menotté à l'accoudoir en fausse fourrure.

Sa vision était embrouillée et il se sentait à moitié nauséeux. Malgré les nombreuses questions dans sa tête, il s'enfonça un moment dans son siège et ferma les yeux, attendant que cette sensation s'estompe.

"Tiens." prononça la voix de Maria. Il ouvrit légèrement les yeux et vit qu'elle lui tendait une bouteille d'eau. "La nausée va passer." Elle parlait doucement. On aurait presque dit qu'elle avait honte.

Il saisit la bouteille de sa main gauche, restée libre, l'ouvrit, et descendit la moitié de la bouteille. Ensuite, il demanda, "Pourquoi ?"

"Crois-moi," répondit-elle, "je n'avais aucune envie de faire ça. Et autant je me fiche pas mal de Cartwright en ce moment, autant j'admets qu'il a eu raison. On ne pouvait pas te laisser perdre les pédales une fois de plus. Le Protocole Delta était nécessaire."

Il eut l'impression que sa bouche était pleine de coton. Il but le reste de l'eau. Son esprit commençait à s'éclaircir et il se rappela soudain le péril qui avait poussé Maria à le droguer. Il se redressa rapidement, ignorant une nouvelle vague de migraine. ""Les filles ? Est-ce que tu as des nouvelles ?"

"Elles vont bien, Kent. Nous les avons récupérées."

Il poussa un immense soupir de soulagement. "Raconte-moi ce qui s'est passé."

"Elles ont retrouvé Watson et Carver au point de rendez-vous. Il y a eu des… complications, mais aucune des deux n'a été blessée," expliqua Maria. "Elles sont en lieu sûr, au nord-est du Maryland."

"Je veux leur parler."

"Je viens juste d'envoyer un message à Cartwright pour lui dire que t'es réveillé," dit-elle. "Il doit te rappeler sur une ligne sécurisée qui passe par Langley. Cela ne prendra qu'une minute." Puis, elle ajouta, "Mais elles sont en sécurité, Kent."

Reid inspira profondément plusieurs fois. La nausée était en train de passer. Sa vision s'éclaircissait également. Il aurait voulu être en colère contre Maria, mais il n'en trouvait pas la force, ni même la motivation. "Je n'étais pas en train de perdre les pédales," se contenta-t-il de dire. "Je ne suis plus le même type qu'avant. J'agissais juste comme n'importe quel parent l'aurait fait." Il la regarda dans les yeux. "Est-ce que tu as des enfants ? Dans ton… autre vie ?"

Elle secoua la tête. "Non."

Alors tu ne peux pas comprendre, eut-il envie de dire.

Au lieu de ça, il demanda, "Combien de temps suis-je resté inconscient ?"

"Environ cinq heures," lui indiqua Maria. "Nous sommes toujours en route pour rentrer à Zurich. Nous devrions arriver bientôt." Un téléphone mobile sonna. Maria répondit, murmurant quelques mots, puis le tendit à Reid. "Quelqu'un veut te parler."

Il mit le téléphone à son oreille.

"Papa ?"

Reid ferma les yeux pour tenter d'arrêter l'arrivée des larmes. Ce seul mot, le seul son de la voix de Maya, et c'était comme si toutes ses inquiétudes et son angoisse le quittaient. "C'est si bon d'entendre ta voix, mon cœur. Tu vas bien ?"

Elle resta silencieuse un long moment. "Je... ne sais pas. Je pense que ça ira. J'ai... vu des choses."

"Je suis tellement désolé, mon bébé." Il faillit lui demander ce qu'elle avait vu, mais ce n'était pas le bon moment. Ils en parleraient plus tard, quand ils seraient de nouveau réunis. Elle méritait au moins ça.

"Quand est-ce que tu rentres à la maison ?" Sa voix tremblait quand elle posa cette question, ce qui lui brisa de nouveau le cœur.

"Je ne sais pas," répondit-il avec honnêteté. "Bientôt, j'espère. Mais vous êtes en sécurité, et c'est ce qui compte le plus pour moi. Tu peux me passer ta sœur ?"

"Elle est en train de dormir," dit Maya. "Les, euh, événements de ce matin l'ont vraiment épuisée."

"Laisse-la dormir alors," dit Reid. "Passe-moi Watson s'il te plait."

"OK." Et elle ajouta, "Je t'aime, Papa."

"Je t'aime aussi, Maya."

L'instant d'après, il entendit une grosse voix masculine. "Ici Watson."

"Qu'est-ce que tu peux me dire ?" demanda Reid.

Watson baissa d'un ton, pour épargner cette discussion à Maya, pensa Reid. "Deux assaillants, morts tous les deux. Nous avons effectué une reconnaissance sur eux. L'un était turc, et l'autre afghan. Aucun des deux n'était membre d'Amon, mais je suis sûr qu'ils bossaient avec eux."

"Est-ce que tu sais comment ils ont chopé les filles ?" demanda Reid. "Est-ce qu'ils les ont surveillées tout le temps ou est-ce qu'ils ont été envoyés ?"

"C'est là que ça se complique," dit Watson. "Le premier a essayé d'approcher les filles et de gagner leur confiance... en se faisant passer pour moi."

Reid comprit immédiatement ce que cela voulait dire. Amon avait des sbires aux États-Unis et, pire encore, il y avait encore des gens, à la CIA, pour leur faire fuiter des renseignements d'une manière ou d'une autre. C'était la seule hypothèse plausible qui expliquait comment Amon avait su que Watson et Carver étaient envoyés sur le quai ce matin-là. "Je vois," dit-il. "Reste sur tes gardes. S'ils étaient au courant de ça, ils peuvent très bien connaître l'emplacement de la planque où tu es avec les filles."

"Personne ne pourra entrer," le rassura Watson. "On a tout un escadron pour assurer nos arrières."

Reid acquiesça. "Merci de t'occuper d'elles."

"Attends, Zéro, encore un truc," dit Watson. "Le turc a dit quelque chose avant de mourir. Je m'en souviens bien, parce que c'était trop bizarre. Il a dit, 'Le sol va s'ouvrir en deux par les talons de leurs pieds. Est-ce que ça t'évoque un truc ?"

Reid cligna des yeux. Ces mots lui évoquaient vaguement quelque chose, comme s'il les avait déjà entendus quelque part auparavant, mais il n'arrivait pas à les resituer pour le moment. "Pas vraiment," répondit-il. "Mais je vais faire des recherches. Merci encore, Watson." Il raccrocha en fronçant les sourcils.

Maria le constata. "Tu n'as pas l'air très apaisé pour un type qui vient juste d'apprendre que ses filles sont saines et sauves."

Reid secoua la tête. "Ce n'est pas ça. C'est…" Il s'interrompit. Où avait-il entendu cette phrase bizarre avant ? *Le sol va s'ouvrir en deux par les talons de leurs pieds.* On aurait dit quelque chose qu'il avait déjà lu, ou peut-être même cité durant ses cours.

Le téléphone sonna dans sa main. Il répondit.

"C'est Cartwright," annonça le directeur adjoint. "Vous allez bien, Zéro ? Vous avez retrouvé votre calme ?"

"Je vais bien," se contenta de dire Reid. Il avait plusieurs qualificatifs bien sentis qu'il avait envie de balancer à Cartwright à propos de son Protocole Delta, mais il se pinça la langue. "Vous avez entendu le rapport de Watson ?"

"Affirmatif," répondit Cartwright d'un air dépité.

"Alors, vous savez ce que ça signifie. Quelqu'un refile toujours des infos à Amon. Est-ce que la NSA a commencé à surveiller les communications de la CIA ?"

Le directeur adjoint prit un ton ironique. "J'imagine que oui, à l'heure qu'il est, mais ce n'est pas comme s'ils comptaient nous prévenir, genre 'Hé, nous avons commencé à écouter vos conversations privées.'"

"Eh bien, qui que ce soit, il a trouvé une autre façon de faire fuiter les informations. Il faut avertir les Directeurs Mullen et Hillis. Il faut regarder de plus près aux niveaux supérieurs. De plus, Johansson et moi devrions peut-être passer sous couverture."

Le sol va s'ouvrir en deux par les talons de leurs pieds. Il ne pouvait pas s'enlever ça de la tête. C'était sûr qu'il avait déjà entendu ces mots. Mais où ça ?

Cartwright soupira. "Ne prenons aucune décision hâtive. Rentrez à Zurich, et nous allons démêler tout ça ensemble."

Reid secoua la tête. "Nous n'avons absolument rien à faire à Zurich. Nous devons trouver notre prochaine piste." Le seul problème est qu'ils avaient échoué avec le faux Cheikh Mustafar, et qu'il n'avait aucune idée d'où aller ensuite. Il n'avait pas envie de retourner à Zurich les mains vides et de devoir recommencer du début. Il ne voulait pas s'asseoir dans une salle de conférence pour débattre des options possibles avec ses supérieurs. Il voulait trouver Amon et déjouer leur complot, mais la seule piste possible encore vivante qu'il voyait, c'était de trouver l'assassin, l'étranger blond qui l'avait attaqué dans la station de métro à Rome. S'il y avait la moindre chance de faire sortir cet assassin de sa cachette, Reid voulait la tenter. Mais il ne savait pas du tout où cet homme pouvait bien se trouver, ni même par quels canaux il obtenait ses renseignements.

La taupe de la CIA, peut-être, se dit Reid. Si Cartwright l'aidait à faire connaître son emplacement, peut-être pourrait-il faire sortir l'assassin de son trou. Ce serait toutefois extrêmement risqué et nécessiterait de se rendre lui-même vulnérable…

Le sol va s'ouvrir en deux par les talons de leurs pieds. Cette phrase continuait de résonner dans un coin de sa tête.

"Agent Steele," dit froidement Cartwright. "je vous donne l'ordre de rentrer directement à Zurich, à moins que vous ne puissiez me donner une bonne raison de ne pas le faire."

"Vous voulez une bonne raison ?" rétorqua Reid. "Parce que je ne suis pas tout à fait sûr que les fuites ne viennent pas de vous." Et il raccrocha.

Maria cligna des yeux en le regardant, l'ébauche d'un sourire sur les lèvres. "Je suppose que ça fait du bien de lui raccrocher au nez," dit-elle. "Tu crois vraiment que ça pourrait être lui ?"

Reid secoua la tête. "Je suppose que c'est possible, mais il ne serait pas le seul alors." Il n'avait certainement pas confiance en Cartwright, mais le directeur adjoint avait essayé de l'évincer de cette affaire et avait dit à Hillis que Zéro était compromis. Cela ne semblait pas plausible comme tactique si jamais il travaillait bel et bien avec Amon.

Le sol va s'ouvrir en deux par les talons de leurs pieds. C'était peut-être une référence à un dieu ou un titan… un truc mythologique, éventuellement ?

Maria fronça les sourcils. "Qu'est-ce qui ne va pas ? Tu as l'air pensif."

"Il faut juste que je prenne le temps de réfléchir." Reid marchait de long en large dans la petite cabine. "Le sol va s'ouvrir en deux," murmura-t-il. "Par les talons de leurs pieds…"

Dieux. Titans. Déités. Il fit courir des associations de mots basiques dans sa tête en essayant de combler les vides de sa mémoire. *Demi-dieux. Héros. Épopées ...*

Soudain, cela fit tilt.

Alors qu'ils tournaient en rond, le Mont Hermon et le Mont Liban se séparèrent.

"Le Mont Hermon," murmura-t-il.

"Quoi ?"

"Le Mont Hermon !" cria-t-il presque. "Écoute, dis-moi si ça colle selon toi. Alors qu'il était sur le point de mourir, l'un des sbires qu'Amon a envoyé kidnapper mes filles a dit 'Le sol va s'ouvrir en deux par les talons de leurs pieds.' Et j'avais l'impression d'avoir déjà entendu cette phrase." Il parlait à cent à l'heure, gesticulant avec ses mains en même temps. "C'est une ligne de l'*Épopée de Gilgamesh*, le poème sumérien… La suite dit, 'Alors qu'ils tournaient en rond, le Mont

Hermon et le Mont Liban se séparèrent' C'est une référence à la bataille de Gilgamesh contre Humbaba." *Merci, Professor Lawson*, pensa-t-il. La phrase lui avait paru familière parce qu'il l'avait récitée une fois, il y a des années de cela, quand il était professeur adjoint à l'Université George Washington.

Maria se contenta de secouer la tête. "Je suis désolée, mais je ne te suis pas."

"C'était sarcastique," dit Reid, à présent excité. "Alors qu'il allait mourir, le terroriste a récité une phrase de cette épopée. Il l'avait probablement entendue dire par un membre d'Amon. C'est comme une menace, mais c'est un sarcasme qui désigne directement le Mont Hermon, une montagne qui s'élève à la frontière entre la Syrie et le Liban. Au sommet, il y a, euh, une zone tampon des Nations Unie, un avant-poste..."

"Et tu crois qu'ils prévoient de l'attaquer ?"

"Je n'en sais rien. Mais je sais que c'est une piste. Nous devons y aller tout de suite."

"En Syrie ?" Maria avait l'air dubitative. "C'est une sacrée balade, mais... d'accord, allons-y. Il faut qu'on refasse le plein de carburant d'abord." Elle se dirigea rapidement vers l'avant de la cabine et attrapa un téléphone suspendu à un cordon en plastique, une ligne directe donnant sur le cockpit. Elle expliqua leur plan au pilote, puis écouta ce qu'il lui répondait.

"Il a dit qu'il faudrait au moins trente minutes avant que l'on puisse se poser pour remettre du carburant," répéta Maria à Reid. "Nous sommes trop proches d'une zone interdite de vol, donc on doit faire un détour et se rendre à Berne pour faire le plein."

"Quelle zone interdite de vol ?"

"Au-dessus de Sion, à cause des JO d'Hiver."

"Oh, je vois." Les JO d'Hiver avaient lieu à Sion, ville du sud-ouest de la Suisse. Il avait totalement oublié cet événement. "Attend une seconde..." *Sion.* Ce mot restait gravé dans son esprit, comme si on l'avait cloué là. Il fit de nouveau les cent pas dans le jet, alors que Maria le regardait faire sans rien y comprendre.

"Qu'est-ce qu'on fait maintenant ? On se pose, ou... ?"

Reid resta bouche bée alors qu'il réalisait quelque chose de nouveau dans sa tête, comme une ampoule qui s'éclaire enfin. "Les JO ont lieu à Sion," dit-il à voix basse.

"Ouais, ça on sait." Maria commençait à perdre patience. "Et alors ?"

"Dans la Bible hébraïque originale," expliqua-t-il lentement, "le Mont Hermon ne portait pas le même nom. Il s'appelait le Mont Tzion, avec un T et un Z, mais les traducteurs ont par la suite laissé tomber le T pour l'appeler tout simplement Zion. Mais le mot d'origine, en hébreu, aurait été prononcé comme..."

Un souffle de stupéfaction s'empara de la gorge de Maria. "Comme Sion."

"Exactement. Le sarcasme n'était pas un indice relatif au Mont Hermon. Maria, c'était un indice direct sur l'attaque qui va se produire. Sion est la cible. Les JO d'Hiver."

Il attrapa le téléphone blanc à l'avant de la cabine.

"Attends ! Comment peut-on en être sûrs ?"

"On ne peut pas," dit-il, "mais réfléchis. Il y a beaucoup de monde sur place, des milliers de personnes venant de presque tous les pays du globe. Cela pourrait facilement devenir la plus grosse attaque terroriste de l'histoire."

"Bon dieu," souffla Maria. "On aurait dû y penser plus tôt."

Reid s'empara du téléphone. "Ne vous posez pas à Berne," se hâta-t-il de dire au pilote. "Nous devons nous poser à Sion."

"Agent, je ne peux pas me poser à Sion," indiqua le pilote. "Je n'en ai pas l'autorisation."

"Alors il vous faut l'obtenir, *tout de suite*," avertit Reid. Le terroriste qui avait attaqué ses filles ne leur aurait jamais donné cet indice si l'attaque n'était pas imminente. "Quelque chose de terrible est sur le point de se produire, et il est peut-être même déjà trop tard pour l'empêcher."

Chapitre Trente-Deux

"Il faut le dire à Cartwright," dit précipitamment Maria. "Faire envoyer tous les agents disponibles à Sion, boucler le secteur, évaluer les menaces…"

"Non," l'interrompit Reid, "Je ne pense pas que ce soit la bonne solution." Il était presque sûr que ce n'était pas Cartwright qui faisait fuiter les renseignements mais, dans tous les cas, la taupe de la CIA serait en alerte dès l'instant où les JO seraient interrompus. "Amon a su où étaient mes filles et le nom des agents qui devaient les récupérer. Même si ce n'est pas Cartwright, alors c'est quelqu'un qui est proche de lui, assez proche pour avoir eu vent de notre plan. Si on met l'agence au courant, rien ne pourra empêcher que ça n'arrive de nouveau."

Maria secoua la tête. "On parle potentiellement de centaines, voire de milliers de vies en péril, et à une échelle internationale qui plus est. Il faut le dire à quelqu'un. Il faut les prévenir."

"Interpol," dit soudain Reid. "Nous allons alerter Interpol, pour qu'ils préviennent les autorités suisses et le Comité Olympique. Dis-leur d'entamer les protocoles d'évacuation. Passe l'appel, Maria."

"Et qu'est-ce que je leur dis à notre sujet ? Que nous sommes deux agents de la CIA qui ne peuvent pas prévenir leurs propres supérieurs à cause d'une suspicion de fuites dans le service ?"

Reid tâche de réfléchir rapidement en levant les yeux en l'air pensivement. "Non… On passe au-delà de l'agence. Contacte ton père au Conseil de la Sécurité Nationale. Dis-lui que la personne qui fait passer des informations à Amon est toujours en mesure de le faire. Il nous faut l'approbation du DRN pour pouvoir agir."

"Quand bien même, la CIA pourrait perdre sa crédibilité…" commença Maria.

"Comme tu l'as dit, nous parlons de centaines, ou peut-être de milliers de vies. Je pense que ça mérite un peu de crédibilité."

Reid voyait bien que l'idée de ne pas avertir la CIA ne plaisait pas du tout à Maria, mais elle acquiesça à contre-cœur et dégaina son téléphone. Elle passa deux appels. En premier, elle appela Interpol pour les prévenir d'une menace possible et mettre la sécurité des JO en action. Reid entendit la pointe d'anxiété dans sa voix quand elle mentionna le fait que la CIA était potentiellement compromise dans cette affaire. Le second appel fut pour son père afin d'informer le Conseil de la Sécurité Nationale et le Directeur du Renseignement National de la situation et d'obtenir leur consentement avant d'agir.

Elle venait à peine de raccrocher que l'interphone résonna dans la cabine. "Nous avons eu l'autorisation de nous poser et nous arriverons bientôt," annonça le pilote. "Attachez-vous, Agents. Il reste dix minutes avant l'atterrissage."

Maria s'assit à côté de Reid et boucla sa ceinture. "Donc," dit-elle en essayant vainement de cacher le malaise dans sa voix, "si je comprends bien, nous sommes sur le point d'interrompre ce qui est sans aucun doute le plus gros événement sportif au monde, de tout stopper avec des pertes qui se montent certainement à des millions de dollars, juste pour chercher une aiguille dans une botte de foin, à cause de ton intuition au sujet d'un terroriste mort dans le New Jersey. En plus, nous faisons tout ça à l'insu de l'agence qui nous donne normalement l'autorisation de faire ce genre de choses ou pas."

"Oui," confirma Reid. "C'est plutôt bien résumé."

"Tout comme au bon vieux temps." Il sentit ses doigts se refermer sur les siens. Ils étaient chauds et bienvenus, à la fois familiers et étrangers. C'était une sensation tellement étrange d'être près d'elle, d'avoir simultanément l'impression qu'elle était une vieille amie alors qu'il ressentait la tension électrique de quelque chose de nouveau et d'excitant.

Il avait presque oublié qu'il commençait tout juste à lui faire totalement confiance.

Reid sentit dans son ventre que le Gulfstream descendait de quelques centaines de mètres. Maria serra sa main plus fort.

"Avant d'atterrir," dit-il, "il y a quelque chose que j'aimerais savoir. C'est à propos de ce qui s'est passé avant, la raison pour laquelle Cartwright et toi avez pensé que le Protocole Delta était nécessaire."

"Tu veux parler de ça *maintenant* ?" demanda Maria, étonnée.

"C'est important pour moi," insista-t-il. "Tout ce que je sais, c'est que Kent a… non, ce n'est pas exact. *J'ai* fait ça. Tu as dit que j'étais devenu incontrôlable. Que j'ai laissé une horrible traînée de sang. Mais je ne m'en souviens pas, et je ne sais pas pourquoi j'ai fait ça. Je ne peux pas m'empêcher de penser qu'il y quelque chose qu'on ne me dit pas." Il la regarda dans les yeux, laissant sa main dans la sienne. "Je te fais confiance, Maria. Je peux le dire à présent. S'il te plait, dis-moi ce qui s'est passé."

Elle secoua la tête. "Je pense vraiment que ce n'est pas le bon moment, Kent…"

"Écoute, s'il y a bien quelque chose que j'ai appris en enseignant l'histoire, c'est que nous sommes condamnés à répéter les erreurs du passé jusqu'à ce qu'on apprenne de ces dernières. Je ne peux pas apprendre quelque chose dont je ne me souviens pas, et je ne veux pas redevenir ce mec-là. Je ne veux mettre personne en danger et je ne veux pas foutre en l'air tout ce qui est en jeu ici. Il ne nous reste que quelques minutes avant d'atterrir, et je ne sais pas ce qui va se passer. C'est peut-être ma seule chance de découvrir pourquoi j'ai arrêté d'être Kent Steele."

Maria soupira lourdement. "Très bien," dit-elle. "Je vais te le dire." Elle prit une profonde inspiration, alors que le Gulfstream descendait de plusieurs mètres encore, avec rapidité. "Quand Kate est morte, tu es resté inconsolable. Tu étais en opération quand c'est arrivé. Tu n'étais pas là, et tu t'en es voulu. Pire que ça… tu étais certain qu'Amon avait quelque chose à voir là-dedans."

Reid fronça les sourcils. "Mais elle est morte d'une embolie," dit-il. "Et ça a causé une attaque. Personne n'a pu rien faire, pas même les médecins."

"Nous avons essayé de te dire que tu n'aurais rien pu faire, mais tu ne voulais rien savoir. Tu traquais Amon. Tu étais obsédé. L'agence a essayé de te rappeler, mais tu as disparu. Ils ont envoyé le reste de notre équipe à ta recherche, à savoir Morris, Reidigger et moi. Je me suis séparée d'eux pour suivre une autre piste…"

"Et tu m'as retrouvé ?"

"Oui," dit-elle. "C'est à ce moment-là que nous… avons eu une aventure. Quand l'agence l'a découvert, ils ont menacé de nous démettre de nos fonctions tous les deux. Je suis rentrée, pas toi. Puis, quelques semaines plus tard, on a annoncé que tu avais été tué en action."

Une vision traversa l'esprit de Reid. *Un pont. La nuit. Le fleuve qui coule en-dessous Une sensation de chute...*

Le Gulfstream plongea de nouveau. Par la fenêtre, Reid pouvait apercevoir l'aéroport et la ville de Sion au loin. Il n'y avait pas de gratte-ciels, pas de bâtiments en verre ou d'avenues vivement éclairées. Sion ressemblait à un ancien village qui se serait répandu comme une flaque d'eau, niché à la base d'une chaîne de montagnes et dominé par les sommets.

Au loin, du côté opposé à la ville, il pouvait voir le grand Village Olympique qui avait été spécialement construit pour les jeux. Il y avait d'énormes structures à dômes qui accueillaient les événements à l'intérieur, ainsi qu'une piste de luge et des descentes de ski qui avaient été soigneusement érigées autour de deux montagnes plus petites, au sommet desquelles étaient perchés des châteaux de pierre construits des centaines d'années plus tôt. La dichotomie était stupéfiante.

Il avait la nette impression que Johansson ne lui disait pas tout, mais il était bien trop tard pour lui poser d'autres questions. Ils allaient atterrir dans un instant.

"Merci," dit-il. "Pour ton honnêteté."

Elle détourna le regard.

"Roues à terre dans deux minutes," annonça le pilote dans l'interphone.

"Bon sang, j'espère que nous n'arrivons pas trop tard," murmura Johansson.

"Quoi qu'il y ait à trouver, on le trouvera," dit Reid. Il essaya de paraître aussi confiant que possible, mais sa voix tremblait.

La porte du Gulfstream s'ouvrit avant même que l'avion ne s'immobilise totalement sur la piste. Sur le tarmac de l'aéroport de Sion, attendaient trois voitures de la police suisse, gyrophares allumés. Reid et Maria furent rapidement invités à monter à l'arrière de l'une d'elles, et le cortège démarra immédiatement, bifurquant sur l'autoroute et se hâtant de rejoindre le Village Olympique.

Un homme en costume gris anthracite se retourna depuis le siège passager avant, afin de leur parler. "Je suis l'Agent Vicente Baraf d'Interpol," dit-il en montrant son badge. Son accent était italien et il arborait une moustache noire, fine comme un trait de pinceau. "Mes supérieurs ont été en contact avec votre Directeur du Renseignement National. Nous comprenons la situation et nous avons reçu l'instruction de ne pas communiquer avec qui que ce soit de votre CIA, excepté vous deux."

"Nous apprécions votre coopération, Agent Baraf," dit diplomatiquement Maria. "Pouvez-vous nous dire quelles mesures sont actuellement mises en place ?"

"Interpol envoie ici une quinzaine de nos agents qui étaient à un forum économique à Davos," leur expliqua Baraf. "Cependant, même en avion, ils vont mettre environ deux heures. Pendant ce temps, nous devons faire avec les moyens du bord. La sécurité des JO et la police suisse font évacuer le parc tout entier. Toutefois, il s'agit de milliers de personnes. C'est un processus qui est lent."

"La lenteur n'est pas une bonne chose," dit Reid. "Il ne faudrait pas qu'Amon devienne nerveux et agisse dans la précipitation."

Le téléphone mobile de Maria sonna dans sa poche. Elle ne répondit pas. En fait, elle ne daigna même pas regarder de qui provenait l'appel. Ils savaient tous les deux que c'était certainement Cartwright. À présent, la CIA était certainement au courant de ce qui se passait. En fait, étant donné l'immense couverture médiatique des Jeux Olympiques, il y avait fort à parier que la plupart du monde développé le soit aussi.

L'Agent Baraf tripota un écran tactile sur la console centrale de la voiture de police. "Je vais vous intégrer à un briefing," expliqua-t-il. "Nous n'avons pas le temps de faire une réunion avec chaque personne, donc vous allez vous adresser dans un instant à une salle remplie d'agents d'Interpol, de responsables de la sécurité olympique et de membres de la police fédérale suisse." Il alluma le système Bluetooth de la voiture, et un bourdonnement de voix fut soudain audible dans les haut-parleurs de la voiture. "Votre attention, s'il vous plait," prononça Baraf à voix haute. "Les Agents de la CIA Steele et Johansson sont en route, et ils vont partager avec vous ce qu'ils savent. Veuillez donc écouter attentivement." Tous les murmures se turent.

Reid jeta un coup d'œil à Johansson, qui lui fit un signe de tête en retour. Il fut soudain conscient qu'il n'avait jamais eu à briefer une salle entière d'agents avant, du moins pas qu'il s'en souvienne, et il était vraiment content de ne pas être dans la salle en personne.

Il se râcla la gorge, se pencha en avant et parla d'une voix forte, "Je suis l'Agent Steele de la CIA." Une fois ces mots prononcés, les autres lui vinrent naturellement, comme s'il avait fait ça des centaines de fois. Il se dit d'ailleurs que c'était certainement le cas. "Comme vous le savez, nous avons de fortes raisons de penser qu'une organisation terroriste planifie une attaque durant ces JO d'Hiver. Nos renseignements suggèrent que ce complot est prévu depuis longtemps, donc nous ne sommes probablement pas face à un événement isolé, mais à une cible prévue pour toucher une zone la plus large possible et un maximum de monde."

Il repensa au chai d'Otets et aux bombes qu'il avait vues. "Toutes les unités anti-explosifs et les brigades canines doivent se concentrer sur la détection du dinitrotoluène, composé chimique étant utilisé comme agent incendiaire actif. Ces bombes auront chacune un rayon d'explosion d'environ douze à dix-huit mètres mais, comme je l'ai dit, il ne faut pas penser qu'il s'agit d'actes isolés. Je m'attends à ce qu'il y ait plusieurs sites, peut-être prévus comme une réaction en chaîne, afin qu'un seul détonateur puisse affecter une très grande zone.

"L'Agent Baraf nous a dit que le processus d'évacuation avait déjà commencé. Poursuivez vos efforts, mais agissez avec précaution. Nous ne voulons pas initier un mouvement de panique ou donner aux attaquants la moindre raison d'appuyer plus tôt sur le détonateur."

Une voix masculine s'éleva dans le haut-parleur. "Monsieur, y a-t-il une nationalité spécifique à laquelle appartient cette organisation et que nous devons chercher en priorité ?"

"Malheureusement, non," répondit Reid. "Ce groupe-ci a des membres dans le monde entier et ils sont bien entraînés. Il est peu probable qu'ils assistent aux compétitions et ils n'agiront pas de manière à éveiller le moindre soupçon."

Maria lui tapa sur l'épaule et montra son cou.

Elle a raison, pensa Reid. *La marque.*

"En vidant le parc, faites automatiquement en sorte que chaque personne évacuée montre son visage et son cou," indiqua Reid à la salle de briefing. "Cette organisation s'appelle Amon, et leurs membres possèdent une marque, une brûlure rectangulaire en forme de hiéroglyphe égyptien. Arrêtez quiconque possède une marque suspecte sur le visage ou dans le cou." Il avait tout à fait conscience qu'Amon n'avait peut-être pas envoyé ses propres membres pour faire sauter les bombes. Il était plus probable qu'ils aient recruté des factions de kamikazes pour cela, mais c'était le seul signe distinctif qu'il pouvait donner.

"Le temps d'arrivée estimé est de huit minutes," annonça Baraf.

"Une dernière chose," ajouta Reid à l'attention de la salle. "Agissez avec une extrême précaution. Ces gens, Amon, n'hésiteront pas à sacrifier des vies, les leurs et celles des autres, pour leur cause. Ils doivent être considérés comme extrêmement dangereux. Si des criminels sont bel et bien identifiés, n'hésitez pas à utiliser la force léthale."

"Merci, Agent," dit Baraf. "Vous avez toutes les consignes. Fin du brief." Il éteignit le micro à l'écran.

Le Parc Olympique de Sion apparut à travers le pare-brise : les hautes pistes artificielles, la piste de luge et ses courbes, l'énorme dôme qui abritait sûrement les compétitions de patinage. Malgré leurs gyrophares et leurs sirènes assourdissantes, les trois voitures de police du cortège furent obligées de ralentir en approchant du flux stupéfiant de la foule.

Baraf avait raison : il y avait des milliers de personnes de toutes les nationalités et ethnicités, la plupart arborant des vêtements aux teintes de leur pays d'origine, visages peints aux couleurs de leurs bannières et brandissant de petits drapeaux. Ils étaient disséminés en énormes groupes juste à l'extérieur du Parc Olympique, bloquant les rues et les trottoirs. La plupart avait l'air confus et ennuyé par l'évacuation. Beaucoup avaient l'air carrément énervés, gesticulant avec les bras ou criant sur la police suisse.

"Agent Baraf," dit Maria, "il faut repousser tous ces gens jusqu'à une distance sûre du parc et des bâtiments. Amon est assez intelligent pour se rendre compte que nous sommes en train d'évacuer et a peut-être pris des mesures contre ça."

Baraf acquiesça et relaya le message par radio. "Le problème," leur dit-il, "est que nous manquons de ressources humaines. Nous avons l'équipe de sécurité au complet et tous les agents disponibles, mais il y a tout simplement trop de monde à évacuer."

À l'extérieur de la voiture, Reid pouvait voir au moins une douzaine d'équipes de presse, peut-être plus, filmant en direct les attractions olympiques derrière eux. Il avait raison : le monde entier était au courant qu'une attaque terroriste menaçait les JO d'Hiver… ce qui voulait dire qu'Amon le savait aussi.

Il savait bien qu'ils pourraient très bien faire sauter les bombes à distance. Après tout, c'est ce qu'il avait lui-même fait dans le chai d'Otets, en utilisant la mallette de détonation. Ils n'avaient pas forcément besoin d'un homme présent sur le site de l'attaque. La question la plus importante pour lui, toutefois, n'était pas de savoir comment ils allaient le faire, mais pourquoi ils ne l'avaient pas encore fait. Les stades et les sites avaient été vidés. On aurait dit que la plupart des spectateurs étaient déjà dehors. Tous les athlètes et les chefs d'état avaient certainement été parmi les premiers à être évacués.

Qu'est-ce qu'Amon attendait ? Une illusion de sécurité ? Ou allaient-ils abandonner leur plan maintenant qu'il était déjoué ?

Non, pensa-t-il. *Ils n'abandonneraient jamais. Ils ont passé trop de temps là-dessus. Ils ont dû prévoir cette éventualité. Mais comment ?*

Son regard balaya les foules, les structures, les caméras des journalistes, cherchant la moindre chose paraissant bizarre, alors que le cortège avançait.

"Comment peut-on se rendre utiles ?" demanda Maria à Baraf.

"Déjà," répondit l'agent d'Interpol, "il faut faire partir d'ici toutes ces équipes de presse. Elles peuvent faire leur rapport à un autre endroit. Leur présence fait croire aux gens que leur proximité est sécurisante.

Ensuite, nous pourrons ériger des barricades à une distance plus lointaine…"

Baraf continuait de parler, mais Reid l'entendait à peine. Il regardait attentivement, plissant les yeux en scrutant à la recherche du moindre détail qui pourrait les aider.

Il n'en trouva aucun.

"Agent Steele ?" Baraf s'était retourné sur son siège, le regardant droit dans les yeux. "Qu'avez-vous dit sur le rayon potentiel de l'explosion ?"

"Oh, euh, désolé. Environ douze à dix-huit mètres, en me basant sur les explosifs que j'ai vus fabriquer."

"Donc vingt-cinq mètres minimum," dit Baraf à Maria. "Barricades dans les trois rues qui entourent l'entrée du Parc Olympique…"

De nouveau, la voix de l'agent d'Interpol redevint un bruit de fond dans les pensées de Reid.

Il y a quelque chose ici.

Non…pas quelque chose. Quelqu'un. Amon ne confierait pas la pièce maîtresse du jeu à une autre faction. Ils ne feraient pas exploser à distance. Ils ont forcément quelqu'un ici, peut-être plus d'une seule personne, pour s'assurer que les choses soient faites correctement.

"Il faut que j'entre dans le parc," dit-il d'une voix forte.

"Dans le parc ? Pourquoi ?" demanda Maria. "Les unités anti-explosifs sont à l'intérieur pour déminer la zone. Nous serons plus utiles à l'extérieur…"

"Arrêtez la voiture," insista-t-il. Ils n'avaient pas le temps d'avancer au ralenti au beau milieu de la foule.

Baraf fit un signe de tête au chauffeur, et la voiture s'arrêta au beau milieu de la rue, à un croisement à peine de l'entrée du Parc Olympique. Reid ouvrit la portière et sortit. Pendant un moment il resta debout à côté de la voiture, son regard se posant avec attention sur chaque personne qu'il distinguait dans la foule.

"Kent ?" Maria venait de sortir aussi. "C'est quoi le plan ?"

Il ne répondit pas. Il se contentait de fixer des yeux un point dans la foule.

Pendant un bref instant, il crut avoir vu en un éclair des cheveux blonds décolorés, un menton anguleux… un visage familier.

"Kent, qu'est-ce qui ne va pas ?" insista Maria.

"Je ne sais pas." Il secoua la tête. "J'aurais juré avoir vu…"

L'assassin d'Amon du métro de Rome. Mais peut-être que ses yeux lui jouaient des tours, lui montrant ce qu'il avait envie de voir. S'il l'avait vraiment vu, en tout cas, l'assassin était parti, évanoui dans la foule.

Il avait vaguement conscience que Maria continuait à parler. "Kent ? Tu as entendu ce que je viens de dire ?"

"Non, désolé…" Il balayait la zone des yeux, observant les nuées de personnes, à la recherche de la tête blonde.

"J'ai dit que nous devrions nous séparer, prendre des côtés différents du parc, et…"

Là.

Reid le repéra à nouveau. Il ne s'était pas du tout fait de film.

Debout, à environ cinquante mètres de distance, appuyé contre un poteau téléphonique, l'assassin d'Amon le regardait droit dans les yeux en souriant.

Alors que Reid n'en croyait pas ses yeux, le blond se retourna et commença à s'engager dans la foule, repartant de là où il était venu : le Parc Olympique.

Il incitait clairement Kent Steele à le suivre.

Et c'est ce qu'il fit.

Chapitre Trente-Trois

"Reste avec Baraf !" cria Reid à Maria. "Aide-le !"

"Tu vas où ? Kent, attends !" Maria lui hurlait dessus, mais ses mots furent rapidement inaudibles alors qu'il courait en écartant les gens sur le côté pour avancer dans la foule aussi vite que possible.

Il avait repéré l'assassin. Il en était certain.

La seule voie d'accès autorisée au Parc Olympique était une file à double voie qui coupait directement en son centre, entre une haute sculpture contemporaine bleu-ciel qui avait été érigée pour l'occasion et un centre d'accueil. Reid aperçut une mèche de cheveux blonds disparaître derrière la sculpture, et il s'élança à ses trousses. Sa main droite restait instinctivement posée sur l'arme enfouie sous son blouson, et il devait se rappeler en permanence qu'il se trouvait au beau milieu d'une foule dense et qu'il ne devait en aucun cas semer la panique.

Juste au-delà de l'entrée, se trouvaient quatre checkpoints, organisés à la hâte par la Police Fédérale et Interpol, avec de longues files de gens entre chacun. À chaque checkpoint, les officiers inspectaient rapidement le visage et le cou de chaque personne quittant les lieux, beaucoup d'entre eux arborant un air dubitatif et maussade.

Il n'aurait pas tenté d'aller directement à un checkpoint avec tous les gardes armés, raisonna Reid. À sa gauche, de l'autre côté de l'énorme sculpture en fil bleu, se trouvait l'entrée latérale des employés, donnant sur un petit stade qui accueillait les compétitions de patinage.

C'était le seul passage qu'il avait pu emprunter.

Il se dépêcha et atteignit la porte. Elle était ouverte mais, au-delà, il faisait noir.

Reid s'aventura à l'intérieur. Dès qu'il eut refermé la porte derrière lui, il sortit le Glock 27 de son étui à l'épaule, puis avança avec précaution dans le couloir obscur. Comparé à la lumière du jour extérieure, il faisait sombre, mais les lumières d'urgence au sol éclairaient un peu la voie.

Le bruit des spectateurs mécontents était quasiment étouffé à l'intérieur du bâtiment. Il était presque entièrement silencieux. Il se dit que sa respiration était trop bruyante, un indice mortel trahissant son emplacement. Chacun de ses pas était peut-être aussi révélateur pour l'assassin qui attendait, tapi dans l'ombre.

J'aurais dû dire à Maria de me suivre. J'aurais dû assurer mes arrières. Je n'aurais pas dû venir ici tout seul. Il y avait mille endroits où l'assassin pouvait se cacher en attendant que Reid s'aventure à l'intérieur.

Malgré toutes ces réflexions, il continua d'avancer dans le couloir d'accès jusqu'à ce qu'il débouche dans l'espace principal. À sa gauche et à sa droite, se trouvaient les principales rangées de sièges, disposées en large ovale autour de la patinoire. Celle-ci était illuminée par le dessus grâce à de puissantes ampoules fluorescentes, projetant une inquiétante lumière bleutée sur la glace. Tout le reste, cependant, restait dans l'obscurité.

La patinoire était vide, à ce qu'il pouvait voir. La seule manière d'avancer était de monter. Il s'engagea sur les marches précautionneusement, lentement, une à la fois, en brandissant son arme vers la silhouette présumée de l'assassin.

"C'est assez loin." La voix éclata, résonnant à travers les rangées de siège de sorte que Reid ne pouvait dire de quel endroit elle venait. "Pose ton arme."

Reid résista à l'envie de se retourner, de tenter de repérer d'où venait la voix. Au lieu de ça, il garda fermement sa main refermée sur le flingue, alors que son regard allait de droite à gauche, cherchant le moindre signe de mouvement.

"Pourquoi est-ce que je ferais ça ?" répondit-il. "Pour que tu puisses me tirer dessus ?"

"Je pourrais le faire tout de suite," prononça la voix d'un ton neutre. "Je t'ai parfaitement en ligne de mire."

"Alors pourquoi est-ce que tu ne le fais pas ?" le défia Reid.

Il entendit un léger rire. "Parce que j'ai déjà essayé deux fois de te tuer avec une arme et, à chaque fois, un revers de fortune t'a sauvé." L'assassin s'interrompit un court moment. "Tu m'as ouvert le ventre avec un couteau et laissé pour mort. J'estime que je dois te retourner cette faveur."

Reid persifla. "Tu es cinglé."

"Non, Agent. Je suis bien plus que ça. À présent… pose ton arme."

Reid jura à voix basse, dans un souffle. Il ne voyait pas d'autre option : il pouvait soit garder l'arme, essayer de trouver l'assassin, et se faire tirer dessus… ou il pouvait poser l'arme, et se faire tirer dessus quand même.

Il se baissa lentement, s'accroupit et déposa le Glock sur une marche.

"Et l'autre aussi," dit la voix en écho.

"Je n'ai pas d'autre…"

"Ne *me* mens pas !" cria l'assassin. "Je mérite mieux que ça."

"Tu ne mérites rien du tout," riposta Reid.

L'assassin rigola de nouveau. "Où est-il ? Étui à la cheville ? Poche de ton blouson ? Allez, sors-le."

Reid grommela de frustration, mais il s'accroupit de nouveau et sortit le second pistolet, le petit LC9 de l'étui à sa cheville. Il le posa à côté du Glock et se releva.

"Bien. Maintenant, monte les marches."

Reid s'exécuta et monta jusqu'à une large allée centrale, à environ la moitié des gradins, une voie de communication entre les différentes sections de la patinoire.

"Ne bouge plus," ordonna l'assassin.

Dans l'obscurité, une silhouette prit forme. Au départ, à cause du faible éclairage, Reid ne distingua qu'une forme. Mais, alors que ses yeux s'habituaient, la forme devint humaine, un homme aux cheveux blonds avec un menton anguleux et des épaules carrées. Il tenait quelque chose devant lui : un pistolet.

Reid n'avait pas besoin de le voir pour savoir qu'il s'agissait d'un silencieux Sig Sauer.

C'était la deuxième fois que cet assassin tenait sa vie entre ses doigts, du moins autant qu'il s'en souvienne. S'il appuyait sur la détente, il n'y aurait plus de confusion entre Reid Lawson et Kent Steele, car ils cesseraient tous les deux d'exister.

"Je vous ai démasqués," dit Reid en essayant de prendre un ton assuré. "Votre plan va échouer. Depuis combien de temps vous prévoyez tout ça ? Deux ans ? Peut-être plus ?"

"Rien n'a échoué," dit calmement l'assassin.

"Ah bon ? Alors pourquoi n'avez-vous pas encore tout fait sauter ?"

"Oh, on va le faire," répliqua l'étranger blond. "Très bientôt. Mais … pas où tu le crois."

L'expression du visage de Reid se figea. Il sentit cette boule de terreur, à présent familière, se former dans son estomac.

"De quoi est-ce que tu parles ?"

Reid ne pouvait pas voir son sourire, mais il pouvait le percevoir dans la voix de l'assassin. "Tu as mordu à l'hameçon. On t'a emmené ici. Amon m'a offert ta tête."

J'avais tort. Sion n'est pas du tout la cible.

Le terroriste, dans le New Jersey, ses mots n'étaient pas un indice. C'était un leurre, un moyen de causer une panique internationale alors que la réelle menace se trouvait ailleurs, ignorée … C'était aussi un piège pour que Kent Steele vienne seul ici.

C'est lui qui avait échoué.

La lourde sensation de malaise dans son ventre empira avec le rire enroué de l'assassin. "Tu comprends maintenant," le railla-t-il. "Tu vois, Agent, Amon nous enseigne que chaque homme a un but. Nous faisons beaucoup de choses dans nos vies, mais nous avons tous une seule raison d'être. Nous pouvons choisir d'ignorer ce but … mais le faire ne servirait en rien Amon. On m'a donné un but. Et mon but est tout simplement de te tuer."

Cet homme est psychotique, pensa Reid. *Ou juste complètement endoctriné.*

Il secoua lentement la tête. "Si telle est ma fin, c'est la tienne aussi. Tu n'as aucun moyen de sortir d'ici. Cet endroit grouille d'agents de police et de sécurité. Même si tu parviens à me tuer, tu ne t'en sortiras jamais."

"Agent, c'est justement le but. Je te tue. Je suis tué en retour. Je n'accepterai pas d'être fait prisonnier. Je vais donner ma vie pour servir le grand but d'Amon." L'assassin leva son arme, la montra à Reid, puis la posa sur le siège à côté de lui. "Tu ne comprends pas ? Tu es mon destin. Et je... je suis ta fin." Il fouilla dans son manteau et en sortit un couteau de chasse incurvé. La lame fit l'effet d'une étincelle d'argent sous la lumière faible.

Maintenant qu'il avait posé son arme, le premier instinct de Reid fut de s'enfuir, de courir vers la sortie, de prévenir Baraf et Maria que Sion n'était pas du tout la cible prévue. Mais le Sig Sauer était toujours à portée de main de l'assassin. Reid n'arriverait même pas à faire cinq mètres avant de prendre une balle dans le dos. Il devait attirer l'étranger hors d'atteinte du flingue, au moins assez pour qu'il puisse essayer de le récupérer.

"Ma fin, tu dis ? C'est ce que tu crois être ?" Reid partit d'un rire forcé. "Je ne me souviens même pas de toi. Quoi qu'il se soit passé entre nous, ça ne m'a pas laissé un souvenir impérissable. Tu n'es pas ma fin. Tu n'es qu'un corps de plus que je vais devoir laisser sur le carreau."

Le tourner en ridicule porta ses fruits. L'assassin laissa échapper un cri guttural en plongeant sur Reid. Il retourna le couteau et le fit basculer d'un coup sec. Reid le bloqua instinctivement avec son avant-bras, faisant pivoter son corps en s'accroupissant, jetant l'assassin par-dessus son épaule.

Le blond atterrit sur un genou et se propulsa en arrière, décrivant un grand arc derrière lui avec le couteau. Reid sauta en arrière et évita de justesse la lame, puis trébucha, basculant par-dessus une rangée de sièges à l'avant de l'allée. Il retomba lourdement au sol. Une douleur envahit son coude.

Mais, en un instant, l'assassin fut de nouveau sur lui. Il sentit ses doigts dans ses cheveux. Sa tête fut tirée en arrière. Dans une seconde, il savait que la lame atteindrait son cou.

Reid leva sa main pour la bloquer et saisit la lame dans sa paume. Il hurla de douleur alors que sa paume se fendait, mais il valait mieux ça plutôt que sa gorge. Il releva le couteau en se baissant en-dessous, puis posa ses deux mains à plat au sol en mettant un coup de pied arrière aussi fort que possible.

L'assassin blond grogna en recevant le coup de pied dans la poitrine. Son corps quitta le sol un instant, puis s'écrasa sur de rangées de sièges en plastique dur. Il gémit en se relevant lentement.

Reid y vit une chance. Il s'élança dans l'allée vers les escaliers, descendant les marches quatre à quatre. Il fallait qu'il sorte, qu'il aille dehors, retrouver Maria et lui dire ce qu'il savait désormais…

Il jeta un coup d'œil par-dessus son épaule, juste à temps pour voir l'assassin debout en haut des marches, visant avec le couteau de chasse dans le but de le jeter.

Reid se roula en boule.

Le couteau vola à quelques centimètres de sa tête, mais il avait mal calculé la pente des marches et il perdit le contrôle, basculant tête la première. Ses côtes heurtèrent le bord d'une marche, ce qui lui coupa le souffle.

Le couteau de chasse retomba sur la glace et s'arrêta net.

Reid grimaça de douleur et essaya de reprendre son souffle. L'assassin avait pour l'instant perdu son couteau, mais il était peut-être encore armé. Reid leva les yeux et vit le blond boitiller en descendant les marche à sa poursuite. Sa chute sur les sièges l'avait probablement blessé.

Parfait, ça va le ralentir. Même si je ne suis pas forcément en meilleure forme.

Il avait certainement des côtes fêlées. Sa paume saignait énormément. Son genou gauche le lançait. Il n'était pas sûr de pouvoir semer l'assassin dans le couloir d'accès par lequel il était entré dans le bâtiment, mais c'était la seule issue sûre qu'il connaisse.

Le couteau. Attrape le couteau.

Reid se força à se relever, sauta par-dessus les dernières marches, et bondit sur la glace. Il glissa à genoux sur la patinoire récemment resurfacée, puis attrapa le couteau de chasse par son manche en ivoire.

L'assassin hésita sur le seuil de la patinoire. Reid espérait qu'il ne se sentirait pas assez à l'aise pour se battre sur la glace. Il se leva en faisant attention à bien garder l'équilibre, invitant du regard l'assassin à le rejoindre.

L'étranger blond mit un pied hésitant en avant. Il vacilla légèrement, étendant les bras pour garder l'équilibre. Reid pouvait maintenant clairement voir son visage sous les lampes puissantes qui éclairaient la glace au-dessus de leur tête. De nouveau, une étrange familiarité le frappa, même s'il n'arrivait pas à la resituer.

Puis, il regarda l'assassin dans les yeux.

Curieux... Reid était certain qu'il les avait vus d'un bleu froid et glacial dans le métro de Rome. Mais, à présent, ils étaient d'un vert profond, comme la couleur d'une forêt dense.

Le reconnaître fut comme un électrochoc dans son cerveau. Une vision afflua : un visage, ce même visage qu'il contemplait, mais avec des cheveux bruns, l'ébauche d'une barbe, le même menton anguleux, et ces yeux verts.

Une gare ferroviaire au Danemark.

Un nom lui revint. "Rais," dit-il à voix haute.

L'assassin esquissa un grand sourire. Il n'était ni agréable, ni menaçant non plus. En réalité, il était triomphal. "Tu te souviens, Agent."

Rais. Une nouvelle vision se forma : l'assassin debout au-dessus de lui, jubilant, pointant le canon de son arme sur le front de Reid.

"Mon visage était différent à l'époque," dit Rais. "Mais je savais que tu t'en souviendrais."

"Tu es celui que je cherchais," dit Reid à voix basse. "Quand je... à l'époque où..."

À l'époque où il était sur le pied de guerre, peu après la mort de Kate. Quand l'Agent Kent Steele avait fait cavalier seul, désespéré, se jetant à corps perdu dans sa bataille et laissant une traînée de corps dans son sillage. Les souvenirs lui revinrent en masse et, avec eux, un intense mal de tête à l'avant de son crâne. Il torturait n'importe qui susceptible de lui fournir des informations. Il leur promettait la vie sauve en échange des renseignements donnés, mais il les tuait quand même.

L'agence avait tenté de lui ordonner de rentrer, mais il n'avait pas voulu écouter.

Il était à la poursuite de l'assassin, et...

Une autre vision : une gare ferroviaire au Danemark. Il avait suivi l'assassin et l'avait retrouvé juste avant qu'il ne monte dans un train en direction de Munich. Ils s'étaient battus. Ils étaient tous les deux couverts de sang. Ils s'étaient frappés l'un l'autre jusqu'aux abords de la mort. Mais, finalement, Rais avait eu le dessus et avait pointé une arme sur sa tête.

L'assassin avait appuyé sur la détente, mais l'arme s'était enrayée. Kent avait sorti un couteau de sa bottine. Il l'avait enfoncé dans le ventre de cet assassin et avait tiré vers le haut, ouvrant littéralement ses entrailles.

Il avait laissé Rais mourir là.

"Je t'ai trouvé… Je t'ai *tué*."

Mais ça ne lui avait apporté aucune satisfaction, ni aucune réponse. Et Rais n'était pas mort.

Un rictus satisfait s'afficha sur les lèvres de Rais. C'était tout ce qu'il espérait, que Reid se souvienne de lui.

"En tant qu'Amon, nous endurons," dit Rais. "Comme je te l'ai dit, mon destin est de te tuer."

"Essaie pour voir."

La main de Reid se resserra sur le couteau de chasse, alors que l'assassin avançait vers lui. Il aurait pensé que Rais tituberait sur la glace, mais ses boots lui donnaient une bonne prise sur cette surface glissante.

Reid réalisa qu'il était trop tard. Rais avait prévu tout ça et l'avait volontairement attiré ici, dans la patinoire. L'assassin portait des espèces de bottes à traction, alors que Reid était désespérément instable.

Il balança des coups de couteau en avant, tandis que Rais se rapprochait, mais ses mouvements étaient saccadés. Son geste fut trop large et Rais le bloqua facilement. Le poing de l'assassin percuta la mâchoire de Reid dans un uppercut vicieux. Il vit trente-six chandelles. Il n'avait même pas vu le coup venir, trop occupé à garder son équilibre.

Reid sentit à peine le second coup de poing s'écraser sur sa joue. Il entendit un claquement : le couteau lui avait échappé des mains.

Le coup l'envoya valser, alors il décida de suivre le mouvement, poussant sur les talons pour se propulser en arrière. Il retomba lourdement sur la glace, glissant sur une dizaine de mètres. Rais s'était préparé à lui asséner un troisième coup de poing, mais il se perdit dans le vide et ce mouvement le fit plonger en avant. Il chancela et s'écroula de tout son long sur la glace.

Il faut que ce combat se poursuivre sur un sol stable si je veux pouvoir prendre le dessus. Il roula au sol, se remit sur ses pieds et se propulsa en avant comme un patineur, alors que Rais se relevait à peine. Reid fonça sur l'assassin et le poussa sur la plateforme d'où partaient les marches des gradins. Les deux hommes s'écroulèrent dans un enchevêtrement de membres.

Rais se retrouva au-dessus. Il chevauchait Reid et balançait ses poings vers le bas, l'un après l'autre, pour le frapper. Reid leva ses deux mains en l'air pour tenter de parer les coups, mais ils ne cessaient d'affluer, encore et encore. Le visage de l'assassin était rouge, son regard était furieux, alors qu'il frappait sans s'arrêter. Un poing esquiva son bras et lui fendit les lèvres. Un autre s'écrasa sur sa tempe droite. La vision de Reid s'embruma. S'il ne faisait pas quelque chose très vite, il allait perdre connaissance. Il essaya de se dégager, mais Rais appuyait fort avec ses hanches, emprisonnant Reid en-dessous de lui.

L'assassin attrapa les deux côtés de la tête de Reid et tenta d'appuyer ses pouces dans ses orbites. Reid rassembla toutes ses forces pour cambrer ses hanches et fit perdre son équilibre à Rais. L'assassin chancela, et Reid en profita pour lui asséner un coup de poing directement dans la gorge. Un bruit sourd d'étouffement s'échappa de ses lèvres. Reid le poussa sur le côté et fit une roulade pour se mettre hors de sa portée.

Il grimaça alors que quelque chose de gênant et de rigide se plantait dans son flanc.

Il avait complètement oublié sa présence. Il n'était pas totalement désarmé.

Reid chercha dans la poche de son blouson et en tira lestement le couteau suisse. Il fit sortir la petite lame de trois pouces de long. Rais luttait pour retrouver son souffle, essayant de se relever en même temps.

Avant qu'il n'ait pu le faire, Reid enfonça le couteau dans le flanc de l'assassin, entièrement jusqu'au manche rouge.

Rais rejeta la tête en arrière et hurla de douleur quand le couteau lui perça le rein. Reid retira la lame et poussa un cri primitif en le poignardant de nouveau, cette fois dans les muscles de son dos. Rais hurla de nouveau et tomba à quatre pattes.

Il essaya de s'enfuir en rampant, mais Reid l'attrapa par la ceinture et le tira en arrière. Puis, il enfonça une nouvelle fois la fine lame dans son flanc.

Rais criait à chaque coup. Toute force était en train de quitter ses membres. Il ne pouvait plus ramper en avant. Il ne pouvait presque plus bouger d'ailleurs.

Reid le poignarda encore une fois, dans le bas du dos, et fit tourner la lame en lui. "Passe le bonjour à Amon de ma part," chuchota-t-il à l'oreille de l'assassin. "Peut-être que, cette fois, il te laissera mourir."

Rais ne pouvait même plus crier. Sa bouche se mit à pendre en silence, souffrant le martyre.

Reid se sentit soudain épuisé. Il se laissa tomber dans un siège en plastique, tandis que Rais s'écroulait sur les coudes. Il avait mal partout. Il n'était même pas sûr de pouvoir trouver la force de se relever, et encore moins de tuer cet homme.

Nous sommes condamnés à répéter les erreurs du passé jusqu'à ce qu'on apprenne de ces dernières.

Les mots qu'il avait dit à Maria, moins de trente minutes plus tôt, résonnèrent dans sa tête. Il connaissait à présent les erreurs de son passé, du moins certaines d'entre elles. Avoir tué Rais, ou avoir cru le tuer, ne lui avait apporté aucun réconfort, aucune satisfaction.

Mais il n'était plus question de satisfaction. Il allait tuer Rais. Il ne pouvait pas laisser vivre quelqu'un comme lui.

Pourtant, il comprenait désormais ce qu'il n'avait pas compris jusqu'ici.

"Nnggh..." L'assassin poussait de petits gémissements en essayant désespérément de s'appuyer sur un bras, comme s'il allait pouvoir se remettre à ramper. Mais il était faible et il perdait beaucoup de sang. Il ne pouvait aller nulle part. Avec un long grognement, il se retourna sur le dos. Il leva les yeux vers Reid, ses larges yeux verts comme la forêt, emplis de peur.

"Je comprends maintenant," lui dit Reid. "J'ai tout compris. Toi... les tiens... toute ton organisation, Amon... vous avez peur de moi. Vous avez peur de l'Agent Zéro. Il n'a jamais été uniquement question du complot."

Amon avait découvert que Kent Steele était vivant, et ils avaient envoyé les iraniens le retrouver pour le tuer. Ils avaient envoyé Morris à ses trousses. Ils avaient envoyé Rais aussi. Ils avaient essayé de lui prendre ses filles. Et, maintenant, il y avait la fausse piste de l'attaque des JO.

Il ne s'agissait pas seulement du complot... il s'agissait de lui. Une grande partie de ce qu'il avait enduré avait été mis en place pour l'empêcher d'arriver là où il était censé aller. Ils avaient peur de l'Agent Zéro, parce qu'ils savaient d'expérience qu'il était capable de les arrêter. Ils avaient employé les grands moyens pour tenter de le tuer ou, du moins, de le tenir à distance. L'Agent Zéro était leur fantôme, un spectre qui vous hante et dont on ne peut pas se débarrasser.

Reid continua de regarder Rais dans les yeux. Il voulait voir la vie quitter son corps.

"Espèce d'idiot," dit doucement Reid. "Il n'a jamais été question de destin. Pour eux, tu n'es qu'un pion, quelqu'un qui effectue leur sale besogne."

Dans un grognement, il se laissa tomber de sa chaise et se retrouva à genoux. Il se pencha en avant, tout près du visage de Rais. Il sentit l'odeur du sang qui souillait le sol sous eux. Il vit la peur abjecte de la mort, ou très certainement de l'échec, dans les yeux de son adversaire.

Avant que tu meures," lui dit Reid, "je veux que ta dernière pensée soit celle-ci : peu importe ce qui s'est passé entre nous, peu importe ce que tu crois à propos du destin ou de la fin, pour moi tu n'es qu'un corps de plus que je dois laisser derrière moi."

Il enfonça le couteau entre les côtes de Rais, directement dans le cœur.

L'assassin prit une courte inspiration, les yeux écarquillés et injectés de sang. Lentement, il laissa échapper un dernier souffle, alors que ses paupières se refermaient.

Reid laissa le couteau là, enfoncé dans la poitrine de Rais, puis il se leva. Il ne savait pas si c'était Rais qui avait ôté la vie de Reidigger, mais ça lui paraissait être une forme de justice poétique.

Reid était dans un sale état. Il avait mal partout, mais il devait avancer.

Le fait que la fausse piste l'ait conduit aux JO d'Hiver signifiait que l'attaque se situait non seulement ailleurs, mais également qu'elle était imminente. C'était sur le point de se produire, si ce n'était pas déjà fait.

CHAPITRE TRENTE-QUATRE

"Bon sang, Kent, qu'est-ce qui t'es arrivé ?" Maria l'aperçut alors qu'il poussait en boîtant la porte d'acier pour sortir de la patinoire. Elle se précipita sur lui et passa son bras autour de ses épaules pour le stabiliser.

"Ce n'est pas Sion la cible," dit-il à bout de souffle. Après avoir tué Rais, Reid avait récupéré ses flingues, puis parcouru le sombre couloir d'accès aussi vite que possible, à savoir très lentement en réalité. Son genou le faisait de plus en plus souffrir à chaque pas : il devait s'être froissé quelque chose en tombant dans les marches. Son œil droit était de nouveau enflé. Ses deux lèvres étaient fendues et boursouflées. Sa main gauche était couverte de sang là où sa paume avait été coupée. Et, tout ça, ce n'étaient que les coupures et contusions visibles. Il savait qu'il n'y avait pas que ça sous ses vêtements.

Il avait poussé la porte de sortie des employés et clignait maintenant des yeux à cause de la lumière soudaine du jour, agité à l'idée de prévenir Maria et Baraf.

"Ce n'est pas Sion," répéta-t-il. "C'était un piège, une autre fausse piste. Pour provoquer la panique, pour créer des nouvelles à sensation dans le monde entier. Faire en sorte que les gens regardent au mauvais endroit…"

Maria cligna des yeux, abasourdie. "Cela ne m'explique pas ce qui t'es arrivé !"

"Eh bien, c'était également une tentative de me tuer." Il grogna de douleur, alors qu'elle l'aidait à avancer vers la sortie du parc.

Maria sortit son téléphone et appuya sur le bouton de sa main libre. "Baraf," dit-elle rapidement, "Je l'ai trouvé. Rejoignez-nous à l'entrée."

"Réfléchis," dit Reid une fois qu'elle eut raccroché. "Tous les médias du monde développé sont à présent en train de couvrir cet événement. Personne ne porte aucune attention à ce qui se passe ailleurs. Maria, l'attaque va avoir lieu aujourd'hui ... mais pas ici."

Elle grommela de frustration. "Comment pouvons-nous l'empêcher si nous ne savons pas où c'est ?"

L'Agent italien Baraf courait vers eux, fronçant de plus en plus les sourcils à mesure qu'il découvrait l'état de Reid. "Oh, *Dio*," murmura-t-il. "Que s'est-il passé ?"

"Il y a un corps dans le stade," indiqua Reid en guise d'explication. "Il faut mettre au courant la sécurité avant de laisser les gens rentrer de nouveau à l'intérieur."

"Quoi ?" les yeux de Baraf s'écarquillèrent sous le choc.

"L'attaque n'aura pas lieu ici," expliqua Maria. "C'était un leurre."

"Ce n'est pas le style d'Amon," dit Reid à la hâte, avant que l'agent d'Interpol puisse poser la moindre question. Il s'en voulut de ne pas y avoir pensé avant. Il avait été tellement sûr d'avoir résolu le puzzle et qu'il s'agissait forcément les JO d'Hiver, qu'il n'avait pas pris le temps de réfléchir au but réellement recherché par Amon. "Une attaque ici aurait pu être à grande échelle mais, en se basant sur leur idéologie, ils recherchent quelque chose de plus que de simplement générer un grand nombre de morts. Si ce groupe base son idéologie sur le même culte d'Amon qui existait avant, alors ils veulent plus que seulement tuer des gens. Ils veulent générer des dissensions politiques dans l'idée de prendre le contrôle à la fin. Ils veulent ôter la vie à des personnes *spécifiques*, dans un but spécifique, des gens comme des leaders, des chefs d'état, des décideurs politiques ..."

Mais où est-ce que ça pourrait bien se passer ?

Agent Baraf leva les mains en signe de frustration. "Donc tout ça pour rien ? Je n'arrive pas à y croire ! Nous avons évacué des milliers de personnes ! Et maintenant, le monde entier pense que des terroristes ont voulu prendre les JO pour cible !"

"Hé," répliqua Maria, "c'était notre responsabilité de le faire ! Et s'il y avait eu une attaque et que nous n'avions rien fait ?"

Leurs voix échauffées ne fut plus qu'un bruit de fond pour Reid qui tentait de raisonner. *Pourquoi un leurre en Suisse ?* Les JO étaient vraiment le plus gros événement qu'Amon pouvait choisir. Avec des centaines de journalistes présents, l'annonce de l'attaque se répandrait forcément comme une traînée de poudre. Mais il n'y avait pas que ça. Ils auraient tout aussi bien pu disséminer quelques bombes n'importe où pour créer une confusion temporaire.

Sion avait été une fausse cible destinée à les induire en erreur, pour camoufler leur véritable cible. Il s'en voulait de ne pas l'avoir compris. La tactique de la tromperie avait fréquemment été utilisée à travers l'histoire. Il pensa tout à coup à la Seconde Guerre Mondiale, au débarquement de Normandie en 1944 et, plus précisément à l'Opération Bodyguard, l'un de plus gros leurre militaire de tous les temps. Les forces alliées avaient semblé faire du Pas de Calais leur première cible, forçant les troupes allemandes à défendre la zone, avant de prendre par surprise les armées de l'Axe quand elles avaient finalement débarqué en France par la côte nord-ouest.

"Le même pays," murmura Reid. Les Alliés avaient planifié l'Opération Bodyguard et ciblé une zone qui était non seulement dans le même pays, mais pas si distante que ça de leur fausse cible. "C'était le même pays." Ses murmures se perdirent dans le véritable match de cris entre Maria et Baraf.

"... faire partir une douzaine d'agents d'un sommet international !" disait Baraf au moment où Reid revint à la réalité. "Sans parler de la Police Fédérale Suisse, et..."

"Baraf !" l'interrompit Reid. L'agent d'Interpol cligna des yeux, surpris par cette intervention soudaine. "Quel sommet international ? Vous dites que vos agents ont dû quitter un forum ?"

"Oui, le Forum Économique Mondial à Davos."

Reid en avait déjà entendu parler avant. C'était un rassemblement annuel de leaders mondiaux et de pontes de l'industrie qui se tenait dans une station de ski des Alpes Suisses, dans la ville de Davos.

L'air énervé disparut du visage de Baraf. On aurait dit qu'il avait oublié toute sa colère. "Vous ne pensez pas que... ?"

"Combien de personnes y assistent," demanda Reid, "et qui y assiste ?"

"Euh ... près de deux mille invités en tout. Environ soixante-dix sont des chefs d'état et les autres sont des leaders économiques du monde entier. De plus, il y a entre quatre et cinq cents journalistes sur place."

Reid se retourna vers Maria. "Il faut qu'on y aille, tout de suite."

"Vous pensez que c'est le forum ?" Baraf secoua la tête. "Amon serait fou d'essayer quoi que ce soit là-bas. La sécurité a été renforcée à cause des récentes attaques ..."

"Amon prépare ça depuis plus de deux ans," le coupa Reid. "Il y a plein d'exemples historiques pour ce genre de choses. Créer un leurre aussi près du forum permet d'éloigner les suisses de cet événement. Vous ne comprenez pas ? Amon n'est pas fou. Ils sont prêts."

Maria le soutenait par une épaule alors qu'ils se hâtaient de quitter le parc par l'entrée, passant devant des groupes de spectateurs qui attendaient encore aux checkpoints. Ils se dirigèrent vers la voiture de police qui les avaient conduits ici depuis la piste d'atterrissage. Le genou de Reid le faisait affreusement souffrir, mais il fit de son mieux pour l'ignorer.

"Agents, attendez !" appela Baraf alors qu'il se dépêchait de les rattraper. "Le forum ne commence pas avant demain. Nous devrions alerter l'équipe de sécurité à Davos. Ils pourront évaluer la situation et ..."

"Nous n'avons pas le temps de faire un point avec eux," s'opposa Reid. "Amon n'attendra pas. Ils ont ouvert leur fenêtre de tir aujourd'hui, pendant que tout le monde a les yeux rivés sur les Jeux Olympiques." Son esprit tournait à cent à l'heure. Amon avait initié la panique et créé un leurre dans le même pays où ils projetaient de lancer leur attaque. C'était audacieux, mais il comprenait pourquoi : toutes les ressources dont Davos pourrait se passer seraient envoyées à Sion. Le Forum Économique Mondial n'avait pas encore commencé, donc personne ne suspecterait une menace en ce moment. Amon allait attaquer très bientôt, probablement dans la soirée, étant donné que la majorité des chefs d'états étaient déjà arrivés dans cette station des Alpes.

"Même si le forum ne commence que demain," poursuivit-il, "vous avez parlé de deux mille personnes ... et j'imagine que la plupart d'entre elles est déjà arrivé ou déjà en route."

"Oui, en effet," confirma Baraf, "tout le monde est probablement déjà à la station, dans des suites, et..." Il s'interrompit en réalisant la situation.

"Exactement." Quiconque imaginerait une attaque sur le Forum Économique Mondial penserait qu'elle pourrait se produire *durant* les trois journées du forum ... pas le jour précédent.

Ils atteignirent la voiture de police et grimpèrent dedans, Agent Baraf s'assit à l'avant, Reid et Maria à l'arrière. "Ramenez-nous à l'aéroport aussi vite que possible," demanda Reid à l'officier.

"Agent, cela ne nous servirait à rien," dit Baraf. "Il n'y a pas d'aéroport à Davos, et c'est à plus de quatre cents kilomètres d'ici. L'aéroport le plus proche est celui de Zurich et, même là-bas, il faudra une heure de trajet en hélicoptère ensuite."

"Contentez-vous de nous amener sur la piste où attend le jet," insista Reid.

L'officier alluma le gyrophare et la sirène de la voiture, puis roula à toute vitesse pour retourner au Gulfstream.

"Agent Baraf," dit-il, "pouvez-vous appeler Interpol et leur dire de renvoyer leurs agents à Davos ?"

"Bien sûr," répondit-il. "Dois-je alerter la sécurité de Davos ?"

"Oui, tout de suite," confirma Reid. Puis, une pensé lui traversa l'esprit. "Mais ... ne leur indiquez pas la nature de la menace."

Baraf cligna les yeux de surprise.

"Je suis sûr qu'ils ont leurs propres protocoles de sécurité pour des événements pareils," expliqua Reid, "et je suppose qu'ils impliquent une évacuation rapide et immédiate. Nous avons besoin qu'ils agissent avec la plus grande précaution. Sinon, cela pourrait mettre la puce à l'oreille d'Amon et les pousser à mettre leur menace à exécution plus tôt." Il savait que c'était extrêmement risqué, peut-être même un pari mortel, mais Amon avait un plan et il se disait qu'ils allaient le dérouler comme prévu, à moins qu'ils n'aient une raison de ne pas le faire. "S'ils doivent entamer un processus d'évacuation, ils doivent le faire lentement. Cela doit paraître naturel. Qu'ils mettent les gens dans des voitures pour les envoyer ailleurs. Pour la sécurité de tous, il ne faut pas que ça *ressemble* à une évacuation."

Baraf comprit immédiatement. “Je m'en occupe.”

“Maria.” Reid se tourna vers elle. “Nous allons avoir besoin de tout le monde sur le pont dans cette affaire.”

Elle acquiesça en prenant son téléphone, puis elle passa l'appel en appuyant sur le haut-parleur.

“J'espère que vous avez tous les deux une *putain* de bonne explication pour tout ce bazar.” La voix de Cartwright était sévère, en colère, et même plus que perturbée. “Le Directeur Mullen va vouloir vos têtes sur un plateau pour avoir outrepassé son accord. Et ne parlons même pas du fait que vous avez déclenché la plus grosse fausse alerte de ces dernières années ! Qu'est-ce qui vous est passé par la tête…”

“Cartwright, nous avons des problèmes plus graves à l'heure actuelle,” le coupa Reid. Il lui expliqua rapidement sa théorie à propos de la nouvelle cible présumée : les invités du Forum Économique Mondial.

“Comment pouvez-vous en être sûr ?” demanda Cartwright. “Nous avons besoin de preuves, pas de pressentiments. Nous avons déjà une crise internationale sur les bras, et vous voulez en créer une deuxième ?”

“Cela colle parfaitement,” rétorqua Reid avec fermeté. “Il ne s'agit pas seulement de leaders politiques ici, mais également de pontes de l'industrie, de PDG, de cadres supérieurs… nous parlons de l'occasion pour eux d'éliminer des centaines de personnes parmi les plus puissantes au monde.”

Cartwright garda le silence un long moment. Reid savait parfaitement ce que le directeur adjoint était en train de se dire : s'il ignorait Reid et passait outre son intuition, alors qu'il y *avait* une menace légitime, les retombées pourraient être désastreuses.

“Bon dieu,” murmura-t-il. “Zéro, vous feriez mieux d'en être sûr…”

“J'en suis sûr.” Reid tenta de paraître aussi persuasif que possible. “Ce n'est pas une piste qui vient d'Amon. Je l'ai tirée des erreurs du passé. Sion était un leurre. Davos est la cible.”

Cartwright grommela. “De quoi avez-vous besoin ?”

“Zurich est à une heure en hélicoptère,” dit Reid. “J'ai besoin que vous envoyiez autant d'agents disponibles que possible, immédiatement. On les attend sur place.”

"Kent," dit Maria, "nous ne pourrons pas atteindre Davos en moins d'une heure."

"Si, on pourra," lui répondit Reid. "Et Cartwright ?" dit-il dans le téléphone. "Nous devons garder ça secret au maximum. Si Amon se doute qu'on les a démasqués, ils pourraient faire quelque chose d'inconsidéré."

"Quelque chose d'inconsidéré me semble être un énorme euphémisme," rétorqua Cartwright. "Très bien, Zéro. Ils auront décollé dans dix minutes."

Maria raccrocha. "Tu ne penses quand même pas à ce que je pense... si ?"

"Si," répondit Reid, "Je crois bien que si."

Baraf se retourna. Derrière lui, à travers le pare-brise, la piste de décollage apparaissait dans leur champ de vision. "Les agents d'Interpol sont en route pour retourner à Davos," confirma-t-il. "Nous pouvons nous rendre directement à Zurich en avion, puis un hélicoptère nous attendra pour nous amener à..."

"Nous n'allons pas à Zurich," coupa Reid.

"Quoi ?" Baraf regarda Reid d'un air étonné, puis Maria, puis de nouveau Reid. "Alors où ?"

La voiture de police crissa des pneus en s'arrêtant sur la piste et le pilote, en uniforme blanc et lunettes d'aviateur, descendit les marches de l'avion pour les accueillir. Son sourire s'estompa, toutefois, en voyant les trois agents se hâter de le rejoindre.

"Vous avez refait le plein ?" demanda Reid.

"Oui Monsieur, je suis prêt quand vous voulez."

"Vous devez nous emmener à Davos."

Le pilote eut l'air surpris. "Monsieur, il n'y a pas d'aéroport à Davos."

"Je sais." Reid monta les marches et pénétra dans le Gulfstream, suivi de près par Maria et Baraf. Le pilote confus leur emboîta le pas.

"Quelle est la vitesse maximale d'un G650 ? Près de mille kilomètres heure ?" demanda Reid.

"Neuf-cent-quatre-vingts." Le pilote avait dû deviner ce à quoi pensait Reid, car il eut l'air un peu perturbé.

"Donc vous pouvez nous y emmener en, disons, trente minutes ?"

"Monsieur..."

"Et il vous faut combien d'espace pour atterrir ?"

"J'ai … j'ai besoin d'une piste, Monsieur."

"Et si vous n'en aviez pas ?"

Le pilote devint blême. "… Monsieur, vous n'êtes pas sérieux ?"

"Maria, passe-moi le téléphone." Elle déposa le téléphone dans la main de Reid qui le montra au pilote. "Vous avez pour ordre de nous amener où on veut. Si vous préférez, je peux appeler le Directeur du Renseignement National tout de suite et lui expliquer que vous nous faites perdre du temps en mettant potentiellement en danger des milliers de vie. Ou alors, vous nous emmenez là où on vous le demande, comme convenu."

Le pilote déglutit. "Euh … cent-vingt," dit-il docilement. "Cent-vingt mètres, plus ou moins. Cent-cinquante par sécurité."

"Merci. On décolle, maintenant."

Alors que le pilote s'éloignait vers le cockpit, Reid rendit le téléphone à Maria. L'ébauche d'un sourire se lisait sur ses lèvres, mais elle faisait de son mieux pour le cacher.

"Quoi ?" demanda-t-il.

"Je sais que la situation est très grave, mais … tu es l'Agent Zéro à cent pour cent maintenant."

Il ne le lui dit pas à haute voix mais, ce qui était bizarre, c'est qu'il *n'était pas* que Zéro. S'il n'avait pas été aussi le Professeur Lawson, il n'aurait pas interprété le sarcasme du terroriste en train de mourir à propos de Sion. Et il doutait qu'il aurait également pu penser au Forum Économique Mondial sans lui. Il était les deux … ou plutôt, ils étaient lui.

Et il était totalement conscient qu'il allait devoir vivre avec ça.

Maria sortit un kit de premiers secours d'un compartiment au-dessus de sa tête et l'ouvrit en dépliant une table en face de lui. "Fais-moi voir ta main," dit-elle. Il posa sa main gauche ensanglantée, paume en l'air, pour lui montrer la longue coupure que le couteau de Rais avait laissé. "Je n'ai pas grand-chose pour t'aider, mais je peux au moins mettre un bandage dessus."

"Merci," dit-il à voix basse, alors qu'elle essuyait le sang de sa blessure. Son contact lui envoya une agréable décharge dans tout le bras, altérant presque sa douleur.

"Il n'y a pas de quoi."

"Non, je veux dire pour…" Il ne savait pas vraiment comment lui exprimer ses pensées, notamment parce qu'il avait déjà du mal à les comprendre lui-même. Alors qu'il ne lui faisait pas confiance il y a encore deux jours de ça, il la voyait désormais plus comme une partenaire. Une amie. Non, c'était plus que ça. Du moins, il en avait l'impression.

Elle leva les yeux vers lui, ses yeux gris ardoise croisant patiemment les siens en attendant qu'il finisse sa phrase.

"Pour tout," finit-il par dire. "Je ne serais jamais arrivé aussi loin sans toi."

"Comme je te l'ai dit," ajouta-t-elle en souriant, "il n'y a pas de quoi."

Le téléphone sonna de nouveau dès que le Gulfstream fut dans les airs.

"Les agents sont à bord d'un hélicoptère," dit Cartwright. "Mais bon sang, Zéro, je suis en train de regarder la liste des invités et c'est renversant. Kent, le Vice-Président est là. Notre propre Vice-Président. Sans parler du Président de la République Populaire de Chine. Ou du Premier Ministre. Plus d'une centaine de milliardaires du monde entier." Cartwright poussa un profond soupir, avant d'ajouter, "C'est bien plus qu'une affaire de sécurité nationale. Je dois immédiatement faire un rapport à ma hiérarchie."

"Directeur Adjoint," dit Reid, "je comprends votre position, mais si la moindre information filtre et que les médias commencent à en parler, Amon aura des raisons de penser que leur plan ne va pas fonctionner…"

"… Et alors des bombes vont commencer à éclater," acheva Cartwright avec un soupir de défaite.

"Amon nous observe. Croyez-moi." Il repensa à ses propres expériences. Amon avait été là à chaque étape de sa route. Dans le sous-sol, avec les iraniens, il avait vu pour la première fois la marque d'Amon dans le cou de la brute du Moyen Orient. Dans le chai d'Otets, il y avait eu deux membres de plus portant chacun le hiéroglyphe à même la peau. Et quand Morris avait manqué le tuer, l'assassin Rais avait été là pour Amon.

"Amon nous observe," répéta-t-il. "C'est leur grand projet, et s'ils ont ne serait-ce que le moindre indice leur mettant la puce à l'oreille, ils sauront que nous sommes au courant de leur complot. Si Davos entame une évacuation à la hâte, ou si n'importe quel média à vent de tout ça…"

"Kent, il n'y a pas que nous carrières en jeu ici," argumenta Cartwright. "La NSA est certainement en train d'enregistrer cet appel. S'ils l'écoutent, ils sauront ce que nous savons. Savez-vous où ils envoient les gens comme nous dans cette situation ?"

"Je sais." *Enfer Six*, pensa-t-il. *Dans un trou à même le sol pour le restant de nos jours.* "S'il vous plait, gardez votre calme une minute et restez en ligne." Il mit Cartwright sur haut-parleur et posa le téléphone sur la table pliante. "Baraf, vous avez dit que la sécurité avait été renforcée à Davos. Depuis combien de temps les services de sécurité ont-ils été déployés sur site ?"

Agent Baraf hocha la tête. "Je n'en suis pas tout à fait sûr, mais je dirais depuis au moins deux semaines."

"OK. Donc, cela signifie qu'Amon a placé leurs bombes avant ça, ce qui veut dire qu'elles ne possèdent sûrement pas de minuteurs." Les bombes qu'il avait vues dans le chai d'Otets avaient une capacité en heures, en minutes et en secondes, mais pas en jours. De plus, il était impossible qu'Amon puisse compromettre la position de ses explosifs pour aller y rajouter des minuteurs. "En outre, il est également à exclure que ce soit un attentat-suicide. Personne ne peut tenir un manche de détonation pendant plus de deux semaines. Donc il s'agira forcément d'une détonation à distance. De ce que j'ai vu, ce ne sont pas des dispositifs complexes. Il s'agit d'une transmission assez simple par un émetteur à distance."

"Et la portée d'émission doit être assez proche je suppose," ajouta Maria. "À moins de quatre-cents mètres environ ?"

Reid acquiesça. "peut-être même moins, s'ils veulent s'assurer que tout se passera sans accroc. Mais, étant donné l'étendue de la station, nous devons inspecter partout dans un rayon de quatre-cents mètres par rapport aux suites. Ce sera notre périmètre." Il se tourna vers l'agent d'Interpol. "Baraf, dites à la sécurité de Davos qu'ils doivent concentrer leurs forces à localiser les bombes. S'ils doivent commencer à évacuer, qu'ils le fassent très lentement et sans attirer l'attention. Il ne faut pas que ce soit la panique."

Baraf acquiesça fermement. “Davos a dû effectuer des contrôles minutieux avant l’arrivée des invités. Peu importe où Amon a caché les explosifs, ce sera certainement très difficile de les trouver à temps.”

“Je sais.” Reid essaya de se mettre dans la peau d’Amon. *Où est-ce que je les aurais cachés ?* Il repensa à l’appartement de Reidigger à Zurich, où il avait agi de la même manière pour trouver le sac anti-insectes sous les lattes du plancher.

Mais, avant ça, il avait vérifié les murs à la recherche du moindre indice.

“Avant que tout le monde n’arrive,” dit-il soudain, “je suppose que le complexe a fait un peu d’entretien, n’est-ce pas ? Toutes les réparations nécessaires ont dû être effectuées…”

“Cela paraîtrait logique,” lui répondit Baraf. “En fait, la rénovation n’a été achevée qu’il y a quelques semaines.”

“C’est forcément ça. Je parie que c’est comme ça qu’ils ont caché leurs bombes : ils ont très bien pu envoyer des membres qui se sont fait passer pour des équipes de travaux. Cela leur aura donné l’accès aux moindres recoins de la station.”

“C’est possible,” dit Maria, “mais tous les travaux effectués ont dû être inspectés et approuvés ensuite, non ? Donc Davos doit en avoir gardé la trace, ou une sorte de rapport…”

Baraf écarquilla les yeux. “Cela veut dire qu’avec un peu de chance, ils nous ont donné l’emplacement de leurs bombes !”

Se cacher à la vue de tous, pensa Reid. Si c’était le cas, ce serait la provocation la plus cruelle possible. S’ils parvenaient à mener leur attaque, Davos finirait par comprendre qu’ils avaient tout ce qu’il fallait pour l’empêcher.

“Baraf, pouvez-vous expliquer tout ça à la sécurité de Davos ?” demanda Reid.

L’agent d’Interpol acquiesça. Le téléphone était déjà à son oreille.

“Cartwright, vous êtes toujours avec nous ?”

“Je suis là.” La voix du directeur adjoint semblait épuisée.

“Pouvez-vous nous rendre un service ? Davos ne possède pas d’aéroport. Vous devez téléphoner à la Police Fédérale Suisse et leur demander de bloquer environ cinq-cents mètres d’autoroute, en dehors de la ville, au minimum à un kilomètre et demi de la station. Nous ne voulons pas qu'on nous voie arriver."

"Tout comme au bon vieux temps," soupira Cartwright. "Très bien, je m'en occupe."

Vingt-trois minutes plus tard, le Gulfstream G650 se posa sur la route de Parsenbahn, sur une portion bien droite de l'autoroute que la Police Fédérale Suisse s'était hâtée de bloquer temporairement. Dès que les trois agents eurent débarqué, le petit jet fit demi-tour sur l'autoroute, non sans mal, avant de décoller à nouveau pour éviter d'alerter les médias. Ils étaient juste assez loin de la station alpine pour éviter d'être vus, mais Reid réalisa qu'il était tout à fait possible que quelqu'un ait été témoin de leur rapide descente. Sans aéroport, cela paraîtrait très suspect de voir un avion voler si bas au-dessus de Davos.

Il ne pouvait qu'espérer qu'Amon ne l'ait pas remarqué.

Lui, Maria et Baraf s'engouffrèrent dans la voiture de police qui les attendait. "Pas de gyrophare et pas de sirène," dit-il à l'officier du siège passager. "Et s'il existe une entrée dérobée, emmenez-nous y."

Il leur fallut moins de deux minutes pour aller de Parsenbahn jusqu'à la station de ski alpine. Reid ne put s'empêcher d'en admirer la beauté. Le site du Forum Économique Mondial de Davos ressemblait plus à un village tentaculaire de propriétés et de villas basses, donc chaque toit était recouvert de neige, entouré par de grands sapins qu'on aurait dit penchés sur les bâtiments qu'ils encerclaient. Toute la station était nichée à l'ombre des Alpes Suisses. C'était pittoresque, serein… et sur le point d'être détruit.

En sortant de la voiture de police, ils furent immédiatement accueillis par un homme mince aux yeux vifs et aux cheveux bruns, portant un costume noir impeccablement taillé. Il ne perdit pas de temps pour exprimer son mécontentement.

"Agents," dit-il dans un anglais teinté d'un dur accent allemand, "Je suis Burkhalter, directeur général de la station. Je n'apprécie pas que l'on me laisse dans le flou au sujet de la sécurité de mes invités."

"Nous sommes sincèrement désolés, Monsieur," tenta diplomatiquement Baraf, "mais nous avons peu de temps pour ça. Si je peux briefer votre équipe de sécurité, nous pourrons évaluer…"

Burkhalter l'interrompit en levant fermement la main. "Excusez-moi d'insister, mais vous devez partager avec moi les données et la légitimité de toute menace potentielle immédiatement !"

"Et nous allons le faire," le coupa Reid. "Nous pouvons parler en marchant. Pouvez-vous nous montrer les structures les plus proches ayant récemment été rénovées ?"

Le directeur ouvrait la bouche pour parler, certainement pour contester la demande de Reid, quand un téléphone sonna dans la poche intérieure de sa veste. Il s'en empara et leur fit un signe du doigt pour leur demander d'attendre.

"Burkhalter," répondit-il. Son expression exaspérée disparut et les coins de sa bouche tombèrent en un rictus de stupéfaction. "Je… je comprends," murmura-t-il. "Attendez mes instructions." Il baissa le téléphone et regarda Reid dans les yeux. "On dirait que votre intuition est correcte, Agent. Mon équipe de sécurité vient de découvrir un dispositif explosif."

Chapitre Trente-Cinq

L'estomac de Reid se serra instinctivement. Ils avaient trouvé une bombe, seulement une, mais il avait le sentiment qu'il y en avait bien d'autres cachées dans la station.

"Où ?" demanda-t-il.

"Logements des invités," leur indiqua Burkhalter. Le visage du directeur était devenu livide. "Un chalet récemment rénové."

Reid lui arracha le téléphone des mains et le mit sur haut-parleur. "Je suis l'Agent Kent Steele de la CIA. À qui ai-je l'honneur ?"

Une voix bourrue se fit entendre dans le téléphone. "Je suis le Capitaine Hegg, responsable de la sécurité."

"Que pouvez-vous nous dire ?"

"L'appareil a été scellé dans un mur, comme suspecté," dit Hegg. "On dirait qu'ils ont utilisé une matière composite légère : de la pâte à papier, plutôt que du plâtre."

"Dommage maximal," dit Maria en connaissance de cause. "Le rayon d'explosion en sera moins affecté."

L'état de choc de Burkhalter semblait s'estomper et il secoua la main avec impatience. "Rien de tout ça n'a d'importance. Nous sommes officiellement en situation de crise, ce qui implique un protocole d'évacuation immédiat."

"Attendez," insista Reid. Burkhalter le regarda avec stupéfaction en clignant des yeux. "S'il vous plait, attendez. Écoutez-moi. Les gens qui ont fait ça ont tout prévu depuis longtemps. Je suis persuadé qu'ils savent précisément quels chefs d'état sont ici et dans quelles suites. Ils sont ici. Ils ont l'œil ouvert. Et si nous leur donnons la moindre raison de croire qu'on est au courant… ils feront tout sauter."

Burkhalter prit un air ironique. “Alors que voulez-vous que nous fassions, Agent ? Cette évacuation au compte-goutte pourrait prendre des heures. Certains invités vont insister pour connaître la nature de la menace. Et si vous avez tort et que ces terroristes font exploser leurs bombes quand même, nous pourrions être responsables de la perte de centaines de vies. Des vies importantes.” Il secoua la tête. “Davos ne va pas se plier aux caprices de ces fanatiques. Nous devons mettre les gens en sécurité.”

“Je pense qu’il a raison, Agent Steele,” renchérit calmement Baraf. “Comme vous pouvez le constater, c’est un cas de force majeure.”

Reid passa sa main dans ses cheveux en cherchant désespérément une solution potentielle. Il n’avait aucune idée du nombre de bombes qu’il pouvait y avoir. Il faudrait peut-être des jours pour toutes les localiser. Ils ne pourraient pas évacuer tout le monde avant qu’Amon ne les déclenche. Ils étaient ici, quelque part, au moins l’un d’entre eux, peut-être plusieurs, avec le doigt sur le détonateur, attendant le bon moment. Et ils pouvaient être n’importe où…

“Attendez,” murmura Reid. *C’est ça*, pensa-t-il. Quelqu’un, ici, a le doigt posé sur le détonateur des bombes… mais il ne *peut pas* être n’importe où.

“Maintenant, ça suffit,” gronda Burkhalter. “Nous allons immédiatement mettre tous ces gens en sécurité…”

“Burkhalter,” le coupa durement Reid, “vous *allez* continuer à évacuer prudemment la station. Ne semez pas la panique. N’attirez *pas* l’attention des médias. Le terroriste est ici, quelque part, sur le qui-vive, et la liste des endroits où il peut se trouver est limitée. Si vous commencez à vider cet endroit, la responsabilité des pertes humaines reposera sur *vos* épaules. Vous m’avez bien compris ?”

Burkhalter serra fermement les dents. On aurait dit qu’il avait envie d’insulter Reid, mais il se contenta d’acquiescer d’un signe de la tête.

“Capitaine Hegg,” dit Reid dans le téléphone. “Votre équipe est actuellement en train de chercher les bombes ?”

“Tout à fait, Monsieur,” confirma Hegg. “Nous avons appelé en renfort des équipes de déminage de la Police Fédérale pour nous aider à…”

"J'ai bien peur que nous n'ayons pas le temps pour ça," l'interrompit Reid. "Je comprends que c'est très dangereux, mais nous devons localiser autant de dispositifs que possible. Ces bombes-là sont activées par un émetteur radio. C'est un petit boîtier noir, à peu près de la taille d'une boîte d'allumettes, avec un seul câble bleu qui en sort. S'ils retrouvent ça, cela pourrait rendre les bombes inutilisables pour Amon…"

"Pourrait ?" répéta Hegg.

"C'est notre meilleure chance. Informez votre équipe : retirez immédiatement les émetteurs de tous les dispositifs découverts. Tenez Burkhalter au courant de vos avancées."

"D'accord." Hegg raccrocha et Reid rendit son téléphone au directeur.

"Tu peux nous dire ce à quoi tu penses ?" demanda Maria.

"Ceux qui contrôlent les bombes sont forcément statiques," dit Reid. "Ils doivent être en position, quelque part. Ils ne sont pas mobiles."

"Qu'est-ce qui vous fait croire ça ?" demanda Baraf.

"Chacune des bombes a besoin de son propre détonateur," expliqua Reid, en se rappelant des dispositifs qu'il avait vus dans le chai d'Otets, "sauf si elles sont physiquement reliées, ce qui est impossible dans un endroit aussi étendu qu'ici. Même à distance, si toutes les bombes étaient déclenchées par un seul détonateur, cela pourrait potentiellement affaiblir le signal à un niveau qui pourrait même entraver leur potentiel succès."

On aurait dit que Burkhalter allait vomir. "Vous pensez qu'il y a combien de dispositifs cachés ?"

Reid secoua la tête. "Aucune idée."

"Très bien," dit Baraf, "alors nous cherchons des gens qui auraient établi une base d'opérations temporaire quelque part où ils ne seraient pas interrompus."

"Logements des employés, peut-être ?" proposa Burkhalter. "Sous-sols ?"

"Il y a bien trop d'endroits de ce genre où ils pourraient être," répondit Bara, dépité.

"Attendez," dit soudain Maria. "Nous sommes au pied des Alpes Suisses." Elle leva le doigt en l'air pour montrer l'énorme montagne derrière Davos. "Les montagnes font des ravages sur les réceptions radio."

"Tu as raison," renchérit Reid. "Plus la matière est épaisse, plus elle a de chances d'absorber les ondes radio... ce qui veut dire que le terroriste a besoin d'un endroit surélevé avec un signal assez clair pour émettre à travers la station." Il se tourna vers Burkhalter. "Où est-ce que quelqu'un pourrait s'isoler, tout en pouvant obtenir un signal assez clair ?"

"Je... euh..." Le directeur se frotta le menton. "Le nid de corbeau, je suppose ?"

"C'est quoi le nid de corbeau ?"

"C'est le surnom de l'ancienne salle de contrôle du centre de conférences," expliqua rapidement Burkhalter. "Son équipement a fini par devenir obsolète il y a quelques années. À présent, nous ne l'utilisons plus que comme une cabine de diffusion, étant donné qu'elle surplombe l'auditorium principal..."

"Et personne ne l'utilise pour l'instant, étant donné que le forum n'a pas commencé," termina Maria.

"Je sais comment aller là-haut," se hâta d'ajouter Baraf. "Suivez-moi. Monsieur Burkhalter, veuillez s'il vous plait rassembler tout le personnel de sécurité qui n'est pas en train de travailler à la localisation des bombes avec le Capitaine Hegg et demandez-leur de commencer à chercher dans toutes les zones isolées des environs. Nous allons avoir besoin de toute l'aide possible."

"Mais, une nouvelle fois," lui rappela Reid, "assurez-vous qu'ils s'en chargent discrètement. Cela ne doit en aucun cas paraître suspect."

"Je m'en occupe." Le directeur général acquiesça de nouveau et se dépêcha de rejoindre le QG des équipes pour rassembler assez d'hommes, du moins Reid l'espérait, pour retrouver le poseur de bombes à temps. Les trois agents prirent la direction opposée, menés par Baraf. L'agent italien courait, Maria et Reid sur ses talons. (C'était assez impressionnant de voir la vitesse avec laquelle avançait Baraf, alors qu'il portait des mocassins en cuir.) Ils traversèrent une cour enneigée et coupèrent à travers une rangée de chalets à colombages et d'immeubles de trois étages, contenant des suites.

Le genou de Reid le lançait horriblement et il boîtait aussi vite que possible pour pouvoir les suivre. Malgré tous ses efforts, il finit par ralentir le pas, alors que Maria et Baraf commençaient à avoir une bonne avance sur lui.

"Kent !" appela-t-elle. "Tu vas bien ?"

"Continuez," dit-il, haletant. "Ne m'attendez pas. Nous devons…" Il perçut tout à coup un objet dans son champ de vision et regarda en l'air, entre les chalets. "Baraf, attendez. C'est quoi ça ?" Il désignait du doigt quelque chose à l'horizon.

Baraf ralentit et regarda dans la même direction, vers une flèche blanche, haute de quatre étages, derrière les structures à colombages. "Ce truc-là ? C'est un, euh, comment vous dites… le clocher d'une église."

"Elle est utilisée ?"

Baraf s'arrêta et fronça les sourcils. "C'est un point de repère, vieux de plusieurs siècles. La station a été bâtie autour, et…" Il grommela. "Non, elle n'est plus en usage."

Reid retint son souffle en pesant le pour et le contre. Le nid de corbeau dont avait parlé Burkhalter faisait parfaitement l'affaire… tout aussi bien qu'un clocher inutilisé dans une ancienne église.

"Il faut qu'on se sépare," ordonna-t-il. "Baraf, vous vous occupez de la salle de contrôle ?"

L'agent acquiesça. "Sans problème."

"Maria, va avec lui. Je vais aller vérifier le clocher."

Elle se moqua de lui. "Tu pars tout seul, à cloche-pied ? Pas question. Tu as plus besoin de moi que lui."

"Baraf ?" s'enquit Reid.

Il esquissa un fier sourire. "Ne laissez pas mon costume vous induire en erreur. Je suis tout à fait capable de me débrouiller seul. Bonne chance, Agents." Il reprit son pas de course en direction du centre de conférences.

Maria prit l'un des bras de Reid et le passa autour de ses épaules. "Viens," dit-elle. "Tu n'iras nulle part rapidement tout seul, et je ne vais pas attendre après toi."

Il ne put s'empêcher de rigoler, alors qu'elle l'aidait à avancer aussi vite que possible. "Est-ce que c'était déjà comme ça avant ? Tu me portais quand j'avais un coup de mou ?"

"Oh, mais oui, absolument. Te porter en cas de coup de mou, nettoyer le bordel que tu laissais derrière toi... tu n'as pas idée de tout ce que tu me dois."

"Si je ne m'en souviens pas, c'est que ça ne s'est pas passé." Il gémit doucement, alors qu'ils s'approchaient de l'église. La douleur dans son genou se faisait de pire en pire.

Baraf avait eu raison : l'église avait plusieurs centaines d'années, mais elle avait l'air solide et sa façade était à peine altérée par le temps. Il était clair que les habitants de Davos avaient pris grand soin de cet endroit.

Maria sortit son Glock et poussa les portes de l'église. Elle s'assura que la nef était sûre, puis elle poussa Reid à l'intérieur. "Tu ne vas pas aimer ça," dit-elle.

Étonnement, l'intérieur de l'église était petit : à peine cinquante personnes pouvaient se glisser sur ses bancs. À l'arrière de l'édifice, juste au-delà du transept, se trouvait l'entrée menant à la tour du clocher, avec un escalier de bois en colimaçon qui conduisait au sommet.

Bien sûr qu'il y a des marches, pensa amèrement Reid. Dans sa hâte de trouver le poseur de bombes, il n'avait pas réfléchi aux quatre étages entre lui et le sommet. Soudain, il regretta de ne pas avoir opté plutôt pour la salle de contrôle.

Il regarda en l'air, mais il ne pouvait rien voir au-delà du plafond en bois, au sommet des marches, qui devait servir de plancher pour une petite pièce circulaire au sommet. Ce fut un léger soulagement : au moins, s'il y avait un terroriste là-haut, il ne pourrait pas les voir arriver non plus.

Maria avait dû avoir la même pensée, car elle regardait aussi en l'air dubitativement. "Il n'y a qu'un seul moyen de monter," dit-elle à voix basse. "On devrait vraiment faire diversion tout de suite."

"Pas le temps," dit Reid, même s'il devait avouer que monter à l'aveugle était tout sauf idéal. "En plus, toute tentative de diversion de notre part pourrait les pousser à agir prématurément. S'il y a quelqu'un là-haut, il ne nous verra pas venir. Nous n'avons plus qu'à monter."

Il passa devant. Dès les premières marches, il sentit la douleur lui brûler le genou. Il posa un doigt sur ses lèvres pour demander à Maria de garder le silence. Chaque bruit semblait faire écho au sommet de la tour. En guise de réponse, elle lui fit les gros yeux comme si elle voulait lui dire qu'elle n'était pas assez stupide pour faire du bruit.

Alors qu'ils montaient avec la plus grande précaution, évitant de faire le moindre bruit qui aurait pu résonner dans la flèche caverneuse, Reid avait l'impression que sa jambe était en feu. Ce qu'il avait au départ pris pour un muscle froissé lui paraissait plutôt être une déchirure à présent. Avant même qu'ils n'aient atteints la moitié du chemin, sa jambe se mit à trembler, menaçant de le lâcher.

Résiste, dit-il à son corps. *Des vies en dépendent.*

Cela ne l'aidait probablement pas de pouvoir à peine se tenir à la rampe. Elle était du côté gauche, la main que Rais avait entaillée. Il commençait à ralentir Maria.

À environ deux tiers de l'ascension dans l'escalier en colimaçon qui menait en haut du clocher, sa jambe se ploya sous son poids, menaçant de le faire tomber. Il s'accrocha à la rampe pour se soutenir, essayant de ne pas basculer.

Maria réagit instinctivement et lui attrapa le bras. "Tu vas bien ?"

"Passe devant," chuchota-t-il. "Je te suis."

"Tu en es sûr ?"

"Oui, ça va aller. Juste… sois prudente."

Elle hésita un moment, puis elle acquiesça et se hâta de recommencer à monter, pressant le pas, posant délicatement les pieds du talon aux orteils sur chaque marche, afin de minimiser le bruit qu'elle pouvait faire. Reid essaya au mieux de la suivre, mais elle disparut rapidement de son champ de vision au tournant suivant de l'escalier en colimaçon. Dans quelques instants, pensa-t-il, elle sera dans la petite pièce ronde en haut du clocher.

"Allez," exhorta-t-il son genou en poussant sur ses jambes pour monter une marche de plus.

Un vif craquement fendit l'air et fit écho le long de la tour, le faisant sursauter. Un seul coup de feu.

Reid retint sa respiration. *C'est Maria*, se dit-il. *Elle l'a eu. Elle a tué le terroriste et, dans un instant, elle va me donner le feu vert pour la rejoindre.*

Il n'entendit pas de cris. Au lieu de ça, il entendit un bruit sourd heurter le plancher, à quelques mètres au-dessus de lui.

Il ne faisait aucun doute qu'un corps venait de tomber au sol.

Reid serra les dents et se força à reprendre son ascension. Il n'avait même pas réalisé qu'il avait sorti le Glock, mais il était là, bien serré dans sa main droite. Il fit de son mieux pour ignorer la douleur déchirante dans sa jambe et dans sa main coupée, alors que la moitié de son poids était soutenu par la rampe.

S'il te plait, tiens le coup, supplia-t-il son corps.

Heureusement, ce fut le cas. Il parvint à monter ce qui restait des marches, en haut desquelles une porte voûtée menait dans la petite pièce ronde. Flingue en avant, il prit une profonde inspiration et pénétra dans la pièce, balayant le canon de gauche à droite.

Ses yeux virent plusieurs choses à la fois : Maria, à terre. Du sang sur elle. Un homme blond. Une arme dans sa main. Pointée sur Reid.

Il n'avait pas le temps de traiter toutes ces informations visuelles. Il visa rapidement et tira.

Le terroriste aussi.

Au même instant, le genou de Reid finit par décider qu'il n'en pouvait plus. Juste avant que son doigt n'appuie sur la détente, sa jambe gauche s'était dérobée sous lui, et il tomba en pivotant au sol. Son propre tir fut dévié et la balle se figea dans le plafond.

Le tir du type, quant à lui, venait de manquer sa tête de quelques centimètres.

Reid grimaça de douleur en s'effondrant au sol, cédant sous sa jambe endolorie. Le poseur de bombes fut sur lui en un instant, traversant la pièce en deux grandes enjambées. Il mit un coup de pied dans la main de Reid, et le Glock s'en échappa pour se mettre à dégringoler dans les marches en bois.

Reid l'observa, alors qu'il baissait les yeux. Dans son poing, il tenait un affreux pistolet noir : un Luger P08. Il était incroyablement petit, avec des cheveux couleur sable. Ses yeux sombres, vraiment exorbités et son nez saillant, légèrement crochu au bout, le faisait vraiment ressembler à un rat. Dans son cou, Reid pouvait parfaitement distinguer la marque du hiéroglyphe d'Amon.

"Agent Zéro," dit-il pernicieusement. "Je dois dire que cette rencontre a un goût doux-amer pour moi." Son anglais était à peine teinté d'un léger accent suisse-allemand. "D'un côté, c'est un honneur de rencontrer une telle légende. Mais de l'autre, j'en déduis que notre ami commun a échoué à Sion."

Reid le quitta des yeux pour se tourner vers Maria qui gémissait de douleur en essayant de se redresser sur un coude. Sa main tenait son épaule opposée, celle dans laquelle le terroriste avait tiré.

"Ça va ?" demanda-t-il.

"Ce bâtard a eu le dessus sur moi," grommela-t-elle. "Mais je survivrai."

"Vous en êtes sûre ?" dit le type à face de rat avec un odieux sourire.

"D'autres vont arriver," lui dit Reid. "Ils auront entendu les coups de feu."

"Sans aucun doute. Et je les verrai venir." Il avança vers la table derrière lui, où trois écrans plats étaient disposés côte à côte, avec des images en noir et blanc sur chacun d'eux. Reid reconnût l'entrée de l'église sur l'un deux et l'intérieur de l'église sur l'autre. Le dernier écran affichait une vue plongeante sur l'escalier en spirale montant au clocher.

"Vous nous avez vus," murmura-t-il. "Vous nous avez observés tout le temps."

"Caméras cachées. Très petites et très discrètes. Amon a pensé à tout, Agent Zéro. Le temps que qui que ce soit d'autre monte ici est plus que suffisant pour que j'active les détonateurs, si nécessaire."

Sur la table, près des écrans, se trouvait l'arme de Maria et, à côté, il y avait un boîtier noir trapézoïdal de quelques pouces d'épaisseur sur lequel se trouvait plus de deux douzaines de commutateurs à leviers chromés, disposés en rang. Chaque commutateur avait une lumière LED rouge à côté de lui. À l'arrière du boîtier, partait une multitude de fils, chacun menant à sa propre petite boîte noire rectangulaire. Des émetteurs radio, se dit Reid, un pour chaque bombe cachée dans Davos.

Il nous observait, pensa Reid, *mais il n'a pas fait sauter les bombes. Pourquoi ?*

"Vous avez vu que j'étais blessé," raisonna-t-il à haute voix.

Le terroriste esquissa un sourire vicieux. “J’ai pris un risque, oui. Mes frères n’approuveraient sûrement pas. Mais j’y ai vu une occasion, et je n’ai pas pu résister. Bientôt, Agent Zéro, vous allez mourir. Mais, avant ça, vous allez regarder la destruction de Davos et de centaines de leaders mondiaux.” Il montra du doigt la seule fenêtre du clocher, une grande ouverture en forme de trou de serrure, dont le verre était entouré d’un cadre en fer noir. “Nous avons un point de vue parfait ici.”

Reid se redressa en position assise. Le poseur de bombe bondit en arrière, le Luger devant lui, clairement pas disposé à prendre le moindre risque. Le genou de Reid envoya des ondes de protestation à ce mouvement. Il était clair qu’il ne pourrait pas se remettre debout.

Mais je n’en ai peut-être pas besoin, pensa-t-il. Il avait toujours le petit LC9 noir et argent, accroché à la cheville. Agent Baraf avait certainement dû atteindre la salle de contrôle à présent, et réaliser qu’il avait fait chou blanc. Il allait soit sprinter pour retourner à l’église, ou essayer de les contacter par téléphone. Et comme ils ne répondraient pas, il viendrait jeter un coup d’œil.

Dès que quelqu’un d’autre entrerait dans l’église et que l’attention du terroriste serait distraite, il se dit qu’il récupérerait l’arme dans l’étui à sa cheville. Il n’aurait peut-être qu’un infime instant pour le faire, mais il devait tenter le coup.

Le poseur de bombes jeta un coup d’œil à sa montre. “J’ai bien peur de devoir avancer nos plans de quelques heures,” soupira-t-il, “mais vous nous avez forcé la main, Agent Zéro. À présent, si vous voulez bien diriger votre regard vers la station, en dessous…” Sa main planait dangereusement au-dessus du tableau des commutateurs.

“Attendez !” s’exclama Reid. “Amon n’a pas pensé à tout.” Il fallait qu’il gagne du temps, d’une façon ou d’une autre, et il ne voyait qu’une façon de le faire : prouver au terroriste qu’Amon n’était pas aussi infaillible qu’il le pensait.

L’homme à la face de rat leva un sourcil. “Il n’y a aucune faille dans notre plan.”

“Il y en a un pourtant. Vous m’avez sous-estimé. J’ai trouvé l’emplacement de vos bombes.”

Le visage du terroriste s'étira lentement en un large sourire. "Vous bluffez."

"Pas du tout. Vous avez envoyé des membres comme ouvriers en bâtiment durant les travaux de rénovation de la station. Ils ont caché les bombes derrière les murs et les ont recouvertes d'une légère matière composite ne pouvant pas altérer l'explosion."

Le sourire de l'homme disparut. "Comment… ?"

"Vous n'êtes pas aussi intelligents que vous pensez l'être," répondit simplement Reid.

"Les démineurs… en ont déjà trouvé quelques-unes," ajouta lentement Maria. Reid constata avec panique que son visage devenait gris. Elle perdait son sang trop vite.

Allez, Baraf.

"Non." Le terroriste secoua vigoureusement la tête. "Non, ils n'en ont trouvé aucune." Ses lèvres tremblaient de colère et d'appréhension. Il fit un autre pas en arrière et, de nouveau, sa main se posa au-dessus des leviers des commutateurs. "Si c'est le cas, alors je suppose que ça risque de ne rien donner." Il fixa Reid du regard et ses doigts se posèrent au hasard sur l'un des leviers.

"Non, ne faites pas ça !" s'entendit crier Reid.

Le terroriste fit basculer le levier.

Reid retint son souffle, s'attendant à entendre une explosion, à sentir la détonation en-dessous, à voir une boule de feu orange s'élever dans le ciel par la fenêtre du clocher.

Il ne se passa rien.

La petite LED rouge à côté du levier s'éteignit lors du clic du levier mais, outre ce bruit, le silence s'empara de la petite salle ronde au sommet du clocher.

Reid poussa un soupir de soulagement. La bombe déclenchée devait faire partie de celles que l'équipe de Hegg avait déjà trouvées et désarmées. Mais son soulagement fut de courte durée.

Les mains du type tremblaient d'une fureur silencieuse, alors que son visage devenait rouge de rage. Il se retourna vers Reid. "Vous avez tout foutu en l'air !" hurla-t-il. Ses yeux brillaient d'une lueur folle et meurtrière, alors qu'il pointait le Luger d'une main tremblante… mais pas sur lui.

Il le pointa sur Maria.

"Choisissez," susurra-t-il. "Je tire sur cette femme devant vos yeux ou je fais basculer un autre levier. Choisissez."

"Quoi ?" s'exclama Reid, horrifié. "Je… non. Je ne peux pas. Je refuse."

"Choisissez !" gueula le terroriste. Il tendit la main gauche et posa son doigt sur un levier.

Reid le regardait, n'en croyant pas ses yeux. Alors que Rais et le faux cheikh étaient de dangereux fanatiques, cet homme était tout simplement un monstre. Il était hors de question qu'il fasse un choix pareil. Il refusait.

"Choisissez."

"Écoutez-moi," se hâta de dire Reid. "*Vous* êtes celui qui a le choix. Le complot d'Amon a échoué, que cela vous plaise ou pas. Vous pouvez encore vous en sortir. Donnez-nous des informations et nous vous garantirons l'amnistie. Vous avez ma parole."

Le terroriste secoua lentement la tête. "En tant qu'Amon," dit-il calmement, "nous endurons."

Il bascula le levier.

Reid grimaça.

Mais rien ne se passa. Aucune détonation ne survint. *Merci, mon dieu*, pensa-t-il.

"Encore," prononça le terroriste. "Choisissez."

Dites-moi que ce n'est pas vrai. Il y avait encore près de deux douzaines de leviers sur le tableau. C'était impossible que Davos continue à avoir autant de chance.

"Non," insista Reid. "Je ne choisirai pas."

"Moi, si." La voix de Maria était faible, ses yeux étaient à moitié fermés et elle était devenue complètement livide. Reid regarda vers elle avec surprise. Sa chemise était presque entièrement tâchée de sang et elle ne tenait plus sa blessure… Elle n'avait plus la force de lever le bras. "Je vais choisir."

"Maria…" commença-t-il.

"C'est bon, Kent." Un sourire parcourut ses lèvres. "Nous avons fait une belle équipe, toi et moi." Des larmes embuaient ses yeux. "Je t'ai vraiment aimé. Tu sais ça ?"

Reid acquiesça, sentant ses propres yeux le piquer. Il aurait voulu dire quelque chose, n'importe quoi, mais il se contenta de regarder au sol. Il ne voulait pas voir Maria mourir devant lui.

L'homme se pencha au-dessus d'elle. "Ce n'est pas à vous de faire le choix," dit-il d'un air mauvais. "C'est à lui." Il voulait avilir l'Agent Zéro, le torturer avant de le tuer. Reid avait bien conscience que ce fou allait le tuer, tuer Maria et faire sauter les bombes ... mais pas forcément dans cet ordre-là.

C'est alors qu'une pensée lui vint en tête. Maria avait bien conscience de tout ça, elle aussi. Elle n'avait aucune raison de se sacrifier.

"Je le sais," dit-elle faiblement au terroriste. "Je ... gagne du temps." Elle désigna du menton les écrans derrière lui.

Sur l'écran central, on pouvait voir Baraf et trois officiers de la sécurité débouler dans l'église. Ils passèrent sur l'écran de droite, alors qu'ils s'engageaient dans l'escalier en colimaçon.

"Non !" hurla le terroriste. Il laissa tomber le Luger au sol et se précipita sur le tableau.

Une poussée d'adrénaline parcourut Reid, surmontant sa douleur alors qu'il entrevoyait une opportunité. Il se pencha en avant, sortit le LC9 de l'étui à sa cheville et visa le kamikaze avec. Il tira deux coups en plein milieu du dos de l'homme, alors qu'il tentait d'atteindre les leviers.

Son corps fut secoué par un spasme violent quand les balles l'atteignirent. Il manqua le tableau et tomba en travers de la table, projetant de fortes traînées de sang sur la fenêtre en forme de trou de serrure.

Alors que ses jambes faiblissaient et cédaient sous lui, ses mains cherchèrent désespérément quelque chose, n'importe quoi, à quoi se raccrocher.

Ses doigts trouvèrent un levier et tirèrent dessus.

Chapitre Trente-Six

Reid sentit le tonnerre de l'explosion secouer le plancher au-dessous de lui. Il entendit la détonation extrêmement bruyante. Il ferma les yeux pour ne pas voir le panache de fumée grise qui s'élevait dans le ciel bleu de Davos, mais ça ne l'empêcha pas d'entendre les cris et hurlements de ceux qui étaient à l'extérieur.

Il avait échoué. Une seule détonation, c'était quand même une attaque terroriste menée à bien. Il n'avait pas réussi à l'empêcher.

Quand il ouvrit de nouveau les yeux, Maria était étendue à côté de lui, immobile. Il rampa vers elle et vérifia son pouls. Elle était vivante, mais sa respiration était faible.

"Tiens bon," lui dit-il. "S'il te plait, tiens bon."

Il entendit des bruits de pas dans l'escalier. Quelques secondes plus tard, il vit entrer Baraf et les trois officiers, armes pointées en avant, totalement choqués en voyant ce qui s'était passé.

"Elle a besoin d'un médecin, tout de suite," ordonna Reid.

Aucun des officiers de la sécurité ne bougea. On aurait dit qu'ils essayaient de recoller les morceaux de ce qui venait de se passer dans le clocher de l'église.

"Aidez-la !" leur cria Baraf. Deux des officiers se précipitèrent vers elle, soulevant Maria avec précaution et se hâtant de la faire descendre par l'escalier.

Le troisième s'occupa du terroriste. "Il est vivant, Monsieur."

"Bien," dit Reid sans conviction. "Assurez-vous qu'il ne meure pas. Je veux savoir tout ce qu'il sait. Et je veux m'assurer qu'il soit bien conscient de ce qu'il vient de faire ici, aujourd'hui."

L'officier passa immédiatement un appel radio pour demander un hélicoptère médical.

Baraf tendit la main et aida doucement Reid à se relever. Il grimaça, à cause de la douleur atroce dans son genou, et s'appuya sur l'épaule de l'agent italien. Ils restèrent debout, ainsi, un long moment, côte à côte, regardant tous les deux par la fenêtre, alors qu'une épaisse fumée grise continuait de se propager dans les airs.

"Le centre de conférence," dit Baraf à voix basse. "Il y aura certainement des morts." Il se tourna vers Reid. "Mais vous pouvez être fier de ce que vous avez réussi à accomplir. Vous avez sauvé des centaines de vies aujourd'hui... peut-être des milliers même."

"Ce n'est pas suffisant," murmura Reid. Il ne se sentait pas du tout comme un héros, et il n'avait vraiment pas envie de rester planté là, à regarder la fumée, ni à entendre les sirènes des véhicules de secours qui commençaient à affluer au loin pour se précipiter sur les lieux du drame. Malgré tout ce qu'il avait traversé, tout ce qu'il avait fait, il avait quand même l'impression dans un sens, ne serait-ce qu'une légère impression, qu'Amon avait gagné.

Agent Zéro tout craché, pensa-t-il amèrement en tournant les talons et en boîtant douloureusement pour quitter la pièce et entreprendre sa longue descente des marches.

⚜ ⚜ ⚜

Le Directeur Adjoint du Groupe des Opérations Spéciales Steve Bolton était sorti déjeuner quand il apprit la nouvelle. Il y avait un bar sportif, à moins de dix minutes de Langley, qui servait d'excellent steaks au fromage et, au moins une fois par semaine, il ne déjeunait pas à la cafétéria et allait là-bas s'accorder ce petit plaisir.

Derrière lui, la télévision diffusait les meilleurs moments du match de hockey de la veille, la victoire quatre à un des Washington Capitals contre les Buffalo Sabres, quand le programme fut interrompu par une édition spéciale, relatant des événements qui venaient de se produire à Davos, en Suisse.

Bolton s'arrêta de manger et fixa l'écran des yeux.

Le complot avait échoué. Zéro avait dû le déjouer. Seule une bombe avait explosé.

Il sentit un nœud de panique serrer sa poitrine. La moitié du steak qu'il venait de manger menaçait de ressortir.

Il ne savait que trop bien comment Amon traitait ceux qui les décevaient.

Ils n'oseraient pas, pensa-t-il. Il était agent de la CIA. Ils avaient besoin de lui. De plus, n'était-ce pas lui qui leur avait donné Alan Reidigger ?

Alan avait fait une grave erreur. Plusieurs mois auparavant, il avait utilisé la base de données de la CIA pour chercher quelqu'un du nom de Reid Lawson. Bolton suivait les activités de tous ses agents de terrain. Pour un observateur extérieur, il avait juste l'air d'un patron consciencieux, mais sa propension à suivre de près ses agents n'était qu'une conséquence de sa propre paranoïa. À l'époque, toutefois, il n'y avait pas prêté attention. Reidigger était sur une opération relative à un trafic d'êtres humains. Cela n'avait rien à voir avec Amon.

Mais, ensuite, Alan avait de nouveau cherché le même nom, il y a quelques mois à peine. Bolton était devenu suspicieux. Reidigger ne mentionnait pas ce nom dans ses rapports, même s'il l'avait cherché deux fois désormais. Ce qui était étrange, c'est que la base de données de contenait aucune information sur cet homme : pas de passé, pas d'adresse, pas de numéro de téléphone, rien du tout. Tout juste un nom.

C'était bizarre que la CIA ait vidé le fichier de données de quelqu'un, mais ça l'était encore plus qu'Alan ne cesse de le consulter sans en faire aucunement mention dans son briefing. Et quand Reidigger avait fait cette recherche pour la troisième fois dans la base de données, quelques semaines auparavant, Bolton avait décidé de prendre les choses en main. Une recherche internet pour Reid Lawson avait donné des douzaines de résultats : aucun moyen de savoir avec certitude lequel était le Lawson de Reidigger.

C'est alors que Bolton avait compris : c'était exactement le but recherché. Reidigger ne consultait pas la base de données pour trouver Reid Lawson. Il le faisait pour s'assurer qu'il n'y ait pas d'informations disponibles. Quelqu'un avait modifié le fichier, fait disparaître les données, et Bolton était presque sûr qu'il s'agissait de Reidigger lui-même. Supprimer des fichiers de la CIA ferait certainement lever quelques sourcils, mais des fichiers étaient corrigés ou modifiés tous les jours à l'agence.

Bolton détestait l'idée de savoir que l'un de ses agents puisse lui cacher des choses. C'était ironique, étant donné que ses propres secrets pouvaient entraîner sa mort et celle d'autres personnes. Aussi, il décida de creuser, cherchant dans les archives de la CIA la moindre mention d'un Reid Lawson.

Et il en trouva une.

Le Directeur Adjoint Steve Bolton fut choqué en découvrant que Reid Lawson était le nom de naissance de l'Agent Zéro. Non seulement Kent Steele était vivement, mais il avait échappé à la CIA sous le seul pseudonyme que personne ne l'aurait cru capable de prendre… son vrai nom. Et Reidigger était au courant.

Bolton avait donné Reidigger, son propre agent, à Amon. Ils l'avaient torturé pour savoir où se cachait Kent Steele, puis ils l'avaient tué.

Le directeur adjoint avait fait tout ce qu'ils lui avaient demandé. Ils n'oseraient pas s'en prendre à lui.

Quand bien même, il prit un stylo dans la poche de sa veste, fit glisser son thé glacé de son dessous de verre, le retourna et écrivit une brève note. Cartwright avait laissé entendre que la NSA surveillait tous les membres de la CIA ayant des rôles de supervision, donc il devait être extrêmement prudent dans sa correspondance.

Je n'étais pas au courant, écrivit-il. *Ils ont agi dans l'ombre.*

C'était une piètre excuse, mais c'était une excuse tout de même. C'était la seule chose qui le paraissait plausible : Cartwright et Zéro avaient dû agir dans l'ombre. En tant que chef du Groupe des Opérations Spéciales, il aurait dû être tenu au courant d'une attaque potentielle sur Davos, mais il n'avait rien entendu de plus au-delà de la menace sur les JO d'Hiver.

Quelque part avec lui, dans le bar sportif, se trouvait un membre d'Amon. Bolton n'avait aucune idée de qui ça pouvait être ou s'il était seul ou pas, mais il savait qu'ils l'observaient, qu'ils le suivaient et qu'ils récupéraient les mots qu'il laissait. Ils récupéreraient le dessous de verre et verraient sa note. Et ensuite… Eh bien, il n'avait aucune idée de ce qui allait se passer.

Mais il savait qu'il avait laissé son arme dans un tiroir de son bureau quand il était sorti déjeuner.

Son téléphone sonna, mais il ne répondit pas. Au lieu de ça, il déposa un billet de vingt sur le bar, se leva de son tabouret, et enfila son manteau. Il se dirigea rapidement vers la porte et, en la poussant pour l'ouvrir, il distingua un mouvement sur le côté dans son champ de vision. Il ne se retourna pas. Il savait.

Quelqu'un était en train de le suivre. Il n'avait pas regardé son message sur le dessous de verre et il le suivait en plein jour. Il n'essayait même pas de cacher le fait qu'il était à ses trousses.

Sa gorge devint sèche. *Ils n'oseraient pas*, se dit-il.

Steve Bolton marchait dehors, dans la lumière de l'après-midi, et ce sbire d'Amon le suivait.

Chapitre Trente-Sept

"Agent Steele ? Avez-vous entendu ce que je viens de dire ?"

Reid fut tiré de ses pensées et regarda la jeune agente assise au chevet de son lit. Elle faisait partie des agents que Cartwright avait envoyés par hélicoptère pour les aider à Davos. Elle n'avait pas plus de vingt-cinq ans. Davos était certainement sa première opération majeure.

Elle lui avait également déjà donné son nom deux fois, mais il ne l'avait toujours pas retenu. Ce n'était pas par manque de respect. C'est juste qu'il avait trop de poids sur les épaules.

"Euh, désolé. J'étais… ailleurs. Pouvez-vous répéter ?"

"J'ai dit que l'état de l'Agent Johansson s'améliore," répondit-elle. "Elle a subi une transfusion sanguine et ses constantes sont stables."

"Génial. Quand pourrai-je la voir ?"

"Bientôt," promit l'agente. "Elle ne s'est pas encore réveillée."

Reid fit un signe de tête en guise de remerciement. Tout de suite après l'explosion au Forum Économique Mondial de Davos, Maria et lui avaient été transportés en hélicoptère vers un hôpital de Zurich, où elle avait atterri en soins intensifs et, lui, en médecine générale. Il ne s'était pas trompé à propos de sa jambe : son ménisque était partiellement déchiré. Il lui faudrait quelques semaines pour se remettre doucement sur pied.

Mais ce n'était pas pour ça qu'il était perdu dans ses pensées. Ce n'était pas pour ça qu'il n'avait pas réussi à dormir de toute la nuit, même avec les médicaments contre la douleur qu'on lui avait donnés. C'était l'autre nouvelle, le rapport dont il avait insisté pour être tenu au courant, malgré le fait qu'il soit dans une autre ville, loin du site de l'attaque.

L'unique explosion dans la station alpine avait ôté la vie à neuf personnes, en blessant dix-sept autres. Parmi les personnes décédées, se trouvaient des membres des délégations du Brésil, du Japon et du Mexique, le dirigeant d'une initiative sur les émissions non polluantes et trois journalistes.

Après son départ en catastrophe pour l'hôpital, avec Maria, Baraf et Interpol avaient pris le contrôle de l'enquête avec les agents envoyés par Cartwright. Une fois l'émetteur du poseur de bombes désactivé, le reste des explosifs avait rapidement été localisé et totalement désarmé : vingt-trois en tout.

De l'avis de tous, ou presque, l'attaque d'Amon s'était soldée par un échec. Ils n'avaient réussi à faire sauter qu'une seule bombe. Toutefois, aux yeux de Reid, ils avaient quand même réussi à faire sauter une bombe.

Un appel téléphonique de Cartwright, plus tôt dans la matinée, l'avait informé que la frénésie médiatique consécutive à l'événement avait commencé avant même que la poussière de cendres ne s'estompe et que le personnel de sécurité n'ait eu le temps de faire évacuer totalement la station. Seulement quelques minutes après l'explosion, le monde avait déjà été mis au courant. L'attaque potentielle sur les Jeux Olympiques avait été un leurre et la véritable cible avait été un forum économique dans les Alpes Suisses, accueillant des douzaines de leaders mondiaux et de pontes de l'industrie.

"Et le terroriste ?" demanda Reid à la jeune femme.

"Il est vivant," dit-elle, "et il s'est mis à parler."

Reid lutta pour s'asseoir dans son lit d'hôpital. "Il a dit quoi ?"

Elle détourna le regard. "Le directeur adjoint savait que vous poseriez la question. Il a dit que vous devez vous reposer…"

"S'il vous plait," insista-t-il. "C'est important pour moi."

Elle acquiesça lentement. "Très bien. Son interrogatoire a permis de retrouver trois hommes qui se faisaient passer pour des médecins dans un hôtel en Suisse. Les forces de l'ordre fédérales sont arrivés ce matin, alors qu'ils tentaient de s'enfuir. Deux d'entre eux ont été appréhendés : un chirurgien allemand dont la licence lui avait été retirée à cause d'allégations de criminalité, et l'autre a été identifié comme étant le Cheikh Mustafar de Téhéran."

Reid poussa un léger soupir de satisfaction. Le cheikh, le *vrai* cheikh, allait indubitablement passer le reste de ses jours dans un trou similaire à celui de son sosie dérangé d'Enfer Six.

"Et le troisième ?" demanda-t-il.

"Le troisième homme a réussi à échapper assez longtemps aux autorités pour monter sur le toit," lui indiqua-t-elle. "Il a … sauté."

"Il a sauté ?" Reid était abasourdi. "Bon sang. Il est mort ?"

Elle acquiesça. "Et ce n'est pas tout. Une caméra embarquée de la police a filmé toute la scène, ainsi que ses derniers mots. Il a dit, 'En tant qu'Amon, nous endurons.' Ensuite, il a sauté. La vidéo a déjà fuité dans la presse."

"Donc, le monde entier connaît Amon à présent," dit-il lentement. "Et si ce n'est pas encore le cas, ça le sera bientôt."

"Oui. Et vous savez comment fonctionnent les médias généralistes. Cette histoire va faire la une partout. Du coup … l'agence a décidé d'en tirer profit. Le glyphe d'Amon est actuellement diffusé aux forces de l'ordre du monde entier, avec l'instruction d'être attentif à quiconque porterait cette marque sur la peau."

Reid savait qu'il aurait dû au moins être légèrement satisfait des résultats. Bientôt, le monde entier connaîtrait cette organisation terroriste, et ses membres n'auraient plus nulle part où se cacher. Quand bien même, le but d'Amon de semer la terreur dans le monde était atteint dans un certain sens, même si leur plan principal avait échoué.

L'agente se leva de son siège. "Je vais demander aux infirmiers quand vous pourrez aller voir l'Agent Johansson."

"Merci," lui dit-il, alors qu'elle quittait la pièce.

"Oh, une dernière chose." Elle s'arrêta à la porte. "Avec tout ce qui s'est passé, ça m'était presque sorti de la tête, mais il faut quand même que vous le sachiez. Cet homme, celui qui était à Sion, a été retrouvé vivant."

"L'homme à Sion ?" Il fallut un moment à Reid pour comprendre de quoi elle parlait. Sion lui semblait déjà tellement loin. "Quel homme à …" Il s'interrompit en réalisant de qui elle parlait. "L'assassin ? Le blond ?"

Elle haussa les épaules. "Si c'est bien ce type-là, alors oui. Il n'est pas au top de sa forme, mais il est vivant. Toutefois, ne vous inquiétez pas à cause de lui. Il est très bien gardé, et sera conduit en prison dès que son état le permettra."

Reid n'arrivait pas à y croire. Il était certain d'avoir transpercé le cœur de l'assassin... Pourtant, Rais avait *survécu* à ça, peu importe comment.

"Agent ?" dit-il. "Rendez-moi un service, s'il vous plait, et faites passer un message là-bas. Il ne faut en aucun cas sous-estimer cet homme. Il est extrêmement dangereux."

Elle esquissa un sourire. "Je leur dirai, Agent Steele. Mais, croyez-moi, il n'est pas près de se relever."

⚜ ⚜ ⚜

Rais ne pouvait pas bouger.

Il ne pouvait pas parler. Il ne pouvait même pas respirer tout seul. Il était inutile, vaincu et totalement seul.

L'assassin était allongé dans un lit d'hôpital à Sion, en Suisse. Un tube respiratoire descendait dans sa gorge, un autre dans son estomac pour le nourrir, et il avait un cathéter dans l'urètre. Même la plus basique des fonctions corporelles était impossible dans son état. Les médecins lui avaient administré tellement de médicaments contre la douleur qu'il avait dormi vingt heures le premier jour.

Mais il y avait toujours de la vie en lui. Il y avait toujours de la fureur en lui.

Kent Steele lui avait maintenant échappé par trois fois. La première fois, quand Steele lui avait ouvert le ventre et l'avait laissé pour mort, le chirurgien suisse avait réparé les côtes fracturées de Rais avec des vis et une petite plaque en acier.

Cette petite plaque, mesurant à peine deux pouces de large, avait fini par lui sauver la vie. Alors que Steele avait échappé à ses tentatives de meurtre les deux premières fois à cause d'un revers de fortune, c'était Rais qui avait eu la chance de son côté cette fois. Quand Steele avait glissé le petit couteau entre ses côtes, visant le cœur, la petite plaque en métal avait redirigé la lame très légèrement. À moins d'un pouce, la lame aurait pu percer son oreillette gauche.

Dans l'obscurité des gradins de la patinoire du Parc Olympique, Rais avait repris conscience, pour s'apercevoir que Steele était partit et que le petit couteau rouge était planté dans sa poitrine. Il ne pensait pas qu'il allait survivre, mais il ne voulait pas non plus abandonner sa destinée.

Il savait ce qu'il avait à faire s'il avait la moindre chance de survivre et de s'échapper. Avec les dernières forces qui lui restaient, il avait retiré le couteau et s'en était servi pour effacer le hiéroglyphe d'Amon de son bras. Il avait appuyé son bras contre son corps pour pincer la peau boursouflée par la marque et, en trois coups de couteau, il l'avait découpée.

Quelques minutes plus tard, il avait entendu des voix. Deux officiers de la sécurité étaient entrés dans le stade, informés par la CIA qu'il y avait un corps à l'intérieur. Rais les avait appelés faiblement, plus en gémissant qu'en parlant, mais le son avait fait écho dans le stade vide et ils l'avaient entendu.

“Bon sang,” s'était exclamé l'un d'entre eux. “Il est vivant ?”

Puis, Rais avait de nouveau perdu connaissance.

Quand il s'était réveillé, il était dans un hôpital, branché à des machines. Des tubes dans les cavités de son corps. La tête sonnée par les médicaments. Sa main droite menottée à la rambarde en acier du lit.

Des pensées cohérentes étaient apparues lentement, comme si elles flottaient dans les airs : il était vivant. Des policiers suisses se relayaient devant sa porte, par groupes de deux. À chaque fois qu'il se réveillait, les visages étaient différents, c'étaient de nouvelles équipes.

Il savait qu'une fois qu'il serait en mesure de parler, la police voudrait l'interroger ou, pire, le livrer à la CIA. Il ne pouvait pas laisser ça arriver. Dès qu'il aurait retrouvé un minimum de force, il devrait tenter de s'échapper d'ici.

Il avait pu apprendre les nouvelles en deux jours, mettant bout à bout les conversations qu'il entendait dans le couloir, entre les policiers ou le personnel médical. À chaque nouvelle bribe d'information, sa rage et son indignation augmentaient.

Le complot d'Amon avait échoué.

Le poseur de bombes était en prison.

L'égyptien, son point de contact chez Amon, était mort.

Le cheikh et le docteur allemand avaient été arrêtés.

Tout ce pourquoi Rais s'était battu ces dernières années avait disparu. Tout, sauf un seul facteur crucial : Kent Steele était toujours en vie.

Et lui aussi.

Au troisième jour de son hospitalisation, son médecin, un petit homme blanc à lunettes et au crâne chauve luisant, entra dans la pièce pour examiner ses blessures. Il décolla méthodiquement les pansements et tâta doucement les sutures douloureuses.

"Vous guérissez bien," dit-il platement à Rais. Le médecin savait très bien qui était son patient et son implication dans ce qui s'était passé. "Je suis sûr que vous n'avez que très peu de souvenirs de ces derniers jours. Nous avons enlevé un de vos reins, et vous avez subi une ablation d'une partie lacérée de votre foie." Il parlait sans aucune empathie. "Il y aura des dommages nerveux à long terme, mais rien qui puisse altérer votre qualité de vie." Il s'arrêta un instant, réfléchissant à l'incongruité de ce qu'il venait de dire. "Même si j'imagine que l'endroit où vous allez passer le reste de vos jours va forcément manquer de 'qualité.'"

Avec le tube dans sa gorge, Rais ne put rien répondre.

"Une fois que votre fréquence respiratoire se sera améliorée, nous retirerons les tubes, réduirons vos médicaments, et vous quitterez l'unité de soins intensifs," poursuivit le médecin. "Mais votre guérison va prendre un certain temps avant que vous puissiez sortir d'ici. Et ensuite…" Son regard se posa sur les deux officiers de police postés derrière la porte de la chambre. Il n'avait pas besoin d'en dire plus : Rais savait que "et ensuite" signifiait qu'il partirait en détention, ou qu'il serait plus probablement interrogé et torturé pour lui soutirer des renseignements, avant de l'envoyer en enfer, dans un trou, afin de le laisser dépérir et mourir.

Il devait faire en sorte que ça n'arrive pas.

La nuit tomba, et Rais luttait pour trouver le sommeil. Ses membres lui semblaient lourds et ses blessures le faisaient souffrir au moindre petit mouvement. Le médecin avait diminué les médicaments. Que ce soit pour le sevrer des anti-douleurs ou pour le faire délibérément souffrir, il se le demandait. En tout cas, la douleur était plus intense à présent. Il essaya de l'ignorer mais, comme elle perdurait, il tenta de l'utiliser pour alimenter sa haine, tout en réfléchissant à son plan d'évasion. Il faudrait qu'il parte de nuit, une fois passées les heures de visite et quand l'équipe serait réduite au minimum. Il était au quatrième étage, donc les fenêtres n'étaient pas une option. Il allait devoir prendre ses deux gardes par surprise sans faire aucun bruit pour ne pas alerter les équipes médicales à proximité. Ensuite, il aurait besoin de vêtements. Ils avaient coupé les siens sur lui quand ils l'avaient emmené ici. Il ne pouvait pas vraiment se tirer d'ici en uniforme de police. Ce serait bien trop suspect.

Il avait le temps de planifier son évasion, même si ça impliquait de retirer lui-même les cathéters et les perfusions, ainsi que de se battre pour se tirer d'ici. Il ne pouvait qu'espérer regagner assez de forces pour pouvoir le faire. Il ne savait pas encore où il irait, ni ce qu'il ferait ensuite. Une seule chose était claire dans sa tête : se débarrasser de Kent Steele n'était plus seulement une question de destinée.

C'était désormais une nécessité.

Chapitre Trente-Huit

"Hé-Ho." Maria claqua des doigts deux fois, juste devant son visage. "Allô la terre, Kent ?"

Il cligna des yeux en portant enfin son regard sur elle. "Désolé. J'étais, euh, dans mes pensées."

"À quoi tu pensais ?"

Il garda le silence un long moment. "Des gens sont quand même morts, Maria. Nous avons fait de notre mieux, on a fait ce qu'on a pu, mais des gens sont quand même morts."

Ils étaient tous deux assis, l'un en face de l'autre, dans une salle de conférence du QG de la CIA à Zurich, attendant Cartwright pour le debriefing. La première chose que Reid avait faite en arrivant au QG était d'appeler à la planque de ses filles, sur une ligne sécurisée, pour vérifier qu'elles allaient bien. Malgré le fait qu'elles soient à des milliers de kilomètres du forum économique et de l'explosion, cette expérience l'avait ébranlé. Amon avait été à un doigt de gagner.

Mais ses filles étaient en sécurité, même si elles en avaient marre de rester enfermées et qu'il leur tardait de rentrer chez elles. Pour la première fois depuis qu'il avait disparu de sa maison à New York, Reid était en mesure de leur promettre honnêtement qu'il allait bien et qu'il serait bientôt de retour.

Maria avait passé le reste de la journée précédente, ainsi que la nuit, à l'hôpital. Sa blessure avait été traitée, elle avait reçu une transfusion sanguine, puis elle avait été jugée suffisamment en forme pour pouvoir sortir, même si son bras droit devrait rester en écharpe les deux prochaines semaines.

Elle se pencha au-dessus de la table et prit sa main dans la sienne. "Tu as raison," dit-elle, "des gens sont quand même morts. Et pas qu'à

Davos, d'ailleurs. Nous avons perdu des amis. Des innocents se sont pris une balle perdue. Malheureusement, Kent, ça fait partie du boulot. Tant qu'il y aura des gens comme Amon, désireux de faire des choses horribles pour tenter d'imposer leur volonté, des gens mourront. Aussi cynique que ça puisse paraître, y mettre un terme est un objectif plus qu'idéaliste. Notre travail est de le contrôler, de l'enrayer et de faire notre maximum pour l'empêcher quand c'est possible. Or, parfois … c'est juste impossible."

Il esquissa un sourire. "C'est marrant, j'étais persuadé que tu étais plutôt du genre à voire le verre à moitié plein, et pas à moitié vide." Son sourire s'estompa. "À cette heure, la semaine dernière, je n'aurais jamais imaginé avoir les épaules pour ce type de boulot. D'ailleurs, je n'en suis toujours pas sûr." Il soupira. "Je pense qu'un long parcours m'attends. Il y a beaucoup de choses dont je ne me souviens pas."

"Peut-être que ce n'est pas si mal ainsi," suggéra Maria. "Peut-être que, sans certains de ces souvenirs, tu peux devenir une nouvelle personne. Peut-être que tu peux être à la fois le meilleur de Kent et le meilleur de Reid."

"Ouais. Peut-être." Reid se mit à sourire. "Et ne crois pas une seule seconde que j'ai oublié ce que tu as dit en haut du clocher."

"Je ne vois même pas de quoi tu parles," répondit-elle timidement.

"Non ? Tu veux que je te rafraîchisse la mémoire … ?"

Elle prit un ton moqueur. "Je cherchais à arrêter un terroriste, Kent. C'est ce qu'on appelle un subterfuge. *Avant*, tu savais ce que ça veut dire."

"Ouais, et apparemment, *avant*, tu m'aimais."

Maria rougit vivement. "Je … ouais. Peut-être. Même si je pense … je pense que nous étions tous les deux des personnes différentes à l'époque."

"Ouais," acquiesça-t-il à voix basse. La tension était en train de monter dans l'air, donc il se hâta de changer de sujet. "Mais plus de secrets, d'accord ? Pas entre nous. Je pense pouvoir dire sans me tromper qu'en dehors de mes filles, tu es certainement la seule personne au monde à qui j'ai l'impression de pouvoir faire confiance. Et j'aimerais que ça continue ainsi."

"Entendu." Maria lui décocha un clin d'œil. "Dans ce cas … est-ce que je peux te dévoiler un petit secret de plus ?"

Reid eut l'air amusé. "Quoi donc ?"

Elle attrapa quelque chose dans la poche arrière de son jean et en sortit une enveloppe blanche pliée. "Je ne t'en ai pas parlé avant, parce que je n'étais pas sûre que tu disais la vérité. Ensuite, nous avons été séparés, et ensuite… eh bien, tu connais la suite."

"C'est quoi ?"

"Il y a quelques semaines, j'ai reçu ça au courrier dans la planque à Rome. Ça vient d'Alan Reidigger. Il ne savait pas que j'étais là." Elle fit glisser l'enveloppe sur la table pour la lui donner. "C'est pour toi. Je ne l'ai pas ouverte."

Reid déplia l'enveloppe. En effet, elle lui était adressée : *Reid Lawson* était écrit sur le devant, ainsi que l'adresse de l'appartement de Rome. Il la retourna, et constata qu'il y avait sept mots sur le rabat arrière, soigneusement écrits en lettres minuscules : *Au cas où je viendrais à mourir.*

Maria n'avait pas menti. L'enveloppe était toujours cachetée.

"Je parie que tu vas trouver quelques réponses là-dedans," dit-elle.

Reid ne cessait de retourner l'enveloppe dans ses mains. Il voulait vraiment obtenir des réponses mais, en même temps, il n'était pas sûr qu'elles allaient lui plaire. Il avait l'impression que ce n'était pas le bon moment pour l'ouvrir, assis dans cette salle de conférence.

Il ne savait d'ailleurs pas si ce serait le bon moment un jour.

La porte s'ouvrit, et le Directeur Adjoint Cartwright entra, portant un dossier brun contenant des fichiers. Reid plia l'enveloppe et la fourra dans sa poche. *Plus tard*, pensa-t-il.

"Agents," leur dit solennellement Cartwright. "Nous avons fait du beau boulot aujourd'hui." Pourtant, en disant ces mots, il n'avait pas l'air ravi.

Maria fronça les sourcils. "Vous envoyez des signaux contradictoires, Monsieur."

"Il y a encore beaucoup d'effervescence," répondit Cartwright. "Beaucoup de gens veulent vous poser tout un tas de questions. Pas seulement la CIA, mais les Affaires Internes, le Gouvernement Suisse, le Conseil de la Sécurité Nationale, peut-être même Interpol. La chose la plus importante à faire est d'être complètement honnêtes à propos des événements de ces cinq derniers jours."

Les deux agents acquiescèrent d'un signe de tête.

"Ce n'est pas tout," poursuivit Cartwright. "J'ai de fortes raisons de croire que la taupe de la CIA est Steve Bolton."

Le nom évoqua à peine quelque chose à Reid. Il l'avait juste entendu prononcer en passant et savait que c'était un autre responsable de la CIA. Toutefois, Maria leva les yeux avec étonnement. "Qu'est-ce qui vous fait dire ça ?" demanda-t-elle.

"J'avais déjà eu des doutes plus tôt, quand nous avons envoyé Carver et Watson chercher vos filles," expliqua Cartwright. "Bolton était le seul à qui j'en avais parlé, et le terroriste s'est présenté à elles en tant qu'Agent Watson. Mais je n'ai rien fait sur le moment. Je n'étais pas sûr et porter une telle accusation avec si peu de preuves me serait retombé dessus si je m'étais trompé." Il secoua la tête. "J'aurais dû suivre mon instinct à ce moment-là."

"Il n'est pas trop tard..." suggéra Maria.

"Bolton a disparu," leur indiqua le directeur adjoint. "Il est parti déjeuner juste avant l'attaque à Davos, et il n'est jamais revenu. On a retrouvé son téléphone mobile à un pâté de maisons du bar où il aimait se rendre. Personne ne l'a vu ou entendu depuis."

"Alors, ça y est," dit Reid. "Si c'est lui qui leur donnait des renseignements, les fuites devraient cesser."

"On ne peut que l'espérer, Zéro." Le directeur adjoint secoua la tête. "J'aimerais vraiment pouvoir considérer cette journée comme une victoire... et elle l'est à bien des égards. Mais nous risquons d'avoir encore des problèmes à l'agence, et Amon est toujours quelque part dans la nature."

"C'est vrai," lui accorda Reid, "mais Amon a commis une erreur fatale." Il se tourna vers Maria. "Tu te rappelles ta comparaison, à Rome, à propos de leur chaîne ? Quelqu'un à gauche et quelqu'un à droite ? Nous avons brisé cette chaîne. Nous avons arrêté le poseur de bombes, le docteur allemand et le vrai cheikh. Rais est hors-jeu, et l'égyptien est mort. Ils sont désorganisés. Je ne sais pas combien de temps ça va durer, mais j'espère assez longtemps pour que nous puissions leur mettre la main dessus."

"Nous ?" demanda Maria.

Reid se mordit la lèvre. Avec tout ce qui venait de se produire, il n'avait pas vraiment réfléchi à ce qu'il allait faire ensuite. Bizarre, pensa-t-il, que ses instincts le poussent à continuer, à aller de l'avant. S'il prenait le remps d'y réfléchir un moment, tout ce qu'il voulait vraiment était de rentrer chez lui retrouver ses filles.

"Johansson, pouvez-vous nous laisser une minute ?" demanda Cartwright.

"Bien sûr." Maria se leva et quitta la salle de conférence.

Une fois qu'elle fut partie, le directeur adjoint prit son siège face à Reid. Il posa le dossier marron sur la table, entre eux, et posa sa main au-dessus.

"Je ne vais pas mâcher mes mots," dit-il. "Vous avez déjà été réintégré pour cette affaire. J'ai parlé aux Directeurs Mullen et Hillis et, au regard de ce que vous avez accompli, nous pouvons maintenir cette réintégration, à condition que vous passiez une évaluation psychologique, un IRM et quelques tests supplémentaires. Vous pourriez revenir à plein temps." Cartwright s'interrompit un moment. "Ou alors, vous pouvez choisir de ne pas le faire." Il tapota le dossier marron avec le bout de son index. "Vous trouverez là-dedans le debriefing complet de cette affaire. Une fois que tout ce bazar sera terminé, les fichiers de Zéro devront bien aller quelque part. Soit dans les archives… soit dans la base de données active."

Reid resta silencieux un long moment. Sa vie calme avec ses filles lui manquait terriblement, leurs soirées jeux, ses leçons et ses cours… Mais, d'un autre côté, il se sentait happé par le frisson de la poursuite, la sensation de l'acier froid dans sa main et l'excitation qu'il ressentait en tenant une arme à feu.

"Merci," dit Reid, "mais je pense que j'ai besoin de temps. Je ne suis pas sûr d'être prêt pour ça. Il faut encore que je découvre qui je suis."

Cartwright se mit à rire. "Vous ne l'avez pas encore compris ?" Le directeur adjoint se pencha en avant. "Ne vous bercez pas d'illusion à croire que vous êtes une sorte de gros mystère, Zéro. C'est très simple.

Vous *êtes* Reid Lawson. Vous êtes né en tant que Reid Lawson. Ce n'est pas un alias. C'est pourquoi nous ne vous avons jamais retrouvé lors de l'enquête qui a suivi votre mort présumée : nous pensions que vous seriez assez intelligent pour ne pas utiliser votre propre nom. Qui ferait un truc pareil ? Pourtant, vous vous êtes caché à la vue de tous pendant tout ce temps."

Reid sentit une vague de soulagement le gagner entièrement. Il était Reid Lawson. Il avait eu pour femme Kate Lawson. Ses enfants étaient Maya et Sara Lawson. Voilà qui elles étaient et qui il était.

"Mais vous êtes également Kent Steele," dit Cartwright. "Oui, c'est un pseudonyme, crée pour vous protéger, mais il n'en est pas moins vous pour autant."

Reid acquiesça. "Je comprends. Mais tant que je n'ai pas retrouvé et trié mes souvenirs, j'aurai toujours l'impression qu'il y a Reid d'un côté et Kent de l'autre. Mon cerveau est un vrai bordel."

"Nous... avons peut-être un type qui pourrait vous aider," ajouta pensivement le directeur adjoint. "C'est un... eh bien, je ne sais pas trop comment le qualifier. C'est un technicien informatique, du moins c'est l'intitulé de son poste, mais il est extrêmement brillant. Un peu bizarre aussi, mais brillant. Je sais bien que c'est de votre tête dont nous parlons, mais s'il y a bien quelqu'un qui peut tirer tout ça au clair, je pense que c'est lui. Si vous revenez, vous pourrez le rencontrer. Peut-être qu'il pourra faire la lumière sur ce qui se passe dans votre crâne." Comme Reid gardait le silence, il poursuivit, "Prenez votre temps. Réfléchissez. Mais pas trop longtemps non plus. Cette offre ne sera pas valable éternellement, et je serais déçu de perdre un atout tel que vous."

Reid se mit à sourire. "Hier, vous avez dit au Directeur Hillis que j'étais compromis."

Cartwright haussa les épaules. "Ouais, eh bien, je suppose que je peux me tromper parfois." Il se leva et reboutonna sa veste. "Maintenant, venez, Zéro. Il y a pas mal de questions auxquelles vous allez devoir répondre avant de rentrer chez vous retrouver vos filles."

"Zéro," répéta Reid songeusement. "Je suppose que je suis ça, aussi."

"Oui," confirma Cartwright. "Peu importe le nom que vous portez ou ce que quiconque pense que vous êtes, vous serez toujours l'Agent

Zéro. En dehors d'une poignée de personnes, personne ne saura ce que vous avez fait aujourd'hui. Vous avez déjà fait ce genre de choses avant, et personne ne l'a su non plus. Cela fait partie du boulot. Zéro n'est rien ni personne. Zéro est un fantôme." Avec sa main sur la porte, il ajouta à voix basse, "Je suppose que c'est ce que nous sommes tous."

ÉPILOGUE

Trois jours après l'explosion à Davos, un Cessna Citation X effectuait le vol transatlantique de l'aéroport de Zurich jusqu'au Dulles International en Virginie. À bord du jet, Reid tapotait impatiemment l'accoudoir en cuir du bout des doigts. Ces derniers jours avaient été harassants : des heures sans fin de conférences, réunions, debriefings à raconter son histoire, encore et encore, devant divers types en costumes dont les visages et les noms s'effaçaient de sa mémoire au fur et à mesure.

Mais, il rentrait enfin chez lui.

"Kent, ça va ?" Maria était assise à côté de lui, de l'autre côté de l'allée étroite. "On dirait un gosse qui attend le matin de Noël."

"Ouais." Il esquissa un sourire. "Je pète la forme. Je suis juste excité à l'idée de les revoir." Même si la vitesse de pointe de plus de mille kilomètres heure du Cessna ne lui semblait pas assez rapide pour le ramener à la maison auprès de ses filles, il savait qu'il serait bientôt arrivé et son impatience ne faisait que croître. "Tu sais, c'est marrant," lui dit-il. "Je suis un peu… nerveux, en fait. J'ai l'impression que ça fait si longtemps."

Maria lui décocha un sourire. Elle allait ouvrir la bouche pour répondre, mais son téléphone mobile se mit à sonner. "C'est mon père," dit-elle. "Il veut sûrement savoir si on arrive bientôt. Excuse-moi." Elle se leva de son siège et se dirigea vers l'arrière de la cabine pour répondre. "Salut, Papa. Ouais, presque arrivés…"

Les doigts de Reid se remirent à tapoter l'accoudoir. Il n'avait même pas réalisé que son genou gauche trépidait d'impatience. *Il faut que je me détende*, se dit-il. Il attrapa le sac en nylon noir à ses pieds, le sac SVDL de Reidigger, et voulut l'ouvrir pour en sortit une bouteille d'eau qu'il avait stockée dedans.

Mais ses doigts sentirent quelque chose d'autre. C'était l'enveloppe toujours cachetée qui lui avait été adressée par Alan, dans l'éventualité de sa mort.

Reid ne l'avait pas encore ouverte. Il avait eu tant à faire, et puis… s'il devait être tout à fait honnête avec lui-même, c'était une excuse. Il était relativement angoissé à l'idée de lire son contenu. Il se disait qu'il apprendrait peut-être quelque chose sur son passé qu'il regretterait de savoir par la suite. Il voulait également être seul pour la lire, et les derniers jours ne lui avait laissé aucun répit.

Il pouvait entendre Maria, non loin de lui, en train de parler à son père, de lui raconter les conférences et les réunions. Il sut qu'il avait un peu de temps et de tranquillité devant lui.

Plus d'excuses, pensa-t-il. *Rien de tel que l'instant présent.*

Il fit passer son pouce sous le rabat et déchira l'enveloppe.

Il ne savait pas vraiment à quoi s'attendre, mais il fut un peu surpris de ne découvrir qu'une seule feuille de papier dans l'enveloppe et, dessus, un message relativement court, une lettre manuscrite de la belle écriture de son ami, la même que sur la note découverte dans le passeport de Reidigger.

Salut Zéro, disait la lettre.

Si tu lis ceci, c'est que je suis probablement mort (ou alors que tu es vraiment très impatient). Dans tous les cas, ça veut dire que tu es retourné à la planque, et donc que les choses ont mal tourné pour nous. J'en suis désolé. Je veux juste que tu sache que j'ai fait ce qu'il me semblait juste de faire.

Avant que tu lises le reste, il faut que tu te souviennes de quelque chose. Il faut que tu te souviennes du pont Hohenzollern. Le médecin a dit que si le suppresseur devait être un jour retiré, dire les choses à haute voix pouvait aider à faire revenir les souvenirs, donc vas-y. Essaie, et peut-être que le reste de cette lettre aura un peu plus de sens pour toi.

Reid regarda la page pendant quelques secondes. Il connaissait le Hohenzollern. C'était un pont de chemin de fer en Allemagne qui passait au-dessus du Rhin. Il avait été inauguré en 1911 par Kaiser Wilhelm. Il connaissait les faits, mais n'en comprenait pas la signification.

"Pont Hohenzollern," murmura-t-il.

Une vision apparût instantanément dans son esprit.

Il fait nuit. Tu es debout sur le trottoir du pont, penché au-dessus de la rambarde, regardant les flots du fleuve sombre en-dessous. Le commun des mortels serait certainement blessé, ou même tué, par la chute de vingt-cinq mètres. Mais pas toi.

Si seulement.

Des pas se rapprochent. Tu lèves les yeux, pas surpris le moins du monde de voir Alan Reidigger débarquer. Il est prudent, il avance doucement, plein d'appréhension.

"Salut, Zéro," dit-il. Il essaie de paraître joyeux, mais sa voix est tendue. "Tu as été très occupé ces derniers temps."

Par-dessus son épaule, à environ cinquante mètres en-dessous du trottoir, se trouve l'Agent Morris. Alan n'est pas venu seul.

"Tu es ici pour me tuer, Alan ?"

Reidigger appuie ses avant-bras contre la rambarde, observant l'eau à côté de toi.

"Oui," dit-il.

C'était il y a dix-neuf mois, se dit Reid, presque jour pour jour. C'était après la mort de Kate, après la folie meurtrière de Kent, après avoir été rappelé par la CIA et avoir choisi de l'ignorer. Reidigger l'avait retrouvé à Cologne, en Allemagne, et était venu à sa rencontre sur le pont. Il lui avait dit qu'il était là pour le tuer.

"Oui," avait-il dit.

Ils étaient restés tous les deux plantés là, en silence, pendant un long moment, à observer le fleuve.

"Je l'ai trouvé," avait fini par dire Kent. "L'assassin d'Amon que je cherchais. Il s'appelle Rais. Je l'ai ouvert en deux et je l'ai laissé mourir." Il avait regardé vers le ciel. "Tu sais ce qui s'est passé ensuite ?"

Reidigger le savait. "Rien," avait-il dit tranquillement.

"Exactement. Rien du tout. Je n'ai rien ressenti. Je n'en ai rien retiré. Aucune satisfaction. Aucune justification. Aucune nouvelle piste. Aucune direction." Kent s'était arrêté de parler un long moment. "Alan, je suis allé trop loin. Je pense qu'il n'y a pas de retour possible." Il avait regardé son ami dans les yeux et ajouté, "Je me doutais bien que l'agence enverrait quelqu'un. Mais je n'aurais jamais pensé que ce serait toi."

"Je me suis porté volontaire," lui avait avoué Alan. "Si quelqu'un devait le faire, c'était bien moi."

"Et Morris ?"

"Il assure ma couverture, en cas de besoin."

"Ce ne sera pas le cas," lui assura Kent. "Je ne ferai rien contre toi."

Alan avait soupiré. "Kent, tu es un véritable idiot, tu sais ça ? Tu t'es laissé aveugler par ton chagrin. As-tu oublié que tu as deux filles à la maison ? Elles t'aiment. Leur mère vient juste de mourir, et elles n'ont pas vu leur père depuis des semaines. Elles ont besoin de toi. Et, franchement, tu as besoin d'elles."

Kent avait de nouveau levé les yeux, l'air perdu cette fois. "Tu viens de dire que tu étais ici pour me tuer."

"En effet," avait répondu Alan, "en quelque sorte. Je suis ici pour tuer Kent Steele."

"Je ne comprends pas."

"Tu dis qu'il n'y a pas de retour possible, mais je pense que c'est faux," avait expliqué Alan. "Écoute-moi attentivement. La CIA a développé un dispositif très expérimental : une micropuce capable de supprimer la mémoire. Je suis presque sûr de pouvoir mettre la main sur un prototype."

"Suppression de mémoire ? Alan, mais de quoi est-ce que tu parles ?"

"Avant d'être agent de terrain, je travaillais au service R&D. J'ai vu certaines choses. J'ai encore des amis là-bas. Cette puce est minuscule, pas plus grosse qu'un grain de riz. Si j'arrive à m'en procurer une, je connais un neurochirurgien à Zurich qui te l'installera sans poser de questions. Nous pouvons supprimer ces souvenirs, Kent. Tu oublieras l'assassin et la Fraternité. Tu oublieras même avoir travaillé pour la CIA. Tu n'auras aucun souvenir d'avoir été Zéro. Tu vas partir vivre une vie tranquille, quelque part, avec tes filles. J'ai bien réfléchi à tout ça. Mais j'ai besoin de ton aide et, bien sûr, de ta tête."

Kent était resté sans voix. Bien sûr, il avait entendu des histoires, des légendes qui disaient que la CIA faisait des expériences sur le cerveau humain depuis des décennies, mais il n'avait jamais rien vu qui puisse légitimer tout ça. Il s'était toujours dit que c'était un mythe urbain.

Mais si ce que disait Reidigger était vrai, alors ... peut-être qu'un retour était possible après tout.

"Tu dois dire oui tout de suite," lui avait dit Alan, "parce que je suis sûr que Morris va commencer à s'impatienter d'ici une minute ou deux. Il va s'avancer dans notre direction et la seule chose qu'il te réserve, c'est une balle."

"Et si ça ne marche pas ? S'ils le découvrent ?"

Reidigger avait pris un ton légèrement moqueur. "Je n'en sais rien, Kent," avait-il répondu avec impatience. "Comme je te l'ai dit, c'est expérimental. Et si l'agence le découvre, ils te tueront, et ils me tueront probablement aussi. Nous n'avons pas le temps de discuter des détails. Ta seule alternative est de mourir sur ce pont, ce soir."

Kent avait pensé à ses filles. Bizarrement, il avait l'impression de ne pas avoir pensé à elles depuis très longtemps, et il était soudain devenu conscient qu'elles devaient vraiment avoir besoin de lui et qu'elles avaient probablement très peur. Il les avait envoyées à New York chez la sœur de Kate et il ne les avait pas appelées depuis un bon moment. Elles avaient besoin de lui ... et il avait besoin d'elles.

"Merci, Alan."

"Tu me remerciera plus tard. Rejoins-moi à Zurich. Tu sais où," dit Alan. "Maintenant, il ne te reste qu'une chose à faire."

Alan avait sorti son arme et l'avait pointée sur Kent. "Il faut que tu tombes." Il avait tiré un seul coup.

La balle l'avait raté de quelques centimètres, fusant si près de son oreille qu'il avait senti l'air qu'elle avait généré. Kent avait titubé contre la rambarde, avant de basculer de l'autre côté.

Un pont. La nuit. Le fleuve qui coule en-dessous Une sensation de chute ...

Reid prit une profonde inspiration. Le souvenir avait été si clair, si réel, qu'il avait l'impression d'y être. Il dut se rappeler qu'il était à bord du Cessna, en route pour les États-Unis afin de retrouver ses filles.

Il toucha la cicatrice dans son cou, là où le suppresseur de mémoire lui avait été arraché. Il avait fait ça de son plein gré, pour ses filles et pour lui-même, pour mettre un terme à sa guerre autodestructrice. Soudain, les mots du message de Reidigger, celui qu'il avait trouvé à Zurich, prirent tout leur sens : *Si tu lis ceci, c'est parce que ce que nous avons fait nous est retombé dessus. J'ai toujours pensé que ce pourrait être le cas, donc je garde toujours ce message sur moi depuis.*

Reidigger s'était douté que le suppresseur ne serait pas une solution éternelle, que quelqu'un découvrirait que Kent Steele était toujours vivant… et il l'avait anticipé. Il avait risqué sa vie pour aider son ami. Il était mort pour son ami. Et même après sa mort, il avait continué d'aider à garder son ami Zéro en vie.

Reid ouvrit une nouvelle fois la lettre. Il y avait deux paragraphes de plus sous le souvenir relatif au pont.

J'espère que tu te souviens, poursuivait la lettre, *car ce que je m'apprête à te dire maintenant est extrêmement important. Kent, avant de m'envoyer pour te supprimer, la CIA voulait te récupérer, mais tu n'as rien voulu savoir. Ce n'était pas seulement à cause de ta croisade. Il y avait autre chose, quelque chose que tu étais près de découvrir… trop près. Je ne peux pas te dire ce dont il s'agit, car je ne le sais pas moi-même. Tu ne me l'aurais jamais dit, ce qui signifie que c'est vraiment du lourd.*

Peu importe ce dont il s'agit, c'est toujours là, enfermé quelque part dans ton cerveau. Si jamais tu as besoin de le découvrir, il existe un moyen. Le neurochirurgien qui a installé l'implant s'appelle Dr. Guyer. Son cabinet se trouve à Zurich. Il peut ramener tous tes souvenirs, si c'est ça que tu veux. Il peut aussi les supprimer de nouveau, si tu préfères. C'est à toi de choisir. Bonne chance, Zéro. —Alan

Reid observa la lettre un long moment, la relisant deux fois de plus avant de saisir totalement ce que Reidigger lui disait dedans. Il pouvait tout ramener en mémoire, s'il le souhaitait. Il pourrait tout savoir. Ou, alors, il pouvait tout supprimer à nouveau.

Aucun de ces choix ne l'attirait vraiment.

Il avait déjà supprimé ses souvenirs une fois, par désespoir et nécessité. Il ne voulait en aucun cas retourner dans l'ignorance après tout ce qui s'était passé, en particulier si ça impliquait de compromettre la sécurité de ses filles.

Toutefois, se rappeler de tout était également une option perturbante. S'il déverrouillait tous ses souvenirs en tant que Kent Steele, allait-il redevenir cette personne et retomber dans ses travers ? Est-ce que Reid Lawson, ou la personnalité qu'il avait développée en tant que Reid, allait cesser d'exister ?

Et le plus troublant de tout était la vague allusion de Reidigger à propos de "quelque chose d'autre." Quelque chose qu'il était sur le point de découvrir. Et si jamais il se rappelait quelque chose dont il ne devait pas se souvenir… ou de quelque chose de dangereux que Kent Steele avait désespérément voulu oublier ?

"D'accord, Papa," entendit-il dire Maria derrière lui. "OK, on se voit très vite. Je t'aime aussi." Alors qu'elle mettait fin à son appel, Reid replia la lettre et la remit dans l'enveloppe. Elle revint s'asseoir à côté de lui. "Tout va bien ?" demanda-t-elle en voyant l'enveloppe dans sa main.

"Ouais." Il se força à sourire. "À merveille." Son premier instinct fut de partager le contenu de la lettre avec elle, mais quelque chose dans un coin de sa tête l'en empêcha. Elle lui avait été destinée, à lui et à personne d'autre. De plus, ils venaient juste de vivre un enfer pour résoudre un mystère. Ce n'était pas la peine de se lancer immédiatement dans un nouveau.

Au lieu de ça, il lui dit, "C'était une lettre d'adieux. Je pense qu'il savait qu'Amon était à ses trousses et voulait l'éliminer. J'aimerais me souvenir mieux de lui, il avait l'air d'un type bien."

"Le meilleur qui soit," confirma Maria d'une petite voix.

Avant de remettre la lettre dans le sac, il en sortit autre chose : la photo de Reidigger et lui, debout devant la fontaine de Rome. Elle était bien usée et plissée en son centre. Sur la photo, ils souriaient tous les deux et semblaient beaucoup s'apprécier.

J'espère que je me souviendrai un jour, pensa-t-il. Alan avait été un meilleur ami pour lui qu'il n'aurait jamais pensé l'être en retour. Aussi, il voulait honorer la mémoire de cet homme du mieux possible. Il fourra la photo dans l'enveloppe, avec la lettre, et remit le tout dans le sac.

L'interphone s'enclencha et ils entendirent la voix du pilote, "Nous allons atterrir dans quelques minutes. Bouclez vos ceintures, Agents."

À cette courte phrase, l'impatience regagna soudain Reid, et il ne pensa plus à la lettre. Il allait revoir ses filles dans quelques minutes.

Il se râcla la gorge, alors que l'avion perdait de l'altitude. "Donc, euh, tu vas retourner à Baltimore ensuite ?"

"Ouais, pour le moment, jusqu'à ce que l'on m'assigne une nouvelle mission." Elle sourit. "Ce sera sympa. Je n'ai pas mis les pieds chez moi depuis longtemps. Et toi ? Est-ce qu'ils t'ont déjà dit où tu allais aller ?"

Le Directeur Mullen lui avait dit que, peu importe qu'il accepte l'offre ou non, la CIA allait le reloger avec ses filles. D'autres membres d'Amon connaissaient peut-être son adresse à New York et ils ne voulaient pas prendre le risque.

"Alexandria," répondit-il. "Je vais prendre un poste de professeur adjoint à Georgetown."

"Virginie, hein ?" Elle haussa les épaules. "Tu sais, ce n'est qu'à environ une heure de chez moi."

Il sourit à son tour. "Je, euh… ouais. C'est tout près." Il regarda ses yeux gris, son magnifique sourire. Elle lui semblait plus familière à présent, et pas seulement à cause de ce qu'ils avaient enduré ensemble ces derniers jours. C'était comme retrouver une amie d'école après des décennies. Les souvenirs étaient flous, peut-être même évanouis, mais il y avait une proximité, une affinité… et peut-être plus que ça encore. Quelque chose proche de l'intimité.

Elle aurait voulu qu'il dise autre chose, se dit-il. *Demande-lui*, intima son cerveau à sa bouche.

"Ce, euh, serait cool de te revoir," finit-il par dire.

Elle se pencha par-dessus l'allée et l'embrassa, très brièvement, mais de manière significative. Ses lèvres étaient attirantes et familières contre les siennes.

"Ce serait vraiment cool," répondit-elle timidement.

"Et, euh…" Elle s'interrompit un instant. "Je sais que tu as beaucoup de choses à faire et deux filles dont tu dois t'occuper. Mais ce serait super si tu revenais."

Reid regarda le sol et acquiesça. Elle avait raison : il avait fort à faire et beaucoup de choses auxquelles il devait penser. Mais il n'avait qu'une seule chose en tête en ce moment : non, deux choses, et elles étaient toutes les deux assises à l'arrière d'une voiture noire, en ce moment même, se dirigeant vers l'aéroport pour l'accueillir. Il aurait le temps plus tard de peser ses options et de prendre une décision.

Il était temps de rentrer chez lui.

⚜ ⚜ ⚜

Maya n'avait même pas réalisé que son genou gauche trépidait d'impatience. Elle était assise derrière les Agents Carver et Watson, à l'arrière d'une élégante et luxueuse berline noire, avec sa sœur à côté d'elle, alors qu'ils roulaient sur le tarmac d'une petite piste de Dulles. Il y avait une autre voiture noire qui roulait à côté d'eux. Elle n'avait aucune idée de qui pouvait bien se trouver dedans, étant donné que les vitres teintées étaient trop sombres pour voir à l'intérieur. Mais elle s'en fichait. Elles étaient sur le point de retrouver leur père, et ils allaient enfin pouvoir rentrer chez eux.

"Il te tarde Pouêt-Pouêt ?" demanda-t-elle à sa sœur.

Sara fit un large sourire et acquiesça vivement. Si sa jeune sœur était un tant soit peu affectée par les événements, elle ne le montrait pas en tout cas. Elle était résiliente… et elle n'avait pas été témoin de ce que Maya avait vu.

Le très silencieux Agent Carver conduisait, avec Watson à côté de lui sur le siège passager avant. Il avait été très gentil avec elles tout le temps qu'elles avaient passé dans la planque. Il s'était assuré qu'elles mangent bien et qu'elles ne manquent de rien. Maya devait bien admettre qu'elle avait failli devenir folle dans cette planque. Elles devaient suivre des règles strictes : pas de téléphones, pas d'ordinateurs, pas de tablettes. Heureusement, il y avait une télévision, donc elle avait pu regarder les actualités.

Cela n'avait pas échappé à Maya que les deux événements internationaux majeurs, tout d'abord la fausse alerte aux JO d'Hiver, puis l'explosion à Davos, étaient survenus le même jour, et que leur père leur avait annoncé rentrer à la maison l'après-midi suivant.

Ce fait, associé à la planque, aux gardes armés, aux deux hommes qui les avaient attaquées sur le quai et au titre honorifique "Agent" de

Watson, faisait que Maya avait désormais une idée assez claire de ce dans quoi son père avait pu être impliqué. Du moins, c'était ce qu'elle pensait, mais elle n'essaya pas de le formuler ou de poser la moindre question. Elle était assez intelligente pour savoir qu'aucun des hommes qui les protégeaient ne lui donnerait de réponse honnête.

La seule conclusion qu'elle avait véritablement tirée, toutefois, lors du temps passé à la planque, c'est qu'elle n'allait pas bien. Elle avait failli être kidnappée, on l'avait menacée avec une arme, elle avait eu un couteau sous la gorge et avait vu deux hommes, ainsi qu'une femme innocente, se faire tuer.

Malgré sa joie d'apprendre que son père allait rentrer en vie et en bonne santé, ils allaient devoir discuter de certaines choses. Elle se disait qu'il lui devait bien ça.

"Hé, regardez là-bas !" L'Agent Watson désigna quelque chose dans les airs, à travers le pare-brise, alors qu'un petit jet blanc bimoteur descendait du ciel dans leur direction.

Sara tendit le cou et son sourire s'élargit. "Est-ce que c'est lui ?"

"C'est lui," confirma Watson.

Maya sentit un frisson d'excitation nerveuse lui parcourir le dos. Les roues du Cessna touchèrent doucement terre à quelques mètres d'eux, et il s'arrêta au bout d'une courte distance sur la piste. Les deux berlines noires ralentirent en approchant de l'avion.

La porte s'ouvrit de l'intérieur, et quelques marches en acier furent abaissées par un homme en uniforme blanc, certainement le pilote, pendant que l'Agent Carver stoppait le véhicule pour le garer.

Au début, personne n'apparût. Aucune des filles ne quitta son siège, même si Sara se tortillait d'impatience. Puis, une forme apparut dans l'encadrement de la porte… mais ce n'était pas leur père. C'était une femme… une grande et belle femme dont les cheveux blonds tombaient en cascade autour de ses épaules. Bizarrement, son bras droit était en écharpe. Elle sortit de l'avion et marcha d'un pas rapide vers l'autre voiture noire. Elle ouvrit l'une des portes à l'arrière mais, juste avant d'entrer dans le véhicule, elle regarda vers leur voiture et leur décocha un sourire chaleureux. Maya se dit que cette femme ne pouvait pas les voir à travers les vitres teintées, si ?

Puis, elle entra dans la berline, referma la porte, et la voiture noire repartit presque instantanément. Maya était tellement obnubilée par cette belle femme et son mystérieux sourire, qu'elle n'avait même pas remarqué que l'autre passager de l'avion était en train d'en descendre, jusqu'à ce que Sara lui tape soudain sur l'épaule et pointe quelque chose du doigt.

"Maya, regarde !" dit-elle en hurlant presque. Sara se tourna vers l'Agent Watson. "On peut… ?"

"Bien sûr." Watson souriait. "Qu'est-ce que vous attendez ?"

Les filles bondirent hors de la voiture, laissant les deux portes ouvertes à l'arrière, alors qu'elles couraient vers lui.

"Papa !" Sara sauta dans ses bras et il la rattrapa, la serrant fort et la faisant balancer d'avant en arrière.

"Mon dieu, c'est si bon de te serrer de nouveau dans mes bras," dit-il, sa voix étouffée d'enfouir sa joue dans ses cheveux. Il garda Sara contre lui plusieurs secondes, avant de la reposer et de se tourner vers Maya.

Son large sourire s'évanouit.

Elle avait couru vers lui, tout comme sa sœur, mais elle s'était arrêtée à quelques pas de distance, se contentant de le fixer des yeux. Durant ces derniers jours, elle avait passé pas mal de temps à imaginer à quoi pourraient ressembler leurs retrouvailles, en particulier la nuit, quand elle essayait de s'endormir. Parfois même, elle en rêvait dans son sommeil. Mais elle ne se serait jamais attendue à ça.

Un côté de son visage était salement amoché, avec un œil toujours violet et enflé. Il y avait un petit pansement papillon sur son front et un autre, plus gros, dans son cou. Il boitait nettement d'un genou et sa main gauche était entourée d'un épais bandage de gaze en forme de mitaine.

Son expression se figea. Il savait exactement à quoi elle pensait. "Maya…" dit-il.

Il avait très clairement été en danger, ce qui voulait dire qu'elles avaient couru un véritable danger, elles aussi. Cette réalité, ses pansements, ses contusions et son boitement, l'ébranlèrent fortement.

Elle essaya de retenir ses larmes, mais ce fut plus fort qu'elle. Toutes ses émotions remontèrent à la surface, d'un seul coup… pas seulement la joie de revoir son père vivant, mais aussi l'inquiétude en le voyant dans un tel état, la peur qu'elle avait affrontée afin de mettre sa sœur en sécurité, l'horreur de la scène à laquelle elle avait assisté sur le quai. Tout ça afflua d'un coup comme un barrage qui cède, comme si son cerveau avait décidé qu'il pouvait désormais lâcher prise en toute sécurité, et ses larmes commencèrent à couler à flots.

Son père passa les bras autour d'elle pour la serrer fort. Il ne dit rien… il n'en avait pas besoin. Il se contenta de la serrer contre lui, alors qu'elle pleurait sur son épaule.

"Hé," finit-il par dire. Sa voix tremblait. "Je suis là maintenant." Il serra sa main et lui dit, "Tout ira bien."

Elle avait envie de lui dire que ça n'allait pas bien, que ça n'irait jamais bien… mais là, tout de suite, à ce moment, elle avait presque l'impression que si.

Maya renifla et recula d'un pas pour essuyer ses larmes. Elle se mit à rire légèrement, l'air gêné. Elle avait toujours été mal à l'aise de pleurer devant qui que ce soit, même devant son père.

"Nous avons beaucoup de choses à nous raconter," dit-elle.

"Ouais," acquiesça-t-il. "C'est clair."

Son père passa un bras autour d'elle, l'autre autour de Sara, puis ils se dirigèrent tous les trois vers la voiture qui les attendait pour les conduire quelque part, vers leur nouvelle maison.

MAINTENANT DISPONIBLE !

LA CIBLE ZÉRO
(Un Thriller d'Espionnage de l'Agent Zéro—Volume #2)

"L'un des meilleurs thrillers que j'ai lus cette année."
—Books and Movie Reviews (à propos de Tous Les Moyens Nécessaires)

Dans cette suite du volume #1 (L'AGENT ZÉRO) de la série d'espionnage Kent Steele, LA CIBLE ZÉRO (Volume #2) nous emmène dans une nouvelle folle virée, bourrée d'action, à travers l'Europe. Kent Steele, l'agent d'élite de la CIA, est sommé d'intercepter une arme biologique avant qu'elle ne dévaste le monde… tout en luttant pour retrouver ses propres souvenirs.

La vie vient à peine de reprendre son cours normal pour Kent, quand il se retrouve sommé par la CIA de traquer des terroristes et d'empêcher une nouvelle crise internationale. Et celle-ci est potentiellement encore plus dangereuse que la précédente. Pourtant, avec un assassin à ses trousses, une conspiration venant de l'intérieur, des taupes tout autour de lui et une maîtresse en laquelle il a à peine confiance, Kent est sur le point d'échouer.

Cependant, ses souvenirs ne tardent pas à revenir et, avec eux, des flashs révélant des secrets sur qui il était, ce qu'il avait découvert… et pourquoi on en a après lui. Il réalise alors que sa propre identité est peut-être le secret le plus dangereux de tous.

LA CIBLE ZÉRO est un thriller d'espionnage qui vous fera tourner les pages, encore et encore, jusque tard dans la nuit.

"Une écriture qui élève le thriller à son plus haut niveau."
—Midwest Book Review (à propos de *Tous Les Moyens Nécessaires*)

Jack Mars est également l'auteur de la série best-seller de thrillers LUKE STONE (7 volumes), qui commence par Tous Les Moyens Nécessaires (Volume #1), téléchargeable gratuitement, avec plus de 800 avis cinq étoiles !

LA CIBLE ZÉRO
(Un Thriller d'Espionnage de l'Agent Zéro—Volume #2)

Manufactured by Amazon.ca
Bolton, ON

38895707R00226